Håkan Nesser, né en 1950 en Suède, est l'un des écrivains de romans policiers les plus appréciés dans les pays nordiques. Il est le père du commissaire Van Veeteren, héros de plusieurs de ses romans. Ses ouvrages ont été traduits en plus de douze langues, couronnés par de nombreux prix et adaptés à la télévision suédoise.

Homme sans chien inaugure une série d'enquêtes menées par l'attachant Gunnar Barbarotti.

DU MÊME AUTEUR

Le Vingt et Unième Cas
Presses universitaires de Caen, 1997
et « Points Policier », n° P2870

Retour à la Grande Ombre
Seuil, 2005
et « Points Policier », n° P1637

Le Mur du silence
Seuil, 2007
et « Points Policier », n° P1990

Funestes Carambolages
Seuil, 2008
et « Points Policier », n° P2532

Eva Moreno
Seuil, 2011
et « Points Policier », n° P2747

Un été avec Kim Novak
Seuil, 2014

Håkan Nesser

HOMME SANS CHIEN

ROMAN

Traduit du suédois
par Esther Sermage

Éditions du Seuil

Remarque préliminaire

On ne trouvera la ville de Kymlinge sur aucune carte. Les éditions Albert Bonniers n'ont jamais publié de recueil de poésie intitulé *L'Exemple du marchand de fruits*. Pour le reste, le contenu du présent roman est essentiellement conforme à la réalité.

TEXTE INTÉGRAL

TITRE ORIGINAL
Människa utan hund
ÉDITEUR ORIGINAL
Albert Bonniers Förlag, Stockholm
ISBN original : 978-91-0-011035-2

Cette traduction est publiée en accord avec
Bonnier Group Agency, Stockholm, Suède.

ISBN 978-2-7578-4791-6
(ISBN 978-2-02-105581-8, 1re publication)

I

Décembre

1

Lorsque Rosemarie Wunderlich Hermansson se réveilla, quelques minutes avant six heures le dimanche 18 décembre, elle avait en tête une image très précise.

Elle se tenait dans l'encadrement d'une porte et contemplait un jardin inconnu. C'était l'été ou le début de l'automne. Elle observait plus particulièrement deux petits oiseaux dodus, vert amande, posés sur un fil téléphonique à dix ou quinze mètres de là. Ils avaient chacun une bulle de dialogue devant le bec.

Tu dois te tuer, lisait-on dans l'une.

Tu dois tuer Karl-Erik, lisait-on dans l'autre.

Ces messages lui étaient adressés. C'était elle, Rosemarie Wunderlich Hermansson, qui devait se tuer. Et tuer Karl-Erik. Il n'y avait aucun doute là-dessus.

Le Karl-Erik en question était son mari, et les deux postulats absurdes découlaient certainement de quelque chose qu'elle avait vu en rêve et qui s'était soudain évanoui, ne laissant que les deux oiseaux bizarres sur un fil. Étrange.

Un court instant, elle demeura immobile, allongée sur le côté, le regard fixé dans l'obscurité environnante sur une aube fictive qui, à cette heure, n'avait pas encore atteint l'Oural, écoutant la respiration régulière de Karl-Erik et songeant que les oiseaux avaient parfaitement raison. Ils déployèrent leurs ailes trapues et s'envolèrent au loin, mais leurs sentences flottaient toujours dans l'atmosphère, sans équivoque.

C'était Karl-Erik *ou* elle. Voilà. Un « ou », et non un « et », reliait les deux bulles. L'un excluait l'autre, et cela lui donna l'impression d'une… d'une nécessité impérieuse, incontournable, de choisir entre l'une et l'autre des possibilités. Doux Jésus, se dit-elle en s'asseyant sur le bord du lit, comment a-t-on pu en arriver là ? Cette famille n'a-t-elle pas déjà eu son lot de malheurs ?

Alors qu'en se redressant elle réveillait ses douleurs matinales habituelles dans la région des troisième et quatrième vertèbres lombaires, le quotidien s'infiltra insidieusement dans son esprit. Un baume mental lénifiant et léthargique. L'ennui. Elle l'accueillit avec une gratitude indolente, mit les mains sous les aisselles et se rendit à la salle de bains sur la pointe des pieds. On est si fragile le matin, se dit-elle. Si vulnérable. Un professeur de couture âgé de soixante-trois ans n'assassine pas son mari, c'est ridicule.

Elle était aussi professeur d'allemand, ce qui ne faisait aucune différence quant à la situation inextricable dans laquelle elle se trouvait. Il ne lui restait plus qu'à écourter son séjour dans la vallée de larmes. Elle alluma la lumière, contempla son large visage lisse dans le miroir et remarqua qu'on y avait collé un sourire.

Je n'ai pourtant aucune raison de sourire, se dit Rosemarie Wunderlich Hermansson. Je ne me suis jamais sentie aussi mal de toute ma vie et, dans une demi-heure, Karl-Erik se réveillera. Qu'avait dit le proviseur ? « Un matériau brut au profond potentiel harmonique… » Qui faisait quoi ?… « Qui dotait les êtres en pleine croissance d'une chambre de résonance morale et scientifique » ? Mais d'où cette andouille sortait-il toutes ces inepties ? « Promotion après promotion, génération après génération, depuis quarante ans, car il possède la droiture pédagogique d'un sapin. »

Askbergson, dit « le Bouffi », avait donc attribué à Karl-Erik la droiture pédagogique d'un sapin. Pouvait-on déceler là un brin d'ironie ?

Sans doute pas, se dit-elle en labourant l'intérieur de sa joue avec sa brosse à dents électrique. Sa collègue Vera Ragnebjörk – la dernière avec Rosemarie à enseigner encore la langue allemande moribonde au collège de Kymlingevik – disait du Bouffi qu'il était tout à fait insensible à la dimension ironique de l'existence. D'ailleurs, c'était probablement cette remarquable carence qui lui avait permis de se maintenir au poste de proviseur pendant plus de trente ans.

Le Bouffi avait un an de moins que Karl-Erik, mais il pesait au moins quarante kilos de plus. Avant ce triste jour, huit ans plus tôt, lorsque sa femme Berit avait trouvé la mort en se brisant la nuque lors d'une chute de télésiège à Kitzbühl, ils se fréquentaient régulièrement. Pour jouer au bridge ou autre. Il leur était arrivé d'aller ensemble au théâtre à Stockholm. Ils avaient même passé tous les quatre une semaine catastrophique en Crète. Rosemarie songea que Berit lui manquait, contrairement au Bouffi.

Pourquoi je gâche ces précieuses minutes matinales en pensant à cet imbécile unidimensionnel ? se demanda-t-elle. Pourquoi je ne me ménage pas un quart d'heure de tranquillité pour lire le journal, par exemple ? Décidément, je suis en train de perdre la tête.

Elle se servit une tasse de café et s'assit devant le journal, mais ses pensées demeurèrent sombres. Pas la moindre lueur d'espoir à l'horizon. Lorsqu'elle leva les yeux vers l'horloge – achetée sur un coup de tête à l'IKEA de la Kungens Kurva pour quarante-neuf couronnes cinquante dans un lointain passé, plus précisément à l'automne 1979, probablement inusable –, elle indiquait six heures vingt. Il lui faudrait patienter au moins dix-sept heures avant qu'elle puisse enfin se remettre au lit, tournant la page sur une journée sinistre. Dormir, dormir.

En ce dimanche, elle entamait la deuxième matinée de sa bienheureuse retraite – le dernier bouleversement décisif avant la mort, comme une bonne âme le lui avait gentiment fait remarquer – avec la pensée que si elle avait eu accès à une arme, elle aurait immédiatement mis en œuvre l'idée imprimée dans son esprit au réveil. Elle se serait tiré une balle dans le front avant même que Karl-Erik n'entre dans la cuisine vêtu de son pyjama rayé, ne s'étire en bombant le torse et ne lui déclare qu'il avait dormi comme un bébé. Si les descriptions qu'elle avait lues à propos des expériences de mort imminente étaient vraies, elle aurait ensuite eu le privilège de flotter dans la pièce et d'observer depuis le plafond son expression lorsqu'il l'aurait trouvée, penchée sur la table, la tête baignant dans une grande flaque de sang chaud.

Mais ce genre de chose ne se fait pas non plus. Surtout lorsqu'on ne possède pas d'arme et qu'on doit penser aux enfants. En prenant une gorgée de café, elle se brûla le bout de la langue, ce qui réactiva les fonctions ordinaires de son cerveau. Qu'y avait-il au programme en ce deuxième jour, après l'achèvement de toute une vie de travail ?

Le grand ménage. Inévitable. Les enfants et les petits-enfants commenceraient à débarquer le lendemain, et mardi ce serait le grand jour.

Bizarrement, ce jour, qui aurait dû être le jour J avec un grand « J », s'était peu à peu réduit à une espèce de pompeux anti-événement à cause de Robert. À la rentrée, il avait été question de cent à cent vingt personnes, la seule véritable contrainte étant la capacité des salles de réception Svea. Après en avoir discuté huit ou douze fois, Karl-Erik et le restaurateur, Brundin, étaient tombés d'accord : une bonne centaine d'invités n'auraient pas dû poser de problème.

« N'auraient pas dû. » Robert avait fait scandale le samedi 12 novembre, alors que la salle était réservée depuis longtemps. Trop tard pour annuler. On avait envoyé environ soixante-dix cartons et reçu une vingtaine de réponses affirmatives. Mais les invités s'étaient montrés très compréhensifs quand on leur avait expliqué qu'en raison de circonstances inattendues on avait décidé de limiter l'événement à une modeste réunion de famille.

Très compréhensifs, sans exception. L'émission avait quasiment fait un score d'audimat de deux millions de téléspectateurs, et ceux qui ne se trouvaient pas devant leur poste ce soir-là avaient été informés de son contenu dans la presse à scandale le lendemain.

« ROBERT LE BRANLEUR ». Les gros titres étaient restés gravés dans la chair de Rosemarie, comme une marque au fer rouge. Désormais, aussi longtemps qu'elle vivrait, jamais, jamais elle ne parviendrait à penser à son fils sans que s'y accole l'ignoble attribut. Elle avait décidé de ne plus lire ni l'*Aftonbladet* ni l'*Expressen*, serment qu'elle tenait jusqu'ici sans flancher, vaille que vaille.

Une modeste réunion de famille, disions-nous. Il en avait été de même au collège, où un discret rideau de commisération était tombé sur eux. Lorsque les époux Hermansson, après un total de soixante-six ans de bons et loyaux services, se retirèrent de l'arène sanglante de la pédagogie – comme l'avait exprimé un quelconque imbécile, mais sûrement pas le Bouffi –, le pot d'adieu se borna à un discours interminable suivi d'un gâteau, d'un bouquet de soixante-six roses rouges et d'un service à vin chaud en cuivre martelé : dès l'instant où elle l'avait entrevu en ouvrant le paquet, Rosemarie s'était demandé si les abominables quatrièmes d'Elonsson n'avaient pas été forcés de cogner dessus pendant leurs heures d'atelier métal pour avoir la moyenne. Elonsson était, contrairement à Askbergson, sensible à la dimension ironique de l'existence.

Soixante-cinq plus quarante : la deuxième addition capitale de ce mois de décembre donnait cent cinq, ce qui chagrinait Karl-Erik. Il aurait préféré que le résultat soit cent tout rond, mais malheureusement la réalité des faits demeurait inébranlable. D'ailleurs, ébranler la réalité des faits ne faisait pas partie des habitudes de Karl-Erik. Sans se lever de sa chaise, Rosemarie fit quelques étirements prudents pour se détendre le dos, repensant à la nuit où, quarante ans auparavant, en plein accouchement, elle était parvenue à retenir plusieurs poussées en attendant que minuit passe. Impossible de se méprendre sur la joie de Karl-Erik, il la cachait très mal – encore heureux. Ainsi, Ebba s'était extirpée de son utérus le jour des vingt-cinq ans de Karl-Erik. Le lien immuable et immodéré qui unissait père et fille datait, selon Rosemarie, de cet instant précis : minuit passé de quatre minutes le 20 décembre 1965 à l'hôpital d'Örebro. La sage-femme s'appelait Geraldine Tulpin. Un nom inoubliable, lui aussi.

Chez les Wunderlich Hermansson, les fêtes de Noël avaient toujours été un peu bancales. Rosemarie ne l'avait jamais dit tout haut, ou alors seulement du bout des lèvres, mais c'était pourtant bien le terme approprié : bancal. Pour les gens ordinaires, chrétiens et mécréants confondus, la muraille de la nuit hivernale se dressait autour du 24 décembre, mais, dans leur famille, le 20 était la date principale. L'anniversaire de Karl-Erik et d'Ebba tombait la veille du jour le plus court de l'année, en plein cœur des ténèbres et, chose étrange, Karl-Erik était parvenu – sans ébranler la réalité des faits, bien qu'à cette occasion il n'en fût pas loin – à décaler légèrement le calendrier pour parvenir à une espèce de trinité. Son anniversaire. L'anniversaire d'Ebba. Le retour de la lumière dans le monde.

Depuis toujours, Ebba était le chouchou de son père, la prunelle de ses yeux ; depuis toujours, il plaçait en elle ses plus grands espoirs. Il n'en avait jamais fait mystère : dans le creuset génétique de la biologie, certains enfants naissent avec plus de carats que d'autres, avait-il expliqué un jour à sa femme lorsque, une fois n'est pas coutume, il s'était enfilé un cognac de trop. Qu'on le veuille ou non. Et au vu des événements, se dit Rosemarie avec un sinistre prosaïsme, en se versant une deuxième tasse de café – chaque tasse représentait un pas de plus vers le précipice du réveil dans lequel elle se jetterait tôt ou tard –, il avait sans doute misé sur le bon cheval.

Ebba, l'indéfectible. Contrairement à Robert, l'éternel mouton noir de la famille, désormais affublé d'un surnom odieux – et l'on s'en étonnait sans doute moins que ce qu'on voulait bien laisser paraître. Et Kristina ? Eh bien, Kristina était Kristina, pas grand-chose de plus à en dire. L'enfant lui avait apporté une certaine stabilité, et ces dernières années la traversée avait été un peu moins mouvementée que les précédentes, mais Karl-Erik s'obstinait : il était encore trop tôt pour crier victoire, beaucoup trop tôt.

Quand as-tu jamais crié victoire, mon prince de bois ? songeait Rosemarie chaque fois qu'il prononçait la sempiternelle mise en garde. Elle le pensa également ce jour-là, dans sa cuisine sans crépuscule.

Au même instant, Karl-Erik fit son entrée dans ladite cuisine.

– Bonjour. C'est bizarre, j'ai dormi comme un bébé, malgré tout.

– Moi, ça commence à m'angoisser sérieusement.

– Quoi donc ? demanda-t-il en allumant la bouilloire. Où tu as mis mon nouveau thé ?

– Sur la deuxième étagère, répondit Rosemarie. De vendre la maison et de partir pour l'urbanisation, quoi d'autre ? Ça commence à… eh bien, à m'angoisser sérieusement. Comme je viens de te le dire. Non, à gauche.

Il remua la vaisselle avec vacarme.

– *Ur-ba-ni-sa-ción*, prononça-t-il en détachant les phonèmes espagnols. Je sais que, pour l'instant, tu as encore des doutes, mais un jour tu me remercieras.

– Ça m'étonnerait, répliqua-t-elle. Ça m'étonnerait vraiment. Profondément. Il faut que tu te coupes les poils du nez.

– Rosemarie, dit-il en bombant le torse, ici, je ne peux plus regarder les gens en face. Un homme doit pouvoir se tenir droit et avancer la tête haute.

– Il faut savoir s'incliner aussi. Ça va passer. Les gens oublient et, après, les choses reprennent des proportions raisonna…

Il posa d'un geste brusque sa nouvelle boîte de thé sur le plan de travail et l'interrompit.

– Assez discuté de ça. Lundgren m'a promis qu'on signerait mercredi. J'en ai soupé de cette ville. Basta. Si on reste, ce ne sera que par lâcheté.

– On a passé trente-huit ans ici.

– Justement, ça suffit. Tu as déjà pris deux tasses de café ? Je t'aurai prévenue.

– Partir pour un endroit qui n'a même pas de nom… Ils auraient au moins pu le baptiser.

– Ils le feront bientôt, dès que les autorités espagnoles se seront décidées. Et puis Estepona, ça sonne très bien, non ?

– C'est à sept kilomètres d'Estepona. Et à quatre de la mer.

Il ne répondit pas, versa de l'eau bouillante sur son thé vert bienfaisant et sortit la miche aux graines de tournesol de la boîte à pain. Le petit déjeuner de Rosemarie faisait débat depuis vingt-cinq ans. Leur déménagement en Espagne, depuis vingt-cinq jours. Enfin, débat, c'était beaucoup dire. Karl-Erik avait pris sa décision et ensuite mis à profit son grand sens de la démocratie pour pousser Rosemarie à s'aligner sur lui. C'est ainsi que cela fonctionnait entre eux. Karl-Erik ne cédait jamais.

Lorsque le sujet lui semblait suffisamment important, il était prêt à parler, parler, parler jusqu'à ce qu'elle jette l'éponge d'épuisement et de dégoût. Il excellait dans l'art de l'obstruction parlementaire. Quel que soit le sujet. L'achat d'une voiture. Des étagères hors de prix pour la bibliothèque – qu'il désignait volontiers comme « leur » bureau alors qu'il y passait quarante heures par semaine et elle, quatre. Des vacances en Islande, en Biélorussie ou dans la Ruhr. Quand on était professeur principal d'instruction civique et de géographie, il fallait se montrer à la hauteur.

Il avait versé une avance pour la maison entre Estepona et Fuengirola sans même la prévenir. Il avait entamé des démarches auprès de Lundgren, à la banque, pour vendre leur villa, sans engager aucun processus démocratique à la maison. Aurait-il eu le culot de nier ces agissements ? Pas le moins du monde.

Mais, en fin de compte, peut-être devait-elle s'estimer heureuse. Après tout, cela aurait pu tomber sur Lahti ou Wuppertal. J'ai passé toute ma vie d'adulte aux côtés de cet homme, se dit-elle. Je croyais que, peu à peu, quelque chose mûrirait entre nous, mais ça n'a pas été le cas. Notre relation, déjà pourrie au départ, a continué à croupir au fil des ans.

Son esprit opéra un brusque revirement. Fallait-il qu'elle soit soumise et irresponsable pour accuser ainsi un autre d'avoir gâché sa vie ! N'était-ce pas l'ultime preuve de sa faiblesse ?

– Qu'est-ce que tu rumines ? demanda-t-il.

– Rien.

– Dans six mois, tout sera oublié.

– Quoi ? Nos vies ? Nos enfants ?

– Ne dis pas de bêtises, tu sais très bien de quoi je parle.

– Non, je ne sais pas. D'ailleurs, il vaudrait peut-être mieux qu'Ebba et Leif descendent à l'hôtel, non ? Ils sont quand même quatre adultes. On va manquer de place, ici.

Il lui lança un regard noir, comme à une élève qui aurait négligé de lui rendre plusieurs devoirs de suite. Il fallait bien l'admettre, la dernière réplique de Rosemarie avait pour seul but de l'agacer. Sur le fond, elle n'avait pas entièrement tort : Ebba, Leif et leurs deux fils adolescents prenaient plus de place qu'il n'y en avait à la maison. Mais Ebba était Ebba, et Karl-Erik aurait vendu sa dernière cravate plutôt que d'héberger sa fille préférée ailleurs que sous son toit, dans la chambre où elle avait passé son enfance. Une dernière fois. La toute dernière fois.

La gorge soudain serrée, Rosemarie eut du mal à avaler son café tiède. Et Robert ? Eh bien, il faudrait cacher le pauvre Robert aux yeux du monde, autant que possible. Le laisser traîner à l'hôtel était exclu, n'importe qui pouvait se mettre à le dévisager bouche bée ou à se payer sa tête. Robert le branleur de *Fucking Island*. La dernière fois qu'elle l'avait eu au téléphone, l'avant-veille au soir, il était au bord des larmes.

L'hôtel serait donc pour Kristina, Jakob et le petit Kelvin. Comment pouvait-on baptiser un enfant Kelvin ? Le « zéro absolu » – Karl-Erik en avait informé les jeunes parents, sans parvenir à les influencer. Du reste, Kristina et Jakob considéraient certainement l'hôtel comme le ticket gagnant, se dit Rosemarie. L'humeur ambivalente dans laquelle la plongeait sa fille cadette depuis qu'elle s'était envolée du foyer était un monstre à trois têtes : culpabilité, infériorité, échec. Durant un bref instant de lucidité, Rosemarie s'aperçut qu'elle ne tenait vraiment qu'à un seul de ses trois enfants : Robert. Son unique garçon. Était-ce là l'explication, tout bêtement ?

Avec Kristina, les choses pouvaient encore s'améliorer ; c'est-à-dire entre Kristina et elle, bien sûr, pas avec Karl-Erik. Il était depuis toujours la cible privilégiée de l'obstinence de la petite. Ce mot existait-il ? Obstinence ?

Dès que Kristina était parvenue à la puberté, les conflits avaient commencé, mais Karl-Erik, avec la droiture pédagogique d'un sapin, n'avait jamais fléchi. Il avait traversé un interminable cortège de désaccords et de disputes l'écorce intacte, donnant ainsi la preuve qu'il possédait réellement les qualités de cet arbre, symbole d'intégrité : ne bouge pas d'un pouce et ne t'incline jamais.

Je suis injuste envers lui, se dit Rosemarie. Mais j'en ai tellement marre que ça me donne envie de vomir.

À cet instant, alors qu'à la radio suédoise, sur la station P1, on annonçait le journal de sept heures, Karl-Erik énumérait une série d'arguments irréfutables pour défendre l'évidence : Ebba et sa famille devaient loger sous leur toit. Rosemarie eut une envie folle de lui attraper la langue, de la tirer hors de sa bouche et de la couper.

Il était grand temps. Après tout, la carrière pédagogique de Karl-Erik venait de s'achever.

Et puis son obsession habituelle revint : l'impression d'être injuste.

– D'accord, d'accord, fit-elle. Ça n'a pas d'importance.

– Bien. Content qu'on soit du même avis. Il faudra essayer de faire comme si de rien n'était avec Robert. Je ne veux pas qu'on mentionne l'affaire. J'aurai une conversation en privé avec lui, ça suffira. À quelle heure a-t-il prévu d'arriver ?

– Dans la soirée. Il vient en voiture. Il n'a rien dit de plus précis.

Karl-Erik Hermansson hocha la tête d'un air songeur, ouvrit grand la bouche et engloutit une énorme cuillerée de yaourt fermier au müesli brut – un müesli vierge de tout contact avec l'homme et enrichi de trente-trois suppléments nutritionnels minéraux utiles pour l'organisme, y compris du sélénium.

Elle passait l'aspirateur à l'étage. Dans un esprit de solidarité domestique, Karl-Erik avait pris la liste des courses et le volant pour se rendre au Coop, un centre commercial ouvert depuis un an dans la zone industrielle de Billundsberg. Il devait y acheter une demi-tonne de produits d'anniversaire de première nécessité ainsi qu'un sapin. En traînant leur vieux Volta rudimentaire acheté dans un lointain passé, plus précisément à la fin de l'hiver 1983, aux Machines électriques des frères Eriksson, département « Maison et Foyer » – probablement inusable –, Rosemarie se demanda combien de décisions importantes elle avait prises ces dernières soixante-trois années.

Son mariage avec Karl-Erik, le « sapin pédagogique » ? Pas vraiment. Depuis leur rencontre au lycée Karolinska (elle en seconde, timide, lui, en terminale, bien droit dans son costume élégant), il avait mené contre elle une guerre d'usure qui, peu à peu, avait eu raison de sa résistance. Lorsqu'il lui avait fait sa demande en mariage, Rosemarie avait répondu : « non » ; puis, après abrasion : « peut-être, on n'a qu'à repousser jusqu'après notre bac » ; et enfin : « bon, d'accord, mais il faut d'abord qu'on trouve un logement ». Ils s'étaient mariés en 1963, elle avait obtenu son diplôme de textile au Séminaire de la formation domestique en juin 1965 et, six mois plus tard, Ebba venait au monde – événement qui n'était pas, lui non plus, le fruit d'une décision de sa part.

Elle avait atterri dans l'enseignement, en travaux manuels, option textile, parce que sa meilleure (et unique) amie du lycée, Bodil Rönn, s'était engagée dans cette voie avant elle. Après leur bac, Bodil avait été nommée à Boden, dans un collège situé à moins de cinq cents mètres du foyer parental de son petit ami Sune. Ils habitaient probablement toujours là-bas, dans le Nord. Rosemarie et Bodil avaient gardé le contact pendant une décennie et demie, mais la dernière carte de Noël datait déjà de sept ou huit ans.

Aucune décision capitale jusqu'ici, donc, se dit Rosemarie en tirant le monstre voltaïque le long du couloir. Elle se dirigeait vers les chambres d'amis, c'est-à-dire les anciennes chambres d'Ebba, de Robert et le cagibi de Kristina. Ils n'avaient prévu d'avoir que deux enfants, d'autant qu'ils étaient parvenus, après seulement deux tentatives, à en engendrer un de chaque sexe. Mais l'accident était arrivé, on n'y pouvait rien. Kristina était née en 1974. Rosemarie avait arrêté la pilule dix mois plus tôt sur les conseils de son gynécologue, et si le catastrophique voyage en Grèce en compagnie des Askbergson n'avait pas laissé des souvenirs lumineux, il avait été autrement fécond. Karl-Erik avait oublié d'acheter des préservatifs et ne s'était pas retiré à temps. Ça non plus, on n'y pouvait rien. *What the fuck...* Même dans le meilleur des mondes, il y a des ratés. Mais quel était ce langage dont se drapaient ses pensées en cette glaciale matinée de décembre ? *Who knows, goddammit*, en tout cas, quelque chose clochait. Quel temps faisait-il ? Mieux valait se consacrer à des occupations neutres. Il n'était pas tombé plus d'un centimètre de neige sur l'ouest de la Suède, et lorsqu'elle jeta un coup d'œil par la fenêtre il lui sembla que le jour avait lui aussi jeté l'éponge. L'air ressemblait à du gruau d'avoine.

Ce n'est qu'après avoir enroulé le tapis du couloir et aspiré les plinthes sans le suceur plat qu'elle se souvint enfin d'une décision capitale qu'elle avait personnellement prise. Bon sang, mais c'est bien sûr.

Il s'appelait Göran. Assistant social en remplacement d'un semestre au collège, il portait des sandales sans chaussettes. C'était la troisième rentrée de Rosemarie, cinq ans après la naissance de Kristina. Elle ne parvint jamais à se faire à l'idée que ce troll barbu plein de charme puisse désirer une mère de trois enfants âgée de trente-six ans. Elle repoussa donc ses avances. Ce refus constituait probablement la décision la plus importante de sa vie.

En effet, comment éconduire un homme large d'épaules, émoustillé et fraîchement divorcé ? L'épisode avait eu lieu au cours d'une croisière de formation continue en Finlande et, le sapin pédagogique étant malade pour la troisième fois de sa vie (sans compter sa hernie ombilicale héréditaire), l'assistant social enflammé avait passé la moitié de la nuit dans la cabine de Rosemarie. Il l'avait suppliée. Invitée à boire de la vodka au jus d'airelle hors taxe. Rien à faire. Invitée à boire de la liqueur de baies polaires hors taxe. Rien à faire.

Elle se demanda ce qu'il était devenu. Il possédait des orteils bronzés pourvus d'intéressantes petites touffes de poils et représentait alors la perspective d'une nouvelle vie – qu'elle avait laissée glisser entre ses doigts. Mais peut-être était-ce aussi bien ainsi. Un seul homme avait eu accès à sa vulve désormais desséchée, à tout jamais refermée. Mais enfin, pour autant qu'elle le sache, depuis quarante-deux ans la zézette de Karl-Erik ne s'était jamais égarée non plus. Juste avant leur mariage, il lui avait fait un aveu : il avait eu des rapports avec une certaine Katarina au cours d'une veillée de la Sainte-Lucie en classe de première, mais elle n'était pas son genre, ce qui se confirma au début des années quatre-vingt, lorsque la Katarina en question vécut une célébrité de courte durée en tant que preneuse d'otages dans le cadre d'un cambriolage de banque à Säffle – pourquoi braquer une banque à Säffle, on se le demandait bien.

Quoi qu'il en soit, la somme de ses décisions capitales s'arrêtait au sinistre chiffre 1. Il fallait qu'elle cesse d'aspirer, qu'elle cesse de se poser sempiternellement la même question : Aurait-elle la force de prendre une deuxième décision dans sa vie ? La maison leur appartenait à tous les deux – ça, elle en était sûre. Sans sa signature mercredi, l'affaire tomberait à l'eau. Le couple d'acheteurs éventuels, les Singlöv, habitait actuellement dans la commune excentrée de Rimminge. Lui était électricien et ils avaient deux enfants, voilà tout ce qu'elle savait à leur sujet.

Cependant, les cent mille couronnes d'acompte versées pour la maison de trois pièces en Espagne étaient irrémédiablement perdues. Sur la « côte sénile », comme on la surnommait. Un gros titre défila devant son œil intérieur, réveillant la douleur : « LES PARENTS DE ROBERT LE BRANLEUR RÉFUGIÉS SUR LA CÔTE SÉNILE ! »

Si je n'étais pas aussi résignée… se dit-elle en rallumant la cafetière électrique. Si tout ne me paraissait pas aussi vain… Mais où vais-je trouver la force ?

Les derniers jours d'un professeur de couture, se dit-elle en s'effondrant sur une chaise devant sa troisième tasse de café. Pour un livre ou une pièce de théâtre, ce serait un titre assez vendeur, mais quand on se trouvait directement impliquée, il n'y avait vraiment pas de quoi faire la ola.

Mais enfin ! protesta une voix sortie d'un neurone de son cerveau que le temps n'avait pas encore usé jusqu'à la moelle. D'habitude, je ne broie pas autant de noir ! Aurais-je été victime d'une légère hémorragie cérébrale ce matin ? Si au moins je fumais, j'aurais pu me payer le luxe de m'en griller une.

Décidément, quelque chose ne tourne pas rond dans ma tête, se dit Rosemarie Wunderlich Hermansson. À peine dix heures. Encore toute la journée à supporter avant de se mettre au lit, et le lendemain les enfants et les petits-enfants afflueraient comme… Comme quoi ?

Comme des soldats recrutés de force pour combattre dans une guerre annulée au dernier moment ?

Ô vie ! Où est passé ton sel ?

2

Allongé dans son lit, Kristoffer Grundt se débattait contre un étrange désir.

Il aurait voulu faire un bond de quatre jours en avant dans le temps.

Peut-être ce souhait n'avait-il rien d'anormal, il n'était pas à même d'en juger. Quoi qu'il en soit, à quatorze ans, c'était la première fois. Était-il en train de devenir adulte ? Était-ce un signe ?

La difficulté croissante à supporter les choses.

Certes, il avait souvent des appréhensions pour ceci ou pour cela. Les contrôles de maths. Les cours de piscine. Se retrouver seul dans un coin sans surveillance au collège, face à Oscar Sommerlath et Kenny Lythén de la 3e C.

Mais l'épreuve la plus pénible de toutes demeurait le regard perçant de sa mère lorsqu'elle exposait au grand jour le bois pourri dont il était constitué.

Kristoffer avait mal tourné. Aucune comparaison avec Henrik. Les deux frères partageaient les mêmes gènes. Au départ, ils avaient tout pour réussir. Il ne s'agissait ni d'inné ni d'acquis – au fond, seul un infime détail clochait : Kristoffer Tobias Grundt et ce qu'il avait dans le ventre. Ou plutôt : Kristoffer Tobias Grundt et ce qu'il n'avait pas dans le ventre. Ce trou dans l'âme à l'endroit où, chez les gens normaux, réside le caractère.

Voilà le hic. Si l'on avait le courage de regarder la réalité en face, les événements se présentaient donc vraiment très mal.

Mais faire un bond en avant de quatre jours ? Écourter son existence de quatre-vingt-seize heures ? N'était-ce pas une offense à… l'idée même ?

Si l'on avait été jeudi matin au lieu de dimanche, il ne lui serait resté que quarante-huit heures avant le réveillon de Noël – jour où, si jamais il l'atteignait, il se promettait d'interrompre ses activités pour accorder une pensée reconnaissante au garçon qu'il était à cet instant. Et pour se dire que le temps, quoi qu'on en dise, passe.

Mais sa progression se révélait souvent affreusement lente, et il n'accomplissait jamais de bonds.

Il ne lui épargnerait pas, par exemple, l'insupportable trajet jusqu'à Kymlinge.

Il ne lui épargnerait pas sa grand-mère, son grand-père, ni le reste de son abominable famille.

Il ne lui épargnerait pas la fête de cent cinq ans et l'atroce voyage du retour.

Ni, songea Kristoffer en fermant les yeux, la discussion tant redoutée avec sa mère.

« Je te comprends, avait-elle déclaré depuis le fond du canapé, plongée dans l'obscurité, la veille au soir, alors qu'il espérait traverser le salon inaperçu. Tu t'es dit qu'il était peut-être temps de rentrer. Il est deux heures. Viens me souffler sur le visage. »

Il s'était approché d'elle et avait soufflé un filet d'air dans sa direction. Il ne distinguait pas ses yeux. Elle s'était abstenue de tout commentaire, mais il ne se faisait pas d'illusions.

« Demain matin, je veux une explication. Je suis fatiguée, Kristoffer. »

Il soupira, se retourna dans son lit et invoqua l'image de Linda Granberg.

C'était pour elle qu'il avait bu six bières et un verre de vin rouge. Pour elle qu'il avait fumé dix cigarettes. Toujours pour elle qu'il avait décidé d'aller à cette soirée chez Jens & Måns, des jumeaux en quatrième spéciale dont les parents étaient qualifiés de démissionnaires. Exemple : avant de se rendre à leur propre soirée en ville, ils promettaient à leur progéniture de ne pas rentrer avant trois heures du matin. Ils n'allaient pas jusqu'à les approvisionner en alcool, mais ils possédaient une cave bien fournie, sans surveillance particulière.

On attendait huit personnes à la soirée, mais Kristoffer en avait déjà compté une quinzaine. Les gens allaient et venaient. En une heure, il avait avalé les quatre bières qu'il avait apportées ; Erik lui avait dit que ça marchait mieux si on y allait franco dès le début, et le résultat ne s'était pas fait attendre. Linda n'avait pas été en reste – il l'observait. Prenant son courage à deux mains, il s'était enfoncé à côté d'elle dans un canapé et avait entamé la conversation. Jamais il n'avait osé faire ça auparavant. Elle avait ri, de lui et avec lui, et, juste avant onze heures, lui avait pris la main et déclaré qu'elle l'aimait bien. Après une canette de plus chacun, ils s'étaient embrassés – pour Kristoffer, c'était la première fois : elle avait un merveilleux goût de bière, de chips, de tabac frais et de quelque chose de doux, de tiède, de délicieux qui n'appartenait qu'à elle. Le truc en soi… Comment disait-on ? L'essence même… de Linda Granberg. Dix heures plus tard, au creux de son lit, il retrouvait encore les vestiges de sa précieuse saveur en tournant la langue dans la bouche.

À ce moment fugitif avait succédé la tristesse. Oui, la tristesse. Après les baisers, ils avaient mangé de la pizza directement dans le carton, avec les mains, et l'un des jumeaux avait versé du vin acide d'un *bag-in-box* dans des gobelets en plastique qu'il avait distribués à la ronde. Linda avait eu mal au cœur. Elle s'était levée, titubante.

Puis, lui promettant d'être bientôt de retour, elle s'était éloignée vers l'emplacement supposé des toilettes. Une demi-heure plus tard, il l'avait retrouvée à l'autre bout de la maison, endormie dans les bras de Krille Lundin, de la 3e B. Il avait soutiré une bière à Erik, fumé encore trois cigarettes et quitté la soirée. Après mûre réflexion, il n'aurait pas seulement voulu sauter les quatre jours à venir, mais la veille aussi.

Linda Granberg, *fuck you*, songea-t-il. La phrase sonnait creux, puisqu'il en avait littéralement envie. Pour être tout à fait franc. S'il s'était montré plus entreprenant, Linda se serait retrouvée au creux de ses bras et non de ceux de Krille le hockeyeur. Mais bien sûr, un sportif de quinze ans inscrit à un tournoi junior national retransmis à la télé avait foutrement plus de chances qu'un… Euh… Un quoi, au fait ? Un mollusque ? Un méga loser ? Un nul, un nunuche, un niqué ? Il avait l'embarras du choix.

Il tressaillit. Sa mère était sur le seuil de sa porte.

– On va faire les courses. Si tu essayais de te lever et de prendre ton petit déjeuner ? On aura notre petite discussion tout à l'heure, quand on sera rentrés.

– D'accord !

Cette réponse était censée regorger d'enthousiasme et de bienveillance, mais le son que produisit son gosier ressembla au cri d'un minuscule animal qui se trouve par malheur sur le chemin d'une tondeuse à gazon.

– Peut-être devrait-on commencer par définir qui est l'objet de la discussion.

– Moi, dit Kristoffer.

Il tenta de soutenir le regard bleu acier de sa mère, sans aucun succès.

– Oui, toi, Kristoffer.

Elle croisa les mains sur la table. Ils étaient seuls dans la cuisine. L'horloge indiquait onze heures et demie. Son père Leif était sorti faire des commissions et son frère Henrik dormait encore, Il était rentré tard la veille d'Uppsala, après un premier semestre éprouvant à l'université. Dans la pièce aux portes closes, le lave-vaisselle ronronnait.

– Je t'en prie, dit-elle.

– Nous avions passé un accord. Je ne l'ai pas respecté.

– Ah ?

– J'aurais dû être rentré pour minuit et je suis revenu à deux heures.

– Dix.

– Deux heures dix.

Elle se pencha vers lui. Pourvu qu'elle me prenne dans ses bras, se dit-il. Maintenant. Mais ce témoignage d'affection n'aurait lieu que quand l'affaire serait réglée, et elle ne l'était pas.

– Je n'aime pas poser des questions, Kristoffer. Tu as autre chose à me dire ?

Il inspira une grande bouffée d'air.

– J'ai menti. Même avant.

– Là, je ne te suis plus.

– Avant. Je n'avais pas l'intention d'aller chez Jonas.

Elle signala son étonnement en haussant l'un de ses sourcils.

– J'avais dit que j'allais regarder un film chez Jonas, mais c'était un mensonge.

– Ah bon ?

– J'étais chez les jumeaux.

– Quels jumeaux ?

Pourquoi tu m'interromps tout le temps avec tes questions si tu ne veux pas en poser ? se dit-il.

– Måns et Jens Pettersson.

– Ah bon. Et pourquoi tu t'es senti obligé de mentir à ce sujet ?

– Si je vous l'avais dit, vous ne m'auriez pas laissé sortir.

– Pourquoi on ne t'aurait pas laissé sortir ?

– Parce que ce n'est pas… Ce n'est pas un endroit convenable où passer son samedi soir.

– Pourquoi ça ne serait pas convenable d'aller chez les jumeaux Pettersson un samedi soir ?

– Ils boivent… On a bu. On était dix ou quinze et on a bu de la bière et fumé des cigarettes. Je ne sais pas pourquoi j'y suis allé, c'était nul.

Elle hocha la tête : il la chagrinait profondément.

– Je ne comprends pas bien. Pourquoi tu y es allé, dans ce cas ? Dans quelle intention ? Tu devais bien en avoir une, Kristoffer ?

– Je ne sais pas.

– Tu ne sais pas pourquoi tu fais les choses ? C'est plus grave que ce que je craignais.

Elle prit un air sincèrement soucieux. Allez, prends-moi dans tes bras, pensa-t-il. De toute façon, je ne serai jamais à la hauteur de tes exigences. Prends-moi dans tes bras, qu'on oublie ces conneries.

– Je voulais seulement essayer… je suppose.

– Essayer quoi ?

– Comment c'était.

– Quoi ?

– Comment c'était de picoler et de fumer, bordel ! Arrête, maintenant, tu ne vois pas que j'en peux plus…

Les pleurs et le désespoir s'emparèrent de lui avec plus de brutalité qu'il ne s'y attendait. D'une certaine manière, il en fut soulagé. Cessant de lutter, il se recroquevilla sur la table, le bras replié autour du visage, en sanglots. Elle resta immobile. Après une minute, peut-être deux, la crise passa. Il se leva, déchira un morceau d'essuie-tout et revint à la table en se mouchant.

Mère et fils demeurèrent silencieux. Puis Kristoffer se rendit compte qu'elle ne le prendrait pas dans ses bras.

– J'aimerais que tu le dises aussi à papa. Ensuite, je voudrais savoir si tu comptes encore nous mentir, ou si nous pouvons te faire confiance. Peut-être que tu choisiras de fréquenter plus souvent les jumeaux Pettersson à l'avenir… Papa, Henrik et moi, nous sommes ta famille, mais si tu préfères…

– Non, je…

Elle le devança.

– Pas maintenant. Entre la voie du mensonge et celle de la vérité, tu as un choix important à faire. Il vaut mieux que tu y réfléchisses pendant quelques jours.

Elle se leva et le laissa seul dans la pièce.

Elle ne m'a même pas frôlé, se dit-il.

Un mutisme inconnu, paralysant, se propagea dans tout son être. Il resta immobile un moment, puis il se précipita hors de la cuisine, grimpa l'escalier jusqu'à sa chambre et se jeta sur son lit. De l'autre côté de l'étroite cloison, il entendit du bruit. Henrik était réveillé. Kristoffer fit une prière muette pour que son grand frère prenne sa douche avant de venir lui souhaiter bonjour.

Ils n'hésiteraient pas à m'échanger contre un autre si l'occasion se présentait, se dit Kristoffer. D'ailleurs, ils l'auraient fait depuis longtemps s'ils avaient pu.

Avant de se mettre à table ce soir-là, après un bref échange avec son fils, Leif Grundt le serra dans ses bras sans grande conviction, se disant une fois de plus que sa femme et lui étaient très différents.

Ebba, la grandeur et le mystère en personne – mystère qu'il avait depuis longtemps abandonné l'espoir de percer un jour. En ce qui concernait les débuts alcooliques et tabagiques de Kristoffer – s'il ne s'agissait effectivement que d'un début, comme le clamait l'intéressé –, d'après Ebba, l'essentiel de la trahison résidait dans le mensonge. Et la violation de leur accord.

Or Leif pensait exactement le contraire. Si le gamin tenait absolument à fumer et à boire, alors, nom de Dieu, qu'il évite au moins de le crier sur les toits ! À terme, l'alcool provoquait une cirrhose du foie et la cigarette un cancer du poumon, mais un petit mensonge, ça n'avait encore tué personne, n'est-ce pas ?

Mieux vaut un menteur sobre qu'un alcoolique digne de foi, se dit-il. Mais, de toute façon, il ne se figurait pas une seconde que ce serait à lui de décider de l'avenir de ses enfants.

Leif Grundt entretenait sans doute un rapport assez ambigu avec le mensonge. Pour être tout à fait honnête, l'existence même de la famille Grundt reposait sur un mensonge. Un bon gros bluff originel, sans lequel les deux garçons ne seraient jamais venus au monde.

Car si Leif Grundt s'en était tenu à la vérité, il n'aurait jamais atteint la petite culotte de leur mère. Aucune chance. L'idée qu'Ebba Hermansson laisse un employé du rayon charcuterie d'un supermarché Konsum lui prendre sa virginité chérie était aussi improbable que… que celle d'Henry, le demi-frère bègue de Leif, épousant Pamela Anderson. Leif le savait. Ebba aussi, bien qu'elle n'eût jamais admis cette donnée psychologique irréfutable, même face à un peloton d'exécution. Lorsqu'à Uppsala, en 1985, il décida de se faire passer pour le juriste en herbe Leif von Grundt au bal de printemps des étudiants d'Östergötland (après s'y être introduit grâce à une fausse carte), c'était évidemment cette identité revalorisée – et non pas le zob d'un vulgaire employé de supermarché – qui, vers deux heures du matin, lui avait permis d'accéder aux terres vierges détrempées d'Ebba. Voilà toute l'histoire.

– Tu m'as menti, constata-t-elle deux mois plus tard, lorsque sa grossesse ne pouvait plus être ignorée.

– Oui, avoua-t-il. Je te désirais, et c'était la seule façon de t'avoir.

– Tu es plein de préjugés. J'aurais eu de l'estime pour toi si tu avais été honnête.

– C'est possible. Mais ce n'est pas de ton estime que je voulais.

– Je me serais offerte à toi.

– Ça, j'en doute. Au plus haut point. Qu'est-ce que tu vas faire ?

– Ce que je vais faire ? T'épouser et donner naissance à l'enfant, bien sûr.

Ainsi fut fait.

Ebba dut interrompre ses études de médecine pendant un an, pas plus. Lorsqu'on travaillait dans un Konsum au milieu des années quatre-vingt, il était quasiment obligatoire d'exploiter son congé paternel jusqu'à la dernière miette. La naissance de Kristoffer cinq ans plus tard fut un heureux événement planifié en prévision de l'imminent internat d'Ebba. Les circonstances attendues arrivèrent d'ailleurs comme une lettre à la poste : une embauche à l'hôpital de Sundsvall et un poste de directeur au Konsum de la même ville. Les années passant, Ebba Hermansson Grundt se spécialisa, devenant ainsi la preuve vivante qu'on pouvait tenir plusieurs rôles dans une vie. Mère de deux enfants et âgée de trente-huit ans, elle prit ses fonctions de médecin-chef en chirurgie vasculaire dans ledit hôpital. La fin justifie les moyens.

Dans deux jours, elle va avoir quarante ans, songeait Leif Grundt avec un léger sourire intérieur. Du reste, cette bonne vieille opposition entre mensonge et sincérité lui paraissait bien plus complexe qu'elle n'en avait l'air. Car il demeurait une vérité que Leif conservait soigneusement au fond de lui. Dans une réserve de sagesse et d'expérience, en quelque sorte. Il lui arrivait encore d'y jeter un coup d'œil furtif de temps en temps, mais il n'y invitait pratiquement plus jamais son épouse. À quoi bon ?

Et voilà que ce sale gamin s'était mis à fumer et à boire. Bien sûr, cela méritait une réprimande. Il fallait le couvrir de honte et d'opprobre.

Satisfait de ce raisonnement limpide, Leif Grundt se mit à table avec sa famille. En gros, la vie se montrait plutôt clémente. Le lendemain, ils partiraient à Kymlinge pour trois jours de calvaire ininterrompu, certes, mais à chaque jour suffit sa peine.

3

Dès leur première séance quelque peu confuse, une semaine après le scandale, Robert Hermansson déclara à son psychothérapeute, un homme timide aux lunettes fumées dont les traits évoquaient vaguement ceux d'un rat, avoir des idées suicidaires. C'était sans doute la réponse que l'on attendait de lui. Il était *censé* être suicidaire.

Indéniablement, ce geste aurait d'ailleurs représenté une fin assez logique au merdier dans lequel il s'était fourré. Il aurait enfin échappé à toutes ces nuits passées à tourner en vrille dans son lit, hanté par les visions de sa vie pathétique complètement gâchée, aux réveils en sueur froide en milieu d'après-midi, à l'angoisse de devoir affronter une journée inutile de plus.

Franchir le pas, sauter par-dessus bord, reviendrait à faire enfin la peau à son dégoût de soi. De plus, personne ne s'étonnerait le moins du monde que Robert Hermansson se soit suicidé.

Mais, comme toujours, il manquerait de courage et de détermination. Il n'avait aucune idée de ce qu'il allait faire des années qu'il lui restait à vivre. Mieux valait supporter encore un mois de ce calvaire et partir ensuite s'installer à l'étranger. Il était en congé maladie jusqu'au 26 du mois et son contrat d'intérim au journal se terminait au Nouvel An. On ne le prierait sûrement pas de rester.

Une maison d'édition peu sérieuse l'avait contacté pour publier « sa version de l'histoire », lui promettant une avance de cinquante mille couronnes et un nègre expérimenté. Il avait répondu qu'il n'aurait pas besoin de nègre et qu'il y réfléchirait. Pourquoi ne pas accepter ? Il n'avait qu'à encaisser le fric et partir aux îles Canaries, en Thaïlande ou ailleurs. Enfin, non, pas en Thaïlande. Fini la Thaïlande. Il passerait deux mois à végéter dans une chaise longue et à peaufiner son vieux manuscrit. *Homme sans chien.* Peut-être l'éditeur peu scrupuleux se fichait-il en fait de sa version des événements sur l'île et voulait-il profiter de l'impact de son nom sur les ventes. Dans ce cas, autant publier son roman. Le roman de Robert le branleur Hermansson.

Et même si le manuscrit était refusé, n'était-ce pas justement le genre d'escapade dont il avait besoin ? Concentration et travail. Isolement et beau temps. Cela faisait sept ans qu'il n'avait pas relu *Homme sans chien*. Un pareil répit en milieu propice lui permettrait d'ajouter les dernières petites touches et de faire publier le texte. Il avait été lu par les quatre principales maisons d'édition du pays. Chez Albert Bonniers, la plus grande, on s'était montré enthousiaste. Quasiment pressant. On lui avait demandé de retravailler une dernière fois les six cent cinquante pages, d'en couper environ cent cinquante et de recontacter la maison. On était partant pour publier le livre, sans l'ombre d'une hésitation.

Mais à l'époque, en septembre 1999, Seikka venait de lui annoncer ses projets, et il n'avait pas eu la force de reprendre le texte et de retriturer les métaphores. Dans ces conditions, qui en eût été capable ? Ses deux recueils de poésie, *L'Arbre de pierre*, paru en 1991, et *L'Exemple du marchand de fruits*, en 1993, avaient obtenu un certain succès d'estime. Les critiques y avaient vu un jeune auteur à la recherche de sa voix personnelle, ce qui lui avait valu de participer à pas moins de quatre lectures et un festival de poésie.

Alors pourquoi Robert Hermansson irait-il se pendre ? Il y avait encore de l'espoir.

Ou du moins pouvait-il fuir. Il n'en demandait pas plus.

D'ailleurs, il n'avait jamais exigé grand-chose de la vie. C'était plutôt le contraire… Le dimanche 18 décembre à midi, encore au lit, il avait rempli la moitié des mots croisés du *Svenska Dagbladet* et s'était rendormi trois fois. Fuir ? se dit-il. Le leitmotiv de toute sa vie.

En fait, il ne supportait rien. Et lorsqu'il avait essayé, il s'était senti implacablement rejeté. À trente-cinq ans, la seule décision qu'il avait prise, c'était d'aller voir ailleurs. Pas étonnant, se dit-il en regonflant son oreiller. Quand on a grandi dans l'ombre d'Ebba, on aspire forcément à un rayon de soleil.

Il mâchonna cette pensée qui n'avait plus aucun goût depuis longtemps. On pouvait reprocher pas mal de choses à sa grande sœur, certes, mais pas les ressasser éternellement. On pouvait se prétendre victime des circonstances, mais pas pendant toute sa vie. Dans la classe moyenne suédoise de la fin du XXe siècle, cela ne se faisait pas. Que ce soit dans un ailleurs historique ou géographique, il aurait difficilement pu trouver des êtres humains aussi favorisés par leurs origines que lui et ses deux sœurs – un fait incontestable, comme l'aurait exprimé son père, Karl-Erik.

C'était d'ailleurs depuis qu'il était seul bâtisseur de son propre bonheur que ça tournait mal pour lui. Robert avait passé son bac scientifique au lycée de Kymlinge en 1988, comme il se devait. Sans être premier de la classe, il avait eu des notes honorables. Pas à la hauteur de celles d'Ebba quelques années plus tôt, mais personne ne lui en demandait tant. Nommé chef de groupe d'un régiment d'infanterie blindée à Strängnäs, il était parti pour le service militaire juste après. Des dix mois où l'on avait essayé de faire de lui un homme, il avait détesté chaque seconde. En 1989, il commençait ses études à Lund.

Dans les humanités. Son père le lui avait déconseillé, sa grande sœur pareillement, mais il avait persévéré. À l'université, il avait rencontré Madeleine, une jeune femme courageuse qui l'avait soutenu. Ils allaient en cours de philo et baisaient. Ils buvaient du vin rouge, fumaient du haschich, allaient en cours de littérature et baisaient. Ils s'essayaient aux amphétamines (qu'ils abandonnèrent à temps), allaient en cours d'histoire de l'art, baisaient, publiaient deux recueils de poésie (Robert) et se voyaient refuser un manuscrit (Madeleine). Ils allaient en cours de cinéma, se voyaient refuser un roman de six cent cinquante pages (Robert), baisaient, tombaient enceinte (Madeleine), arrêtaient la fumette mais faisaient tout de même une fausse couche au troisième mois (Madeleine), avaient a) de violentes crises d'angoisse (Madeleine) et b) marre de Robert (Madeleine), puis retournaient précipitamment vivre chez leurs parents à Växjö (Madeleine). Ils restaient les bras ballants alors que tout s'effondrait autour d'eux (Robert).

D'une manière ou d'une autre, Robert était parvenu à entretenir l'illusion qu'il faisait des études sérieuses. L'institut des prêts d'études et sa famille avaient marché. Mais le départ de Madeleine mit brutalement fin à ce petit jeu. Âgé de vingt-quatre ans, quasiment alcoolique, ayant accumulé une dette de trois cent cinquante mille couronnes, il était à des lustres d'obtenir un quelconque diplôme. Sa belle et courageuse fiancée l'avait quitté. Ses deux recueils remarqués par la critique s'étaient vendus en tout et pour tout à cent douze exemplaires. Il semblait grand temps que sa famille intervienne.

À l'automne 1994, tout fut réglé (à part la dette, qui le poursuivrait probablement jusque dans sa tombe). Le mari pas très folichon de sa grande sœur, là-haut dans le Nord, lui dégota un poste correctement rémunéré dans une antenne locale de la coopérative de distribution Konsum à Jönköping. Tâches administratives, trois ou quatre déplacements par mois dans les régions du Småland et du Västergötland. Robert courba l'échine et condamna son âme d'artiste à l'exil intérieur. Il n'avait pas le choix. Début septembre, il s'installa dans un trois-pièces avec petite vue sur le lac Vättern. Trois semaines plus tard, un samedi soir, dans le troisième (et dernier) pub de la ville, il rencontra Seikka. Le jour, elle travaillait dans une crèche, et le soir, elle suivait divers enseignements dans des associations pour s'épanouir et donner libre cours à sa créativité – de l'aromathérapie au croquis féministe, en passant par l'autodéfense transcendantale. Ils emménagèrent ensemble en décembre 1994. En novembre 1995 naquit leur fille Lena-Sofie. C'est l'époque où Robert se mit à courir – il était au bord de l'implosion. D'abord dix ou douze kilomètres, un soir sur deux. Puis les distances s'allongèrent. En 1996, il courut trois marathons, faisant des temps en dessous de deux heures cinquante (sauf au dernier, qu'il dut abandonner à deux kilomètres de l'arrivée à cause de violents troubles digestifs – mais il aurait sans doute fait grosso modo deux heures quarante-six et demie). Il adhéra au club « Les Vents », où il découvrit qu'il possédait un réel talent pour la course de fond. Lors de son premier cinq mille mètres dans le cadre d'une compétition interclubs, il arriva en première place avec trois cents mètres d'avance sur le concurrent suivant. Il écrivit une lettre à un célèbre physiologiste du sport, qui lui expliqua que les coureurs de fond atteignaient souvent le sommet de leurs capacités à trente ans passés. Il ne fallait donc pas commencer à s'entraîner sérieusement avant vingt-cinq ans. Robert en avait vingt-six. Il se souvint d'Evy Palm, qui avait fait ses meilleurs temps à quarante-six ans passés.

Les trois saisons suivantes marquèrent le début et la fin de son heure de gloire. En 1997, il devint champion local aux cinq mille et dix mille mètres. Mais le jour où, sans aucun entraînement technique préalable, il participa à un trois mille mètres steeple au stade de Malmö, il trouva enfin sa vraie vocation. Il arriva troisième après un coureur de l'équipe nationale et un Polonais renommé, réalisant le temps distingué de huit minutes cinquante-huit secondes six dixièmes.

Lena-Sofie grandit et obtint une place en crèche. Seikka suivait de nouveaux cours du soir. Robert, quant à lui, négligeait sa famille. Il passa à mi-temps pour pouvoir s'entraîner plus. Seikka et lui faisaient l'amour une fois par mois. Ils fêtèrent Noël à Lapenranta chez les parents de Seikka, et Robert se disputa avec l'un de ses beaux-frères, à tel point qu'ils en vinrent aux mains. Robert s'en sortit avec une cicatrice de quatre centimètres sous l'oreille gauche. En 1998, il participa à son premier *Finnkamp* – la grande compétition annuelle d'athlétisme entre la Suède et la Finlande. Quatrième au classement, deuxième Suédois. Temps : huit minutes quarante-deux secondes cinq dixièmes. Avec un huit minutes trente-trois secondes deux dixièmes au championnat de Suède à Umeå, il battit son record personnel et gagna sa première médaille d'argent. Seikka et lui faisaient l'amour une fois tous les trois mois. Ses beaux-parents passèrent une semaine de congé chez eux, à Jönköping – sans qu'il y eût de bagarre ou autres conflits. Lors des fêtes de fin d'année dans l'Allvädersgatan, chez Rosemarie et Karl-Erik, Lena-Sofie mordit son grand-père à la lèvre jusqu'au sang. La carrière d'athlète de Robert allait s'achever en 1999. Ne parvenant plus à dépasser son record personnel, il disparaissait régulièrement du circuit à cause de problèmes aux tendons d'Achille. Il obtint tout de même sa seconde quatrième place au *Finnkamp* au stade olympique d'Helsinki. Ses beaux-parents étaient venus exprès pour le voir. Tout au long du dernier virage et du sprint final, il lutta, coude à coude avec un coureur finlandais, pour obtenir la troisième place, mais, arrivé aux tout derniers mètres, il renonça. Les Finlandais remportèrent les trois premières places. C'était le mois d'août ; Seikka et lui n'avaient pas fait l'amour depuis le mois d'avril. Lorsqu'il revint dans son trois-pièces avec petite vue sur le lac Vättern, sa femme et sa fille avaient disparu, emportant toutes leurs affaires féminines. Sur la table de la cuisine, un mot lui annonçait que Seikka ne l'aimait plus, qu'il se fichait complètement d'elle et de Lena-Sofie, qu'elle rentrait en Finlande et ne voulait plus jamais le revoir.

Elle avait raison sur toute la ligne, Robert le savait. Il décida donc de se plier à sa décision, composant tout de même le numéro de ses beaux-parents à trois reprises. Mais à l'instant où la sonnerie retentissait, il raccrochait.

Tout cela eut lieu tard le soir du dimanche 29 août 1999. Le lundi 30, l'éditeur de la maison Albert Bonniers intéressé par *Homme sans chien* l'appela pour l'inciter à retravailler le texte. Le lundi et le mardi soir, Robert resta assis quelques heures devant le pavé, mais il dut se rendre à l'évidence : son vide intérieur allait irrémédiablement paralyser tous ses efforts créatifs. Il mit le paquet de six cent cinquante pages dans une boîte lie-de-vin sertie de métal, où il reposa jusqu'en décembre 2005.

Robert fit acte de présence pendant encore deux semaines à son antenne locale de la coopérative Konsum, puis, à la fin du mois de septembre, fourra quelques affaires dans son sac à dos, déposa le reste de ses possessions au garde-meuble et partit pour l'Australie.

Le téléphone sonna, interrompant le bilan autobiographique de Robert. Sa mère lui annonça que son père désirait savoir quand il avait prévu d'arriver.

– Et toi, tu ne veux pas le savoir ?

– Bien sûr que si, Robert. Ne me prends pas au mot.

– D'accord, maman. Demain soir. J'ai quelques affaires à régler d'abord. Je partirai d'ici vers deux, trois heures.

– Robert…

– Oui ?

– Dis-moi, sincèrement, comment tu vas ?

– Bof. Qu'est-ce que tu veux…

– Je ne veux surtout pas…

Elle s'interrompit. Robert laissa le silence faire son œuvre, puis :

– Je sais, maman. À demain soir, d'accord ?

– Tu es le bienvenu ici, Robert. Fais attention en conduisant. Tu as des pneus cloutés, au moins ?

– Oui, maman. Au revoir, maman.

– Au revoir, mon garçon.

Midi et quart. Il se leva du lit et alla contempler la ville depuis la fenêtre. La première neige tombait.

Il pensa à sa mère.

Il pensa à Jeanette ou, plutôt, tenta de l'imaginer.

Elle l'avait appelé une semaine plus tôt. Le samedi précédent.

– Tu ne te souviens sûrement pas de moi.

– Pas tout à fait, avait admis Robert.

– Je suis un peu plus jeune que toi. On était dans le même collège. Mais j'étais deux classes en dessous.

– Ah bon.

– Tu dois te demander pourquoi je t'appelle.

– Eh bien…

– J'ai vu l'émission à la télé.

– Comme beaucoup de gens.

– Oui, mais je… Oh, et puis zut ! Je ne sais pas comment te le dire. Je t'aime bien, Robert.

– Merci.

Il avait songé à raccrocher, mais sa voix lui plaisait. Ce timbre légèrement rauque, ce ton grave. Elle ne lui donnait pas l'impression d'une écervelée, malgré ce qu'elle venait de lui déclarer.

– En fait, je t'ai toujours bien aimé. Tu faisais partie d'une bande de mecs assez spéciaux. Je pensais souvent à toi quand j'étais adolescente… Et…

– Oui ?

– Et toi, tu ne sais même pas qui je suis. C'est un peu injuste.

– Désolé.

– Ne le sois pas. Au collège, on a tendance à s'intéresser aux gens du même âge. On ne regarde pas tellement vers le bas, c'est dans la nature des choses.

Nouvelle pause. Il aurait pu en profiter pour abréger la conversation. Elle semblait même sciemment lui en donner l'occasion.

– Hmm… Et quelle est la raison de ton appel, en fin de compte ?

– Excuse-moi. Eh bien, après l'émission, je suppose que tu en as vu de toutes les couleurs.

– Effectivement.

– Alors je me suis dit que ça te ferait du bien de savoir que quelqu'un t'aime encore. Pour te redonner un peu confiance en toi.

– Merci, mais…

– Et puis j'ai entendu que tu allais venir en ville. Pour l'anniversaire de ton père et de ta sœur, c'est bien ça ? Ton père était mon professeur principal, figure-toi. Alors je me suis dit que si tu passais quelques jours ici…

– Hmm… fit Robert.

– Enfin, ce n'est qu'une proposition. Je suis célibataire depuis six mois. Ça me plairait bien de passer un moment avec toi. On pourrait refaire le monde en partageant une bouteille de vin. J'habite dans la Fabriksgatan. Tu te souviens où ça se trouve ?

– Je crois.

– Je n'ai pas d'enfants, même pas de chat. S'il te plaît, je peux te laisser mon numéro de téléphone ? Tu n'auras qu'à m'appeler si tu en as envie. Ça peut être sympa d'échapper un peu à la famille.

– Attends, je vais chercher un crayon.

Juste avant qu'ils ne raccrochent, elle lui avait dit s'appeler Andersson.

Jeanette Andersson ?

Il avait beau fouiller dans sa mémoire, ce nom ne lui rappelait rien. Il l'aurait sûrement reconnue sur une photo de classe, mais il n'avait gardé aucun de ses albums de fin d'année. Robert Hermansson n'était pas le genre d'homme à conserver des reliques.

Pourtant, quand, deux jours plus tard, sa mère insista lourdement pour qu'il soit présent à l'anniversaire de cent cinq ans, ce fut Jeanette Andersson qui fit pencher la balance. Autant se l'avouer – le contraire eût été de mauvaise foi.

Naturellement, ma petite maman. Très bien, je viendrai.

Des pneus cloutés ? Robert Hermansson ?

En arrivant en Australie, il avait erré le long de la côte est, de petit boulot en petit boulot dans une interminable série d'établissements touristiques. Serveur, cuisinier, réceptionniste, steward, soigneur animalier (de pandas malades qui dormaient dix-huit heures par jour et passaient les six restantes à manger et à déféquer). Byron Bay. Noosa Head. Arlie Beach. Gérant de bowling à Melbourne. Il y avait eu des hauts et des bas. Il ne gardait aucun emploi plus de quelques semaines. Pour l'avènement du nouveau millénaire, il se trouvait dans un pub irlandais de Sydney, ville où il rencontra Paula. Avec elle, il entama la troisième (et dernière ?) relation durable de sa vie.

Paula avait un point commun avec Robert : elle fuyait. Dans son cas, un époux alcoolique et violent à Birmingham. Lorsqu'ils se rencontrèrent, elle était à Sydney depuis deux mois, temporairement hébergée avec sa fille Judith, âgée de quatre ans et demi, chez sa sœur et son beau-frère, tous deux médecins. Paula, Judith et Robert emménagèrent ensemble en mai 2000, se connaissant depuis à peine six mois. Ils s'établirent dans la ville de Perth, à l'autre bout de l'immense continent.

Robert aimait Paula. Pour Madeleine et Seikka, il ne savait plus très bien ce qu'il avait ressenti, mais, même avec le recul, il était sûr et certain d'avoir aimé Paula. Elle possédait la douceur et l'indulgence nécessaires pour supporter un compagnon alcoolique pendant six ans. Robert eut le bon sens de ne pas en abuser. Il avait l'impression qu'ils s'épanouissaient ensemble. Et puis elle était belle. En tout cas pour une Anglaise. Oui, aucun doute, Robert avait aimé Paula.

Et Judith. Cela faisait déjà plusieurs années qu'il n'avait pas revu sa propre fille Lena-Sofie, alors âgée de cinq ans. Tous les deux ou trois mois, Seikka lui envoyait un mail auquel il répondait cordialement. Il avait deux photographies de la petite dans son portefeuille. Judith fut pour lui une consolation et un substitut.

Avec Paula et Judith, cela n'aurait jamais dû se terminer, se dit Robert en allumant sa machine à expresso.

D'ailleurs, pour une fois, sa troisième (et dernière ?) tentative sérieuse de vivre avec une femme n'avait pas été torpillée par ses propres défaillances, mais transpercée par une épée à double tranchant : une épouvantable mort subite et une tout aussi épouvantable et soudaine piété. Bref, un faisceau de circonstances fatal. Voilà ce qui avait poussé Paula et Judith à le quitter. En avril 2003, après trois ans de bonheur (c'est ainsi qu'il les surnommait : Mes Trois Années de Bonheur), le père de Paula mourut, écrasé par un poids lourd. Paula partit à Birmingham avec sa sœur et Judith pour assister à l'enterrement et tenir compagnie à sa mère pendant quelques semaines. Robert attendait leur retour pour le 28 avril. Puis pour le 5 mai, puis pour le 12. Mais le 11, il reçut un long mail de Paula, lui expliquant la tournure inattendue qu'avaient prise les événements : l'ex-mari violent et alcoolique avait trouvé la foi et s'était transfiguré en homme responsable et bon. Et puis Geoffrey était tout de même le vrai père de Judith. Durant les quelques semaines qu'elle avait passées dans son pays, elle s'était redécouvert des sentiments pour lui. De plus, elle n'avait pas très envie de laisser sa mère seule, terrassée par la disparition de son mari.

Robert démissionna de l'entreprise d'informatique dans laquelle il travaillait depuis un an et demi, refit la traversée du continent et passa six mois à Manly Beach, dans les environs de Sydney. L'été des antipodes touchant à sa fin, il prit l'avion pour la Suède et atterrit à Årlanda le 15 mars 2004. Il appela sa sœur cadette de l'aéroport et lui demanda si elle pouvait l'héberger.

– Pourquoi tu n'appelles pas Ebba ? s'enquit-elle.

– Ne dis pas de bêtises, Kristina, répondit Robert.

– Combien de temps ?

– Jusqu'à ce que je trouve un logement, c'est tout. Deux semaines au maximum.

– Tu es au courant que je vais bientôt accoucher ?

– Si ça t'embête, j'irai ailleurs.

– D'accord, espèce de tache.

Jusqu'à la mi-juin, il fut hébergé chez Kristina et Jakob (et Kelvin, qui naquit début mai) dans le Vieil Enskede. Puis il s'installa dans le deux-pièces en sous-location du quartier de Kungsholmen où il vivait encore. Désormais barman dans un établissement branché, il se dit que sa vie volait comme une feuille morte au gré du vent.

Ou comme un insecte attiré par une ampoule. Puis repoussé. Attiré, puis repoussé.

S'il s'en approchait de trop près, il se consumerait certainement. Mais trop près de quoi ?

La vie suivait son cours – il changea de bar branché et décrocha un temps partiel au journal *Metro* – lorsqu'au mois de mai 2005, après avoir lu une annonce de recrutement dans l'*Aftonbladet* pour *Les Prisonniers de Koh Fuk*, il s'inscrivit au casting. Ce fut la pire décision de sa vie.

Mais je suis quand même l'heureux propriétaire d'une machine à expresso, se dit-il en remplissant le filtre métallique de café moulu. Sur cette planète, finalement, peu de gens possèdent une machine à expresso.

Il échappa de justesse à une nouvelle séance d'autoflagellation et de rabâchage des cuisants mois d'octobre et de novembre, car le téléphone sonna.

Sa sœur Kristina lui posa exactement la même question que sa mère, et il lui répondit exactement la même chose.

– Bof. Qu'est-ce que tu veux…

– Pourquoi tu ne viens pas avec nous en voiture ? Il y a de la place, tu sais.

– Non, merci. Je préfère prendre la mienne. J'ai quelques affaires à régler avant de partir.

– J'imagine.

Que voulait-elle dire par là ? Et puis… avait-il réellement des affaires à régler ? Quelles affaires ? Peut-être que tout le monde était au courant sauf lui…

– Bon ben, à demain soir.

– Robert…

– Oui ?

– Laisse tomber, je te le dirai quand on se verra.

– D'accord.

– Au revoir.

– Au revoir.

Voilà ce qu'ils attendent de moi, se dit-il en raccrochant. Que je me suicide. Tous. Max au journal. Mon psychothérapeute. Voilà pourquoi il insiste pour que je paye à la fin de chaque séance. Même ma sœur.

4

Jakob Willnius ouvrit l'armoire à alcools et sortit une bouteille de Laphroaig.

– Tu en veux ?

– Kelvin dort ?

– Comme une souche.

– Juste un doigt. Qu'est-ce que tu disais sur Jefferson ?

Kristina se pencha en arrière dans leur grand canapé Fogia en forme de banane, se demandant si elle était énervée ou seulement fatiguée.

Ou si elle anticipait l'anniversaire. Peut-être s'agissait-il d'une mise en condition mentale en vue du conflit larvé qui allait irrémédiablement plomber les jours suivants. Mieux vaut l'ignorer, se dit-elle. C'est indigne, je mets mon âme au placard et je les suis dans la danse. Je suis pourtant majeure et vaccinée.

Jakob posa deux verres sur la table et s'assit à côté d'elle.

– Il m'a appelé d'Oslo.

– Jefferson ?

– Oui. Finalement, il aura le temps de faire un saut à Stockholm. Il faut vraiment que je passe une heure ou deux avec lui avant Noël, ça pourrait nous être très utile.

L'énervement de Kristina monta d'un cran.

– Qu'est-ce que tu essayes de me dire ?

Jakob la regarda en faisant tourner son verre dans sa main. Égal à lui-même. Insondable, comme un chat qui scrute une page de télétexte, se dit-elle. Son sourire reproduisait à la perfection la courbe du canapé, sans aucune ironie. Pas l'ombre d'un calcul inavoué au fond de ses yeux vert pâle dans lesquels elle avait autrefois eu envie de marcher pieds nus. Voilà justement ce qui le faisait paraître invincible : cette absence trompeuse de résistance. Et qui rendait… Elle détourna le regard, songeuse. Qui plaçait d'emblée le conflit imminent sur son terrain psychologique à elle. C'était injuste, profondément injuste. Quatre ans auparavant, cette élasticité primitive l'avait séduite, enfin, ce truc de merde, et l'idée paradoxale que ce même trait de caractère la pousserait également à le quitter lui traversa l'esprit comme un éclair. Ce n'était pas la première fois. Tu es mieux en film, Jakob Willnius. Beaucoup mieux.

– À la tienne, Kristina. Eh bien, ce que j'essaye de te dire, c'est que si les Américains sont prêts à investir dix millions dans le projet Samson, ce serait dommage de les rater parce qu'on est coincés à un repas de famille répugnant à Kymlinge – « répugnant » étant le mot employé par une personne pleine de bon sens qui sait de quoi elle parle, mais je ne suis peut-être pas…

– Je vois. Et quand doit-il venir au juste, ce Jefferson ?

– Mardi soir. Il repart mercredi pour Paris. Autour de midi. Mais un petit déjeuner est encore envisageable.

– Envisageable ? On ne rentre pas avant mercredi soir.

– C'est vrai. (Son attention semblait désormais entièrement absorbée par ses ongles. Peut-être les comptait-il.) Kristina, je veux bien participer à ce cirque, mais je souhaiterais partir mardi soir. Ou dans la nuit. Kelvin et toi, vous pourriez rentrer en train, ou en voiture avec Robert, dans la journée du mercredi… C'est sympa qu'il vienne, malgré tout.

Sympa ? se dit-elle. Qu'est-ce que Robert peut bien avoir de sympa ? Elle vida son verre de whisky et regretta de ne pas lui en avoir demandé deux doigts. Ou quatre.

– Si j'ai bien compris, poursuivit Jakob, nous ne sommes pas censés y passer toute la nuit. En plus, on est à l'hôtel. Ils n'auront même pas besoin de savoir que je pars avec un peu d'avance. Qu'est-ce que tu en penses ?

Elle inspira profondément.

– Apparemment, Jefferson est très important pour toi. De toute façon, tu as déjà pris ta décision, tu n'as pas besoin d'en discuter avec moi, Jakob.

Elle lui laissa une seconde pour protester, mais, sirotant son whisky, il ne fit qu'acquiescer d'un petit mouvement de tête.

– Et puis, je ne sais pas du tout ce qu'ils ont prévu. On va fêter les quarante ans de ma sœur et les soixante-cinq ans de mon père. C'est la première fois que tu rencontres ma famille au grand complet – sans doute aussi la dernière, puisqu'ils vont vendre la maison et s'installer sur la côte sénile. Ils sont tous scandalisés, mon père a passé toute sa vie à essayer d'être un chic type et un pilier petit-bourgeois de la communauté, et son seul fils trouve le moyen de se branler devant des caméras de télévision à une heure de grande écoute… Tu vois, en fait, je ne sais pas du tout ce qui nous attend là-bas, mais si tu dois nécessairement petit-déjeuner avec ton nabab, surtout que rien ne t'en empêche.

Il choisit l'issue la plus simple : la prendre au mot, feignant de ne pas avoir saisi les affres d'ironie qu'elle venait de déployer.

– Très bien. Je lui ai proposé neuf heures, mercredi matin. Je vais l'appeler pour confirmer.

– Et si la réception ne se termine pas avant minuit ?

– Je comptais aller directement au rendez-vous. La nuit, il n'y a que trois heures de route. Quatre, cinq heures de sommeil, ça me suffit.

– Comme tu veux, dit Kristina. Qui sait… Finalement, Kelvin et moi, on reviendra peut-être avec toi.

– Rien ne me ferait plus plaisir, répondit Jakob avec un sourire bienveillant. Tu en veux un doigt de plus ? C'est qu'il est bon, ce lait d'ânesse.

Elle se réveilla à deux heures et demie du matin et ne parvint pas à se rendormir. Ce n'était pas une heure propice pour des pensées optimistes.

Ça ne marchera jamais, se dit-elle. Entre moi et Jakob, ça ne tiendra pas la route. On ne joue pas dans le même genre de film.

Nos instruments ne sont pas accordés… Lentement mais sûrement, sans buter sur aucun obstacle, arguments et métaphores se détachaient du fond, s'élevaient et touchaient la surface… Nous ne vivons pas dans le même espace mental, nous ne parlons pas la même langue, nous sommes comme de l'huile et de l'eau, pas une seule de ses pensées ne ressemble à une des miennes. Dans cinq ans… Mère célibataire, j'irai à ma première réunion de parents d'élèves. À quoi bon se trouver un nouveau mec ? Je renonce.

Je suis trop exigeante, se dit-elle.

Voilà comment Ebba décrirait le phénomène. Ebba, parfaite en tout. Pour qui tu te prends, petite sœur ? Profite plutôt de ce que tu as. Tu aurais pu plus mal tomber.

Mais Kristina n'avait pas l'intention d'en discuter avec Ebba.

Tu es trop exigeante, tu en demandes trop, diraitelle. Comment peux-tu t'imaginer que quelqu'un – un homme, en plus ! – pourrait se réjouir de plonger dans les méandres de ton esprit féministe ? Il suffit de voir ces scénarios avec lesquels tu batailles. Le reste de l'équipe courbe l'échine et remplit son contrat, et toi, tu compliques tout. Tu dépasses toujours tes délais de réécriture. Réécrire, réécrire, réécrire. Tu es là pour produire des niaiseries, apprends donc à le faire, quitte à tourner la page ensuite. De toute façon, le monde ne comprendra jamais ton génie.

Voilà ce qu'Ebba aurait dit. Si elle avait eu tous les éléments en main.

Kristina fut envahie par la morosité particulière qui l'assaillait systématiquement lorsqu'elle rejoignait Ebba sur sa barricade, car la petite sœur y combattait ses propres intérêts. Il n'y a aucun génie caché dans les lobes de ton cerveau, Kristina Hermansson ! Tu ne possèdes pas une once d'originalité. Pas la moindre créativité authentique. Tu n'es qu'une jeune garce insatisfaite et mégalomane. Tu l'as toujours été. Deux transformations qualitatives auront lieu dans ta vie : d'abord, tu deviendras une garce d'âge mûr, puis une vieille garce.

Elle but un verre de jus de pomme et mangea une tartine de pain dur au cheddar. Puis elle alla contempler son corps devant le miroir de la salle de bains. Égal à lui-même. Il avait été plus jeune, mais ses seins demeuraient symétriques, son ventre, plat, et ses hanches, juste assez généreuses. Pas de cellulite. Une femme, en fin de compte. Si elle avait été un homme, elle aurait sans doute apprécié le spectacle.

Trop tard, elle s'était engagée à ne plus faire l'amour qu'à un seul et unique mâle jusqu'à la fin de ses jours… N'est-ce pas ? En plus, il préférait le faire dans le noir. Sans doute pour lui cacher son petit pneu autour du bide. Elle était désormais la seule à contempler de temps en temps ce corps en assez bonne condition. Trente et un ans. Jakob en avait quarante-trois. En inversant les rôles, cela signifiait qu'elle pouvait se prendre un amant de dix-neuf ans. Un frémissement parcourut l'intérieur de ses cuisses. Rien de plus. Pas encore.

Quelles créatures ridicules ! Pourquoi consacrer tant d'efforts à nous gratter le nombril, à disséquer nos petites vies insipides ? Un véritable cheminement égocentrique vers la tombe.

Je devrais devenir croyante, se dit-elle. Ou du moins m'intéresser à quelque chose. Les baleines, les femmes afghanes… une quelconque espèce opprimée. À mon mari et à mon fils ? Le minimum syndical.

Peut-être à Robert aussi. S'il finissait réellement par se suicider, elle aurait beaucoup de mal à se le pardonner.

Mais à Jakob…

Où trouverait-elle la force ?

Dès leur première rencontre, il l'avait flattée : son scénario était remarquable, parmi les vingt-quatre qu'ils avaient reçus, il sortait du lot. Sans scrupule, il avait caressé sa vanité féminine dans le sens du poil. Elle avait été engagée sur-le-champ. À vingt-sept ans, elle était tombée dans le piège comme une vulgaire adolescente assoiffée de reconnaissance.

C'était en mai 2001. En août, ils faisaient l'amour pour la première fois. Une dizaine de minutes avant, il lui avouait être marié et avoir des jumelles âgées de quinze ans.

Sa franchise avait achevé de la séduire. Et lorsque, contre toute attente, il avait demandé le divorce six mois plus tard, la sinistre prophétie de son amie Karen avait été démentie. (Ils ne divorcent jamais ! Comment tu peux être aussi débile ? Tu n'as jamais lu un livre de psychologie de toute ta vie, ou quoi ? Quel mollusque ! On devrait te stériliser !) Lorsque Kristina apprit qu'Annica, la mère des jumelles, avait devancé son mari d'un an dans le jeu délicat de la chasse au nouveau partenaire, elle était déjà enceinte. Son mariage avec Jakob approchait à grands pas. Elle ne l'apprit pas de sa bouche, d'ailleurs, mais de celle de Liza, l'une des jumelles – de véritables panthères. (Ne t'imagine pas que tu as triomphé de notre mère. Une poire comme toi, c'est tout ce qu'elle attendait.)

L'ex de Jakob et ses filles avaient migré à Londres, sous la houlette d'un nouveau mâle alpha. Cela datait à peu près de la naissance de Kelvin, et leur souvenir pâlissait, telle une vieille photographie trop longtemps exposée au soleil. Bizarre, il devait y avoir des cadavres dans les placards. Enfin, inutile de creuser dans un vieux tas de compost.

Leur maison dans le Vieil Enskede leur avait coûté les yeux de la tête, mais Jakob Willnius avait de l'argent et une situation. Il était directeur de programmation, l'un des petits chouchous de la télévision nationale new look : dépersonnalisée et entièrement digitale. De plus, il avait survécu à deux femmes chefs comme aucun homme n'avait jamais réussi à le faire auparavant. (Il a quelque chose, je suis d'accord, avait dit Karen. Mais je ne suis pas sûre que ce soit bon signe.) Avec moi, se disait Kristina dans ses moments maussades, il a tiré le gros lot. Une femme âgée de douze ans de moins que lui. Tant que j'accepte de baiser deux fois par semaine, il ne me quittera jamais.

L'insatisfaction qui la rongeait à petit feu depuis si longtemps était montée en flèche ces derniers mois. Dorénavant, impossible de l'ignorer. Le besoin de... Eh bien, de quoi ? se demanda-t-elle en sortant de la salle de bains. De le punir ? Encore une idée ridicule. *Punir* Jakob ? Qu'y gagnerait-elle ? Et d'où venaient ces mots insidieux qui se glissaient dans ses pensées ?

Mais sentiments et raison refusaient obstinément de s'accorder. Ils se sautaient à la gorge. Le problème était là, elle ne le savait que trop bien.

Ce que je peux être primitive, se disait-elle en s'allongeant dans le lit double à une distance rassurante de son époux. Au moins, je connais mes propres motivations. Et la vie ne m'offrira rien de plus que ceci. *Bonjour tristesse.*

Que faire ? Ou plutôt : est-ce que je veux vraiment y remédier ?

Pourquoi tout devient-il soudain si insupportable ?

Avant qu'elle n'eût le temps de venir à bout de ces interrogations inextricables, le sommeil prit possession d'elle. Pas trop tôt. Il ne restait que trois petites heures avant que Kelvin ne la réclame. À sa manière placide.

Au lendemain du scandale, sa mère l'avait appelée. Jakob n'aurait-il pas par hasard usé de son influence pour que Robert soit sélectionné dans cette émission de malheur ?

Kristina avait rejeté cette idée par trop absurde. Pourtant, elle lui avait posé la question le soir même.

Une fois n'est pas coutume, quelque chose qui ressemblait vaguement à de la colère avait pris possession de Jakob.

– Kristina ! Mais qu'est-ce que tu insinues ? Tu me connais mieux que ça ! Et tu sais ce que je pense de Lindmanner et de Krantze.

– Excuse-moi, c'est ma mère qui se pose la question. Ils ont l'air passablement secoués, à la maison.

– Ça ne m'étonne pas. Mais, très sincèrement, je suis plutôt content de la tournure que ça a pris. Ils vont avoir du mal à justifier des projets pareils à l'avenir.

– Tu veux dire que les bêtises de Robert peuvent avoir des retombées bénéfiques à long terme ?

– Pourquoi pas ? Si les gens tiennent vraiment à voir ce genre d'émissions, ils n'ont qu'à tomber encore un peu plus bas et regarder les chaînes porno, non ?

Il avait raison, bien sûr. Mais ce type de classification agaçait Kristina. En gros, au-dessus de la catégorie porno, on pouvait distinguer trois niveaux qualitatifs dans les divertissements de l'industrie télévisuelle. En bas, les émissions de téléréalité, et dans le genre on ne pouvait pas tomber plus bas que *Fucking Island*. Au milieu, des séries, des jeux-concours tels que *La Roue de la fortune*, des émissions de débat et autres plateaux voués aux faits divers et à la sociologie de comptoir. Tout en haut trônaient les bons vieux longs-métrages de fiction – désormais réduits à une peau de chagrin dans la production nationale. Où Jakob avait sa place, noblesse oblige. Même le sacro-saint audimat n'y était pas vraiment pris au sérieux. Seuls comptaient la qualité et les prix internationaux.

Quoi qu'il en soit, même si cette classification pouvait sembler discutable, Robert Hermansson, le frère de Kristina, se trouvait tout en bas du niveau le plus bas. Il s'agissait, du moins pouvait-on l'espérer, d'une célébrité de courte haleine, mais deux millions de téléspectateurs, c'était quand même plus que ce qu'avait atteint Jakob Willnius avec la somme de ses six dernières productions.

Sans compter le dernier film de l'ermite de Fårö, le grand Ingmar Bergman. Pas de quoi fouetter un chat. *The show must go on.*

Kristina n'avait pas eu l'intention de retourner à la Fabrique après son congé maternité, mais quand l'heure avait sonné, elle n'avait pas eu le choix. Une année de plus, s'était-elle dit. Je me donne une année de plus.

Le délai était dépassé depuis novembre. Noël approchait, et elle continuait inlassablement à pondre des idées pour la suite éventuelle d'une série accueillie par des critiques caustiques. Un Premier ministre, une nation en crise et autres thèmes du même acabit. Jakob et elle avaient réservé un séjour de deux semaines aux Maldives à dater du 20 janvier. Bon, très bien, s'était-elle dit, conciliante. Je continue jusque-là, et après, stop. En février, je passe à autre chose.

– Tu conduis trop vite, remarqua Jakob. Nous ne sommes pas pressés, enfin, je crois…

Elle ralentit et le compteur redescendit à cent.

– Tu veux t'arrêter pour manger un morceau ?

Il jeta un coup d'œil à Kelvin.

– Si on attendait que notre dauphin se réveille ?

– D'accord. À quoi tu penses ?

Il ne répondit qu'après quelques secondes.

– À ta famille, figure-toi. Tu pourrais écrire un projet sur eux.

– Va te faire…

– Je parle sérieusement ! Quelque chose entre documentaire et téléréalité, avec une certaine distance critique. Ils en ont produit plusieurs dans le genre aux États-Unis. Sur ce qui arrive dans une famille quand…

– Arrête, Jakob. Un mot de plus là-dessus, et je fonce dans le flanc de la montagne.

Il posa la main sur le bras de sa femme, l'air méditatif.

– Excuse-moi. Je me disais simplement que vous êtes un groupe d'individus très intéressants… et peut-être représentatifs.

– Représentatifs de quoi ?

– De notre époque.

Elle attendit la suite, mais il n'y en eut pas. Il se remit à feuilleter l'*Aftonbladet*. Un groupe d'individus intéressants ? Facile à dire pour un fils unique de famille bourgeoise de Stocksund. Ses parents étaient morts à moins de dix mois d'intervalle après avoir développé des cancers dans différentes parties du corps. Sept ans auparavant. Les représentants de l'arbre généalogique de Jakob se réduisaient désormais à lui-même et à de pâles jumelles résidant à Hampstead. Sans oublier Kelvin. Et un vieux monsieur à Gilleleje, au Danemark, agonisant depuis une décennie. Le moment venu, il léguerait un héritage considérable. En fin de compte, il y avait vraiment de quoi se demander ce que Jakob pouvait bien entendre par « représentatifs » et par « notre époque ».

– Tu as raison, dit-elle. En y regardant de plus près, nous avons sûrement une valeur de divertissement assez élevée.

Cette fois, il choisit de comprendre son ironie.

– Mais enfin, tu ne les aimes pas ! protesta-t-il. Je ne comprends pas pourquoi tu prends toujours leur défense contre moi. C'est un peu infantile.

– Ce n'est pas si simple. Quand on n'aime pas une partie de son corps, il ne suffit pas de l'amputer, contrairement à ce que prétend un certain Jésus de Nazareth. D'ailleurs, je n'ai rien contre Robert… En tout cas, pas jusqu'à maintenant.

Après une pause méditative, Jakob replia son journal et regarda le profil de Kristina.

– Ça fait plusieurs jours que tu es en colère contre moi. Crache le morceau ! Laisse-moi au moins une chance de m'expliquer.

Elle était sur le point de répondre, lorsque Kelvin se réveilla avec un hoquet et un sanglot, interrompant la conversation.

5

L'émission *Les Prisonniers de Koh Fuk* avait été conçue par deux intermittents créatifs dans la force de l'âge, Torsten « Bengali » Lindmanner et Rickard Krantze, et produite par une société spécialisée en téléréalité. Le moteur principal de l'intrigue était l'humiliation ; l'idée forte, si tant est qu'on puisse employer ce terme à ce niveau de la production télévisuelle, un certain jusqu'au-boutisme. Le rendez-vous hebdomadaire d'une moralité ouvertement douteuse serait diffusé au premier trimestre. Même plus besoin de se voiler d'un quelconque simulacre de décence. Ou d'y chercher une raison « noble » cachée. On allait tout simplement montrer un certain nombre d'êtres humains sous leur aspect le plus cochon, le plus éthylique et le plus dénudé.

Point de départ : une île et deux « équipes », l'une masculine, l'autre féminine. Au final, un joueur, peut-être deux, gagnerait un paquet de fric. Pendant les deux ou trois premiers épisodes, les équipes resteraient isolées l'une de l'autre, mais tout téléspectateur averti se douterait qu'il y avait eu quelques manquements à la règle. Le but du jeu, ou « la finalité de tout ce cirque ignoble », comme l'exprima Krantze à la première et unique conférence de presse que donna la production avant le départ des participants, était d'accomplir une mission très spéciale, dont la nature serait dans un premier temps tenue secrète, tant pour les joueurs que pour les téléspectateurs.

Les critères de sélection des cinq femmes, âgées de vingt-cinq à trente-cinq ans, étaient les suivants : belles, célibataires, hétérosexuelles, ayant au moins une fois dans leur vie gagné un concours de beauté. Par exemple celui de la Sainte Lucie de leur région, ou de leur agglomération s'il s'agissait d'une grande ville. Le décor de l'émission – l'île – s'appelait Koh Fuk et se trouvait à une heure en pirogue de Thrang, dans le sud de la Thaïlande. La première tâche des femmes serait de parfaire un bronzage intégral aussi séduisant que possible. Des images de cette activité intensive – peau nue, strings et silicone – seraient quotidiennement visionnées par l'équipe des messieurs, constituée de cinq célibataires âgés de vingt-six à trente-huit ans. Tous les soirs, ils voteraient pour le meilleur bronzage, et noteraient les demoiselles sur sept autres indices de féminité, selon un système élaboré par Lindmanner et Krantze en concertation avec les experts d'un magazine « people ». À part cela, les messieurs passeraient leurs journées à faire de la musculation. Grimper de corde, poirier, saut en longueur et bras de fer, le tout effectué dans une tenue minimaliste : lunettes de soleil et étui pénien coloré. Les dames, munies de flûtes de champagne sur fond de coucher de soleil, jugeraient et commenteraient les exploits des messieurs à l'aide d'un système de notation comparable au leur.

L'équipe masculine comportait exclusivement – du moins le croyait-on à ce stade – des sportifs de haut niveau et garantis hétérosexuels. Les participants arrivés en sélection finale avaient sans doute un peu moins de charisme que ce qu'avaient espéré les concepteurs. On n'était pas au top, annonça Krantze à la conférence de presse mentionnée ci-dessus, mais *what the hell*.

Les champions étaient les suivants : un joueur de hockey sur glace de l'équipe nationale Tre Kronor ayant participé à seize rencontres internationales, un lutteur médaillé de bronze en championnat d'Europe et deux fois médaillé d'or en championnat de Suède, un skieur de fond quatre fois médaillé en championnat de Suède de relais et arrivé une fois troisième au *Vasalopp*, un rameur finaliste olympique et médaillé de bronze en championnat d'Europe, et pour finir Robert Hermansson, coureur de steeple arrivé quatrième dans deux *Finnkamp* consécutifs.

Le dernier de la liste était aussi le moins qualifié d'une bande assez peu qualifiée en général. Il fut d'ailleurs sélectionné in extremis, après le désistement d'un footballeur célébrissime qui, malheureusement, s'était trouvé une petite amie, faisant faux bond à la production deux semaines avant le départ à Koh Fuk.

Dans l'épisode numéro trois, les mâles, en tenue légère, joliment bronzés, et les femelles, pareillement dorées, furent rassemblés à l'occasion d'une soirée sur la plage, où l'alcool coula à flots. Ici commençait une nouvelle étape dionysiaque du jeu : lutte, tir à la corde, soulever de bonne femme et saute-mouton. Un ingrédient scénaristique demeuré inconnu tant des participants que des téléspectateurs (mais pas des reporters des journaux à scandale) fut ajouté aux cocktails servis aux joueurs : une faible dose d'amphétamines censée aiguiser leurs appétences. Après les concours et la fête, les candidats furent autorisés à se fréquenter librement pendant deux heures sur la plage, occultés par l'obscurité. À l'aide de caméras infrarouges, on enregistra pas moins de deux coïts musclés, mais sans pouvoir identifier les acteurs, ce qui laissa place à de joyeuses spéculations. À partir de ce troisième épisode, l'audimat dépassa le million : un million deux cent vingt-trois mille six cent cinquante téléspectateurs – chiffre qui se traduisait en une partie de la cagnotte que remporterait le gagnant.

Dans le quatrième épisode, deux coups de théâtre sous forme de révélations : d'une part, le nombre total de téléspectateurs de l'émission (au million deux cent vingt-trois mille six cent cinquante vint s'ajouter l'audimat de ce soir-là, qui atteignit le score phénoménal de un million huit cent quatre-vingt mille cent douze spectateurs, la cagnotte s'élevant dès lors à plus de trois millions de couronnes), d'autre part, l'ultime dessein des *Prisonniers de Koh Fuk* – et la véritable grandeur de Lindmanner et Krantze.

Il s'agissait de fécondation. Tout simplement.

Les journaux à scandale s'entichèrent immédiatement de *Koh Fuk* – ou *Fucking Island*, comme l'émission fut surnommée dès le deuxième épisode. Les rédactions envoyèrent sur le tournage des correspondants permanents et des photographes (équipés d'appareils à infrarouges). Cet intérêt était-il dû à la rumeur selon laquelle deux des reines de beauté auraient été, à différentes époques, les compagnes d'un célèbre cambrioleur de banque ? Ce faisceau de faits divers s'avéra en tout cas assez synergique. Ajoutons que les autres émissions de téléréalité de la rentrée s'étaient révélées plutôt médiocres : des platitudes prévisibles, des participants seulement à demi nus. Cela sentait le réchauffé. De toute façon, il fut bientôt clair que *Fucking Island* deviendrait le grand succès de l'automne.

Il fallait bien admettre que le fin mot de l'histoire était absolument génial. À ce sujet, tous les commentateurs s'accordaient dans une harmonie émouvante. Engendrer un enfant.

Et gagner un million et demi de couronnes pour la peine. Trois si on choisissait de rester en couple et de fonder une famille. Du côté femmes, la première dont la grossesse serait confirmée par l'équipe médicale de l'émission remporterait la cagnotte. Du côté hommes, ce serait celui qui avait fécondé la femme en question. Son identité serait déterminée à l'aide d'une analyse d'ADN par amniocentèse.

En contrepartie : farniente, baignade, alcool, copulation n'importe où et n'importe quand. Voilà ce qu'on leur proposait.

Et un déploiement de caméras de surveillance d'une ampleur inédite.

Des interviews. Des mensonges. Des crises de nerfs. Des conseils psychologiques. Des diffamations. Et toujours plus d'alcool.

Des milliers de courriers de spectateurs indignés. La contre-offensive morale. Au moins trois ministres désapprobateurs sur les plateaux du matin.

Près de deux millions de téléspectateurs regardèrent le cinquième épisode, mais il était trop tôt pour constater une grossesse (encore un coup de génie dans l'art du suspense). On pouvait cependant se consoler en pariant sur les joueurs dans deux types de cotes : la « cote individuelle » et le « couplé de la semaine ». Parmi les femmes, une Scanienne aux yeux bruns et à la poitrine opulente, siliconée en quatorze parties de son corps, fut filmée en compagnie de deux hommes, peut-être trois. Elle obtint la cote la plus basse – autour de 2,40 –, alors que le très viril rameur accédait à la place de favori parmi les messieurs avec une cote de 7,50, c'est-à-dire trois fois plus que la dame. Robert Hermansson oscillait entre 15 et 25, toujours largement à la traîne par rapport à l'autre joueur masculin le moins coté, le skieur, qui se maintenait généralement entre 8 et 12.

Après le sixième épisode, diffusé le 5 novembre, un couplé sur Robert et une Sainte Lucie de Grums très agressive et à demi nue obtint une cote de 158 après une gifle monumentale et une déclaration retentissante de la dame : si Robert s'enhardissait à rôder autour d'elle, elle lui arracherait les couilles avec les dents.

Ce fut dans l'épisode suivant, l'avant-dernier (un million neuf cent quatre-vingt mille quatre cent cinquante-sept téléspectateurs), que l'on constata enfin que quelqu'un était parvenu à mettre la reine de beauté « Hälsingland 1995 » enceinte, avec une cote de 4,82. Dans le même épisode, la frustration de l'ancien coureur de steeple Robert Hermansson fut dévoilée dans toute sa pitoyable indécence lorsque, hurlant à la lune, il se masturba vigoureusement sur la rive. Un critique du Norrland déclara que l'image allait faire date dans l'histoire de la télévision.

Robert le branleur eut droit à des titres presque aussi gros que Miss Hälsingland, mais dans la dernière émission (deux millions onze mille sept cent soixante-quinze téléspectateurs) – celle où le joueur de hockey fut, à la surprise générale (cote individuelle : 6,60 ; cote en couplé : 21,33), déclaré l'heureux étalon et futur père de famille –, on ne le vit même pas. Il avait quitté le tournage de *Fucking Island* pour le royaume de Suède et se trouvait en traitement, quelque part dans une maison de repos dont l'adresse était tenue secrète.

Robert baissa la visière de sa casquette et mit ses lunettes aux verres jaunes avant d'entrer dans la station-service. Ayant payé son essence, il acheta un café et des cigarettes – il n'arriverait jamais à supporter son père et sa grande sœur sans une forte dose de nicotine dans les veines.

En ce lundi 19 décembre à seize heures quinze, il lui restait une heure et demie de route avant d'arriver à Kymlinge. Pour passer le temps, il fit quatre grands tours sur l'aire de repos et fuma deux cigarettes. Il avait promis d'arriver au plus tard à dix-neuf heures – inutile de prendre de l'avance. Il se rassit au volant beaucoup trop tôt, mais il s'arrêterait de nouveau en chemin. Il achèterait un soda au citron et des chewing-gums dans une autre station-service, ce qui lui prendrait dix minutes de plus.

Il bifurqua pour reprendre la route principale, tentant de s'imaginer l'illusoire Jeanette Andersson – son salut ? –, mais il ne parvenait pas à s'en faire une image nette. Elle le désirait depuis leur adolescence ; cette idée lui plaisait de plus en plus. Il la savourait comme on suce un bonbon. Un désir sexuel contenu, accumulé pendant quinze, vingt ans… Quelles fleurs magnifiques l'amour ne ferait-il pas pousser dans pareil terreau ?

Pourtant, elle demeurait fuyante. Il ressentait une difficulté croissante à se concentrer sur elle. Il avait repris le volant depuis seulement dix ou quinze minutes lorsqu'il fut envahi par une sensation jusqu'alors inconnue : un malaise corrosif, paralysant, implacable, si puissant qu'il dut de nouveau s'arrêter dans un parking, sortir de voiture et allumer une cigarette.

Il parcourut les environs du regard : rien d'extraordinaire. Aucun autre véhicule. En cet après-midi froid, crépusculaire et inhospitalier, personne ne s'était arrêté sur le bitume lisse. Ni neige ni verglas ; il devait faire un ou deux degrés au-dessus de zéro. La route s'enfonçait dans une forêt de conifères dense. La circulation était faible, environ un véhicule par minute dans chaque sens. Il soufflait un faible vent du nord – s'il avait bien repéré ses points cardinaux.

Mais le sentiment qui s'était emparé de lui ne venait pas du monde extérieur. À la fois familier et terriblement inconnu, il se propageait en lui à partir d'un point situé entre son ventre et sa cage thoracique, peut-être le plexus solaire, et s'élevait lentement, réduisant en cendres tout ce qu'il croisait en chemin. Un feu de brousse intérieur, un genre de gangrène. Inutile de lutter, il n'avait plus qu'à accepter son sort.

Je vais mourir, se dit-il. Dans la nuit tombante sur ce parking, je vais enfin mourir. Je n'aurai même pas besoin de me jeter devant une voiture. Cela fait longtemps que je porte en moi le germe de ma mort, il a grandi peu à peu. Mais l'heure est venue. Et maintenant je suis paralysé, victime d'un processus inexorable. Le chemin se termine, il n'y aura pas de roman écrit par moi. Personne ne lira *Homme sans chien*.

Il voulut porter la cigarette à ses lèvres, mais sa main refusa de lui obéir. Il tenta d'écarter les doigts pour lâcher le mégot sur le sol. Ses muscles n'eurent pas un seul frémissement. Les messages envoyés par son cerveau ne parvenaient pas à destination. Il eut l'intention de tourner la tête vers sa voiture au lieu de regarder fixement la forêt noire et le ciel troublé, mais rien.

Absolument rien.

Jusqu'à ce que la cigarette, imperceptiblement, glisse de ses doigts et atterrisse à dix centimètres de son pied droit. En périphérie de son champ de vision, la braise crépita un moment avant de s'éteindre.

Mon Dieu, se dit Robert Hermansson. Suis-je déjà mort ? Suis-je en train de mourir ? De quitter… De quitter mon corps, de devenir autre ?

Tout lui semblait un et indivisible. La douleur lancinante dans sa poitrine, le souffle qu'il rejetait par à-coups, le vent du nord toujours faible, glaçant son front humide, la lumière d'un véhicule qui l'aveugla peu à peu, s'approchant, le dépassant, disparaissant. Son et lumière.

Un nombre indéterminé de véhicules passèrent ainsi pendant une durée indéterminée, alors qu'un nombre indéterminé d'événements avaient lieu – ou pas – dans le monde ; puis il tomba.

En avant, un peu en biais, vers le nord-est, les bras le long du corps. Juste avant d'atterrir, il parvint à pivoter ; son épaule droite amortit le choc. Il resta étendu, bras et jambes écartés, sans éprouver aucune douleur. Sa mâchoire inférieure se mit à trembler. Il tenta de joindre les mains mais n'y parvint pas, il essaya de calmer sa mâchoire, puis il renonça et perdit conscience.

Un rêve s'infiltra à travers la grille de son sommeil. Enfant, âgé seulement de quatre ou cinq ans, il se tenait debout face à son père. Il avait fait pipi dans sa culotte.

– Tu l'as fait exprès, dit son père.

– Non, répondit Robert. C'est arrivé, je n'y pouvais rien.

– Si. Je te connais. Tu l'as fait exprès. Tu aurais pu aller aux toilettes, mais tu voulais tourmenter ta mère en la forçant à laver tes habits pisseux.

– Non, non ! sanglota Robert, la gorge serrée. Ce n'est pas vrai. C'est arrivé. Je peux laver mes habits pisseux moi-même !

Son père serrait les poings, furieux.

– En plus, tu mens ! Tu te pisses dessus exprès, ta mère doit s'user au travail à cause de toi et tu mens. À ton avis, pourquoi nous t'avons mis au monde ?

– Je ne sais pas ! Je ne sais pas ! s'écria Robert, au désespoir. Je n'y peux rien, ça ne s'est pas passé comme vous le dites, père, je vous aime tous, laissez-moi vivre et vous verrez.

Mais son père, assis à son grand bureau, ouvrit un tiroir et en sortit la tête de sa sœur, Kristina. Ensanglantée, affreuse, détachée. Il la tenait par les cheveux, à bout de bras. Elle se balançait au-dessus du bureau, l'air si triste, si seule… Brusquement, le père de Robert fit tournoyer la tête et la lâcha sur son fils, qui faillit de nouveau se pisser dessus. Mais au moment précis où Robert allait la rattraper, tendant les mains comme le gardien de but d'une équipe de handball, à l'instant où il allait effleurer la chevelure rousse de sa petite sœur adorée, il se réveilla.

Il fit trois pas vers la lisière de la forêt, défit sa braguette et pissa.

En se remettant au volant, il tremblait de froid. Au prix d'un effort surhumain, il parvint à tourner la clef dans le démarreur.

– Non, dit Ebba Hermansson Grundt. Le livre audio attendra. Henrik doit nous faire un compte rendu détaillé.

Le premier semestre à l'université est tout à fait déterminant dans le développement personnel, en bien ou en mal.

Leif Grundt poussa un soupir et éteignit le lecteur de CD. Pour sa part, le développement personnel s'était arrêté après le lycée professionnel, section commerciale. Naturellement, il était curieux de savoir comment son fils aîné s'en sortait à Uppsala. Dans les limites de ses capacités, Leif était un bon père. Il avait d'ailleurs grandi dans la ville universitaire, mais à Salabacke, un quartier éloigné du centre et de l'enclos académique. Et puis Ebba avait déjà franchisé la marque « Henrik ». Cela datait du temps où il se trouvait dans son utérus, mais c'était devenu encore plus manifeste depuis qu'il étudiait le droit, habitait en cité universitaire et prenait part au cérémonial estudiantin : activités des « nations » – les associations régionales d'étudiants –, beuveries, dîners de messieurs, après-midi au punch suédois et tout le tralala.

Enfin, se dit Leif Grundt, il deviendra peut-être quelqu'un de décent, malgré tout ce cirque.

– Ça se passe bien, dit Henrik Grundt.

– Bien ? demanda sa mère. Je te prie de développer un peu. Vous avez vos partiels en janvier, n'est-ce pas ? Dire qu'ils sont obligés de prolonger le premier semestre jusqu'en janvier. De mon temps, ça ne se faisait pas. Il restait encore un ou deux petits contrôles après Noël, mais pas tous les examens ! Enfin, tu as trois semaines pour potasser, n'est-ce pas ?

– Ça va aller, dit Henrik. Je travaille avec trois autres étudiants. On s'y mettra le 2 janvier et on bûchera à fond pendant dix jours.

– Mais tu as quand même apporté tes livres ? demanda Ebba, avec un soupçon d'inquiétude maternelle.

– Quelques-uns. Ne vous inquiétez pas pour ça.

Leif Grundt avait quitté la voie pour doubler un poids lourd allemand jaune sale. Ebba Hermansson Grundt ne parlait jamais quand on doublait. Le silence se fit donc dans l'habitacle pendant une dizaine de secondes. Kristoffer jeta un coup d'œil à la dérobée à son grand frère. « Pour ça » ? Son imagination lui jouait-elle des tours ou y avait-il là un sous-entendu ? Quelque chose d'autre mériterait-il qu'on s'en inquiète ?

Incroyable. Super-Henrik n'avait jamais représenté une quelconque source d'inquiétude pour ses parents. Il réussissait tout, quoi qu'il entreprenne. Il alignait les prouesses scolaires, sportives, au piano, au Trivial Pursuit et à la pêche à la mouche. En tout. Depuis toujours. À onze ans, il était devenu champion de district dans le jeu radiophonique *Nous, les cinquièmes*. Selon Leif, leur père, Henrik n'avait qu'un problème dans la vie : le dilemme entre devenir Prix Nobel ou Premier ministre. Selon Ebba, leur mère, il pourrait faire les deux. Kristoffer qui, à l'époque de cette discussion, n'avait que six ans, était monté dans sa chambre bouder. Comme d'habitude, son grand frère recevait tous les éloges. Il s'était en outre approprié les deux brillants avenirs disponibles : Premier ministre et Prix Nobel. Henrik de merde ! Attends voir. Moi, je deviendrai roi et je t'obligerai à manger des légumes crus pendant le restant de tes jours. Jusqu'à ce que tu étouffes.

Et pourtant… Enfin, éventuellement, s'il avait bien interprété la subtile dissonance dans la voix de son frère… Il y aurait donc matière à s'inquiéter ?

Vœu pieux, raisonna Kristoffer le pécheur, les yeux rivés sur la bâche tachée de sel du poids lourd qui défilait lentement devant sa vitre. Non, dans notre famille, cela ne se passe pas comme ça.

– Et la fille ? demanda Ebba en se limant les ongles, une tâche qu'elle n'avait le temps d'accomplir qu'en voiture, quand ce n'était pas elle qui conduisait. Vous faites attention, j'espère ?

Ça veut dire qu'ils doivent utiliser des capotes, traduisit mentalement Kristoffer.

– Oui, répondit Henrik. On fait attention.

– Jenny ? ajouta Ebba.

– Oui, Jenny.

– Étudiante en médecine de Karlskoga ?

– Oui.

– Elle chante aussi dans la chorale ?

– Oui, mais pas de la même nation. Je te l'ai déjà dit, je crois.

Il y eut un nouveau silence. Merde ! se dit Kristoffer. Il y a vraiment quelque chose…

– Tu m'as l'air un peu fatigué, intervint Leif. Enfin, entre les études et les bringues, tu ne dois pas te reposer beaucoup. Je me trompe ?

– Leif, dit Ebba.

– Désolé, répliqua ce dernier en se préparant à doubler un autre véhicule. Il a l'air un peu mou, c'est tout. Vous ne trouvez pas ? Pas comme Kristoffer et moi, bien sûr, mais quand même.

Kristoffer sourit intérieurement. Décidément, il adorait son père, le directeur de supermarché.

– Il nous reste combien de route ?

– Si Dieu et votre mère le veulent bien, on arrivera à temps pour traire les vaches.

Ebba jeta un coup d'œil neutre à son mari.

– Heureusement qu'on est à l'hôtel, dit Kristina. Je pourrai toujours essayer de me dire que je ne suis pas d'ici.

Ils venaient de quitter la route principale. Les industries Gahn et l'église avaient surgi dans leur champ de vision.

Elle n'aurait jamais prononcé tout haut une pareille pensée si elle n'avait pas été épuisée. Même si elle détestait sa ville d'enfance depuis la nuit des temps, inutile d'apporter de l'eau au moulin de Jakob.

– Je n'ai jamais bien compris le concept de petite ville, déclara celui-ci. Elles sont censées représenter une espèce de chaînon manquant entre la campagne et les vraies villes, c'est ça ?

Il fit un geste en direction d'une rangée uniforme de maisonnettes ouvrières. Un résultat de la politique de logement familial du début des années soixante-dix : des façades en briques de grès endommagées par l'humidité, huit fenêtres sur dix ornées du même chandelier de l'Avent et, à l'entrée de sept des dix maisons, des mini-monospaces identiques fabriqués en Asie du Sud-Est.

– Dieu devait avoir un coup dans le nez quand il a créé ça.

– Certains osent prétendre que Stockholm non plus n'est pas le centre du monde, répliqua Kristina en enfonçant dans la bouche de Kelvin une tétine qu'il recracha aussitôt. En tout cas, ça fait du bien d'être arrivés. Si on s'enregistrait et qu'on prenait une douche, comme prévu ?

– Je veux bien, si on a le temps.

– Il n'est que six heures moins le quart. Ça suffira si on y est vers sept heures.

– Tes désirs sont des ordres, dit Jakob en s'arrêtant à un feu rouge. Merde alors ! Tu as vu ça ? Ils ont même des feux ! Il y a du progrès.

Ferme-la, espèce de bourgeois empâté, se dit Kristina. Mais, malgré la fatigue qui l'engourdissait, cette pensée ne sortit pas de sa bouche.

– Kuck, dit inopinément Kelvin.

6

Rosemarie Wunderlich Hermansson mit la touche finale à ses tourtes aux crustacés, les enfourna et se redressa doucement pour ménager son dos. En ce lundi, à six heures du soir, aucun de ses enfants n'était encore arrivé, mais dans une heure la maison serait pleine à craquer. Ebba avait appelé peu avant dix-sept heures pour prévenir qu'ils avaient pris un peu de retard, mais qu'ils arriveraient tout de même avant dix-neuf heures. Bien sûr, ma petite maman. Pas de problème. Kristina avait appelé cinq minutes avant pour annoncer qu'ils venaient de prendre possession de leur chambre d'hôtel. Ils allaient d'abord se rafraîchir après le voyage et changer la couche du petit Kelvin.

Robert n'avait pas appelé.

Au programme : des en-cas chauds, de la bière et un petit schnaps. Sodas pour les garçons. Peut-être Henrik, maintenant étudiant, était-il assez grand pour boire de la bière. Mais certainement pas du schnaps. C'était bien le seul point sur lequel Rosemarie et Karl-Erik étaient d'accord.

Bien qu'ils se soient à peine parlé de la journée, elle sentait leur désaccord latent jusque dans sa moelle épinière. Après quarante ans de mariage, plus besoin de mots, c'était dans la nature des choses. D'ailleurs, ses armes les plus efficaces étaient des regards muets et des silences éloquents – dans la mesure où elle parvenait encore à exercer un quelconque pouvoir sur son mari. Elle évitait de recourir aux mots : l'échec assuré. Karl-Erik possédait un vocabulaire plus vaste que le nombre de molécules contenues dans l'univers. Cela dit, lui non plus n'était pas désarmé en matière de silences. Celui qui aurait le plus de points au compteur à la fin du combat… Mais quelle importance ? Cela revenait au même.

Peut-être Vera Ragnebjörk avait-elle raison. Dans certains duels, les deux joueurs finissaient perdants. Elle parlait sans doute de la forme la plus courante de l'affrontement : interminablement lent, si terne et ordinaire qu'il passait inaperçu.

Rosemarie s'était accordé une demi-heure de sieste au milieu de l'après-midi. Pendant ce repos bien mérité, elle avait de nouveau rêvé que l'un d'entre eux devait mourir. Ils se trouvaient sur une île entourée d'une mer d'émeraude – sans doute une manifestation fantomatique de la maudite *Koh Fuk* de Robert. Le but du jeu était de survivre. Lui ou elle. Karl-Erik ou Rosemarie. L'épreuve de force était imminente, une bataille décisive dans une guerre ancestrale aux conditions et aux règles obscures, disputée avec des armes tout autres que des silences et des regards. Mais elle n'en était encore qu'aux préparatifs lorsqu'elle se réveilla. Elle n'eut donc ni à porter le premier coup ni à parer la première offensive.

Cependant le rêve la hantait, flottant comme une méduse, un plasma diffus dans la couche translucide qui séparait les mondes sensible et insensible de l'océan de sa conscience.

Quoi ? se dit-elle, hébétée. C'est moi qui viens de penser ça ?

Boulettes de viande maison. Saumon fumé. Une salade verte affreusement terne arrosée d'une vinaigrette française en flacon achetée au magasin. Deux tourtes. Un grand gratin de pommes de terre aux anchois. Des œufs durs agrémentés de caviar de capelan rouge et noir.

Mon Dieu, quel manque d'imagination, constata-t-elle en balayant du regard le théâtre des opérations. Au moins, les plats recouvraient la table de la cuisine, enfin, lorsqu'elle y ajoutait le pain et le gros cheddar. Ils avaient adopté la ligne de Karl-Erik. Pour tous les repas : lundi soir et mardi. C'était lui qui fêtait ses soixante-cinq ans, pas Rosemarie. On ne s'assiérait pas autour de la table de la salle à manger ce soir, on garderait cela pour la grande séance du lendemain. Les en-cas seraient confortablement dégustés dans les fauteuils ou le canapé de la salle de séjour. Dans une ambiance informelle. On bavarderait de ci et de ça. On parlerait du temps passé. Des tracas de l'automne. Bien entendu, on ne dînerait pas devant la télé, Dieu merci. On contemplerait la vie telle qu'elle était. Karl-Erik pourrait raconter sa carrière pédagogique désormais achevée à travers de petites anecdotes humoristiques mais non moins éloquentes. L'exposé d'Ellinor Bengtsson sur les betteraves en 1974. L'incendie dans l'église pendant le défilé de la Sainte-Lucie, en 1969, et la participante qui en était sortie chauve comme une friche brûlée. Le trafic de voitures du professeur Nilsson… Mon Dieu, elle espérait qu'il leur épargnerait au moins Nilsson. Ainsi que le directeur d'études Grunderin et ses indécences au moment du référendum sur le nucléaire en 1980.

Pendant qu'elle laissait errer son regard entre sa triste salade et l'obscurité sinistre de l'autre côté de la fenêtre, Robert lui revint à l'esprit – un nuage plus sombre encore que ce qui l'entourait. Elle aurait préféré que tout ceci, que toute sa vie n'eût été qu'une vieille comédie sentimentale dans l'aristocratie anglaise. Elle serait alors montée s'allonger sur son lit sans plus de cérémonie, prétextant une migraine ou autre indisposition polie, et y serait restée aussi longtemps qu'elle en avait envie.

Ou qu'elle eût pu se réfugier chez sa sœur en Argentine pour le restant de ses jours. Mais elles ne s'étaient pas parlé depuis dix ans. Rosemarie et Regina étaient arrivées en Suède âgées respectivement de sept et douze ans avec leurs parents, quatre ans après la guerre. Pour le meilleur et pour le pire, la famille avait quitté Hambourg ravagé par les bombes et s'était installée en Suède. D'abord à Malmö, puis toujours plus au nord : Växjö, Jönköping, Örebro. Mais Regina ne s'était jamais sentie chez elle. Avant même d'avoir eu ses dix-huit ans, elle avait quitté le foyer familial et le pays pour ne plus jamais revenir. Quand leur mère, Bärbel, mourut en 1980, Rosemarie et elle s'étaient revues à l'enterrement. Lorsque, deux ans plus tard, ce fut au tour de leur père Heinrich, Regina ne s'était pas déplacée.

Elle vivait à Buenos Aires depuis dix ans. Rosemarie recevait une carte de Noël tous les ans. Pas de carte d'anniversaire, rien qu'une immuable carte de Noël.

Buenos Aires… se dit Rosemarie Wunderlich Hermansson. Pouvait-on imaginer ville plus lointaine ? Un refuge idéal…

À son grand dépit, elle se rendit compte qu'elle était en train de marcher dans les pas de Karl-Erik, sur le chemin qu'il avait labouré dans la terre rouge d'Espagne. Elle émit un marmonnement furieux en allemand. Bizarre.

Une manifestation fantomatique de son enfance. Elle n'avait pas suivi de formation pour devenir professeur d'allemand. Karl-Erik lui avait suggéré de tenter sa chance lorsque, au milieu des années quatre-vingt, une place s'était libérée. La direction du collège n'était pas parvenue à trouver un candidat possédant les diplômes correspondants et, après tout, elle parlait la langue depuis qu'elle était petite.

Elle n'avait pas démérité depuis.

Enfin, si, se souvint-elle. Depuis trois jours, elle avait perdu son titre de professeur. À quoi pensait-elle, déjà, tout à l'heure ? À quelque chose d'important, ou seulement… ?

Karl-Erik entra dans la cuisine et fit son inspection.

– Très bien, se permit-il de lui dire. Où vas-tu mettre les bières ?

– Sur le banc. Mais il vaut mieux qu'elles soient fraîches, non ? Je ne les ai pas encore sorties.

– Naturellement. Je voulais juste savoir où tu comptais les mettre.

– Dans ce cas tout va bien.

– Exactement, renchérit son mari âgé de soixante-quatre ans et trois cent soixante-quatre jours.

Puis il alla faire son nœud de cravate dans la salle de bains.

Ebba arriva la première. Avec son directeur de Konsum et ses deux garçons adolescents. Pendant le rituel des salutations, Rosemarie ressentit une certaine gêne. Les garçons lui parurent beaucoup plus adultes qu'elle ne s'y attendait. Mais puisqu'elle avait fait l'accolade à Ebba, elle la fit aussi à Kristoffer, plus timide et embarrassé que jamais, et, finalement, à Henrik et à Leif. Henrik était plus grand que son père, il devait dépasser un mètre quatre-vingt-dix. Elle ne les avait pas vus depuis… combien de temps ? Un an et demi ? Henrik avait hérité des yeux et du nez de sa mère et de Karl-Erik. Durant un instant vertigineux, Rosemarie se dit que c'était le portrait craché de Karl-Erik à l'époque où elle l'avait rencontré, au bal du lycée Karolinska, presque un demi-siècle auparavant. Une reproduction à l'identique de Karl-Erik Hermansson… Mon Dieu… Heureusement, elle n'eut pas le temps d'approfondir cette pensée terrifiante. Karl-Erik Ier accueillait dans la salle de séjour. Ici, point d'accolades, rien que de solides poignées de main pendant lesquelles il jaugeait chacun des membres de la branche Hermansson Grundt. À une distance d'un bras – il était trop vaniteux pour porter ses lunettes quand ce n'était pas absolument nécessaire – et avec son habituel sourire pincé. Lorsque ce fut au tour de Kristoffer, Rosemarie crut qu'il allait claironner un : « Tiens-toi droit, mon garçon ! » mais, manifestement, il le réprima – il y a un temps pour tout, même l'absence de pédagogie.

– Voilà qui est fait, déclara Leif Grundt sur un ton impénétrable. On n'a plus qu'à monter nos cliques et nos claques au pont supérieur, je suppose. Y compris les cadeaux. Ça fait du bien d'être arrivé. Comme dit le Coran, sept cents kilomètres, c'est quand même sept cents kilomètres.

– Vous avez eu du verglas ? demanda Karl-Erik.

– Ah, ça, non, répondit Leif.

– Beaucoup de circulation ? dit Rosemarie.

– Ah, ça, oui, répondit Leif.

– Vous devez être débordés en chirurgie, ces jours-ci, dit Karl-Erik.

– Il faut savoir déléguer, répondit Ebba.

– Ça, c'est bien vrai, renchérit Leif. Figurez-vous que j'ai délégué pas loin de quatre tonnes de fessiers de cochon cette semaine.

– Des fessiers de cochon ? s'enquit Rosemarie, pensant qu'il attendait cette réplique candide.

– Des jambons de Noël ! s'exclama Leif avec un ricanement joyeux.

– Excusez-moi, il faut que j'aille aux toilettes, chuchota Kristoffer.

– Mais bien sûr, intervint Rosemarie. Allez, montez dans vos chambres. Ce sont les mêmes que d'habitude. Mais j'espère qu'Henrik n'est pas trop grand pour son lit.

– Pas de problème, dit Henrik à sa grand-mère avec un sourire aimable. Je suis flexible à plusieurs endroits.

Cette plaisanterie amusa au moins son grand-père, qui partit dans un rire tonitruant.

Kristina et consorts arrivèrent deuxièmes, dix minutes plus tard. Le petit Kelvin tourna immédiatement le dos à l'assemblée et s'agrippa aux jambes de sa maman. Kristina portait un nouveau manteau de laine jaune très citadin. Elle avait l'air fatiguée. Je devrais lui demander si elle fait de l'anémie, se dit Rosemarie, sachant cependant qu'elle n'en ferait rien. Les conversations privées entre Kristina et elle avaient cessé lorsque la fillette avait atteint l'âge de douze ans. D'ailleurs (ici, Rosemarie révisa sa première impression), peut-être ne s'agissait-il pas exactement de fatigue. Plutôt d'ennui. Elle se demanda si cet état découlait uniquement du retour au foyer parental ou s'il avait des causes plus profondes.

Jakob Willnius faisait preuve d'un charme bien rodé. Vêtu d'un ulster un peu déplacé dans le décor de Kymlinge, il apportait au nouveau retraité un cadeau tout à fait personnel – ce n'était pas le vrai cadeau, insista-t-il, Karl-Erik recevrait l'autre le lendemain, bien sûr. Il s'agissait d'une bouteille d'*otium*, ha ha, c'est-à-dire d'un whisky single malt appelé Laphroaig. Vieilli en fût de chêne depuis la naissance du Christ, ou à peu près. Chaque goutte était de l'or pur, et, en le consommant avec une modération mesurée, il pouvait durer six mois. D'ailleurs, si on en buvait un doigt de trop, on acquérait la faculté de voler, hé hé.

Pour bien marquer combien il appréciait peu ce remarquable breuvage apporté de la capitale, Karl-Erik ouvrit immédiatement la bouteille et en servit à la ronde ; tous sauf ses petits-enfants (les deux garçons étaient à l'étage en train de s'installer et le petit Kelvin, assis sous la table, étudiait son pouce) eurent droit à une dégustation. On fit des commentaires pleins d'à-propos sur ce goût fumé si caractéristique, sauf Rosemarie, qui déclara que les délices du whisky resteraient pour elle un mystère – sa réplique habituelle.

– La femme est un mystère, sourit Jakob Willnius.

– Robert n'est pas arrivé ? demanda Kristina.

– Non, répondit sa mère. Mais au téléphone, hier, il a promis d'être là pour sept heures.

– Il est sept heures et quart, dit Kristina.

– Je sais bien. Bon, maintenant, il est temps que je retourne en cuisine.

– Tu as besoin d'aide ? demanda Ebba.

– Non, merci, c'est gentil.

Rosemarie avait repoussé l'offre sur un ton plus sec que prévu. Son agacement était un peu précoce. Tout cela lui portait-il déjà sur les nerfs ? Ce serait très mauvais si ses enfants le remarquaient.

– Tu n'as qu'à aller dire aux garçons de descendre dans un quart d'heure, ajouta-t-elle sur un ton plus conciliant. On ne va pas se laisser mourir de faim à cause de Robert.

– Jamais de la vie, dit Ebba.

– Hmm… dit Jakob Willnius. Prochaine étape, l'Espagne, à ce que j'entends ?

– L'Andalousie, précisa Karl-Erik en s'approchant de son gendre, dans une soudaine connivence. Je ne sais pas si tu es au courant, mais la région a une histoire incroyablement riche. Grenade. Cordoue. Séville… Sans oublier Ronda. Les cultures maure et juive. J'ai l'intention de faire quelques recherches… sans prétention. Un inventaire de l'héritage de…

On sonna à la porte.

Robert le branleur était arrivé. La famille était au grand complet.

Les frères, allongés sur leurs lits respectifs dans leur chambre de douze mètres carrés, étaient entourés de fines rayures verticales vert clair traversant le fond vert foncé du papier peint. Sur une commode, deux lampes de chevet identiques portaient le nom du petit port pittoresque de Smögen, dans une typographie alambiquée pyrogravée sur leurs socles en bois de pin. Un grand calendrier de 1988 faisait la promotion de l'équipe de foot locale, la Reimer. Maillots verts, survêtements verts.

Kristoffer fixait le plafond blanc, méditant sur Linda Granberg. Henrik composait un SMS sur son téléphone portable. Une petite pluie douceâtre tombait sur la fenêtre en produisant un murmure qui semblait venu de lointains espaces intersidéraux, ou quelque chose du genre.

– À qui tu écris ? demanda Kristoffer.

– À un copain, répondit Henrik.

– Ah bon.

Kristoffer ferma les yeux. Cette fameuse idée de sauter quelques jours l'obsédait, ainsi que Linda Granberg.

Deux. Maintenant, deux suffiraient. Si on avait été mercredi soir au lieu de lundi soir, il aurait été de retour à Sundsvall. Il ne serait pas confiné dans cette ignoble piaule. Linda aurait été un peu plus proche – elle n'habitait qu'à quelques centaines de mètres de la Stockrosvägen. Il aurait pu l'appeler pour lui donner rendez-vous… Pourquoi pas ? En prétextant qu'il voulait lui offrir un cadeau de Noël.

Mais oui ! Il aurait dû y penser plus tôt ! Appeler Linda, lui demander de le retrouver au Birgers kiosk et lui donner un putain de cadeau de Noël totalement irrésistible. Ils s'achèteraient un hamburger, feraient une promenade et fumeraient une cigarette en se racontant leurs vies. Puis ils s'embrasseraient… Bon sang ! Dès qu'il serait rentré à la maison, tout s'arrangerait avec Linda. *No problemo.*

Il se maudit intérieurement d'avoir perdu son téléphone portable. Il espérait qu'on lui en offrirait un en cadeau de Noël – mais peut-être Henrik lui prêterait-il le sien pour envoyer un SMS à Linda en attendant ?

– Tu pourras me prêter ton téléphone quand tu auras fini ?

– Mmm. Quoi ?

– Tu peux me prêter ton téléphone ?

– Tu sais que je ne te le prête pas.

– Pourquoi ?

– Tu le sais.

– Merci. Pourquoi se faire des ennemis quand on a un frère.

Pas de réponse.

– J'ai dit : « Pourquoi avoir un frère quand on a déjà des ennemis. »

– J'ai entendu. Tu veux dire le contraire, peut-être.

– Comment ça, le contraire ?

– Tu as dit : « Pourquoi avoir un frère quand on a déjà des ennemis. »

– J'ai pas dit ça.

– Si, tu l'as dit.

– Non.

Silence.

– Non.

Silence.

– Non.

– Kristoffer, tu me fatigues. Tu ne peux pas la fermer pendant que j'envoie ça ?

– Tu écris à qui ?

Pas de réponse.

– Tu écris à qui ? À ta copine ? Comment elle s'appelle… Jenny, c'est ça ?

– Oui, figure-toi que c'est à elle. Tu ne peux pas te trouver une copine, toi aussi ? Ce serait un peu plus constructif.

– Merci pour le conseil. Je vais y réfléchir. Elle est canon ?

– Quoi ?

– Elle est canon, Jenny ?

– Je n'ai pas l'intention d'en discuter avec toi.

– Merci. Sympa. Mon seul frère se casse à l'université et devient tellement prétentieux qu'il ne veut même plus me parler.

– Arrête, Kristoffer… Laisse-moi terminer. Tais-toi, s'il te plaît.

– Tu ne sais pas écrire un SMS et bavarder en même temps ? Moi, je sais.

– C'est parce que tu n'écris jamais rien d'important. Et que tu ne dis jamais rien d'important.

– Encore merci. Avec des ennemis pareils, pas besoin de frère.

– Tu l'as refait.

– Quoi ?

– Tu as inversé la phrase.

– Non, je ne l'ai pas fait.

Silence.

– Non, je ne l'ai pas fait.

Silence.

Je n'ai jamais vu des papiers peints aussi laids, se dit Kristoffer Grundt. Comme le reste de la chambre, d'ailleurs. Entre ces quatre murs, même moi, je dois paraître beau.

Peut-être devrais-je me taper la tête dessus pour tomber dans les pommes pendant les deux jours à venir ?

Karl-Erik Hermansson n'avait jamais abusé de l'alcool, mais comme il avait servi à tous les autres du whisky d'esbroufe de Jakob Willnius, il fut bien obligé d'en proposer aussi à Robert quand il arriva, à dix-neuf heures vingt précises. Il y répugnait, il y répugnait même beaucoup, mais, faute de mieux, il devait s'en remettre à l'étiquette et regarder les mouches voler. Ou la pluie tomber, plutôt – une pluie glaciale qui se transformerait en neige dès que la température chuterait d'un ou deux degrés. Faire comme si on avait regardé la pluie tomber pendant tout l'automne, tiens, se dit-il stoïquement. Lorsqu'il serra la main à son fils pour lui souhaiter la bienvenue, il en eut mal aux dents. On peut mentir au monde entier, se dit-il, mais pas à soi-même.

Et lorsqu'il proposa à Robert du Lafrogg… Comment ça s'appelait, déjà ? … Il fut évidemment obligé de servir une nouvelle tournée aux autres convives, leurs verres étant vides. Tous en reprirent volontiers, sauf Rosemarie, qui répéta sa litanie habituelle – ce breuvage restait un mystère pour elle et, en plus, elle le digérait mal –, et Kelvin qui, allongé sur le ventre sous la table, étudiait le motif du tapis.

Peut-être fut-ce en raison de la surconsommation de ce divin whisky single malt en début de soirée que le dîner se déroula comme il se déroula.

Ou pas. Des facteurs psychologiques troubles mais interactifs, sur lesquels aucune des personnes présentes n'avait de vision d'ensemble, pouvaient y avoir mis leur grain de sel.

Ou encore était-ce une combinaison des deux.

7

– Une chose me laisse perplexe, ces dernières années, dit Jakob Willnius. Que plus de gens ne quittent pas ce pays alors qu'ils le peuvent. Je veux dire, qui a envie de se réveiller un mardi matin du mois de février à Tranås, si on peut être à Séville ? Je comprends parfaitement votre décision.

– Pour cela, il faut avoir l'esprit ouvert, déclara Karl-Erik, l'air d'avoir beaucoup réfléchi à cette question de psychologie générale. Tout le monde ne l'a pas, ce qui est parfaitement normal, d'ailleurs.

– À quand le grand départ ? demanda Leif Grundt.

– La maison sera disponible à partir du 1er mars, au pire le 15. Ce qu'on n'emporte pas avec nous, on le mettra au garde-meuble. Inutile de vous ruer sur l'héritage.

– Enfin, dit Kristina, on ne pensait pas…

– L'Espagne, quel beau pays ! intervint Leif Grundt. Quarante millions d'Espagnols ne peuvent pas se tromper.

– Quarante-deux, à vrai dire, précisa Karl-Erik. Au 1er janvier 2005. Ils ont une génération de baby-boomers presque aussi nombreuse que la nôtre.

– Dans ce cas, ça n'arrangera rien que vous vous y installiez, dit Kristina.

– Je ne te suis pas tout à fait, dit Karl-Erik en humant subrepticement le fond de son verre vide.

– Ce n'est pas gentil de dire ça, dit Ebba en dirigeant une fourchette menaçante vers sa sœur cadette. Papa, tu n'avais jamais envisagé de déménager avant, n'est-ce pas ? J'espère vraiment que ça n'est pas lié aux… aux événements de l'automne.

– Bien sûr que non, intervint Rosemarie. Je ne vois pas de quoi tu parles. Encore de la tourte, quelqu'un ? Sûr ? La deuxième est à peine entamée.

– J'allais justement en reprendre, dit Leif Grundt.

– J'ai besoin d'une bière, dit Robert, en se hissant de son fauteuil. Mais pas de tourte, maman. Tu m'excuseras, je n'ai plus de place.

– Comme tu veux, Robert, dit Rosemarie avec un soupçon de mélancolie.

– Bala, dit Kevin inopinément.

– Évidemment, nous n'allons pas rester cantonnés dans une quelconque colonie suédoise comme des imbéciles, reprit Karl-Erik après avoir posé son verre et jeté un coup d'œil rapide à son épouse. Il suffit de s'intéresser un tout petit peu à la culture et à l'histoire andalouses pour y découvrir des trésors inégalés. En Europe. Et dans le monde. Point de Moyen Âge obscurantiste. Au contraire, il y a des multitudes de vestiges de la cohabitation juive, mauresque et chrétienne, des vestiges d'une valeur incomparable dans l'histoire… Balayer l'Alhambra du regard du haut de l'Albaicín au son de la guitare classique d'un musicien assis sous un platane… Finalement, ha ha, je vais donner raison à Jakob. C'est tout de même autre chose qu'un mardi matin à Tranås.

– Hmm… En effet, dit Jakob Willnius.

– Jakob n'aime pas les petites villes suédoises, dit Kristina. Tranås n'est qu'un exemple parmi tant d'autres.

– J'espère que la tourte n'était pas trop salée, dit Rosemarie.

– La tourte était parfaite, ma petite maman, répondit Ebba.

– Vous avez réussi à vendre la maison ? demanda Leif Grundt, en revenant dans la pièce avec une assiette pleine. Ça a dû être un putain de calvaire, par les temps qui courent.

– Leif, dit Ebba.

– L'affaire n'est pas entièrement conclue, dit Rosemarie. C'est compliqué avec le sel, de nos jours. Il y en a tellement de différentes sortes.

– On signe la vente mercredi, dit son mari.

– Personne ne veut plus de glace ni de fruits rouges ? Il en reste plein. Les garçons, qu'est-ce qui vous arrive ?

Rosemarie regardait ses deux petits-fils d'un air affligé. Henrik et Kristoffer secouèrent la tête en chœur.

– Ils sont peut-être en train de devenir des hommes, suggéra Jakob Willnius. Il arrive un moment où c'est fini, la guimauve et les Bugg.

– Les Bugg ? demanda Kristoffer. C'est quoi ?

– Des chewing-gums, répondit Leif Grundt. On en a encore en magasin, mais personne n'en achète plus. Vous n'avez quand même pas oublié « Quatre Bugg et un Coca » ? Super chanson.

– *Oh my God*… marmonna Kristina.

– Le Coca, je sais ce que c'est, dit Kristoffer.

Karl-Erik se racla la gorge.

– Je ne sais pas si vous l'avez remarqué, mais il y a un changement de cadre référentiel dans notre héritage culturel secondaire.

– Quoi ? dit Kristoffer.

– Les jeunes d'aujourd'hui ne connaissent pas Hasse et Tage[1]. Ils n'ont jamais entendu parler de Gösta

1. Célébrissime duo de comiques actifs sur scène, à la radio et au cinéma depuis leur rencontre en 1962 jusqu'au début des années 1980. *(Toutes les notes sont de la traductrice.)*

Knutsson[1] ni de Lennart Hyland[2] ou Monica Zetterlund[3]. À l'exception des élèves à qui j'ai moi-même enseigné et qui, il faut bien l'avouer, ne représentent qu'une quantité négligeable. Eh bien, je vous en prie, servez-vous du malaga. Dans quelques mois, nous en aurons plein la cave.

– Bien volontiers, dit Leif Grundt. Il est très bon. Mais certaines choses sont éternelles, n'est-ce pas ? Zozo la Tornade et Konsum, par exemple. À la vôtre. À la tienne, ma chère femme. Dire que tu auras quarante ans demain. Tu ne fais vraiment pas plus de trente-neuf ans et demi.

– Merci, dit Ebba, sans regarder son mari. Comme vous l'aurez sans doute remarqué, Leif a suivi un stage de charisme en entreprise cet automne.

– Hé hé, hmm, ah bon, dit Karl-Erik, qui grinça des dents un instant avant d'en revenir à son changement de cadre référentiel. *Fucking Åmål*[4] est un autre exemple cocasse. Savez-vous ce qu'a dit un de mes élèves juste après la sortie du film ? *Fucking*, je sais ce que c'est, mais *Åmål*[5], c'est quoi ?

Il ricana, satisfait. Une hilarité mitigée parcourut l'assemblée – comme si un ange un peu ivre s'était arrêté un instant au-dessus d'eux et, se rendant compte qu'il s'était trompé d'adresse, avait fait demi-tour. Seule Kristina saisit un commentaire d'Henrik, discrètement marmonné : « Tous les journaux ont publié la blague, à l'époque… »

Je l'aime bien, ce garçon, se dit-elle. Oui, lui, je l'aime vraiment bien.

1. Homme de radio et auteur de la série de classiques jeunesse *Pelle Svanslös*, dont une adaptation au cinéma a été distribuée en France en 1981 sous le titre *Peter le chat* (1908-1973).

2. Célèbre présentateur de radio et de télévision (1919-1993).

3. Chanteuse de pop et de jazz, également actrice (1937-2005). A joué dans plusieurs films de Hasse et Tage.

4. Film de Lukas Moodysson sorti en salle en France en 2000 sous son titre original.

5. Petite ville suédoise.

– Il y a une cave dans votre nouvelle maison ? demanda Leif. Je veux dire, pour le vin.

– Une sorte de réserve, en fait, expliqua Karl-Erik. De douze, quinze mètres cubes. On ne manquera pas de place pour les bouteilles.

– Alors ? Je prépare le café ? demanda Rosemarie.

– Je prendrai du thé, ma petite maman, dit Ebba. Je vais venir t'aider un peu.

Jakob Willnius descendit de l'étage.

– Enfin ! s'écria Kristina. Qu'est-ce que tu as fabriqué pendant tout ce temps ?

– J'ai endormi notre enfant, mon amour, dit Jakob Willnius sans artifice.

Il vida son verre de malaga, qu'il avait posé sur le buffet de chêne, à côté d'un morceau du mur de Berlin sous verre. Puis il s'assit dans le canapé, entre Kristina et Henrik.

– D'habitude, ça ne prend pas plus de trois minutes.

– Eh bien, cette fois, ça en a pris quarante-cinq. De quoi parliez-vous ? J'ai raté quelque chose ?

– Ça m'étonnerait, dit Kristina.

– Comme quoi, par exemple ? dit Robert. D'ailleurs, à quelle heure on peut aller se coucher sans froisser personne ?

Il y eut un silence plombé, vu que les neuf personnes encore présentes dans la pièce étaient plus ou moins adultes et parfaitement réveillées.

– Pardon, dit Robert. Je crois que j'ai bu un peu trop de vin. Excuse-moi, maman.

– Je ne vois pas ce que tu veux dire, répondit gaiement Rosemarie. Tu n'as rien à te faire pardonner. C'est l'heure du thé et du café.

Elle se rendit à la cuisine, suivie de sa fille aînée bien élevée.

– Merde, Robert ! dit Kristina dans un chuchotement théâtral. À quoi ça rimait, cette sortie ?

L'air abattu, Robert Hermansson haussa les épaules et vida son verre de bière. Il sembla sur le point de se lancer dans une explication, mais il rata le coche et dut patienter une heure avant d'en arriver au fait.

– Je suppose que vous attendez de moi une espèce d'explication.

Il posa son verre, non sans en avoir vidé quelques précieuses gouttes de Laphroaig – la bouteille qui était censée durer six mois. Son contenu avait été réparti de manière à peu près fraternelle entre les convives. Hormis Henrik et Kristoffer. Kristina buvait un verre de vin rouge et Ebba sirotait encore son thé vert. Rosemarie faisait la vaisselle, Kelvin dormait. Il était vingt-trois heures trente. Nous y voilà, se dit Kristina. Nous sommes débarrassés des passes d'armes préliminaires.

– Ou des espèces d'excuses, ajouta Robert.

Un long silence suivit.

– Nous n'attendons rien du tout, Robert, dit Kristina. Bien sûr, prends une gorgée de mon vin, Henrik.

– Absolument pas, renchérit Ebba, un peu tard pour être tout à fait convaincante. Passons l'éponge, nom de Dieu. La principale leçon à tirer de tout ça, c'est qu'il faut savoir oublier. En espérant que les autres le feront aussi. N'est-ce pas ?

Elle regarda autour d'elle en quête d'appuis, mais n'obtenant qu'un haussement d'épaules de la part de Jakob Willnius, elle décida de changer de sujet :

– Papa, tu es sûr que vous n'attendez personne d'autre demain, pour ton anniversaire ? Henrik, maintenant, ça suffit.

– Sûr, sûr… marmonna Karl-Erik. Rosemarie a trois gâteaux et cinq kilos de café en réserve au cas où. De toute façon, si quelqu'un vient, ce sera le matin. Il suffit que vous évitiez d'être à la maison à ce moment-là.

– Comment sais-tu qu'ils viendront le matin ? demanda Kristina.

– Parce que c'est ce que j'ai écrit dans l'annonce, expliqua Karl-Erik avec un bâillement. « Pas de visites, SVP. Nous serons absents à partir de treize heures. »

– Génial ! dit Jakob Willnius, en levant son verre. Si tu as pris goût à ce breuvage, je peux te recommander le Gibraltar. Puisque vous serez à proximité. C'est l'alcool le meilleur marché d'Europe.

– Vraiment ? répondit Karl-Erik sur un ton neutre. Après tout, nous avons douze, quinze mètres cubes à remplir.

– Alors personne n'attend d'explication de ma part ? lança Robert en parcourant la pièce des yeux. Pourtant, je ressens comme une certaine tension.

Kristina s'appuya sur le genou d'Henrik pour se lever du canapé.

– Robert, viens avec moi un instant, s'il te plaît.

– Volontiers. J'avais justement envie de fumer une cigarette.

Ils sortirent. Un ange d'un autre type traversa la pièce. Karl-Erik bâilla et Leif Grundt se gratta la nuque.

– Je crois qu'il est l'heure, constata Jakob Willnius. Je monte préparer Kelvin. Demain est un nouveau jour.

– Comment est l'hôtel ? demanda soudain Ebba. Je me souviens comment c'était dans le temps.

– Tu n'as pourtant jamais dormi à l'hôtel Kymlinge… Je me trompe ? dit Rosemarie en entrant dans la pièce. Quelqu'un veut un sandwich ou un fruit ?

– Non aux deux, ma petite maman, répondit Ebba. À mon époque, il n'avait pas très bonne réputation.

– Nous n'avons pas eu de mauvaise surprise jusqu'ici, en tout cas, répondit Jakob Willnius. Pas de putes ni de cafards. Un établissement respectable. Enfin, on ne sait jamais, maintenant que la nuit est tombée.

– Un fruit ? répéta Rosemarie avec un brin de découragement. Un sandwich ? Quelqu'un ?

– Tu ne vois pas qu'ils ont la panse pleine, ma colombe ? dit son mari. Bon, si vous n'avez rien contre, la *lost generation* va se retirer. Mais restez aussi longtemps que vous le voudrez.

– Où sont passés Robert et Kristina ? demanda Rosemarie.

– Ils sont sortis discuter morale et fumer, dit Leif Grundt. Dis-moi, Ebbabebba, si on allait se mettre au pieu, nous aussi ? Je dois me lever aux aurores demain pour chanter sa chanson d'anniversaire à une beauté que je connais.

– Kristina fume ? dit Rosemarie. Je n'aurais jamais…

– Non, elle se charge de la partie « morale », la reprit Leif. Bonne nuit, petits d'hommes !

– Non, Jakob. J'ai envie de rester encore un moment. Je veux bavarder avec ma famille. Ça n'a quand même rien de bizarre ?

Elle espérait qu'il exprime une vague résistance, rien qu'un peu, mais ce ne fut pas le cas. Au contraire, il en profita pour se racheter une bonne conscience après l'affaire du petit déjeuner avec le nabab américain. Elle avait joué le jeu de son adversaire. Cela l'agaçait. Elle aurait préféré le laisser lui-même aiguiser ses armes.

– D'accord, dit-il simplement. Je prends un taxi avec Kelvin. Viens quand tu le sens.

– Peut-être dans une heure. J'irai à pied. C'est à dix minutes.

– Ne sous-estime pas les dangers nocturnes d'une petite ville, dit-il.

Je ne sous-estime rien du tout, pensa Kristina Hermansson. Voilà tout le problème.

À minuit et quart, la *lost generation* avait peut-être trouvé le repos. Quoi qu'il en soit, Karl-Erik et Rosemarie étaient retranchés derrière la porte close de leur chambre. Ebba s'était retirée dans sa chambre de jeune fille avec son directeur de Konsum.

Jakob et Kelvin Willnius étaient partis en taxi pour l'hôtel Kymlinge, dans la Drottninggatan.

Au rez-de-chaussée de la villa hermanssonienne, il restait donc un frère et une sœur, Robert et Kristina, et deux frères, Henrik et Kristoffer. Kristina jeta un coup d'œil à sa montre.

– Encore une demi-heure, décida-t-elle. Sinon, je vais me faire engueuler par ma grande sœur.

– Qu'est-ce que ça peut faire ? dit Henrik.

– Sûrement, dit Kristoffer. On s'habitue.

– Le porte-bouteilles dans la cuisine est un peu surchargé, dit Robert. Si on en ouvrait une autre ?

Il disparut sans attendre la réponse, et revint dix secondes plus tard, un valpolicella à la main.

– Raconte-moi comment ça se passe, à Uppsala, demanda Kristina à Henrik, en se rapprochant de lui.

En réaction à cette suggestion parfaitement innocente, à la grande surprise de Kristina, le garçon se mordit la lèvre. Un bref instant, il parut même avoir les larmes aux yeux. Ni Kristoffer ni Robert ne semblèrent remarquer ces signes furtifs de désarroi, mais Kristina était certaine de ce qu'elle avait vu.

Un immense chagrin rongeait le cœur de son neveu.

8

Kristoffer trouva le téléphone portable de son frère dans sa cachette. Sous son oreiller. Na ! se dit-il.

Pourquoi est-ce que j'ai pensé : Na !

Ses tempes bourdonnaient légèrement. Il était minuit et demi passé ; il avait bu deux verres de vin, sans que les autres le remarquent. Il était sûrement un peu soûl. Voilà pourquoi il avait eu une pensée aussi nunuche que « Na ! » en trouvant le téléphone de son frère.

Kristina, Henrik et Robert bavardaient encore au salon. Kristina, sa marraine, était vraiment sympa ; si jamais sa mère mourait – s'il lui « arrivait quelque chose », comme on disait –, Kristina prendrait sa place. Wow ! se dit-il (un autre terme complètement ringard). Avoir Kristina comme mère, quel pied !

Dans son for intérieur, il rougit comme une braise. On n'avait pas le droit d'envisager la mort de ses parents, c'était interdit. Si Dieu existait, cette pensée resterait gravée dans la colonne « débit » de son compte céleste pour toute l'éternité.

Mais Kristoffer ne croyait pas en l'existence de Dieu. Sa mère et Kristina étaient sœurs, si incroyable que cela puisse paraître. Elles partageaient un tas de gènes, d'acides aminés et autre fourbi. On aurait simplement pu espérer que cela se remarque un peu plus en surface.

Robert aussi, d'ailleurs. Il ressemblait vaguement à Kristina, mais quel triste personnage… Un vrai loser. Se branler devant des caméras de télévision, quelle idée !

On n'en avait pas beaucoup parlé pendant la soirée. Le sujet mijotait sous le couvercle. On tournait autour du pot, c'est-à-dire du scandale gros et gras, comme un chat autour d'un plat fumant. Évidemment, Kristoffer n'avait pas vu l'épisode en question – on ne regardait pas ce genre d'émissions chez les Grundt –, mais il avait lu les articles dans l'*Aftonbladet*, et dans la cour du collège les gens en parlaient. Dieu merci, oui, Dieu merci, il avait obéi à sa mère depuis le départ : ne jamais mentionner d'oncle participant à *Fucking Island*. Il fallait bien le lui accorder, de temps en temps, elle avait raison.

Le portable était allumé. Pas besoin de mot de passe. Je suis un peu soûl, ce qui me rend téméraire, se dit Kristoffer. Qui aurait cru que, dans ce trou à rats, les événements pouvaient prendre une pareille tournure ? Je vais envoyer un SMS à Linda, un SMS très osé mais irrésistible. Allez, merde ! C'est parti !

Il commença par le formuler mentalement. Cela ne lui prit qu'une seconde : le message coula, simple et élégant. « Salut Linda. Tu me fais bander. Tu veux échanger des cadeaux de Noël avec moi ? Au Birgers kiosk à 21 h jeudi soir. »

Très bien. Irrésistible. Puis : « Surtout, ne réponds pas, c'est le téléphone de mon frère. Amène-toi, c'est tout. Kristoffer. »

Il sourit. Était-ce osé de lui écrire qu'elle le faisait bander ? Pas du tout, les nanas comme Linda aimaient ce genre de trucs. Il fallait y aller au culot. Pendant toute sa vie, il avait été lâche, voilà le problème. S'il continuait comme ça, il ne saurait jamais ce que ça faisait… De caresser le sexe d'une femme.

Il appuya sur une touche et l'écran s'éclaira : « Nouveau message ».

Un nouveau message pour Henrik. Hmm, se dit Kristoffer. Oserait-il ? *Why not ?* « Lire »… Il lui suffisait d'appuyer sur la touche « YES ». Henrik ne serait jamais au courant. Pas plus que du SMS envoyé à Linda, puisque Kristoffer l'effacerait de la mémoire tout de suite après. Lire le message d'Henrik lui prendrait environ deux secondes. C'était peut-être Jenny… Qui lui écrivait quelque chose de coquin… Il se demanda si Henrik et elle avaient baisé. Certainement. La vie estudiantine d'Uppsala devait se résumer à peu près à cela : la tournée des « nations » pour boire et baiser. Et quelques heures de révisions le dimanche après-midi. Kristoffer attendait impatiemment son tour. Si seulement il pouvait sauter quatre, cinq ans… Encore ces idées d'accélération du temps… Loin de moi ! les adjura-t-il mentalement. C'est de Linda Granberg qu'il s'agit. Maintenant. Ici. Ou, plutôt, au Birgers kiosk jeudi. L'écran affichait : « 00.46 ». Et en dessous : « Lire » ? Il appuya sur « YES ».

Henrik, mon prince, tu me manques tellement ! Ton corps entre mes bras. Je te pénètre dans mes rêves. J

Il lut le texte trois fois. Putain, mais qu'est-ce que… « Je te pénètre » ? Qu'est-ce que ça voulait dire ? Qu'elle voulait pénétrer dans ses rêves ? Mais non, ce n'était pas ce que disait le message. « J » devait être pour Jenny. Mais pourquoi voulait-elle… ? S'agissait-il d'une variante essentielle du coït qui lui aurait échappé jusque-là ? Une femme ne pouvait quand même pas pénétrer un homme… Durant ses quatorze ans de vie, Kristoffer n'avait pas vu énormément de films porno, mais il était tout de même familiarisé avec l'apparence du sexe féminin sous tous ses angles et dans tous ses états. On pouvait en faire beaucoup de choses, mais pas l'utiliser pour pénétrer quoi que ce soit. Au contraire.

Où Henrik pouvait-il être pén… ?

Mon Dieu, se dit-il. On dirait… Ça ressemble à…

Le temps d'un instant, sa conscience gela, blanche comme une plaque de verglas. Puis une réponse la traversa comme un éclair, sans même qu'il se soit posé la question correspondante. Un moyen de découvrir la vérité. Il mémorisa le numéro de l'expéditeur, ouvrit le répertoire et le parcourut depuis la lettre « A ». Henrik semblait employer la même méthode de tri que lui : ses contacts étaient classés par prénoms. Kristoffer fit apparaître ceux qui commençaient par un « J » et là… Là, sur le petit écran rétro-éclairé, il le trouva. Il n'en crut pas ses yeux.

« Jens ».

Jens. C'était bien son numéro.

Merde ! se dit Kristoffer Grundt.

Pas de Jenny.

Il n'y avait qu'un « Jens ». Henrik ne sortait pas avec une étudiante en médecine super mignonne de Karlskoga. Il sortait avec un mec. Un mec qui s'appelait Jens et qui… Qui avait envie d'enfoncer sa bite dans son trou du cul !

Impulsions et pensées contradictoires bombardèrent le cerveau légèrement intoxiqué de Kristoffer. Une fois la tempête passée, il faillit éclater de rire.

Son grand frère était pédé.

Super-Henrik baisait avec des mecs.

Du moins avec un certain Jens.

Kristoffer avait le dessus ! Voilà ce qu'il ressentit à cet instant. Après la découverte, ce fut la première idée qui lui traversa spontanément l'esprit. Le dessus ! Pas une pensée très noble, certes, mais pour la première fois de sa vie il avait l'impression… L'impression d'avoir prise sur ce surhomme qu'était son frère. Merci, ô, merci, créateur du téléphone mobile ! Ça change tout, c'est le moins qu'on puisse dire… Putain de bordel de merde !

Il écrivit son message à Linda, l'envoya et l'effaça de la mémoire, puis remit l'appareil en position de veille et le rangea sous l'oreiller d'Henrik.

Jens !

Il éteignit sa lampe de chevet, laissant celle d'Henrik allumée. Puis il se tourna vers le mur et étudia de très près une rayure verticale vert clair. En apprenant la nouvelle, maman Ebba et papa Leif allaient prendre dix ans d'un coup.

Et, pour une fois, pour une seule putain de fois, il n'était pas l'origine du problème.

Rosemarie Wunderlich Hermansson était couchée en chien de fusil, les yeux rivés sur les chiffres rouges du radioréveil. 01.12. Karl-Erik était étendu de tout son long derrière son dos. Il émettait les mêmes respirations régulières et sifflantes qu'elle entendait toutes les nuits depuis quarante ans. Si je lui collais un oreiller au visage, se dit-elle, est-ce qu'elles cesseraient ?

Sans doute pas. Cette méthode permettait de tuer des enfants et des jeunes filles frêles, mais pas un gaillard comme Karl-Erik. Il se défendrait. En plus, c'était son anniversaire. Il ne lui pardonnerait jamais d'avoir essayé de l'éliminer le jour de ses soixante-cinq ans.

Mauvaise idée. 01.13. Il valait donc mieux qu'elle meure. Cela dit, il ne le lui pardonnerait jamais non plus. Qu'elle se suicide le grand jour. Rien à faire. Elle devait supporter vingt-quatre heures de plus. La fête de Karl-Erik et d'Ebba. Celle qui aurait dû être digne d'un couronnement et qui était devenue un… Comment ça s'appelait ? Un trou noir ? Oui, c'était bien ça. Mais d'où lui venait cette humeur sinistre ? Pourquoi ces fantasmes morbides ? Jour après jour, nuit après nuit. L'émission de Robert en était-elle la seule cause ou n'agissait-elle qu'en catalyseur ? D'ailleurs, d'habitude, elle ne tenait pas de pareils raisonnements.

Leur départ imminent pour l'Espagne la faisait-il sombrer dans ce bourbier dépressif ? 01.14. Sa retraite ? La vie n'avait-elle plus de sens maintenant qu'elle ne se rendait plus au travail tous les jours ? Qu'elle ne retrouvait plus les garnements du collège de Kymlingevik ?

Elle avait vécu la soirée comme une longue traversée de la vallée de la mort. Une prouesse d'équilibriste aussi. À plusieurs reprises, elle avait eu l'impulsion de jeter son assiette et ses couverts par terre et de pousser un hurlement. Personne n'avait rien remarqué. Ma petite maman par-ci, ma petite maman par-là, tes mûres polaires tièdes sont les meilleures du monde, ma petite maman. Comme si cela impliquait un quelconque raffinement de décongeler des baies. Elle avait fait le service et la vaisselle, débité des répliques sur le repas sorties d'un scénario si vieux et si usé que les gens ne remarquaient même plus qu'elle jouait un rôle. Elle avait sondé les tréfonds de son âme pour trouver quelque chose de pertinent à dire, sans doute incitée par la tendresse qu'elle ressentait pour Robert (elle appréciait aussi ses petits-fils et ses gendres), mais elle était revenue bredouille de son monde intérieur vide. Un trou noir. 01.15. Kelvin était un enfant bizarre et introverti. Elle se demandait s'il était sain d'esprit. Peut-être souffrait-il d'autisme ou du syndrome d'Asperger... Enfin, le second n'était qu'une variante du premier... N'est-ce pas ? Les rares sons qu'il émettait, à de longs intervalles, semblaient toujours sortis du vocabulaire sexuel. Si j'avais vingt ans et que je devais choisir quelqu'un parmi les membres de ma famille pour cohabiter sur une île déserte, se dit-elle – il aurait vingt ans aussi, bien sûr –, eh bien, je crois que je choisirais Leif.

Une conclusion un peu surprenante... Mais lui, au moins, n'était pas un loup déguisé en agneau. Éventuellement un porc déguisé en porc. Mais gentil. Il ne mettait pas les gens mal à l'aise. Ebba va passer toute sa vie à penser qu'elle a fait une mésalliance, alors qu'en réalité elle a tiré le gros lot. Petite présomptueuse ! Tu aurais dû t'appeler Karl-Ebba. Prise d'une soudaine colère, Rosemarie faillit néanmoins sourire. Qu'est-ce qui distinguait le père de la fille ? Vingt-cinq ans d'âge et des organes reproducteurs. À part ça, comme cul et chemise. Quelle horreur ! 01.16. Les garçons avaient l'air moroses tous les deux. Surtout le petit Kristoffer. Il avait grandi dans l'ombre de son grand frère, le fils à maman, descendant en droite lignée de son grand-père. Karl-Erik, Karl-Ebba, Karl-Henrik. Henrik n'avait plus qu'à fêter son anniversaire le même jour que les deux autres. Cela dit, il avait été conçu par accident. Rosemarie espérait que ce détail serait suffisamment déterminant pour le sauver de son destin.

Par ailleurs, elle comprenait parfaitement ce que Kristina trouvait – ou avait un jour trouvé – à Jakob Willnius. Force, succès, maturité. Charme et assurance, perfide comme l'onde… Non, c'était injuste envers Jakob de penser cela, mais quelque chose en lui évoquait à Rosemarie de l'eau. Transparence et flexibilité peut-être ? Peu importait. Mais qu'est-ce que j'ai à gamberger comme ça à cette heure-ci ? se demanda-t-elle. Ce qui leur adviendra à tous m'est complètement égal.

Robert et Kristina tiennent plus de moi que de Karl-Erik, poursuivirent ses pensées malgré elle – décidément, elle n'en était plus maître. À mesure que les années passent, cela se voit de plus en plus. Elle avait même senti un soupçon de chaleur humaine dans l'accolade de Kristina. Une vague allusion à de la tendresse, un appel silencieux à la compréhension mutuelle et au pardon, encore trop fragile pour se traduire en termes clairs ou en actions. 01.17. En temps voulu, cet élan pourrait s'intensifier, voire s'avérer utile. C'est-à-dire si Kristina s'en sortait, si elle ne se brisait pas en cours de route.

Comme Robert. Rosemarie glissa ses mains entre les chairs tendres au-dessus de ses genoux et pria ce Dieu auquel elle croyait de temps en temps, enfin, rarement, pour que Robert ne devienne pas alcoolique. Dans l'émission, il était ivre mort et, ce soir, il avait encore trop bu. Seigneur, marmonna-t-elle tout bas, protège mes enfants… Au moins les plus jeunes, l'aînée s'en sortira d'elle-même… Protège-les de tout le mal qu'ils croiseront sur le chemin de leur vie et protège-moi de moi-même. Laisse-moi dormir un peu, maintenant, et donne-moi la force de tenir le coup encore un jour et demi. Si je finis aux urgences mercredi après-midi, ce n'est pas grave. Peu importe que ce soit mon corps ou mon esprit qui lâche, de toute façon ce serait un soulagement. 01.18. À ce que je vois, il va falloir que je me lève pour prendre un somnifère. J'aurais dû m'en douter dès le départ, avant que mon cerveau se mette à bouillonner. Avant le trou noir. Avant… Je déteste ce genre d'insomnies, sincèrement. Ces derniers temps, mes nuits sont pires que mes jours.

– Je sors faire un tour, dit Robert. J'ai besoin de prendre l'air et de fumer quelques cigarettes. C'est incroyable que ce soit si difficile à supporter.

– Quoi ? demanda Kristina.

Elle attrapa la deuxième bouteille que Robert était allé chercher à la cuisine et remplit son verre et celui d'Henrik. Quelques gouttes tombèrent sur la table. Mon Dieu, je suis soûle, se dit-elle. Après celui-ci, j'arrête.

Mais elle se sentait bien. Elle n'avait pas été ivre depuis qu'elle était tombée enceinte de Kelvin. Deux ans… Non, plus, deux ans et demi. Pas étonnant qu'elle ait l'impression de découvrir de nouvelles sensations.

Et si étrange que cela doive arriver justement ce soir-là.

– Le fait d'être de retour à la maison, répondit Robert. C'est de ça que je parle. De ce magma familial… Enfin, tu n'as rien à voir avec ça, Henrik. Tu vois ce que je veux dire, Kristina ?

– Évidemment. Tu te souviens de *Ma famille*, non ?

Robert s'esclaffa. Un classique. Datant de l'an 1983. Ebba, alors âgée de dix-huit ans, était en terminale. Robert avait treize ans. Kristina, neuf. Elle était en CM2 et son devoir à la maison consistait à écrire une rédaction intitulée *Ma famille*.

Ma famille est comme une prison. Mon papa est directeur de prison. Ma maman est cuisinière. Ma sœur Ebba, qui a drôlement grossi ces derniers temps et qui ne rentre plus dans ses jeans, est gardienne de prison. Mon frère Robert et moi, nous sommes les prisonniers. Nous sommes innocents mais nous avons été condanés à la perpétuité.
Tous les jours, on nous donne une permicion pour aller à une autre prison tout près qui s'appelle l'école de Kymlingevik, où il y a plein d'autres prisonniers et de gardiens de prison. On s'y amuse un peu plus, c'est un peu moins sévère.
Mon papa, le directeur de prison, est un méchant salaud. Il est toujours en cravate sauf le dimanche, où il est déboutonné. Ma maman, la cuisinière, a peur de lui et fait tout ce qu'il lui dit. Nous autres aussi, sinon, il nous frappe avec un gros gourdin avec des clous plantés dedans.
Ma sœur, la gardienne de prison, fayotte pour mon papa. C'est aussi une méchante salope. De temps en temps, elle est gentille avec nous les prisonniers mais c'est toujours parce qu'on a son anniversaire.
Dès que Robert et moi on sera assez grands, on s'enfuira et on dénonsera notre famille à l'association de protection des mineurs. Et au roi et à la reine Sylvia qui sont les protecteurs de tous les enfants maltraités. Le roi viendra sur son âne blanc avec son fusil et il tuera maman, papa et Ebba et il nous libérera, Robert et moi, de notre prison. Nous vivrons heureux pendant le restant de nos jours jusqu'à la fin des temps.
C'est vrai, vrai, vrai.

La rédaction avait provoqué des remous. À l'époque, c'est-à-dire au milieu des années quatre-vingt, les psychologues scolaires et les assistants sociaux étaient régulièrement envoyés dans des stages où l'on étudiait « la partie immergée de l'iceberg ». Au moins deux cas d'inceste par classe, c'était le message sans appel de ces formations continues. Et au moins trois enfants issus de familles gravement dysfonctionnelles. Leur tâche revenait à les flairer. Les Hermansson furent convoqués. La réunion eut lieu dans le bureau pastel de l'assistant social. La maîtresse de Kristina, une robuste donzelle de la région de Landskrona – qui allait abandonner sa carrière d'enseignante pour devenir la première femme-grenouille de Suède –, commença par lire le devoir de Kristina.

Rosemarie s'évanouit. Karl-Erik, le professeur et non moins chic type, se mit à loucher et à bégayer. Ebba sauva la mise. Elle éclata de rire, prit sa petite sœur dans ses bras et s'écria qu'elle n'avait jamais rien entendu de plus écervelé.

Kristina avoua qu'elle boudait au moment où elle l'avait écrite. Elle n'avait pas eu le droit de regarder une émission sur des tueurs en série et des violeurs dans la ville de New York. Elle avait donc peut-être exagéré un peu.

Lorsque Rosemarie revint à elle, tout était rentré dans l'ordre. L'assistant social semblait satisfait, le directeur des études aussi, et la future femme-grenouille également, du moins autant qu'elle en fût capable – elle souffrait d'une carence dans ce domaine. Le bégaiement de Karl-Erik disparut immédiatement, mais il loucha encore pendant quelques jours. On se demanda même s'il n'avait pas été victime d'une légère hémorragie cérébrale.

– Tu avais vraiment mis le doigt sur quelque chose, dit Robert. Bon, je vais faire un tour. À demain. Ne restez pas trop longtemps, les noctambules.

– Je ne vais pas tarder, dit Kristina.

– Moi non plus, dit Henrik.

À minuit cinq, il arriva sur la place. Quel trou, se dit-il. Pas un chat dans les rues. Plus la peine de détourner le regard, car « s'il marche pendant la nuit »... Et ainsi de suite.

Pourtant, lorsqu'il s'arrêta devant l'entrée sombre du cinéma Royal et parcourut les alentours des yeux, il fut envahi par un sentiment familier. Comme une couverture mouillée qui l'étouffait. Ce coin d'éternité avait été le centre de son univers pendant les vingt premières années de sa vie. Il n'y avait qu'à voir le résultat. Pas étonnant qu'il ait mal tourné.

Il s'apitoyait sur son sort. Prétendre que la vacuité intérieure de sa vie d'adulte serait une conséquence directe de la vacuité extérieure de son enfance était le passe-temps favori des naufragés de l'âme. Il faut pourtant bien naître quelque part. Il calcula depuis quand il n'avait pas mis les pieds chez lui. Un an et demi. Pourquoi s'obstinait-il à appeler cet endroit « chez lui » ? Le pouvoir d'attraction de ce trou noir était resté intact à travers les ans, mais peut-être chacun avait-il le sien. Il fallait éviter de se laisser aspirer. Tenir ses distances. Il alluma une cigarette et s'engagea dans Badhusgatan. Que lui était-il arrivé, exactement, sur l'aire de stationnement ? On ne pouvait quand même pas mourir d'angoisse... Seuls des gestes accomplis sous son emprise pouvaient s'avérer funestes. Une simple dépression nerveuse, si ça se trouvait. Il était tout de même tombé dans les pommes. Le désarroi mental pouvait-il provoquer un évanouissement ? En tant que mécanisme de défense, c'était en tout cas parfaitement approprié. Dormir, dormir sans fin, tout oublier, le monde et sa propre médiocrité.

Il n'avait pas regardé sa mère dans les yeux de toute la soirée. Les autres non plus, sauf Kristina. Elle avait su trouver les mots justes quand ils étaient sortis : « Robert, tu es vraiment un gros porc, mais je t'aime. » Les autres avaient tous barboté à proximité rassurante d'une bouée, quelque part entre la porcherie et l'amour. Seule Kristina possédait la noblesse d'esprit nécessaire pour embrasser les deux extrêmes. Tout à coup, il pensa à Paula. Le même genre de femme… De celles qui ont connu les pires immondices et la beauté la plus éclatante. Le lustre sale et doré de l'existence, la pute et la madone… Les mots tournaient en roue libre dans sa tête, certainement sous l'effet du vin et du whisky. Il atteignit la Norra Kungsvägen, où il s'arrêta un instant pour admirer le vieux château d'eau en briques brunes. Parfaitement rond. Ceux qu'on construisait désormais étaient affreux. Si tous les châteaux d'eau pouvaient ressembler à celui-ci… Avec de petites fenêtres ici et là, un toit en cuivre vert-de-gris. Cela rendrait le monde si accueillant. Dans un pays aux châteaux d'eau ronds en briques brunes, je me sentirais chez moi, se dit Robert.

Une nouvelle Paula… Voilà ce qu'il lui fallait. Ce serait son salut. Trois mois aux Canaries devraient lui permettre de trouver quelqu'un. Ces îles grouillaient de femmes célibataires. Il mettrait la dernière main à son bon vieux roman, son *opus magnum*, et il y rencontrerait la pute-madone parfaite. Il était grand temps qu'il se consacre à ces deux tâches. Il alluma une cigarette et se dirigea vers l'église. Demain, je regarderai ma mère dans les yeux, se dit-il. Je lui dirai que ce qui s'est passé est lamentable, que je m'en mords la queue (je veux dire les doigts, merde, les *doigts* !). Je lui dirai que j'ai des projets.

De toute la soirée, il n'avait pas accordé une seule pensée à Jeanette Andersson, mais, lorsqu'il s'engagea dans la Fabriksgatan, il se souvint qu'elle habitait au 26.

Pourquoi pas ? se dit Robert Hermansson.

D'accord, il était déjà une heure vingt, mais si elle ne travaillait pas le lendemain… Il sortit son portefeuille et en tira le bout de papier sur lequel il avait noté son numéro.

9

Un si beau garçon, se dit Kristina. J'espère seulement qu'il résistera aux pressions de sa mère. Mais d'où lui vient ce chagrin ?

– Tu es heureux, Henrik ? lui demanda-t-elle.

Son statut de « tante de la liberté » – une expression d'Henrik – lui permettait de poser ce genre de question de but en blanc. Un été, plusieurs années auparavant, Ebba et Leif avaient loué une maison gigantesque dans le petit port de Skagen au Danemark, mais Ebba avait été très prise par des conférences et des opérations. Kristina était venue en renfort, une sorte de maman remplaçante pour les garçons. À l'époque, Henrik avait douze ans et Kristoffer, sept. Un jour, à la plage, alors qu'ils faisaient des châteaux de sable et buvaient du Coca, Henrik avait dit à Kristina : « Tu sais ce que tu es ? Tu es merveilleuse, tu es super gentille, tu es ma tante de la liberté ! »

Il l'avait serrée contre son maigre corps à lui en faire perdre le souffle. Puis ils avaient tous trois roulé dans le sable, réduisant leurs châteaux en ruine. En unissant leurs forces, Henrik et Kristoffer étaient parvenus à clouer leur tante de la liberté au sol. Ils lui avaient fait des bisous sur le nombril et l'avaient recouverte de sable, ne laissant dépasser que sa tête.

Nous avons dû passer un bon été, cette année-là, se dit Kristina, étonnée de tant de souvenirs heureux.

Enfin, sa mémoire s'était sans doute livrée aux retouches habituelles.

– Je ne sais pas, répondit-il. Non, je suppose que je ne suis pas très heureux.

– Je le vois bien. Si tu as besoin de vider ton sac, tu sais que je t'écouterai.

Il faisait tourner son verre dans sa main, sans doute un peu ivre, lui aussi. Mais ça ne devait pas être une première, après un semestre à Uppsala… Si ? Dix-neuf ans, songea Kristina. Douze ans de moins que moi. Pas un âge facile à vivre, si elle se souvenait bien. Mais qu'est-ce qui n'allait pas ? Il ne s'était pas fait de nouveaux amis ? Il ne suivait pas dans ses études ? Il se droguait ? Sa copine – celle dont avait parlé Ebba, l'étudiante en médecine – et lui s'étaient disputés ?

– Tu as échoué à des examens ? essaya-t-elle.

Il secoua la tête.

– Je n'en ai pas encore eu. Le gros partiel est en janvier.

– Alors il faut que tu potasses pendant les vacances ?

– Ça ressemble plus à une période de révisions qu'à des vacances.

– Ah bon. Mais ça marche, les études ? Tu as l'impression d'avoir suivi pendant le semestre ?

Il acquiesça. Brusquement, elle eut un doute : peut-être la trouvait-il niaise. N'était-ce pas une absurdité de demander à Super-Henrik s'il réussissait dans ses études ?

– Et tu penses avoir choisi la bonne discipline ?

– Je crois.

Ce n'était pas là que ça coinçait. Bois encore un peu de vin, cher neveu, et tu oseras me raconter ce qui te rend si triste. Elle leva son verre, en lui faisant un clin d'œil complice.

Il avala une gorgée et lui lança un regard en coin. Dans ses yeux, elle crut déceler une force nouvelle. Il la jaugeait. Pendant quelques secondes, il sembla sur le fil du rasoir, hésitant à se jeter à l'eau. Infiniment mûr pour son âge, se dit Kristina.

– C'est un truc dont je ne peux parler à personne, dit-il enfin. Excuse-moi, mais c'est comme ça.

– Même pas à moi ? demanda-t-elle. Même pas au milieu de la nuit ?

Il garda le silence.

– Enfin, si c'est grave, j'espère que tu as quelqu'un à qui te confier. Il ne faut pas laisser les choses croupir à l'intérieur de toi.

Psychologie de comptoir, se dit-elle. On dirait une assistante sociale de collège. Elle l'observa. Il avait baissé les yeux. Et croisé les mains – ses longs doigts puissants, des doigts de pianiste. Son épaisse frange brune lui cachait une partie du visage. Kristina percevait l'intensité avec laquelle il réfléchissait. L'aveu faisait son chemin, quelque part entre son cœur et son larynx, en attente mais déjà revêtu de mots ; il pouvait lui insuffler du son d'un moment à l'autre. Mais comment savait-elle tout cela ? Elle se faisait sûrement des idées. Quoi qu'il en soit, si en cet instant il ne racontait pas ce qui le tracassait, il ne le ferait jamais. Ni le lendemain, ni la semaine suivante. Je veux savoir, se dit-elle. J'aime ce garçon et je veux qu'il m'ouvre son cœur. Je peux t'aider, Henrik, ne le vois-tu pas ? Je ne suis pas ta mère, je suis ta tante de la liberté. Elle envisagea de poser la main sur son bras, mais s'abstint. L'équilibre était fragile, un soupçon de pression en trop pouvait le faire basculer du mauvais côté.

Elle attrapa la bouteille à moitié pleine et les resservit. Trente secondes passèrent, peut-être une minute. Elle venait de se dire qu'elle faisait preuve d'une sensiblerie exagérée, que les quantités de vin qu'elle avait absorbées la rendaient trop émotive, quasiment mièvre, lorsque, se raidissant, il avala une grande gorgée et posa sur elle un regard plein de cette mystérieuse énergie.

– Kristina, je suis homosexuel, dit-il. Voilà le problème.

Robert, son téléphone portable à la main, hésita soudain.

Appeler une parfaite inconnue à deux heures du matin ? Était-ce bien raisonnable ? Et si elle se révélait être une unijambiste de cent quarante kilos ? Ou une héroïnomane édentée ?

Jeanette Andersson ?

D'un autre côté, elle pouvait aussi être son salut. Et si elle l'attendait, justement ? Sa nouvelle Paula. Puisqu'elle était au courant de l'anniversaire des cent cinq ans, elle savait sûrement qu'il était en ville. Qu'il était revenu.

Mais tout de même… Un vendredi ou un samedi soir, ç'aurait été plus convenable…

Il opta pour une solution intermédiaire : une promenade jusqu'au stade et au chemin de fer, pour s'éloigner de sa rue, prendre un peu de recul. Si, après ces dix minutes de marche, il n'avait toujours pas changé d'avis, il l'appellerait. Et si elle l'invitait à passer chez elle, il aurait encore les dix minutes du retour jusqu'à la Fabriksgatan pour se raviser.

Un plan limpide, se dit Robert en allumant une cigarette. Excellent. Dans l'air glacial, il fut parcouru par un frisson. Heureusement qu'il avait assez d'alcool dans le sang pour ne pas avoir froid. Toujours ça de gagné.

Il se remit en marche.

Une cascade de pensées passablement contradictoires se déversa dans son esprit. Elle but un peu de vin, tentant de paraître impassible. Son intuition lui murmurait qu'il fallait à tout prix éviter d'avoir une mauvaise réaction – parmi la centaine qui se présentait à elle dans cette situation. Une fois n'est pas coutume, elle ne trouva rien à dire. Aucun sentiment ne surgissait en elle, se prêtant docilement à un habillage de mots purs et pleins de vérité. Henrik semblait tourmenté, sans doute autant par son orientation sexuelle proprement dite que par ses récents aveux. Dans un silence crispé, il restait enfoncé dans le canapé, les doigts croisés derrière la nuque et les yeux fixés au plafond, l'évitant du regard. Elle énuméra mentalement l'arsenal habituel de commentaires et de sentences bien-pensantes : « Ce n'est pas une raison pour être malheureux. » « Tout le monde est un peu homosexuel, au fond. » « Tu te cherches encore. » « Et alors ? » Elle se livra à un petit exercice d'introspection pour découvrir ce qu'elle éprouvait réellement. Cela ne lui posa pas trop de problèmes – il suffisait de se laisser aller.

La réponse surgit.

– Tu ne l'es pas du tout, dit-elle.

– Quoi ?

– J'ai dit : « Tu ne l'es pas du tout. »

Il se pencha en avant, coudes appuyés sur les genoux.

– Tu dis n'importe quoi. Tu crois que je ne sais pas moi-même si je suis… ?

– Non, dit Kristina. Je ne crois pas que tu le saches.

– De quel droit tu me dis ça ? Je m'attendais à une autre réaction de ta part, je dois l'avouer.

Elle cloua ses yeux dans les siens avant de répondre.

– À laquelle ?

– Quoi ?

– À quelle réaction tu t'attendais ?

– Je ne sais pas. Mais pas à celle-là.

– Ma réaction a tant d'importance ?

Il haussa les épaules et se détendit légèrement.

– Je ne sais pas. Oui… Non, pas tant que ça. Qu'est-ce que ça peut faire ? Maintenant, en tout cas, tu sais que je suis pédé.

Un vague sourire sur les lèvres, elle secoua la tête, s'approcha encore un peu de lui et lui caressa le bras.

– Henrik, écoute-moi bien. J'ai une demi-douzaine de bons amis homosexuels. Il y en a de différentes sortes et on le devient pour différentes raisons. Mais une chose est sûre : tu n'as pas ta place parmi eux. Tu as dû avoir des expériences homoérotiques, mais ça ne signifie pas automatiquement que tu es homosexuel. J'ai moi-même…

Elle se ravisa, mais reprit sans tarder : la situation ne tolérait pas d'ambiguïté.

– Une ou deux fois dans ma vie, j'ai moi-même eu des expériences avec des femmes. C'était bien, mais j'ai vite compris que j'appartenais à l'autre camp.

– Tu as été lesbienne ?

Son étonnement était sincère. Il avait les yeux comme des soucoupes.

– J'ai dit que j'avais eu des expériences d'amour lesbien. Exactement comme toi, tu as probablement eu une expérience avec un homme.

– Ben merde alors ! dit Henrik, en buvant une gorgée de vin. Je ne l'aurais pas cru.

– Tu n'avais pas une copine quand tu étais au lycée ? Hanna ou je-ne-sais-plus-quoi ?

– J'en avais deux, en fait. Mais ça n'a jamais spécialement bien marché.

– Tu as couché avec elles ?

– Oui. Enfin, si on peut dire.

Il émit un ricanement d'autodérision, non sans une pointe de bonne humeur sous-jacente. Elle se pencha encore vers lui.

– Et comme ça a mieux marché avec le mec que tu as sûrement rencontré à Uppsala, tu en as conclu que tu étais homosexuel…

– Oui, enfin…

– Beaucoup de gens sont un peu bi, tu sais. Petit à petit, on exclut l'une ou l'autre tendance, ce n'est pas plus compliqué que ça. Un peu comme quand on choisit un métier… ou une voiture. Pas besoin d'avoir à la fois une Bugatti et une Rolls Royce.

– Une Bugatti et une Rolls… ?

Il s'esclaffa mais s'interrompit, rattrapé par le chagrin, et posa sur elle un regard légèrement instable. Ils étaient tout près l'un de l'autre.

– Kristina, je suis pédé, c'est certain. C'est gentil de ta part d'essayer de me mettre du baume au cœur, mais ça ne change rien aux faits.

Elle soutint son regard. Cinq secondes passèrent – cinq secondes bourdonnantes d'une chose mystérieuse qui était en train d'arriver. À plonger ainsi les yeux dans ceux de son neveu, à une si courte distance, elle éprouvait une sensation étrange. Progressivement, la pièce dans laquelle ils se trouvaient se vida de son contenu. Une cloche de verre, comme un genre de couveuse, se forma autour d'eux et soudain, à l'intérieur, toutes les contraintes semblèrent abolies.

Non, se dit-elle, résistant à son impulsion. Ce n'est qu'une tentative de redorer le blason de l'ivresse. Puis :

– Pose ta main sur ma poitrine, Henrik.

Il hésita, immobile.

– Vas-y. Comme tu peux le voir, je ne porte pas de soutien-gorge. Ne te prive pas.

Il lui obéit. Il posa d'abord la main sur son chemisier, puis la glissa en dessous. Sous sa paume chaude et délicate, le mamelon de Kristina se raidit immédiatement.

– Qu'est-ce que tu ressens ?

Il ne répondit pas. Sa main tremblait. Ou alors c'était elle. Pourquoi se refréner maintenant ? Pourquoi s'arrêter à mi-chemin ? Elle toucha l'entrejambe d'Henrik et y laissa reposer sa main, sentant durcir son membre. Nom de Dieu ! criait une voix en elle. Mais qu'est-ce que tu fabriques ?

Elle l'ignora.

– J'ai deux seins, murmura-t-elle. Ne t'en prive pas.

Il obéit de nouveau. Elle déboutonna son jean et y glissa la main pour mieux le saisir.

– Qu'est-ce que tu ressens ?

Il déglutit. Il ne la lâchait pas des yeux, comme si ce regard était le fil illusoire auquel l'univers était attaché. Il caressait maintenant ses deux seins. Elle tira son caleçon sous son sexe et fit doucement quelques mouvements de haut en bas. Il entrouvrit la bouche, sa respiration s'alourdit.

– Mon Dieu, dit-il en fermant les yeux.

– Oui, chuchota Kristina. Exactement. Mon Dieu.

Robert décida de faire tout le tour du stade plongé dans le noir avant de ressortir son téléphone. Un dernier délai pour changer d'avis. Un crachin ténu, diffus, s'était mis à tomber, une pluie givrante qui s'accrochait comme une membrane à son visage et à ses cheveux. Mais il ne souffrait pas encore du froid. Il n'avait pas aperçu âme qui vive depuis un quart d'heure, à part deux voitures en mouvement et un chat de gouttière qui, sortant d'une allée sombre, avait bondi juste devant ses pieds dans la Johannes Kyrkogata.

– On ne peut pas se sentir plus seul et abandonné que dans ce paysage, marmonna-t-il tout haut en revenant à l'entrée principale du stade.

Bizarrement, cette pensée le réconforta, comme s'il avait enfin touché le fond. Au cours d'une flânerie solitaire autour du stade de Kymlinge, une nuit de décembre. Sur son portable, l'écran indiquait 1 h 51.

Il s'arrêta, inspira une grande bouffée d'air froid et alluma une cigarette. Tâtant le paquet, il constata qu'il ne lui en restait plus que deux. Puis il composa le numéro.

Elle répondit après trois sonneries.

– Oui, c'est moi.

– Jeanette ?

– Oui.

Il ne semblait pas l'avoir réveillée, quoique… Certaines personnes étaient capables de paraître vives et alertes en parlant dans leur sommeil. Sa voix légèrement rauque, un peu sifflante mais chaleureuse, lui plaisait toujours. Le temps d'un éclair, une réplique imbécile traversa son cerveau.

I'm your long lost lover and there's snow on my hair.

Il n'eut pas le temps de se demander d'où elle sortait.

– Pardon, dit-il. C'est Robert, Robert Hermansson. Je sais qu'on est en pleine nuit, mais j'avais du mal à dormir, et si tu es encore… ?

– Viens, dit-elle simplement. Je t'attends.

– Ce n'était pas mon intention de…

– Allez, viens. C'est moi qui t'ai invité. En plus, je ne dormais pas. Tu sais où j'habite ?

– Oui, dit Robert. Tu me l'as dit. Au 26, Fabriksgatan… Il y a un code ?

– 19-58. Tu es où ?

– Au stade.

– Au stade ? Qu'est-ce que tu fais au stade en pleine nuit ?

– Je suis sorti me promener. Et puis j'ai pensé à toi.

– D'accord. Tu seras là dans dix minutes. Je prépare du thé. Sauf si tu préfères un verre de vin…

– Du thé, ce sera très bien… Je crois.

– Pas de problème, on peut boire les deux. J'ai hâte de te revoir, Robert. 19-58.

Elle raccrocha. Le souvenir de sa voix s'attarda dans son esprit. Il avait eu l'impression d'y entendre quelque chose de vaguement familier. Il rangea son portable dans la poche de son blouson, jeta sa cigarette à demi fumée et dirigea ses pas vers la Fabriksgatan.

Elle était facilement accessible sous ses habits : une simple robe et une culotte. Mais lorsqu'il eut tâtonné jusqu'à son point le plus sensible, elle l'interrompit.

– Nous devons réfléchir à ce que nous faisons, Henrik, lui murmura-t-elle à l'oreille. Il faut éviter de blesser quelqu'un.

– Hmm…

– Mais si tu en as envie, je veux bien aller jusqu'au bout. Tu as remarqué que j'étais une femme, j'espère ?

– Tu es une femme, admit-il d'une voix rauque. Laisse-moi continuer.

Elle le repoussa doucement et se rhabilla. La pendule sonna deux heures, ses coups frêles restèrent suspendus dans la pièce comme pour leur rappeler que le monde continuait d'exister. Et qu'il n'était pas composé uniquement de ce canapé et d'eux deux. Il y a un nombre infini de circonstances et de faits paralysants à prendre en compte, se dit Kristina. Si on est d'humeur.

– Demain dans la nuit, Henrik. Tard le soir, Jakob partira pour Stockholm. Si tu veux, je t'attendrai à l'hôtel.

– Mais… dit Henrik. On peut vraiment… ?

– Oui, on peut. Kelvin dort toujours comme une souche. Ne t'inquiète pas… J'ai deux, trois trucs à t'apprendre sur l'amour avant d'en avoir terminé avec toi. Sur ce qu'il a de meilleur.

– Mon Dieu… répéta-t-il en la dévisageant. Je n'arrive pas à…

– Oui ?

– Je n'arrive pas à croire que c'est vraiment toi et moi, Kristina. Ce qu'il a de meilleur ? Qu'est-ce que tu veux dire par là ?

– L'art de retarder les choses. Le doux frisson de la temporisation. Maintenant, il faut nous séparer. Je dois rentrer retrouver mon mari et mon enfant.

– Kristina, je…

Elle posa l'index sur ses lèvres et il se tut. Elle l'embrassa sur les deux paumes, se leva, chancela un instant alors que le sang quittait son cerveau, puis retrouva son équilibre.

– Non, ne me suis pas. À demain.

La pluie lui sembla étrangement dense, douce, pleine de fraîcheur et d'obstination, comme une sorte de mousse liquide. Elle l'accompagna tout au long de la Järnvägsgatan déserte. Un tumulte de pensées et d'émotions sévissait en elle. Deux d'entre elles hurlaient plus fort que les autres.

Demain, nous irons réellement jusqu'au bout.

Ça va mal se terminer.

Arrivée à l'hôtel Kymlinge, dans le couloir du premier étage, une troisième voix intérieure qui n'était pas la sienne retentit : Mon neveu m'a tellement fait mouiller ma culotte que je vais être obligée de réveiller mon mari pour lui faire l'amour.

Il était deux heures vingt, mais ça n'avait pas d'importance.

10

Karl-Erik Hermansson se réveilla à quatre heures moins vingt. Un déclic avait retenti dans sa tête.

De ces deux événements, aucun ne lui était jamais arrivé. D'habitude, il dormait toujours comme une souche jusqu'à sept heures moins le quart, sans déclic. Jour ouvrable ou de congé.

Enfin, dorénavant, sa vie ne serait plus faite que de jours de congé. Il ne sortirait plus jamais son Crescent à trois vitesses du garage ni ne parcourrait en pédalant les mille trois cent cinquante mètres qui le séparaient du collège de Kymlingevik. Il ne plongerait plus jamais la main dans la poche de sa veste pour en retirer, d'un seul geste ample et élégant, son trousseau de clefs, ouvrir la salle 112 et y faire entrer la horde somnolente. Il ne réciterait jamais plus de mémoire le discours de Marc Antoine au peuple le 15 mars 44 av. J.-C.

Une infinité de jours de congé. Il resterait au lit aussi longtemps qu'il le voudrait et consacrerait la journée à ce qui se présenterait. La récompense. Les jours fastes après une pénible vie de labeur et de nouveaux programmes. Mais pourquoi s'était-il réveillé à quatre heures moins vingt ? Quel était ce déclic ? Il perçut un faible sifflement qu'il ne reconnaissait pas. Sans doute le radiateur sous la fenêtre, du côté de Rosemarie. Elle avait dû augmenter la température en cachette, comme d'habitude.

Quelque chose avait pourtant dû lui arriver. Il se tâta… Une vague inquiétude à l'intérieur de sa cage thoracique, un petit picotement, une sorte de tension… Il resta étendu, attentif à ses sensations. Et n'était-ce pas… N'était-ce pas justement à cette heure-ci, entre trois et quatre heures du matin, que la plupart des gens mouraient ? L'heure où un souffle éteignait la flamme alors qu'elle brillait déjà si faiblement ? Il avait lu ça quelque part. Pouvait-il s'agir de… ?

Karl-Erik Hermansson s'assit au bord du lit, droit comme un cierge. Pendant quelques secondes, il eut le tournis. Une fois que son sang eut oxygéné son cerveau, il constata qu'il se sentait, Dieu merci, en pleine forme. Ou en tout cas relativement… passablement en pleine forme.

Ce ne fut qu'alors, après avoir balancé les jambes et posé les pieds sur le tapis moelleux d'un geste souple et alerte, qu'il se rappela quel jour on était.

L'anniversaire des cent cinq ans.

Ses soixante-cinq ans. Les quarante ans d'Ebba.

Dans un même élan, dix mille autres données se précipitèrent dans son cerveau. Estepona. Rosemarie. La crevasse sur la plante de son pied gauche – enfin, peu importait ; en Andalousie, les crevasses n'existaient pas. *Muy bien*. Du whisky. Du whisky ? Mais oui, ce fichu whisky d'esbroufe que le mari de Kristina avait apporté. Il en sentait encore le goût fumé sur son palais. Lundgren à la banque refit également surface, ce qui était assez logique. Il s'agissait de l'une des affaires courantes qu'il devait garder en tête. L'acte de vente qu'ils signeraient le mercredi après-midi – le lendemain. La bande de prétentieux qui allaient emménager dans sa maison de Kymlinge ; il pariait que ni le mari ni la femme n'étaient capables de citer trois noms de ministres ou deux noms d'inventeurs suédois essentiels au développement industriel des XIXe et XXe siècles. Crétins. Quel bonheur de quitter ce pays d'incultes qui ne connaissaient même pas leur propre histoire… Un immense soulagement, à vrai dire. Mais, pour le moment, il était incapable de se rappeler le nom de famille des prétentieux. Bref… Quoi d'autre ?

Robert.

Non, pas Robert. Hors de mes pensées.

Plutôt Rosemarie. Sans commentaire. Non, retour à sa crevasse à la plante du pied gauche qui disparaîtrait dès qu'il la poserait sur le sol rouge d'Espagne… La crevasse, pas la plante de son pied – Karl-Erik évitait toujours soigneusement les ambiguïtés grammaticales, même en pensée… Robert réapparut.

Ouste ! Manifestement, à cette heure-ci, mon esprit ne fonctionne pas selon son schéma habituel, se dit Karl-Erik, étonné. Il ne trouva rien d'autre à faire que de rester assis au bord du lit et de contempler le tableau représentant le château d'Örebro. Il l'avait gagné à un concours de mots croisés en 1977. Rosemarie ne voulait pas l'accrocher, mais après avoir écouté ses explications sur le rôle essentiel qu'avait joué ce monument dans l'histoire de Suède elle avait cédé, bien sûr.

Encore Robert. Très bien, d'accord. Le fils perdu. En fait, Karl-Erik aurait voulu avoir une conversation sérieuse avec lui dès la veille, pour s'en débarrasser, mais l'occasion ne s'était pas présentée. Trop de monde, trop compliqué. Trop de whisky. Il fallait donc que cela se fasse le jour même. De préférence le plus tôt possible. Avant qu'on se mette à table pour le dîner d'anniversaire, en tout cas. Parfois, il fallait prendre le taureau par les cornes.

Une conversation entre le Père et le fils. Avec un « P » majuscule et un « f » minuscule, c'est ainsi qu'il visualisait le groupe de mots. Un peu étrange, peut-être, mais somme toute assez logique. « Conversation », en revanche, n'était pas le bon terme. Il fallait justement éviter que cela ne vire à la simple conversation. Il s'agissait plutôt de clarifier un point de vue. Qu'on en était… Ses pensées tournèrent à vide avant de se cristalliser… Qu'on en était arrivé au degré zéro absolu.

On avait touché le fond. Voilà ce qu'il lui dirait. Le « degré zéro », cela sonnait bien. Il répugnait à aborder le sujet. L'opprobre dont Robert avait couvert la famille les marquerait jusqu'à la fin de leurs jours… Non, pas d'excuses, pas d'explications. Ce que Robert avait fait ne pouvait pas être relativisé. Et non, nous n'avions pas prévu de quitter le pays, maman et moi, pas du tout, mais au vu des événements, nous n'avons pas d'autre issue.

La honte, Robert, lui dirait-il, tu nous as précipités dans le bourbier de la honte. Nous allons devoir vivre avec. Voilà, je n'ai plus rien à dire sur cette affaire et je ne veux plus jamais en entendre parler.

Sur ces événements ? Je n'ai plus rien à dire sur ces événements ? Non, « affaire » sonnait mieux, « événement », c'était un peu… Un peu je-ne-sais-quoi.

À la salle de bains, il s'assit sur le siège des toilettes et pissa. Depuis plus de dix ans, il pissait toujours assis le matin – pourquoi le cacher ? Mais seulement le matin. Ce jour-là, le filet s'écoula plus lentement que de coutume, peut-être à cause de l'heure. Il eut donc le temps de parcourir mentalement son discours encore une fois.

Il lui trottait dans la tête depuis un mois. Le choix des mots, les tournures de phrase, les pauses soigneusement calibrées… Une sorte de chef-d'œuvre pédagogique. « C'est à sa brièveté que l'on reconnaît le maître. » Robert en resterait coi. Les mots de son père s'enfonceraient en lui, fermes et implacables. « Comme des dards de guêpe dans une peau galeuse. » Il l'avait lu quelque part. Robert prendrait conscience de la portée de son geste. Il s'en repentirait profondément, mais cela n'y changerait rien. Un regard sur son père suffirait : pour un acte pareil, le pardon était impossible. Seuls le silence et l'oubli couvriraient peu à peu les événements de leur nappe de brume. Je n'avais qu'un fils, Robert, dirait-il… Pause théâtrale… Et je n'en ai toujours qu'un. J'accepte mon sort. Ta mère a souffert, j'ai craint pour sa vie à plusieurs reprises. Non, « santé mentale », c'était mieux. J'ai craint pour sa santé mentale. Toi seul devrais avoir honte, Robert, mais tu as aussi sali ta famille. Non, ne dis rien. Les mots n'ont plus de sens. Sache qu'Askbergson, le proviseur, voulait nous relever de nos fonctions, ta mère et moi, jusqu'à la fin du semestre – par égard pour nous –, mais nous avons décidé de rester. Nous sommes allés travailler la tête haute, nous avons regardé nos collègues, non, mieux, nos camarades de travail… nos camarades de travail droit dans les yeux. Je veux que tu le saches, Robert. Nous quitterons le pays au printemps, mais nous le faisons dignement. Je veux que tu le saches.

Il s'attarda sur les toilettes pour savourer ces mots, bien que la dernière goutte soit tombée depuis longtemps. Puis il se leva, remonta son pyjama et tira la chasse d'eau. En se lavant les mains, il se regarda dans la glace. Il lui sembla déceler un truc bizarre au niveau de son œil droit… La paupière pendait un millimètre plus bas que d'habitude. Qu'est-ce qui avait bien pu lui arriver ? Mais peut-être se faisait-il des idées…

Il se badigeonna le visage d'eau froide et scruta de nouveau ses yeux. Tout semblait revenu à la normale.

Son imagination devait lui jouer des tours.

Quatre heures moins cinq. Il se remit au lit à côté de son épouse. Le radiateur sifflait faiblement. Le château d'Örebro n'avait pas bougé.

J'ai intérêt à me rendormir, se dit-il. Une longue journée m'attend.

Pour commencer, vers neuf heures, ils reçurent une petite délégation familiale : deux cousins de Göteborg du côté de Karl-Erik, accompagnés de leurs moitiés respectives, une femme pour l'un et un mari pour l'autre. De passage dans la région par hasard, ils avaient décidé d'en profiter pour venir présenter leurs vœux en ce grand jour.

On consomma un demi-gâteau et douze tasses de café. Robert, Leif et les garçons n'étaient pas encore levés (ou peut-être avaient-ils eu la présence d'esprit de rester à l'étage). On s'assit à la cuisine : les quatre visiteurs, les deux héros du jour, Rosemarie et un petit boxer nommé Silly qui pissa trois fois par terre.

La conversation, un peu laborieuse, tourna principalement autour d'un parent parti en Amérique (Gunvald, 1947), des taux d'intérêt du moment et de tous les gens sympathiques que l'on rencontrait suite à l'acquisition d'un chien.

Les Prisonniers de Koh Fuk furent mentionnés une fois par erreur, et tout le monde passa outre.

Une fois sa mission accomplie, la délégation familiale quitta les Hermansson dans deux petites voitures métalliques quasiment identiques, l'une blanche et l'autre gris clair, vers dix heures et quart. Ils avaient apporté deux cadeaux : une assez grande œuvre d'art encadrée (1 m × 70 cm) représentant un motif marin en laine cloquée, et une œuvre plus petite (70 cm × 40 cm), encadrée aussi, avec un motif de plage en laine cloquée. L'artiste s'appelait Ingelund Sägebrandt. Rosemarie se demanda si c'était un homme ou une femme. En concertation avec Ebba, on décida de les entreposer au garage jusqu'à nouvel ordre.

Lorsque ce déblayage fut accompli, Rosemarie sortit jeter un coup d'œil dans la boîte à lettres – vide. Il neigeait. Les premiers signes d'une aigreur d'estomac se faisaient sentir. Cette journée ne se terminera jamais, se dit-elle.

À onze heures, huit collègues du collège de Kymlingevik firent leur apparition. Leif était descendu, mais pas Robert ni les garçons. Kristina, Jakob et Kelvin n'avaient pas donné signe de vie. Rosemarie supposa qu'ils en profitaient pour faire la grasse matinée, ce qui, d'ailleurs, était aussi bien.

La désopilante Rigmor Petrén, professeur de mathématiques et blagueuse invétérée, était de la partie. Du même âge que Rosemarie, elle avait subi une ablation des deux seins, mais elle pétait toujours la forme. Vingt-cinq ans plus tôt, elle avait enseigné les mathématiques à Ebba (les sciences physiques aussi, pendant un semestre). En l'honneur de Karl-Erik et de sa respectable fille, elle avait composé une chanson rigolote.

La totalité des vingt-quatre vers fut exécutée a capella, à huit voix. Rosemarie méditait. Pour commencer, elle se représenta mentalement un marathon sous l'eau, dans le noir – une métaphore intéressante de la vie. Puis elle se demanda ce qui était arrivé au visage de Karl-Erik qui se tenait raide comme un piquet sur sa chaise, souriant à en attraper une crampe aux mâchoires. Elle lui trouvait quelque chose de bizarre.

Mais peut-être la vie était-elle une épreuve d'endurance. Rigmor Petrén suivait toujours le programme à la lettre et en arrivait toujours à bout. Quelle que soit la matière. Pas même le cancer ne l'avait fait flancher. Sa drôlerie réduisait tout ce qui croisait son chemin en cendres. Au vers sept, Leif Grundt fila aux toilettes. Il revint au vers dix-neuf.

Après le récital, on passa au salon, où l'on but vingt-neuf tasses de café. Le directeur de supermarché amusa la compagnie avec une étude comparative très divertissante des prix des jambons de Noël. Les brûlures d'estomac de Rosemarie s'épanouissaient.

Arne Barkman tint un discours bouleversé en l'honneur de Karl-Erik. Arrivé au milieu, il fut obligé de s'interrompre pour se moucher, signe de l'émotion intense qui le gagnait. Karl-Erik et lui avaient partagé le même bureau pendant presque trente ans, et Arne se demandait s'il aurait la force de retourner au collège de Kymlingevik en janvier. Il ne trouvait pas les mots pour décrire le vide laissé par Karl-Erik. En fait, il n'allait même pas tenter de le faire. Merci, Karl-Erik, voilà tout ce qu'il voulait dire. Du fond du cœur, merci. Merci. Merci. Merci.

– Merci, Arne, répondit Karl-Erik, très à propos.

Il donna une tape sur l'épaule à son vieux camarade, qui dut ressortir son mouchoir.

À leur arrivée, ils avaient offert deux gerbes de fleurs, une grande qui tirait sur le jaune et une petite sur le rouge. Il était temps de distribuer les vrais cadeaux. D'abord, un livre du comique et médecin Richard Fuchs pour Ebba – en tant que médecin, elle pouvait avoir besoin de rigoler un peu de temps en temps. Puis sept cadeaux à Karl-Erik, tous des allusions à la culture ibérique. Le nombre symbolisait les muses, les grâces, les vertus, bref, n'importe quelle entité au nombre de sept, à toi de voir, ha ha.

Une tête de taureau en bronze qui pesait quasiment un kilo. Un rioja Gran Reserva de 1972. Un ouvrage illustré de six cents pages sur l'Alhambra. Un livre de recettes de tapas. Un récit de voyage espagnol de Cees Nooteboom. Une paire de castagnettes en bois précieux. Un CD du guitariste José Muñoz Coca.

– Je suis touché, admit Karl-Erik.

– C'est beaucoup trop, renchérit Rosemarie.

– Ils sont aussi un peu pour toi, bien sûr, chère Rosemarie, déclara Ruth Immerström, éducation civique, religion et histoire. Arne a raison, vous allez vraiment laisser un vide.

Les collègues sortirent en colonne rangée peu avant treize heures. Rosemarie posa tous les cadeaux sur le buffet en chêne, sous un tableau qui représentait la bataille de Gestilren en 1210 entre Erik Knutsson et Sverker le Jeune, pendant qu'Ebba montait à l'étage pour secouer un peu ses deux fils et son frère.

– Robert n'est pas là, annonça-t-elle en revenant à la cuisine dix minutes plus tard.

– Il n'est pas là ? dit Rosemarie. Qu'est-ce que tu veux dire ?

– Je veux dire qu'il n'est pas là. Son lit est fait, mais il n'est pas là-haut. Ni au rez-de-chaussée.

– Qui n'est pas là ? demanda Kristina, qui arrivait au même instant, accompagnée de son époux en costume Armani et de son fils en costume de marin.

– Quelle belle robe ! s'exclama Rosemarie. Le rouge te va si bien ! Ebba, c'est le bleu et toi, c'est le rouge. À croire que…

– Merci, chère maman, répliqua Kristina. Qui n'est pas là ?

– Robert, bien sûr, dit Ebba. Enfin, il doit être sorti fumer. Il a pas mal de choses à méditer. Vous avez passé une bonne nuit à l'hôtel ?

– Très bonne, merci, répondit Jakob.

Kelvin était affalé comme une poupée de chiffon dans ses bras. Ce gamin n'est vraiment pas normal, se dit Rosemarie.

– Tu as les traits un peu tirés, Kristina, dit-elle sans réfléchir. Je croyais que vous aviez fait la grasse matinée.

Elle n'arrivait jamais à s'empêcher de commenter l'apparence de ses filles.

– J'ai trop dormi, dit Kristina. Bon anniversaire, papa. Bon anniversaire, Ebba. Qu'est-ce que tu as fait des paquets, Jakob ?

– Merde ! Je les ai laissés dans la voiture.

– J'irai les chercher plus tard. Ce n'est pas encore l'heure, n'est-ce pas ? Tu peux aller coucher Kelvin là-haut ?

Jakob et Kelvin sortirent de la cuisine. J'ai l'impression qu'elle le mène par le bout du nez, se dit Rosemarie. Je ne l'avais pas remarqué hier.

– Tu as quelque chose au visage, papa ? demanda Kristina. Tu as l'air un peu bizarre.

– C'est l'âge, glissa Leif Grundt.

– Je ne sais pas trop… dit Karl-Erik, en se passant les mains sur les joues. Je me suis réveillé à trois heures et demie cette nuit et je n'ai pas réussi à me rendormir tout de suite. Je ne comprends pas. En fait, je crois que je suis un peu fatigué.

– Il faut que tu te coupes les poils du nez, lui dit Rosemarie.

– Je trouve que papa devrait faire une petite sieste, déclara Ebba. Pour ceux qui n'étaient pas là ce matin, il y a eu pas mal de remue-ménage.

Ce n'est pas seulement moi qui ai du mal à éprouver des sentiments pour mes enfants, se dit Rosemarie. Ils ne s'aiment pas entre eux. Si je ne prends pas bientôt du bicarbonate, mes entrailles vont s'embraser.

Les frères Grundt apparurent dans l'encadrement de la porte, soigneusement peignés, en cravate.

– Bonjour, les brebis galeuses ! lança joyeusement leur père. Mais enfin, qu'est-ce que c'est que ces ficelles de bohémien que vous avez autour du cou ?

– Puisque tout le monde est rassemblé, on va prendre une tasse de café et un sandwich, dit Rosemarie.

11

L'après-midi, la température chuta de cinq degrés. Les précipitations devinrent plus abondantes. Pour couronner le tout, le vent de sud-ouest modéré fut remplacé par une bise du nord-ouest soufflant à huit mètres par seconde. Mais rien de tout cela n'allait faire obstacle à la première réjouissance prévue au programme : la balade en ville.

Depuis vingt-cinq ans, en fin d'année scolaire, c'est-à-dire au mois de mai, Karl-Erik Hermansson faisait une petite excursion de deux heures avec sa classe de quatrième en histoire, géographie, éducation civique. Le but était d'inculquer à ces êtres en pleine croissance quelques connaissances rudimentaires sur leur ville et ses sites historiques. Mais finalement, mai ou décembre, quelle importance ?

L'hôtel de ville. Le musée de la Cordonnerie. Le vieux château d'eau. La cour Hemmelberg. Le parc Gahn et la forge Rademacher, très bien conservée, donnant sur la chute d'eau de la rivière Kymlinge. Pour n'en citer que quelques-uns.

Tout cela n'était bien sûr que du réchauffé. Sauf pour la nouvelle bibliothèque, inaugurée huit mois auparavant, et la peinture au-dessus de l'autel de l'église, dont la restauration venait à peine d'être achevée.

De toute façon, il n'était pas désagréable de prendre un peu l'air. Seule Rosemarie manqua ce rendez-vous rituel avec l'histoire. En concertation avec son amie et adjointe en cuisine Ester Brälldin, elle était restée à la maison achever les préparatifs du dîner. Et Robert, qui n'avait toujours pas donné signe de vie.

– C'est typique. Même un jour pareil, il n'est pas capable de prendre sur lui, dit Ebba à sa sœur.

Leur père, qui venait de raconter la généalogie mouvementée du musée de la Cordonnerie, fit signe au groupe de se diriger vers la rue Linné. Ils durent braver la tourmente de neige.

– Comment ça, typique ? demanda Kristina. Il est libre de faire ce qu'il veut, non ?

– Libre ? répéta Ebba en levant les bras au ciel, comme si cette notion lui était devenue complètement étrangère. Mais qu'est-ce que tu racontes ?

– Ne le juge pas avant de savoir ce qui le retient.

– Moi, je le jugerais ? Ça ne me viendrait pas à l'esprit. C'est blessant, ce que tu viens de me dire.

– Excuse-moi, ce n'était pas mon intention, dit Kristina, qui essuyait le nez plein de morve de son fils. Mais c'est tellement facile de critiquer Robert.

– Pfff… dit Ebba en glissant son bras sous celui de son mari.

– Alors, les garçons, dit le sapin pédagogique aux frères Grundt, pouvez-vous me dire pourquoi cette date est gravée au-dessus de la porte ?

Malgré le programme chargé de la journée, il avait fait une sieste d'un quart d'heure et semblait un peu requinqué.

– « 1848 » ? dit Henrik, méditatif. Le Manifeste communiste. Je ne savais pas qu'il avait été écrit à Kymlinge.

– Ha ha, s'esclaffa Karl-Erik. Très bien, mon garçon. Non, à ma connaissance, Marx et Engels n'ont jamais mis les pieds ici. Mais peut-être ta mère pourra-t-elle nous éclairer ?

– L'incendie, répondit machinalement Ebba. Cette année-là, la ville entière a brûlé. Presque toutes les constructions étaient en bois, et celle-ci est la seule qui a survécu au désastre. Il paraît que la nuit en question, à part une domestique très pieuse, la maison Lehrberg était vide. La ferveur religieuse de la bonne aurait sauvé le bâtiment des flammes.

– Exact, dit Karl-Erik. Ensuite, dans les années 1850, on a bâti la ville moderne. Kymlinge, telle que nous la connaissons. Un nouveau plan de voirie a remplacé les ruelles médiévales. On a construit deux nouvelles places, la place du Sud et la place du Nord, l'hôtel de ville, comme je vous le disais… les halles et…

– Putain de neige ! dit Leif Grundt. Heureusement que j'ai mis mes semelles en caoutchouc. On a vraiment terminé le whisky, hier ?

– Leif, s'il te plaît, dit Ebba.

– Il semblerait, constata Karl-Erik, l'air un peu soucieux. Je me demande ce qui a bien pu arriver à Robert.

Il vient de faire le lien entre l'alcool et son fils, se dit Kristina. Pour la première fois de la journée, elle sentit son ventre se nouer. Il était seize heures trente passées. Personne n'avait vu son frère de toute la journée. Bizarre, non ? Même s'il s'agissait de Robert.

Mais il était sûrement bien au chaud, en train de picoler avec sa mère et Ester Brälldin dans la cuisine de l'Allvädersgatan.

– Faisons un tour rapide à l'église. Ensuite, il sera l'heure de rentrer se remplir la panse, dit Karl-Erik.

Il baissa les oreillettes de son bonnet de fourrure qui faisait très sixties et reprit le commandement de la troupe grelottante.

Trois quarts d'heure plus tard, les promeneurs tapaient des pieds dans le vestibule pour se débarrasser de la neige.

– Mon Dieu, quel temps ! s'écria Rosemarie. Tout le monde est sain et sauf ? Mais où sont… ?

– Kristina et Henrik sont allés au supermarché, répondit Ebba. Robert est réapparu ?

– Non, dit Rosemarie en aidant Jakob à retirer son fils endormi du porte-bébé. Je ne comprends vraiment pas où il est passé. Vous devez être gelés ! C'était vraiment nécessaire de traîner tout le monde en ville par ce temps abominable, Karl-Erik ?

– Mièvreries, répondit son mari. Je te fais remarquer que je suis le plus vieux. Si je supporte, je ne vois pas pourquoi les autres ne le feraient pas. Bien, allons au salon prendre un vin chaud devant le feu.

– Bonne idée, dit Rosemarie. On a juste le temps avant de se mettre à table. On dîne dans à peu près une heure. Els-Marie a appelé pour présenter ses vœux. À vous deux, bien sûr.

– Merci, dit Ebba.

– Merci, dit Karl-Erik.

Puisqu'on ne considérait pas encore décent que le jeune Kristoffer boive du vin chaud, Henrik n'y eut pas droit non plus. Les frères devaient se montrer solidaires. Ils en profitèrent pour se retirer dans leur chambre aux rayures vertes.

– Ah oui… Je voulais te dire un truc, annonça Henrik en composant un SMS.

– Mmm ? marmonna Kristoffer sans conviction, allongé sur son lit.

– J'ai… J'ai besoin de ton aide.

Quoi ? s'écria mentalement Kristoffer. De mon aide ? Putain, mais c'est l'Apocalypse, ou quoi ? Armageddon et compagnie !

– Euh… Ouais, d'accord.

– Enfin, pas tout à fait de ton aide. Plutôt de ton silence.

– Ah bon ?

Le cœur de Kristoffer battait la chamade. Il espérait que son frère ne le remarquerait pas.

– Je veux dire, que tu me promettes de te taire.

– De quoi s'agit-il ? dit Kristoffer, en feignant un bâillement.

Henrik resta silencieux quelques secondes, semblant peser le pour et le contre. Kristoffer se mit à siffloter.

– Je vais sortir pendant une heure ou deux cette nuit.

– Quoi ?

– J'ai dit que je serais absent pendant une heure ou deux cette nuit.

– Pour quoi faire ?

– Et je veux que tu le gardes pour toi.

– Je vois… Mais pourquoi tu vas t'absenter ?

Henrik hésita encore.

– Je n'ai pas envie d'en parler. Je veux simplement que tu ne le dises pas à maman… ni à personne d'autre.

Kristoffer sifflota un bout d'une mélodie qui lui rappelait vaguement *Stairway to Heaven*.

– Si tu veux que je me taise, j'aimerais savoir ce que tu vas faire. C'est la moindre des choses.

– Je ne suis pas d'accord.

Kristoffer réfléchit.

– Vu les circonstances…

Henrik s'assit sur son lit.

– Très bien. Je vais voir un vieux copain.

– Un copain ? À Kymlinge ?

– Oui. Ça n'a rien de bizarre. Ils ont emménagé ici il y a quelques années.

Putain, quel mauvais menteur tu fais, frangin… Qu'est-ce que je pourrais bien lui demander de plus ?

– C'est une fille ?

À l'instant où les mots sortirent de sa bouche, il comprit que c'était exactement la question à poser. Vu les circonstances. Trois secondes passèrent.

– Oui, dit Henrik. C'est une fille.

Kristoffer étouffait d'exaltation. Il fut obligé de simuler un nouveau bâillement pour le camoufler. Mon petit gars, pensa-t-il, tu mens comme un arracheur de dents. La fille ne s'appellerait pas Jens, par hasard ?

Mais comment ce Jens pouvait-il se trouver à Kymlinge ? Il n'habitait pas à… ?

Mais non… se dit encore Kristoffer. C'était Jenny qui habitait à Karlskoga, et le truc avec Jenny, c'est qu'elle n'existait pas.

– Alors ? dit Henrik.

– Euh… Ouais, bien sûr. Je ne dirai rien. Mes lèvres resteront scellées.

– Bien. Enfin, ce n'est pas sûr, mais au cas où.

– Au cas où, répéta Kristoffer. Je pige.

« Pas », ajouta-t-il mentalement. Pas tout à fait.

En y réfléchissant bien, rien n'interdisait que les parents de Jens habitent dans les environs de Kymlinge. Par exemple. Ou au centre-ville. Même si ça pouvait sembler un chouïa invraisemblable.

Enfin, se dit Kristoffer, ce voyage n'aura pas été inintéressant. Au contraire. Bien plus édifiant que ce que je croyais, il faut bien l'admettre.

– Je ne vois pas ce que tu veux dire, répliqua Karl-Erik, agacé. Qu'est-ce que tu cherches, au juste ?

– Ce n'est pas compliqué, dit Rosemarie. Robert n'est pas rentré.

Elle avait entraîné son mari à la buanderie contre son gré.

– Ça ne m'a pas échappé, dit Karl-Erik. Mais maintenant que la table est mise, que tout le monde attend et que l'entrée est prête, tu voudrais qu'on laisse ce garnement nous gâcher la… ?

– C'est ton fils. Attention à ce que tu dis, Karl-Erik.

– Bah ! Ça fait cinquante ans que je fais attention à ce que je dis. Il est temps que ça cesse. Et il faudrait que ça rentre dans ta petite tête.

Mais qu'est-ce qui lui prend ? se demanda Rosemarie. Elle n'eut pas le temps d'approfondir ce questionnement, car son principal sujet d'inquiétude reprit le dessus : l'absence de Robert – un nuage noir qui enflait petit à petit.

– Calme-toi, dit-elle. D'ailleurs, j'ai découvert quelque chose.

– Ah bon ? Et qu'est-ce que tu as découvert ? Il est bientôt six heures et demie, on ne peut plus attendre. Je ne suis pas le seul à perdre patience.

– Ce que j'ai découvert, dit posément Rosemarie, c'est qu'il n'a pas dormi dans son lit de toute la nuit.

– Tu dis des bêtises. Bien sûr qu'il a dormi dans son lit. Où veux-tu qu'il dorme ? Sa voiture est garée devant la maison.

– Je sais que sa voiture est garée devant la maison.

Elle fit un pas vers son mari pour s'approcher de son visage – le seul moyen de savoir combien de vins chauds il s'était enfilés.

– Écoute-moi bien, Karl-Erik. Robert n'a pas dormi dans son lit. J'avais mis son vieux pyjama et une serviette sous son oreiller, et ils ne sont même pas dépliés. Il a dû sortir cette nuit. Il a découché.

Un mouvement de nervosité traversa subrepticement les yeux de Karl-Erik. Rosemarie ne sentit qu'une odeur modérée de vin chaud dans son haleine.

– Tu en as parlé avec… Kristina et les autres ? demanda-t-il. Je crois qu'il a bavardé avec eux hier soir… Je ne me souviens pas qui… est resté après que toi et moi, on est montés se coucher.

– Je n'en ai parlé à personne, dit Rosemarie, en reculant d'un pas. Je l'ai découvert il y a seulement cinq minutes.

Karl-Erik prit un air lugubre.

– Il va falloir leur poser la question. Peut-être qu'il a prévenu quelqu'un… Tu veux dire qu'il serait sorti tard dans la nuit ?

– À ton avis ? Quoi qu'il en soit, je ne déborde pas d'envie de me mettre à table.

– Son téléphone ! s'écria Karl-Erik. Il faut essayer de l'appeler !

– Déjà fait. Six ou sept fois dans l'après-midi. Il est éteint. Son répondeur se met en marche automatiquement.

Karl-Erik soupira.

– Et son sac ? Il avait bien un sac, hier ?

– Il est dans la chambre. Karl-Erik…

– Oui ?

– S'il lui était arrivé quelque chose ?

Karl-Erik Hermansson se racla théâtralement la gorge et tenta de ricaner, ce qui lui donna l'air d'un chien malade qui toussotait.

– Qu'est-ce que tu racontes ? Qu'est-ce qui pourrait bien arriver à Robert à Kymlinge ? Allez, à table. Il réapparaîtra tôt ou tard. Sinon, on en parlera aux autres après le dîner. Pour le moment, on a plus important à faire. Tu ne trouves pas, ma petite Rosemarie ?

– Très bien, acquiesça-t-elle, la mort dans l'âme. Suivons le programme, coûte que coûte.

Devant la table dressée, Karl-Erik s'arrêta un instant pour marquer le coup.

– Je veux que tu le saches, Rosemarie. J'en ai vraiment ma claque de Robert. S'il s'est de nouveau enfui en Australie, personne n'en serait plus heureux que moi.

– C'est ce que j'avais cru comprendre, Karl-Erik.

Elle alla prévenir Ester Brälldin qu'il était temps de servir les blinis accompagnés d'oignon rouge émincé, d'asperges à la vapeur et de deux sortes d'œufs de lump.

On tint des discours.

Au moment des blinis et du riesling, l'hôte d'honneur souhaita la bienvenue à tous les membres de « l'équipe de foot » (il comptait donc Robert en son absence, Ester Brälldin, qui se trouvait aux fourneaux, et lui-même, sans quoi il ne serait pas arrivé au chiffre onze). Un grand jour, déclara-t-il. Pour lui-même et pour Ebba. Le jour de ses quarante ans, on était encore en pleine ascension, et ce jusqu'à ses cinquante ans, l'âge médian, le midi de la vie. À soixante-cinq ans, non seulement on avait atterri, mais on était devenu un buteur aguerri – histoire de se complaire dans la métaphorisation footballistique.

Cette dernière expression s'avéra plus compliquée que prévu. Karl-Erik bafouilla, ce qui réveilla les doutes de Rosemarie. Que lui arrivait-il ? Le vieux sapin pédagogique, d'ordinaire si maniaque, n'était décidément pas complètement lui-même.

Son exposé sur l'évolution de l'école suédoise depuis ses débuts dans la profession en 1968 dura quand même vingt minutes. Il leva ensuite son verre à « la Connaissance avec un grand "C", celle qui se suffit à elle-même et ne flirte pas avec la cupidité, les sybarites du marché ou les daddys oisifs ». (Il voulait dire « dandys », non ? se demanda Rosemarie.) Pour finir, il leur souhaita encore une fois la bienvenue à tous.

On entama la selle de chevreuil accompagnée de primeurs, de petits oignons au vinaigre, de gelée de cassis et de pommes duchesse. Avant le deuxième service, ce fut au tour de Leif. Il prononça un discours en trois parties : premièrement, une histoire assez incompréhensible sur une charcutière à la poitrine généreuse travaillant dans un magasin Konsum de Gällivare ; deuxièmement, vingt secondes de compliments à sa vertueuse femme ; troisièmement, la conclusion : il n'aurait jamais pu deviner que son beau-père avait soixante-cinq ans, car il n'en faisait vraiment que soixante-quatre et demi.

Au fromage, Rosemarie fondit en larmes et dut quitter la table. À son retour, elle s'excusa, expliquant que ce débordement était dû à une soudaine émotion qui l'avait submergée sans crier gare. En les voyant tous réunis autour de sa table.

Alors, à la stupéfaction générale (sauf peut-être celle d'Ebba), Henrik se leva et exécuta un chant a capella – un genre de sérénade italienne. L'exploit fut gratifié d'un tonnerre d'applaudissements et l'ambiance de la soirée s'en trouva considérablement améliorée.

On passa aux poires Tosca nappées de crème au cognac, accompagnées du discours de remerciements sophistiqué mais légèrement impersonnel de Jakob (peut-être parce qu'il l'avait déjà prononcé une vingtaine de fois, se dit sa femme). Ester Brälldin, qu'on alla chercher à la cuisine, eut droit à un verre de malaga.

Puis vint l'heure du café, du gâteau et des cadeaux. Ebba reçut un service de table en porcelaine d'une célèbre marque anglaise : assiettes plates et creuses, assiettes à dessert, tasses à café et à thé, plats de service, pots et soupière, ainsi que quelques coffrets dits « de bien-être » : spa japonais de Hasseludden, dîner et massage aux pierres chaudes compris, et spa au Selma Lagerlöf de Sunne, avec une eau de soin offerte (Ebba y était déjà allée deux fois, mais on l'avait oublié).

Du côté de Karl-Erik, la moisson fut plus hétérogène : des livres en tout genre, un peignoir, une canne avec une crosse en argent, cinq cravates de soie (manifestement achetées par Robert à l'aéroport de Bangkok), un appareil photo numérique et une vieille lithographie représentant la bataille de Baldkirchenerheim en 1622.

Enfin, lorsqu'on se fut acquitté de ce point de l'ordre du jour, les festivités des cent cinq ans pouvant être considérées comme achevées, on put aborder la question « Où est passé Robert ? ». Il était presque vingt-trois heures – l'heure de faire prendre l'air aux cadavres dans les placards, comme le suggéra un peu maladroitement Leif Grundt, ce qui lui valut de discrètes remontrances de sa femme.

– Il est sorti faire un tour, dit Kristina. Je n'ai pas regardé ma montre, mais il devait être à peu près minuit et demi.

– Il paraissait normal ? demanda Rosemarie.

– Je n'en sais rien, répondit Kristina. Comme d'habitude, je suppose.

– Pourquoi tu demandes de quoi il avait l'air, maman ? s'enquit Ebba.

– Vu les circonstances, c'est plutôt logique, non ? répliqua Rosemarie.

– Parfaitement, dit Leif Grundt. Il a dû faire une rencontre, tout simplement. D'ailleurs, apparemment, c'est de ça qu'il avait besoin.

– Leif ! dit sèchement Ebba. Ça suffit, maintenant.

– D'accord, c'était juste une hypothèse. Quelqu'un en a-t-il une autre ?

– Je crois qu'il était un peu plus tard que minuit et demi, précisa timidement Kristoffer. Je me suis couché à une heure moins vingt, et il était encore là. Je lui ai dit bonne nuit.

– Bon, dit Karl-Erik. Dix minutes de plus ou de moins… On ne peut pas parler d'autre chose ?

– Mais certainement, lui rétorqua Rosemarie. Seulement, je crois que nous sommes quelques-uns à nous inquiéter pour Robert. Même si ça ne semble pas te toucher plus que ça.

Karl-Erik avala le fond de sa tasse de café et se leva.

– Il faut que j'aille aux toilettes.

– C'est vrai, cette conversation est nulle à chier, ricana Leif Grundt.

– Honnêtement, Kristina, comment tu l'as trouvé ? Vous êtes sortis tous les deux, vous avez dû vous parler… Il était soûl quand il est parti ?

Que répondre face à l'angoisse de sa mère ? Kristina pesa ses mots. Robert s'était-il comporté de façon bizarre ? Était-il soûl ? Il n'était pas sobre, en tout cas.

Elle non plus, d'ailleurs. Mais, à dire vrai, à ce moment-là, elle avait autre chose à l'esprit. Tout autre chose. Surtout après le départ de Robert.

D'un commun accord, Henrik et elle s'étaient éclipsés pour aller faire une course au supermarché ICA après la balade en ville.

Henrik lui avait annoncé qu'il viendrait sans faute la retrouver à l'hôtel. Il ne se repentait absolument pas, lui avait-il dit. Si c'était ce qu'elle croyait, elle se trompait.

– Je viendrai te voir cette nuit, Kristina. Tu n'as pas changé d'avis, au moins ?

Elle avait secoué la tête. Non, pas s'il était toujours partant.

À part cela, ils avaient à peine échangé un mot de toute la soirée. Ils s'évitaient du regard – rien de très étonnant. Au fil du banquet, elle éprouvait une excitation croissante qui lui rappelait… ses quatorze, quinze ans, lorsque, gorgée d'hormones, elle s'intéressait tantôt à un garçon boutonneux, tantôt à un autre. Pendant le tour de chant d'Henrik, son rythme cardiaque s'était accéléré.

Et pourtant : si Ebba avait la moindre idée de ce qui se tramait, elle la tuerait sans sourciller. À cette idée, Kristina se sentait comme un petit animal nez à nez avec une lionne prête à défendre sa progéniture. Oui, la comparaison était assez juste.

Mais Robert ? Elle n'avait aucune idée de ce qu'il pouvait bien fabriquer.

– Dis quelque chose, Kristina ! la supplia sa mère. Ne reste pas là comme ça !

Elles étaient seules dans le bureau, chacune avec son petit verre de Baileys. Rosemarie avait effectué une manœuvre discrète pour qu'elles se retrouvent en tête à tête. Elle semblait croire que sa fille détenait des informations confidentielles.

– Désolée, maman, mais je ne sais rien du tout. Évidemment, Robert n'allait pas très bien, mais si tu crois qu'il est allé se suicider, tu te trompes.

– Je n'ai jamais dit… commença Rosemarie.

Elle s'interrompit et tapa du pied, avant de fixer des yeux ahuris sur sa jambe. Elle semblait au bord des larmes.

Kristina l'observa en silence, brusquement submergée de pitié pour elle. Elle faillit la prendre dans ses bras, mais Jakob apparut sur le seuil.

– Kristina ?

– Oui ?

Il n'eut pas besoin d'en dire plus. Elle le connaissait par cœur. Après avoir passé la soirée à boire de l'eau minérale, il était dangereusement proche du point de rupture. Pour qui savait interpréter les signes, cela sautait aux yeux. Il brûlait d'envie de quitter cet endroit. De lâcher sa femme et son fils à l'hôtel et de se retrouver enfin seul au volant. De rentrer à Stockholm le long de routes désertes en écoutant Dexter Gordon dans la nuit. Un autre monde. Elle le comprenait sans peine.

Son brusque élan de tendresse pour sa mère s'évanouit en un instant.

– Oui, Jakob. Je suppose qu'il est l'heure.

– Vous partez déjà ? s'écria Rosemarie. On n'a même pas…

Mais elle ne trouva aucune étape fictive qu'il resterait encore à accomplir.

– Je suis tellement inquiète pour Robert, finit-elle par avouer.

– Il doit y avoir une explication à tout ça, dit Jakob. Il ne va pas tarder à refaire surface.

– Vraiment ? Tu crois ? dit Rosemarie.

Elle semblait placer en lui une confiance aveugle, comme si Jakob Willnius, en sa qualité de citadin et de directeur de programmation à la télévision nationale, possédait également un don de voyance qui lui permettait de sentir ce qui était arrivé à son fils perdu dans la nuit hivernale, en pleine petite ville de province.

– Sûrement, répéta-t-il. Il a peut-être eu du mal à supporter la pression. Ce n'est pas complètement déraisonnable, comme hypothèse, n'est-ce pas ?

– Peu… peut-être, bégaya Rosemarie. J'espère que tu as raison. Qu'il ne lui est rien arrivé. Mais je suis tellement…

Son regard erra entre sa fille et son gendre. Elle ne trouva rien d'autre à dire.

Pendant une petite seconde, se dit Rosemarie, j'ai cru que Kristina allait me prendre dans ses bras. Je dois me faire des idées.

– Je monte préparer Kelvin, annonça Jakob. D'accord ?

– Oui, vas-y. Merci, maman, la soirée a été très réussie.

– Mais vous n'allez pas déjà…

Ses paroles avaient des consonances tellement funestes qu'elle préféra encore s'interrompre.

Qu'est-ce qui m'arrive ? se demanda-t-elle. Je ne parle même plus proprement.

12

Dix-huit photos de la maison en Espagne – la totalité de celles que possédait Karl-Erik – furent présentées aux convives après le départ de Kristina, Jakob et Kelvin dans leur Mercedes.

– Qui les a prises ? demanda Ebba.

– Moi, bien sûr, dit Karl-Erik.

– Alors vous y êtes déjà allés ?

– J'y suis allé seul un week-end. Le premier week-end de l'Avent, en fait. Il faisait vingt-trois degrés à l'ombre. Enfin, à condition de trouver de l'ombre, ha ha. Un ciel bleu comme l'été suédois.

Les photos firent le tour des invités : des images un peu floues d'une maison plate, blanchie à la chaux, dans un conglomérat de maisons plates blanchies à la chaux. Des montagnes arides à l'arrière-plan. Un bougainvillier par-ci par-là. Un cyprès. Une petite piscine remplie d'eau bleu clair entourée de chaises en plastique blanc.

Sur l'une des photos on apercevait aussi, à distance, la mer. Elle semblait se trouver à une cinquantaine de kilomètres. Un réseau moderne de voies de circulation y conduisait.

– Et l'intérieur ? demanda Leif Grundt.

– Les résidents actuels étaient là quand je suis passé. Ils déménagent en février. Je ne voulais pas déranger.

– Je comprends, dit Ebba.

– Je n'avais que mon vieux reflex, s'excusa-t-il encore. Il ne marche pas très bien, les mesures de lumière sont souvent erronées. C'est pour ça que je voulais un numérique pour mon anniversaire. Mais quand on y sera, on pourra vous envoyer des photos toutes les semaines. Par internet.

– Avec plaisir, dit Leif Grundt.

– Il fait combien de pixels ? demanda Kristoffer.

– Beaucoup, répondit Karl-Erik.

Il y eut un court silence. La pendule en profita pour sonner les douze coups de minuit.

– J'espère seulement que vous êtes tous les deux d'accord et que vous savez ce que vous faites, insista Ebba.

– Tu es déjà allée à Grenade, ma fille ? rétorqua Karl-Erik avec un soupçon de sévérité. As-tu déjà admiré le ravin depuis le nouveau pont de Ronda ? As-tu… ?

– Papa, je n'ai jamais dit qu'il ne fallait pas y aller. Je demande simplement si vous n'avez pas pris la décision à la légère.

Karl-Erik rassembla ses photos et les rangea dans leur enveloppe.

– Ebba, ce n'est pas le moment. Inutile que je te rappelle ce qui nous arrive. Parfois, dans la vie, il faut savoir prendre des décisions.

– J'ai quand même le droit de poser la question ?

– Quelqu'un veut un sandwich avant d'aller se coucher ? demanda Rosemarie, qui arrivait de la cuisine. Ou un fruit ?

– Tu es devenue folle ! répliqua Ebba. On vient de passer cinq heures à table !

– Je…

La voix de Rosemarie se brisa. Elle reprit son souffle.

– Je me demande si on ne devrait pas… si on ne devrait pas appeler la police.

– C'est hors de question, dit Karl-Erik à sa femme lorsqu'ils furent seuls dans leur chambre, un quart d'heure plus tard. Quoi que tu fasses, tu n'appelleras pas la police. Je te l'interdis.

– Tu me l'interdis ?

– Oui, je te l'interdis.

Il avait pris une couleur que Rosemarie ne reconnaissait pas. Enfin si, elle l'avait déjà vue sur des prunes ou des fruits trop mûrs, mais jamais sur le visage de son mari.

– Mais cher Karl-Erik… implora-t-elle. Je me disais simplement que…

– Tu as parlé sans réfléchir, l'interrompit-il, fulminant. Tu ne comprends donc pas ce que ça impliquerait ? Comme s'il n'avait pas mis assez de pagaille comme ça ! Et il se permet de disparaître alors qu'il est chez nous en tant qu'invité ! Quel toupet ! Je ne veux même pas y penser. « Robert le branleur s'évapore à Kymlinge »… Tu imagines les titres, Rosemarie ? C'est de ton fils qu'il s'agit !

Assise sur le lit, les épaules basses, elle déglutit. Elle ne l'avait jamais vu aussi furieux. En quarante-cinq ans. Si je le contredis maintenant, se dit-elle, il va faire une embolie.

– Ne prononce pas ce mot, je t'en prie, dit-elle faiblement.

Marmonnant une bordée d'injures, il se rendit à la salle de bains.

D'une certaine façon, il avait raison. Elle n'osait même pas imaginer ce que les journaux écriraient et tous les racontars qui circuleraient en ville si on apprenait que Robert avait disparu. À Kymlinge, en plus. Alors qu'on fêtait des anniversaires chez ses parents.

Si elle appelait la police, les journaux en auraient vent, sûr et certain. La moitié de ce qu'ils publiaient et de ce qu'on annonçait à la radio et à la télévision était en rapport avec les activités de la police. D'une manière ou d'une autre.

Seigneur, que faut-il faire ? se demanda-t-elle. Elle croisa les mains sur les genoux. La seule idée qui lui vint fut une image mentale : Robert, abandonné, mort de froid dans un tas de neige. Seigneur, aide-moi, supplia-t-elle. Je suis au bout du rouleau.

Elle se souvint alors de son rêve. Des deux oiseaux avec leurs bulles de dialogue devant le bec. C'était Karl-Erik ou elle. Laisse-lui la vie sauve, pensa-t-elle. Prends la mienne à la place. Si je ne me réveille pas demain matin, ce sera un immense soulagement.

– Tu ne veux pas venir ? demanda Jakob, en s'arrêtant devant le scintillement rougeâtre de l'hôtel Kymlinge.

– Je ne pense pas, non, répondit Kristina.

– Tu sais, ça ne prendrait qu'un petit quart d'heure de monter faire les valises.

Kristina acquiesça vaguement. La valise de Jakob était déjà dans le coffre, il s'en était chargé avant leur départ de l'hôtel, le matin même. Avec son efficacité ordinaire. Il pensait toujours à tout, y compris aux minuscules détails dont l'utilité pouvait se manifester plusieurs heures – ou même plusieurs jours – plus tard. À tout ce que l'on avait intérêt à régler d'avance.

Il veut vraiment que je vienne ou il fait semblant ? se demanda-t-elle. Une tentative de se montrer « familialement correct », peut-être…

– Non, dit-elle. On va rester jusqu'à demain.

– Tu te sens obligée à cause de Robert ?

– Entre autres. Ce serait un peu dégueulasse de leur fausser compagnie comme ça. S'il ne refait pas surface, maman aura besoin… enfin, de quelqu'un avec qui parler, à part Ebba.

Quelle excuse providentielle… Ou comment camoufler de basses motivations derrière une noble façade. Bref, il avala la couleuvre.

– Très bien, je comprends. Mais comment vous allez rentrer, si ce bon Robert ne réapparaît pas ?

– Il y a toujours le train. Et puis, s'il a vraiment disparu, je ne pourrai pas partir tout de suite. Ça voudra dire qu'il lui est arrivé quelque chose de grave. Il n'a quand même pas pu manigancer tout ça.

Elle détacha Kelvin du siège pour enfant. Jakob fit le tour de la voiture.

– Pas la peine de monter avec nous. Je vais prendre Kelvin sur un bras et le sac sur l'autre. Ça ira très bien.

– Et le siège ? Si tu pars avec Robert, tu en auras peut-être…

– On se mettra à l'arrière. Franchement, je n'ai pas envie de le trimballer si on prend le train.

Elle hissa Kelvin sur son bras. Le garçon se réveilla et contempla ses parents de ses grands yeux tristes. Puis il pencha la tête contre l'épaule de Kristina et se rendormit. Du dos de la main, Jakob lui caressa la joue. Il regarda tour à tour sa femme et son fils.

– Kristina, je t'aime. Ne l'oublie pas. J'ai adoré ce qu'on a fait hier à ton retour.

Elle eut un sourire coupable.

– Moi aussi, j'ai adoré. Je t'aime aussi, Jakob. Pardonne-moi de ne pas le montrer assez souvent.

Sur la pointe des pieds, elle l'embrassa.

– Allez, en route. On s'appelle demain. Bonne chance avec l'Américain. Et fais attention en conduisant.

– Je te le promets, dit-il, en effleurant sa joue comme il l'avait fait à son fils. Heureusement qu'il ne neige plus. Les routes doivent être déblayées.

Il se mit au volant et démarra.

À minuit vingt, sans le réveiller, elle coucha Kelvin sur son lit pliant, dans l'alcôve, se déshabilla et se mit sous la douche.

Qu'est-ce qui me pousse à faire ça ? Comme si… Comme si l'amour de Jakob ne me suffisait pas. Je me lave pour effacer sa dernière caresse de ma peau et je me prépare à recevoir un autre homme.

Je devrais avoir honte.

Elle n'avait pas tort, bien sûr, mais elle avait beau s'accuser d'ignominie, condamner ce projet fou, elle n'arrivait pas à prendre ces reproches entièrement au sérieux.

Ce genre de décision peut gâcher une vie, constata-t-elle. Pourtant, c'est profondément humain. Étrange.

Et puis, au fond, il s'agissait d'aider Henrik à mieux cerner sa sexualité – enfin, d'un certain point de vue. La bonne intention avait déclenché le reste. Du moins aurait-elle voulu s'en convaincre… Si tout se terminait pour le mieux, ce qui demeurait encore possible, alors, un jour peut-être, dans un lointain futur, ce doux secret encapsulé dans leurs cœurs les ferait sourire. Ils le garderaient jalousement et le ressortiraient de temps en temps, à des moments privilégiés. Comme un bon souvenir, en somme.

J'ai déjà lu ça dans trois romans et cinq magazines féminins, se dit-elle en sortant de la douche.

Elle s'entoura de la serviette rouge vif de l'hôtel et s'essuya. Puis elle contempla son corps nu dans le miroir, sans animosité, constatant ses formes avec sobriété, comme elle l'avait fait auparavant dans sa salle de bains du Vieil Enskede.

Elle tenta d'anticiper le contact avec le corps dégingandé d'Henrik, dix-neuf ans, ce qu'elle ressentirait lorsqu'il se presserait contre le sien. Le moment où il la pénétrerait.

Dans une heure, peut-être. Une heure et demie ?

Toujours nue, son téléphone à portée de main, elle se glissa entre les draps frais de l'hôtel. Ils n'avaient pas été changés depuis la veille. Moins de vingt-quatre heures plus tôt, Jakob et elle y avait sauvagement, presque brutalement, fait l'amour. Et maintenant…

Elle caressa les minuscules touches de l'appareil, mais ne l'activa pas. Une voix intérieure la suppliait de retrouver ses esprits. Elle se donna dix minutes de réflexion – enfin, dix minutes pour faire semblant de réfléchir.

Deux idées surgirent de la mêlée. Premièrement : Ebba en lionne prête à défendre sa progéniture jusqu'à son dernier souffle, le sang suintant entre les crocs.

Deuxièmement : des paroles prononcées par Liza, la fille de Jakob, le fameux jour où elle avait appelé de Londres. Kristina n'y avait pas repensé depuis plusieurs années.

Elle avait prétendu que Jakob pouvait devenir violent. « Il n'est pas seulement la bonne pâte que tu crois, autant que tu le saches. Au moins, tu seras prévenue. »

Elle ne l'avait pas crue. Il n'avait jamais montré aucun signe de violence. D'ailleurs, les jumelles ne cachaient pas leur mépris pour leur père et sa nouvelle compagne. Elles étaient tout à fait capables de semer la zizanie.

Mais pourquoi cette conversation lui revenait-elle à ce moment précis ?

La lionne et la bonne pâte violente…

Kristina n'avait l'intention de s'exposer au courroux ni de l'un ni de l'autre. Elle émit un ricanement qui sonnait faux, soupesant le téléphone. Ils ne s'étaient pas donné de rendez-vous précis, mais elle avait son numéro. Peut-être attendait-il son feu vert.

Je n'ose pas, se dit-elle brusquement.

Mais ses doigts parcoururent d'eux-mêmes le minuscule clavier. Une fois le numéro composé, il ne restait que trois manipulations à effectuer.

« Viens ».

« Envoyer ».

Et enfin : « Exécuter » ou « Annuler ».

Elle effaça le message. À lui de voir.

13

Kristoffer Grundt n'avait quasiment pas pensé à Linda Granberg de toute la journée, mais lorsqu'en pissant il regarda sa bite, juste avant de se mettre au lit dans la CSM (Chambre Super Moche, comme les frères Grundt l'avaient surnommée), son image lui revint.

Il se demanda pourquoi le fait de tenir sa bite dans sa main lui faisait penser à Linda.

Mais avant de poursuivre en toute insouciance dans cette voie freudienne (si, si, Kristoffer Grundt n'avait que quatorze ans, mais il avait déjà entendu parler de Sigmund Freud), il rangea son kiki (comme sa mère appelait son éminent organe quand il était petit) dans son caleçon et se dit qu'il était vraiment nul. Ringard, débile. Un bouffon qui croyait au Père Noël. Les qualificatifs abondaient. Linda Granberg ne verrait jamais son kiki. Tant mieux. Et si, malgré tout, cela devait arriver, elle en rirait sûrement aux larmes.

Cinq minutes plus tard, au lit, Linda Granberg revint hanter ses pensées. Elle avait déjà dû réagir à son SMS coquin de la veille – pour le meilleur ou pour le pire.

Il aurait voulu en avoir le cœur net. Il regrettait de ne lui avoir envoyé qu'une simple invitation au Birgers kiosk. Il aurait dû lui demander de prendre contact avec lui d'une manière ou d'une autre. Mais comment ?

Oui, comment ?

Peut-être pouvait-il lui écrire un nouveau SMS. Demander à Henrik de lui prêter son téléphone – l'équilibre des pouvoirs entre son frère et lui étant à son avantage depuis la veille. Peut-être Henrik accepterait-il. Même s'il ne mesurait pas encore toute l'ampleur des nouveaux moyens de pression de Kristoffer.

Il soupira. Perdre son téléphone ! Quel crétin ! Vivre sans, par les temps qui couraient, c'était comme d'être propulsé à l'âge de pierre, un vrai dinosaure. Condamné à l'extinction.

Cela dit, il n'était même pas sûr de vouloir savoir. Et si Linda, dans une colère noire, avait décidé de l'envoyer balader ? Dans ce cas, cela pouvait attendre deux jours de plus.

Et puis c'était idiot d'exercer des pressions inutiles sur son frère. De faire le malin et d'insinuer qu'on avait un joker insoupçonné en main. L'arme pourrait s'avérer plus utile à un autre moment. En plus, il serait obligé de garder le téléphone de son frère pour lire la deuxième réponse de Linda. Un peu trop demander. Du reste, il était minuit et demi. Elle ne répondrait pas à un nouveau SMS avant le lendemain. Et puis Henrik devait sortir retrouver Jens. Il emporterait son portable, bien entendu.

Jens ? Car c'était bien de lui qu'il s'agissait, non ?

De qui d'autre ? Kristoffer jeta un coup d'œil en coin à son frère, qui venait de passer la porte de la CSM. Cachait-il d'autres secrets ? Peut-être avait-il réellement rendez-vous avec un vieux copain. Pas impossible qu'il ait voulu taquiner son frère en lui faisant croire qu'il s'agissait d'une fille.

Oh, et puis je m'en fous, se dit Kristoffer. Et de son téléphone aussi.

Il aurait dû en emprunter un pendant la journée. À Henrik ou à quelqu'un d'autre. Kristina, par exemple, ou son grand-père. Ses parents n'avaient pas pris les leurs ;

son père détestait le portable (même s'il en admettait l'utilité dans le cadre du travail) et sa mère voulait éviter la dizaine de questions quotidiennes de ses collègues en salle d'opération.

Ça aurait été plus sympa de s'endormir en sachant que Linda l'attendait. Vraiment très très sympa.

Henrik se mit au lit en T-shirt, caleçon et chaussettes.

– Quand est-ce que tu pars ?

– Ne t'en mêle pas. Boucle-la, c'est tout. D'ailleurs, je ne sais même pas si je vais sortir.

– Comment tu le sauras ?

– S'il te plaît, Kristoffer, dors et pense à autre chose. Si je sors, de toute façon, ça sera dans une demi-heure au minimum.

Kristoffer éteignit sa lampe et réfléchit un instant.

– D'accord, frangin. Quoi que tu fasses, amuse-toi bien. Tu peux me faire confiance.

– Merci, je m'en souviendrai.

Henrik éteignit de son côté.

Il venait de remercier Kristoffer – phénomène rarissime. Mais, en toute honnêteté, il avait généralement peu de raisons de le faire. Je vais rester réveillé pour voir s'il sort, se dit Kristoffer en tournant son oreiller trop grand et trop dur.

Lorsque Henrik Grundt quitta la chambre vingt minutes plus tard, Kristoffer dormait. Dans son rêve, il faisait du tandem avec Linda Granberg. Elle était devant, lui, derrière. Ses fesses nues se dandinaient sous ses yeux. La vie était belle.

– Henrik nous cache quelque chose, dit Ebba. Je le sens.

– Henrik ? marmonna Leif depuis son étroite moitié du lit. Tu veux dire Kristoffer ?

– Non. Quand je dis Henrik, je veux dire Henrik.

– Et tu as tout à fait raison. Qu'est-ce qu'il pourrait bien nous cacher ?

– Je n'en sais rien. Mais il n'est pas lui-même. Je me demande s'il ne lui est pas arrivé une mésaventure à Uppsala. Tu n'as pas remarqué que… eh bien, quelque chose de bizarre ?

– Non, dit Leif en toute sincérité. Ça m'aura échappé. Ce qui ne m'a pas échappé, par contre, c'est que Robert a disparu de la circulation.

Cette remarque fut accueillie par un silence. Leif se demanda si cela valait la peine de poser la main sur la hanche de sa femme. Sans doute pas. Elle était presque sobre et passablement agacée. D'ailleurs, il se sentait un peu ivre et fatigué.

Et ils avaient déjà fait l'amour une fois en décembre.

– On allume la lumière ? lui demanda-t-il sans bien savoir pourquoi – peut-être pour apporter un nouvel éclairage sur Henrik, Robert et le reste…

– Pour quoi faire ? Il est bientôt minuit et demi.

– Je sais, répliqua Leif Grundt. Je retire ce que je viens de dire. Où crois-tu que Robert soit passé ?

Quelques secondes s'écoulèrent.

– Je crois que tu as raison.

– Quoi ? s'exclama Leif, étonné. Là, je ne te suis plus.

– Une femme, soupira Ebba. Ton hypothèse était qu'il aurait rencontré une femme. Je suis d'accord, ça me semble plausible. Il doit bien avoir une ancienne flamme qui traîne dans cette ville aussi.

– Hmmm, répondit Leif en plaçant la main droite sur la hanche de sa femme.

Ce qui se révéla aussi vain que prévu.

Deux hypothèses justes en une journée, se dit-il avec un ricanement, dans le noir.

– Pourquoi tu ris ? S'il y a quelque chose de drôle à la situation, j'aimerais bien le savoir.

– Une joie partagée est une demi-peine, dit Leif en lui tournant le dos. J'avais le nez qui me grattait, c'est tout. Allez, la nuit porte conseil.

J'ai épousé un idiot, se dit Ebba Hermansson Grundt. Que j'ai moi-même choisi.

Les routes n'étaient pas aussi praticables ni fluides que l'avait espéré Jakob Willnius. Il lui fallut plus d'une heure pour parcourir les soixante-dix premiers kilomètres. Il croisa trois chasse-neige.

Qu'importe, il aimait conduire seul la nuit ; la Mercedes ronronnait comme un chat et un disque de Thelonious Monk tournait dans le lecteur de CD. Il pensait à Kristina. Il avait pu ressentir une vague inquiétude concernant leur relation, mais il était rassuré. Jusqu'à la veille, ils n'avaient pas fait l'amour depuis plusieurs semaines. Elle avait eu ses règles – pas de raison de s'en émouvoir. Et, cette nuit, l'étreinte avait été formidable. Pourquoi est-ce que j'utilise un mot aussi vieillot qu'« étreinte » ? se demanda-t-il. Enfin, douce parole n'écorche pas la langue. Kristina avait pris l'initiative et s'en était donné à cœur joie – ce n'était plus arrivé depuis la naissance de Kelvin. Et quand ils s'étaient quittés devant l'hôtel, une heure auparavant, elle semblait en avoir encore envie.

Elle lui avait dit qu'elle l'aimait – elle le pensait vraiment, cela se voyait.

Tu es verni, Jakob Willnius. Vraiment.

La vie lui avait donné plus qu'il ne méritait. La rupture avec Annica aurait pu tourner à la catastrophe : procès, scandale… Mais il s'en était sorti indemne. Heureusement, il avait de l'argent. Elle avait accepté un règlement à l'amiable à condition qu'il lui laisse la garde de leurs deux filles et qu'elle n'ait plus jamais affaire à lui.

Enfin, le chapitre était clos. Il avait appris de ses erreurs.

Pourtant, il lui arrivait de rêver d'elle – soit sous forme de cauchemars, soit, au contraire, de scénarios érotiques torrides parfois si réalistes qu'il avait l'impression de sentir encore son odeur au réveil.

Mais, cette nuit-là, ses narines étaient imprégnées de l'odeur de Kristina. Bon sang, qu'est-ce que j'ai envie d'elle ! Si ce crétin de Robert n'avait pas disparu, elle aurait été à ses côtés ; ils auraient filé à travers la nuit ; il aurait tendu la main et…

Le téléphone interrompit son fantasme.

C'est elle, se dit-il. Kristina.

Mais c'était Jefferson.

– *Jakob, I'm terribly, terribly sorry*, commença-t-il.

Il s'excusait d'appeler à une heure pareille, mais ce n'était pas le plus navrant. Non, les choses s'étaient diaboliquement compliquées à Oslo. *Infernally complicated.* Étaient-ils toujours aussi impossibles, ces Norvégiens ? Pas très habitués à négocier, n'est-ce pas ? Des règlements et des consignes bureaucratiques à tous les étages. Mais qu'importe, Jakob pourrait répondre à toutes ses questions à une autre occasion. Il devait passer une journée de plus à Oslo et se rendre directement à Paris le surlendemain. Il était donc dans l'impossibilité d'honorer leur rendez-vous. Peut-être pourraient-ils repousser à début janvier ? *In Stockholm, of course.* Après la Norvège, sa seule obligation serait de faire un aller et retour à travers l'Atlantique – il devait fêter Noël et le Nouvel An dans le Vermont – mais ensuite, autour du 5, 6 janvier, cela conviendrait-il à Jakob ?

Espèce de prétentieux, pensa Jakob. Pédé de Harvard…

– Bien sûr, répondit-il. Je n'y vois pas d'inconvénient.

Jefferson le remercia, lui répétant qu'il était *terribly, terribly sorry*, et lui souhaita de bonnes fêtes.

Jakob Willnius regarda l'heure et poussa un juron. Deux heures moins le quart. Il jeta un coup d'œil sur la jauge à essence et constata qu'il ne lui restait plus qu'un quart de plein.

Encore trois heures et demie de route pour Stockholm, étant donné la neige. La fatigue le rattrapait.

S'il faisait demi-tour, il pourrait s'allonger contre le corps de sa femme dans une heure et quelques.

À l'instant où surgit cette idée, une station-service apparut à l'horizon. Ouverte en pleine nuit. Il quitta la route. Il se déciderait en faisant le plein et en prenant un café.

Je vais l'appeler pour voir ce qu'elle en pense, se dit-il. Si elle est dans le même état d'esprit qu'hier, elle ne refusera pas.

Lorsqu'il sortit son téléphone de sa poche, ses doigts butèrent contre la clef de la chambre d'hôtel, qu'il avait oublié de laisser à la réception. Pourquoi ne pas lui faire la surprise ?

Il descendit et fit le plein de super à indice d'octane 98.

Oui, pourquoi pas ? Il se faufilerait dans la chambre, se déshabillerait et se blottirait contre elle.

– *Fuck you, mister grande gueule Jefferson de merde*, marmonna-t-il.

Le cliquetis de la pompe se tut. Il entra dans la station, paya et prit un double express à la machine à café. Puis il mit le cap sur Kymlinge.

14

Le mercredi 21 décembre, Rosemarie se réveilla quelques minutes avant six heures. Dans son esprit, deux idées parfaitement distinctes :

Robert est mort.

Cet après-midi, nous serons dépossédés de notre maison.

Mais pas d'oiseaux. Pas de bulles de dialogue. Elle resta allongée, le regard perdu dans l'obscurité, tentant d'évaluer le taux de véracité de ces représentations mentales au son de la respiration régulière de Karl-Erik. La première la précipitait dans un abîme vertigineux. Robert, mort ? L'idée revenait ; elle la refoulait. Elle revenait ; elle la refoulait. Peut-être était-il allongé dans son lit, à l'étage ? Peut-être était-il revenu cette nuit ? Elle se garderait de monter vérifier. S'il n'y était pas, s'il avait disparu depuis trente-six heures, cela signifiait que… Non, c'était innommable.

Vite, la seconde idée. La maison. Cet après-midi, à quatre heures, dans le bureau de Lundgren, sur la table de bouleau, ils vendraient leurs vies. Karl-Erik et elle avaient vécu à la même adresse pendant trente-huit ans. Ils y avaient emménagé alors qu'Ebba n'avait que deux ans. Ensuite, Robert et Kristina étaient nés. Quarante ans d'existence à Kymlinge. Cette maison est le témoin de toute ma vie, se dit-elle. C'est mon chez-moi. Qu'est-ce que je vais devenir, maintenant ? Je ne dégusterai jamais plus les premières pommes de terre nouvelles sous le berceau de verdure. Je ne verrai pas le prunier que nous avons planté il y a six ans porter ses premiers fruits. Suis-je condamnée à attendre la mort assise sur une chaise en plastique blanc devant un versant de montagne aride, sous le soleil brûlant d'Espagne ? Est-ce le destin auquel Dieu m'a promise ?

Que mettre dans mes bagages ? Soixante-trois ans de vie gâchée, en décomposition ? Mon kit de formation à distance en broderie flamande ? Mon carnet d'adresses pour écrire une carte postale hebdomadaire à mes trois… bon, d'accord, quatre… amies ? Pour leur dire quoi ? Que l'eau de la piscine est bleue, que l'eau de la mer est bleue et que les chaises en plastique sont blanches ?

Non, se dit Rosemarie Wunderlich Hermansson. Je refuse.

Mais sa voix intérieure était si faible… si chétive. Où trouverait-elle la force de tenir tête à Karl-Erik ? Où planterait-elle ses pieux de résistance ?

Ses pieux de résistance ? Qu'est-ce que c'était que ça ? L'expression n'existait pas… Si Robert est mort, se dit-elle brusquement… Si Robert est vraiment mort, nous ne pourrons pas vendre ainsi nos vies dans un bureau de banque… Pas en de pareilles circonstances.

Elle se leva, furieuse contre elle-même. Pourquoi Robert serait-il mort ? Pourquoi se consacrer à des prédictions absurdes qui noircissaient le ciel comme des corbeaux ? Ce genre de sottises lui ressemblait, en vérité. Quand les enfants étaient petits, elle était obsédée par l'idée qu'ils pouvaient mourir. En traversant la rue devant un bus, en tombant dans un trou dans la glace ou en se faisant mordre par un chien enragé. Mais, à son âge, Robert savait ce qu'il faisait. D'ailleurs, l'absence, sous une forme ou sous une autre, c'était sa spécialité. Il était encore parvenu à s'éclipser pendant quelques jours, pour une raison *x*. Rien de très étonnant.

Allait-elle se plier à la cérémonie de signature sous les yeux de Lundgren en costume rayé ? Jeter toute son histoire à la poubelle ? Il fallait être bête comme une oie. Elle n'avait qu'à… qu'à dire à son tyran, le sapin pédagogique, de faire ses malles et de déguerpir tout seul en Andalousie. Ou ailleurs, peu importait.

Pour sa part, elle resterait chez elle, en Suède. Dans l'Allvädersgatan, à Kymlinge. Va-t'en sur ta vieille côte sénile, toi, puisque tu te crois supérieur aux cliques de bonnes femmes rôtissant au soleil ! Des recherches sur l'héritage maure et juif… Ben voyons, se dit-elle. Des salades, Karl-Erik ! Pire qu'un sapin pédagogique, tu es un poteau téléphonique !

Elle alla préparer le café. Assise à la cuisine, les coudes plantés sur la table en attendant que le bouillonnement de la machine ne s'arrête, elle perdit courage. Sa détermination coula comme une pierre au fond d'un puits.

C'était toujours la même chose.

Non seulement bête comme une oie, mais aussi poule mouillée. Une mauviette de soixante-trois ans qui n'avait plus aucune fonction dans la vie.

Sauf de s'inquiéter. De déclamer de minables prophéties et d'attendre la prochaine déception.

Ou le prochain accident. Un jour, peut-être, l'Accident avec un grand « A ». Robert était-il une sinistre prédiction sur le point de se réaliser ?

La Mort… Oui, cette fois-ci, c'était bien de sa sombre silhouette qu'il s'agissait. Ni plus ni moins.

Mais pas de sa propre mort. Celle-là ne la tourmentait pas du tout. Je suis trop insignifiante pour que la Grande Faucheuse se soucie de moi, se dit-elle tristement. Je vivrai tel un mouton de poussière, me désagrégeant jusqu'à la fin des temps.

Le café était prêt.

Toute la maisonnée dormait à poings fermés. Les petits accidents ne s'étaient pas encore réveillés.

Ni les grands.

– Non, ma petite maman, nous ne voulons vraiment pas déjeuner avant de partir, répondit Ebba Hermansson Grundt. Nous avons plus de six cent cinquante kilomètres de route, nous mangerons quelque chose en chemin. Tout ce qu'il nous faut, c'est un bon petit déjeuner.

– Mais je crois que… objecta Rosemarie.

– Je réveillerai Leif et les garçons dans une demi-heure. Les hommes sont vraiment doués pour le sommeil, tu ne trouves pas ?

– Je t'ai entendue, ma fille, dit Karl-Erik qui préparait son müesli sur le plan de travail. Ce que tu viens de dire est plein de préjugés. Souviens-toi que le réveille-matin a été inventé par un homme. Oscar William Willingstone, l'ancien.

– Oui, parce qu'il n'arrivait pas à se réveiller tout seul, mon petit papa. Des nouvelles de Robert ? Il est revenu ?

– Je ne sais pas, dit Rosemarie.

– Tu ne sais pas ? Qu'est-ce que tu veux dire par là ?

– Que je ne sais pas, quoi d'autre ? Je ne suis pas montée voir.

Sourcils froncés, Ebba sembla sur le point de lui faire un reproche – sûrement une légère remontrance sans conséquence de fille à mère. Mais elle se retint.

– Tu as des opérations de prévues avant Noël ? lui demanda Karl-Erik en posant son bol sur la table.

– Huit. Sans grande complication. Cinq demain et trois vendredi. Après, on aura quelques jours de vacances… D'accord, maman, je monte voir.

Ebba sortit et Rosemarie jeta un coup d'œil à l'horloge : huit heures et quelques. Elle envisagea de se servir une troisième tasse de café, mais opta pour un verre de bicarbonate. Mieux vaut prévenir que guérir. Karl-Erik feuilletait le journal. Était-il réellement aussi insouciant qu'il en avait l'air ? Décidément, elle ne réussirait à l'étonner qu'en lui enfonçant le grand couteau à découper entre les omoplates. Elle se demanda s'il aurait le temps de dire quelque chose avant de s'effondrer sur le sol comme un sac de pommes de terre.

Peut-être n'aurait-il même pas le temps d'être surpris.

De toute façon, je ne le saurai jamais, se dit-elle avec lassitude. Elle se prépara un cocktail de bicarbonate, but le verre en trois grandes lampées et se mit à vider le lave-vaisselle. Karl-Erik se taisait toujours. Combien de fois elle avait effectué ce geste ? Ranger la vaisselle propre. C'était leur troisième lave-vaisselle. Il marchait parfaitement depuis… Combien de temps ? Quatre ans ? Non, plus. Au moins cinq… Elle compta les années en essuyant les casseroles – la seule fonction dont elle n'était pas entièrement satisfaite était le séchage… Bientôt six ans. Une fois, parfois deux fois par jour pendant six ans, ça faisait combien ? Beaucoup. Enfin, Karl-Erik prenait la relève de temps en temps, il fallait bien admettre ce…

– Ils viennent petit-déjeuner ?

– Quoi ?

– Kristina et sa famille. Ils passeront petit-déjeuner avant de partir ?

– Je ne sais pas, répondit Rosemarie. Ah si, c'est ce qu'on avait décidé, je crois.

– Tu crois ?

– Je ne me souviens plus. Vu ce qui se passe avec Robert, j'ai un peu de mal à penser… au reste.

Karl-Erik poursuivit sa lecture.

Dans trois jours, on est censé fêter Noël, se dit-elle. Et dans trois mois, je ferai mes courses dans un *supermercado*. Qu'est-ce qu'ils ont comme lave-vaisselle en Espagne ? Et si, en revenant de l'étage, Ebba leur annonçait que Robert était dans son lit ? Dans ce cas, je promets de suivre Karl-Erik sans rouspéter. À la banque et en Espagne.

Drôle de *deal*, se dit-elle ensuite. *Deal*, c'est bien ça ? Dans le temps, on disait marchandage. Ou maquignonnage. Comme l'expression allemande « marché aux vaches », *Kuhhandel*. Mais pourquoi marchander le retour de Robert contre un départ en Espagne ? Quelles voix intérieures stupides lui faisaient croire qu'elle devait choisir entre les deux ? Qu'il s'agissait d'une espèce d'équation de l'espoir : la vie de Robert contre sa maison de Kymlinge. Ne pouvait-elle pas gagner sur les deux fronts ? Comme s'il fallait qu'elle…

Ebba revint.

– *Nada*, dit-elle. Mon petit frère n'est pas à la maison aujourd'hui non plus.

La vision de Rosemarie s'obscurcit. Un bref instant, elle fut sur le point de s'évanouir.

Elle retrouva ses esprits en s'appuyant sur le plan de travail. Puis elle ferma le lave-vaisselle sans l'avoir entièrement vidé. Se redressant, elle regarda sa fille et son mari. Ils étaient assis à table en parfaite communion, dans une harmonie innée, à l'aise dans leurs cent cinq ans. Pas l'ombre d'un souci. Elle inspira une grosse bouffée d'air.

– Maintenant, tu vas me faire le plaisir d'appeler la police, Karl-Erik Hermansson.

– Jamais de la vie, répondit celui-ci sans lever les yeux de son journal. Et je t'interdis de le faire. Je te l'ai déjà dit.

– Papa, je crois que, dans ce cas précis, tu ferais mieux d'écouter maman, dit Ebba.

À son réveil, Kristoffer ouvrit les yeux sur un mur sombre.

Où suis-je ? fut sa première pensée.

Il mit quelques secondes à s'en souvenir. Un étrange rêve plein de hyènes s'éclipsa. Elles avaient couru un peu partout en ricanant, dans un décor qui ressemblait à une vieille carrière. Pourquoi rêvait-il de cet animal ? Il n'en avait jamais vu en vrai.

Ni de carrière, d'ailleurs.

Sa montre-bracelet fluorescente indiquait huit heures moins le quart. Lorsqu'il alluma la lumière, le papier peint aux rayures vertes apparut. Henrik était déjà levé. Merde ! J'ai dû m'endormir comme une souche hier. Je ne sais pas s'il est sorti ou pas.

Pas grave, se dit-il en éteignant de nouveau la lampe. Je lui demanderai comment ça s'est passé. S'il est aux toilettes, il ne va pas tarder à revenir. En attendant, je vais traînasser un peu au lit.

Sauf si leur mère était déjà montée les secouer. Il tenta de s'en souvenir, mais n'insista pas. Elle l'avait réveillé tellement de fois sur tellement de tons différents qu'il lui était désormais impossible de distinguer un matin d'un autre.

En tout cas, on était mercredi. Le soir même, il serait de retour à Sundsvall. Et le lendemain…

Linda Granberg. Au Birgers kiosk. Kristoffer ralluma la lumière. Il se sentait soudain frétillant comme un poulain au pré. Et, contrairement à ses habitudes, il avait un peu faim. Autant prendre sa douche et son petit déjeuner.

Dans la cabine étroite et désuète, il laissa l'eau ruisseler le long de son corps en pensant à Henrik. Quel changement ! Quel bouleversement total en quelques jours ! Super-Henrik, l'impeccable, l'infaillible, était devenu… comment ça s'appelait ? Un dépravé ?… Henrik le dépravé, qui sortait avec un dénommé Jens, faisait le mur et donnait des rendez-vous secrets dans la nuit !

Enfin, s'il était sorti cette nuit, ce qui n'était pas certain. Quoi qu'il en soit, Kristoffer avait le sentiment de s'être rapproché de son frère – même si celui-ci ne se doutait encore de rien. Henrik n'était plus pur et innocent, voilà la grande nouveauté. Il avait des côtés obscurs, lui aussi. Comme tout le monde. Comme Kristoffer. Il était devenu… eh bien, humain, tout simplement.

Il augmenta la température de l'eau d'un degré, cogitant maintenant sur son oncle Robert. Contrairement à Henrik, sa dépravation (un mot un peu difficile mais très utile) était connue depuis longtemps. Il était le mouton noir de la famille. Il n'avait pas eu besoin de battre tous les records dans *Fucking Island* pour acquérir ce statut. Mais le phénomène n'était pas de ceux dont on parlait volontiers dans la Stockrosvägen, chez les Grundt Hermansson.

Et maintenant, il avait disparu. Sauf s'il était revenu cette nuit… Kristoffer se surprit à souhaiter que non. C'était cool de s'évaporer comme ça. On s'inquiétait pour lui, bien sûr. Sa grand-mère par exemple, mais pas Kristoffer, qui était du même avis que son père. Robert avait dû faire une rencontre, et plutôt que de subir l'ennui mortel de la fête d'anniversaire, il était parti rejoindre une femme. Et se foutait éperdument de ce qu'en penseraient les gens. Un jour, Kristoffer espérait pouvoir en faire autant. Prendre son destin en main, assumer ses actes, ne plus être dépendant de… Bref, de sa mère.

Car c'était la triste réalité. Quand Henrik lui avait demandé de ne pas ébruiter ses escapades nocturnes, il pensait bien sûr à leur mère. Quelques jours plus tôt, Leif avait réagi à la désobéissance de Kristoffer en bon père : il l'avait sommé de filer droit et de réfléchir à ce qu'il faisait – sans le culpabiliser inutilement. Leif Grundt entretenait un rapport sain avec ses enfants. Franc, simple, sans hypocrisie. Une bonne engueulade et, ensuite, retour à la normale.

Par contre, s'il venait à apprendre l'homosexualité d'Henrik… Ce serait une autre paire de manches, se dit

Kristoffer en fermant le robinet, alors qu'on frappait à la porte.

– Henrik ? demanda sa mère.

– Non, c'est moi, Kristoffer.

– Vous êtes déjà levés ? Tant mieux. Quand vous serez prêts, descendez prendre votre petit déjeuner.

– D'accord.

Kristoffer inspecta son visage dans le miroir. Quatre, cinq boutons – étant donné les quantités de chocolat qu'il avait ingurgitées ces derniers jours, pas de quoi en faire un drame. S'il faisait attention jusqu'au lendemain, il serait plus ou moins présentable au Birgers kiosk. Dans trente-sept heures et des brouettes.

– Rosemarie, nous devons faire preuve de réalisme, dit Karl-Erik avec la lenteur méticuleuse et autoritaire d'un Monsieur Je-sais-tout qui n'avait pas l'intention de se répéter inutilement. Rien n'indique qu'il soit arrivé quelque chose à Robert. Toi et moi… et Ebba… nous le connaissons. Inutile de te donner des exemples. Il a dû se sentir mal à l'aise… Ou avoir honte, pour s'exprimer en suédois standard… À juste titre, d'ailleurs. Il aura appelé une vieille connaissance. Rud… Comment s'appelait-il, déjà, son camarade de lycée ? Rudström ?

– Rundström, dit Rosemarie. Il a déménagé à Gotland il y a longtemps. Mais, dans ce cas, pourquoi ne nous donne-t-il pas de nouvelles ? C'est ce qui m'inquiète, Karl-Erik. Robert ne se contenterait pas de…

– Parce qu'il a honte. Comme je te l'ai déjà dit. En plus, il n'a aucune excuse valable pour s'absenter comme ça. Que veux-tu qu'il te dise ?

– Mais alors, pourquoi est-il venu ? Et sa voiture garée devant… couverte de neige.

– Il n'en a pas besoin. Je parie qu'il viendra la chercher cet après-midi, quand tout le monde sera parti. Vraiment, il n'y a pas de raison d'en faire un plat. C'est une bagatelle, Rosemarie. Robert ne mérite pas tant d'attention.

Kristoffer entra dans la cuisine et les salua poliment. Karl-Erik s'interrompit, hésitant à poursuivre la discussion sur le fausseur de compagnie devant les chastes oreilles de son petit-fils. Finalement, il le jugea suffisamment mûr.

– Que crois-tu donc qu'il ait pu arriver à notre fils perdu ?

Kristoffer s'attabla. Rosemarie lança un regard implorant à Ebba qui, en digne fille de Karl-Erik, garda une expression neutre. Ils sont comme cul et chemise, se dit sa mère. Avec toute cette agitation, je l'oublie trop vite.

– Tout ce que je veux, c'est que tu appelles la police… Et l'hôpital… Pour te renseigner.

– Tu ne crois pas qu'ils nous auraient appelés si Robert avait atterri chez eux ?

– Pas s'il…

– Aussi négligent qu'il puisse être, il doit quand même avoir des papiers d'identité sur lui. Et même sans cela, les gens devraient le reconnaître sans trop de problèmes. N'est-ce pas ?

Rosemarie ne répondit pas. Se raclant la gorge, Ebba endossa le rôle de médiateur.

– Vous devriez attendre un peu. Tu veux vraiment que la police se mette à sa recherche, ma petite maman ? Dans ce cas, il fera la une du journal de demain. Tu veux qu'on vienne nous interroger ? Pas très réjouissant, comme perspective.

Le téléphone sonna. Rosemarie se précipita pour répondre.

– Où est Henrik ? demanda Ebba.

Kristoffer, qui versait du yaourt aux fruits dans une assiette creuse, haussa les épaules.

– Je n'en sais rien.

Ebba regarda l'horloge.

– On doit partir dans une heure. Tu sais si papa a pris sa douche ?

– Je crois.

Karl-Erik replia son journal et observa un moment son petit-fils, envisageant de lui donner un ou deux bons conseils – la voix de la sagesse et de l'expérience. Mais il ne parvint pas à faire le tri parmi les milliers de possibilités qui se présentaient à son esprit. Il se leva de table et se planta devant la fenêtre, dont il écarta le rideau.

– Moins douze, constata-t-il. J'espère que vous avez fait le plein d'antigel.

– Évidemment, papa. Mais je ne sais pas si Robert en a mis dans son tas de neige.

– Un épais manteau de neige, ça isole du froid. J'aurais cru que tu le savais.

– Je suis au courant, papa chéri.

Rosemarie revint et Leif Grundt fit son apparition, tout frais sorti de la douche.

– Salut, bonnes gens ! Je ne sais pas si vous avez remarqué, mais une nouvelle journée s'annonce.

– Nous sommes au courant, dit Ebba. Qui c'était, maman ? Tu as l'air soucieuse.

– Rien de grave, c'était Jakob. Ils ne viendront pas petit-déjeuner. Il a un rendez-vous de dernière minute à Stockholm. Ils doivent partir d'urgence. Le café est prêt, Leif. Tu en veux une tasse ?

– Merci, gentille belle-maman. Mieux vaut se remplir la panse. On reprend la route pour le Nord et il va falloir tenir un moment. Est-ce que notre célébrité du petit écran a refait surface ?

– Leif… dit Ebba.

Rosemarie poussa un profond soupir et quitta la pièce. Kristoffer mit deux tranches de pain à griller en se disant que son père avait un talent certain pour dire les mauvaises choses au mauvais moment. Le faisait-il exprès ? Quoi qu'il en soit, c'était admirable.

– Merci pour ce délicieux petit déjeuner, papa chéri, dit Ebba. Je monte faire les valises. Je vais dire à Henrik de se dépêcher un peu. Tu as besoin d'aide avant qu'on parte ?

Sans doute une invitation à confier ses maux à sa docte fille. Il secoua fermement la tête et croisa les bras sur la poitrine.

Le seul symptôme dont il souffrait était ce faible bourdonnement qui s'était enclenché dans sa tête après le déclic du matin. Il pouvait s'agir du ronronnement des radiateurs. De toute façon, il n'avait pas l'intention d'en discuter. En tout cas, pas avec des gens qui pouvaient lui donner des explications indésirables.

– Je me porte comme un charme, ma fille, dit-il en bombant le torse. Et j'ai dormi comme un loir.

15

Kristoffer était allongé dans la CSM.

Il était onze heures et demie. Ils avaient plus d'une heure de retard.

– Monte dans ta chambre, Kristoffer, lui avait ordonné sa mère, je viendrai te voir dans un petit moment. On doit parler de tout ça entre adultes.

« Tout ça » faisait référence à Henrik. Après les récits confus et les témoignages en vrac de toutes les personnes présentes dans la villa Hermansson – Ebba, Leif, Rosemarie, Karl-Erik et Kristoffer –, il était apparu qu'Henrik n'était pas dans la maison. Personne ne l'avait vu de la matinée. Chacun avait cru que quelqu'un d'autre avait pris son petit déjeuner avec lui, parlé avec lui, l'avait croisé dans l'escalier, entendu dans la salle de bains, mais lorsqu'on eut méthodiquement rassemblé et classé tous les éléments d'information sous la direction experte d'Ebba, on découvrit que ces suppositions étaient fausses.

Personne n'avait vu Henrik de la matinée, le fait était désormais avéré.

Kristoffer avait eu un vague pressentiment, ce qui lui avait laissé le temps d'élaborer sa stratégie. Ce ne fut pas spécialement difficile.

– Non, maman, je ne l'ai pas vu non plus. Il était déjà levé quand je me suis réveillé.

Il n'avait même pas eu besoin de mentir : Henrik était vraiment levé quand Kristoffer s'était réveillé et il ne l'avait vraiment pas vu de la matinée.

L'omission de certains renseignements, que, précisons-le, personne ne lui avait clairement demandés, ne pouvait pas lui être sérieusement reprochée. En tout cas, pas à ce stade.

Mais dix minutes, un quart d'heure plus tard, la ligne de front allait évoluer. Ebba monterait le voir dans sa chambre et lui ferait subir un interrogatoire plus poussé. La situation atteindrait alors un point critique. C'était cette épreuve qu'il se préparait désormais à affronter.

Es-tu au courant de quelque chose qui puisse expliquer l'absence d'Henrik ? dirait-elle par exemple. Il serait obligé de lui mentir, formellement. Il franchirait la limite – celle dont il avait été question le dimanche précédent, lorsqu'il se trouvait sur l'autel expiatoire.

Mais en fait, en analysant la situation d'un peu plus près, rien de tout cela ne l'inquiétait vraiment. Protéger son frère – le nouvel Henrik, Henrik le dépravé – s'imposait comme une évidence. Ils avaient un *deal*. De plus, le fait que, pour une fois, Henrik soit dans le pétrin lui procurait une certaine satisfaction – difficile de le nier.

À son retour, Henrik prendrait tout de plein fouet. On ne découvrirait jamais que son petit frère avait fait de la rétention d'information. Kristoffer ne serait pas tracassé, il ne risquait absolument rien à mentir à sa mère. Au contraire, c'était son devoir de s'en tenir à l'accord qu'il avait conclu avec Henrik.

Frères d'armes.

Cependant, force était de constater qu'Henrik se conduisait comme une andouille. Et de s'en étonner. Il était manifestement allé à son rendez-vous secret pour… Eh bien, Kristoffer n'avait aucune envie d'imaginer ce qu'il avait pu fabriquer. Et après, une fois ces activités innommables accomplies, lui et l'autre, quel que soit son nom, s'étaient sans doute endormis – et avaient eu une panne d'oreiller ! Quelle effroyable boulette… Qu'est-ce qu'Henrik allait bien pouvoir raconter à son retour ?

Apparemment, il avait éteint son téléphone portable. On l'avait déjà appelé une dizaine de fois. Ça ne lui ressemblait pas. Pas du tout. À ce sujet, Kristoffer avait eu un peu de mal à suivre les conclusions des adultes. D'après son père, il était peut-être allé faire un tour en ski de fond. Lorsqu'il avait été clair que la maison ne possédait aucun équipement de ski, on avait pensé à un jogging. L'hypothèse avait à son tour été abandonnée à cause de la neige.

Personne ne paniquait, mais l'inquiétude couvait. Kristoffer éprouvait certaines difficultés à évaluer le facteur stress que provoquait la situation. Quoique… Le fait qu'on l'ait envoyé dans la CSM pour délibérer en paix était un signe : on prenait l'événement au sérieux. En outre, même si aucun adulte ne semblait l'avoir envisagé, c'était tout de même un peu bizarre de se retrouver avec deux disparus. Mais peut-être n'allaient-ils pas tarder à s'en rendre compte. Après tout, il détenait des informations inconnues des autres.

Frangin, quelle andouille tu fais ! Je vais être obligé de mentir à maman en la regardant droit dans les yeux ! marmonna Kristoffer entre ses dents. Cela devait être la pensée la plus négative qu'il ait jamais eue à propos d'Henrik. Qui l'aurait cru quelques jours auparavant ?

Mais il ne tremblerait pas. Il tiendrait jusqu'au bout, sans fléchir, que personne n'aille imaginer le contraire. Mais que pouvait bien fabriquer son lourdaud de frère ? Malgré le décor verdoyant, il ne pouvait s'empêcher d'y penser. Et plus il y réfléchissait, plus un malaise situé au niveau de son diaphragme grandissait.

La situation était un peu effrayante, un peu… eh bien, triste. Henrik, mon frère, qu'est-ce qui t'arrive ?

Il garda les yeux rivés sur le papier peint, mais, comme on pouvait s'y attendre, la réponse n'y était pas inscrite.

– Kristoffer, il faut qu'on éclaircisse cette histoire. Tu es d'accord ?

– Oui.

– Henrik n'est pas là et nous ne savons pas où il est.

Tentant de paraître de bonne volonté, Kristoffer hocha et secoua la tête en même temps.

– Il semblerait qu'il soit sorti très tôt ce matin, sauf si…

Kristoffer laissa la phrase de sa mère en suspens.

– S'il est sorti pendant la nuit, conclut-elle.

– Je n'en sais rien, moi. Je n'ai rien remarqué, ni cette nuit ni ce matin. C'est malheureux, mais je devais dormir profondément.

Ebba le transperça de son regard bleu acier, ce qu'il supporta assez bien. Pour une fois, il n'était pas sur le banc des accusés. Cela lui facilitait énormément la tâche.

– Il ne t'a rien dit ?

– Sur quoi ?

– Je ne sais pas, Kristoffer. Sur le fait qu'il veuille s'absenter pendant quelques heures, par exemple.

– Non, il n'a rien dit du genre.

– Sûr ?

– Absolument.

– Je dois dire que tu…

– Quoi ?

– Tu n'as pas l'air surpris qu'il ne soit pas là.

– Quoi ?

– Tu n'as pas l'air surpris et je trouve ça un peu bizarre… J'essaie de comprendre.

Grossière insinuation. Il para cette attaque avec les moyens du bord.

– Pas surpris ? Alors là, je ne vois pas ce que tu veux dire. J'ignore où est passé Henrik et je suis aussi surpris que tout le monde.

Elle hésita une seconde, puis battit en retraite.

– Très bien, Kristoffer. Je te crois. Mais réfléchis, il n'a pas dit quelque chose… ou fait une allusion… qui puisse expliquer son absence ? Vous avez dû quand même beaucoup discuter.

Kristoffer se mordit la lèvre, feignant une réflexion intense.

– Non, dit-il ensuite. Non, maman, je ne vois vraiment pas ce que ça aurait pu être.

– Tu n'as rien trouvé d'anormal chez Henrik, ces derniers jours ? Vous ne vous êtes pratiquement pas vus du semestre. Tu n'as pas eu l'impression… Eh bien, tu ne l'as pas trouvé un peu changé ?

Bien vu, ma petite maman. Si tu savais à quel point ton chouchou a changé, tu en chierais des briques. Tu en ferais une crise d'apoplexie. Et un jour, poursuivit Kristoffer en pensée, un jour, j'aimerais pouvoir te dire tout haut le genre de choses que je pense en ce moment.

– Ben… dit-il. Je ne crois pas. Il ne va pas tarder à revenir. Il croyait peut-être qu'on devait partir à l'heure du déjeuner et qu'il avait le temps de sortir acheter des cadeaux de Noël.

Ebba sembla sérieusement soupeser cette supposition, puis elle le jaugea à nouveau de son regard foudroyant. Il ne céda pas d'un pouce.

– De quoi vous avez parlé hier soir ?

Ça ne vous regarde pas, madame le procureur, pensa-t-il.

– Rien de spécial. Il m'a raconté un peu comment c'était à Uppsala.

– Ah bon ? Et qu'est-ce qu'il a dit sur Uppsala ?

– Que c'était sympa d'y étudier. Mais assez dur.

– Il t'a parlé de Jenny ?

Kristoffer réfléchit.

– Il l'a peut-être mentionnée. Mais seulement futilement.

– Furtivement.
– Quoi ?
– Furtivement. Tu as dit « futilement ».
– Pardon.
– Bref, peu importe. Autre chose ?
– Si on a parlé d'autre chose ?
– Oui.
– Un peu de l'oncle Robert.
– Ah bon ? Et qu'est-ce que vous avez dit à son sujet ?
– Presque rien. À part qu'il a l'air un peu bizarre.
– Ah bon… Enfin, pour le moment, votre opinion sur mon frère ne m'intéresse pas spécialement. Mais si tu te souviens d'autre chose en rapport avec Henrik, nous ne voulons pas… ni papa ni moi… ni ta grand-mère ni ton grand-père… que tu le gardes pour toi.
– Pourquoi je le garderais pour moi ? répliqua Kristoffer avec une vexation quasi authentique. Moi aussi, je veux partir d'ici ! Si je savais quoi que ce soit, je l'aurais dit tout de suite.
Elle fit une dernière pause, puis :
– Bien, Kristoffer. Je te fais confiance.
Elle quitta la pièce.
Henrik, espèce d'andouille… se dit Kristoffer. Où es-tu passé ?
Il regarda l'heure. Midi moins une.

À quatorze heures, il neigeait de nouveau. Dans la villa des Hermansson, on avait déjeuné : des saucisses *isterband* et des pommes de terre en sauce blanche – d'habitude, cette combinaison traditionnelle était l'un des plats préférés de Karl-Erik, mais ce jour-là il lui avait paru déplacé. Personne n'avait mangé avec beaucoup d'appétit, et le silence tendu qui avait régné autour de la table les poursuivit au salon, où l'on prit le café accompagné de petits beignets. En buvant son soda, Kristoffer étudiait les expressions muettes des adultes. Que pouvait-il bien se passer dans leurs têtes ? Sûrement un tas de choses. Agacement, inquiétude. Peurs, frustration. Il avait l'embarras du choix. Toutes les questions avaient été posées, toutes les suppositions, supposées, et toutes les spéculations, spéculées. À l'entrée du garage, la voiture se tenait prête à démarrer, les bagages dans le coffre. Seul un petit problème subsistait : l'absence de l'un des passagers.

Les scénarios les plus noirs étaient tus, jugulés. La peur. Kristoffer avait encore une certaine avance sur les autres, mais il perdait du terrain. Henrik était allé à un rendez-vous secret dans la nuit, peut-être pour retrouver un amant dénommé Jens (quoique, sur ce point, Kristoffer ne soit plus aussi convaincu). Mais, dans ce cas, pourquoi n'était-il pas revenu dans la matinée ? La situation devenait de plus en plus inexplicable.

Robert disparaissait. Henrik disparaissait. Putain ! C'est le truc le plus bizarre que j'aie jamais vu, se dit Kristoffer.

– Il est deux heures cinq, déclara Rosemarie, comme si cette information pouvait les éclairer.

Pour seule réponse, une veine sur la tempe de Karl-Erik se mit à onduler comme un ver de terre. Elle l'avait déjà fait à maintes reprises au cours de la journée. Kristoffer la surveillait. Ce mouvement signifiait que son grand-père était irrité, ou perturbé. D'ailleurs, l'une de ses paupières pendait, à demi close sur l'œil, lui donnant l'air légèrement ivre – ce qui, selon Kristoffer, avait peu de chances d'être le cas.

Quant à son père, il avait les deux paupières lourdes. Il devait être en train de s'endormir. Exceptionnellement silencieux depuis une demi-heure, il ne semblait pas prêt à soumettre à l'assemblée de nouvelles théories sur l'absence de son – jusqu'ici – impeccable et irréprochable fiston.

Sa mère avait l'air renfrognée, comme si elle se concentrait avant une opération compliquée. Ou tentait de résoudre mentalement la nouvelle équation paradoxale « Henrik » sans succès alors qu'en temps normal elle y serait parvenue depuis longtemps.

Kristoffer reprit un beignet. Pourtant, il n'avait vraiment plus faim. Une épaisse couche de pommes de terre en sauce blanche tapissait son estomac comme de la colle. Peut-être fallait-il se traîner jusqu'à l'étage pour piquer un roupillon dans la CSM en attendant le retour de son frère. Non, il valait mieux rester sur place et se tenir au… Comment on dit ? Au parfum ? Au cas où il arriverait quelque chose.

Ce qui fut le cas : son grand-père se leva péniblement de son fauteuil et s'arrêta devant la fenêtre. Il mit les mains dans les poches et oscilla deux ou trois fois d'avant en arrière sur la plante des pieds, du talon aux orteils. Puis il se racla bruyamment la gorge, le dos tourné à l'assemblée.

– Il se trouve qu'à quatre heures, Rosemarie et moi, on doit être à la banque. On verra si vous êtes déjà partis.

– Bien sûr qu'ils… commença Rosemarie, mais elle changea d'idée à mi-chemin. Qu'est-ce que tu racontes, Karl-Erik ? On ne va pas aller à la banque alors que…

– Alors que quoi ? dit Karl-Erik en se retournant. Nous avons rendez-vous. Lundgren nous attend. La famille Singlöv a fait tout le chemin depuis Rimminge.

– Trente kilomètres, rétorqua Rosemarie. Ils n'auront qu'à repartir. Il est hors de question qu'on laisse Ebba et Leif comme ça… Et Kristoffer… Non, on reste ici. Appelle pour annuler le rendez-vous.

– Ça, c'est foutrement… commença Karl-Erik.

Une autre veine jusqu'alors insoupçonnée apparut en relief sur sa tempe, mais avant qu'il ne développe sa pensée Ebba l'interrompit :

– Je t'en prie, papa, pas maintenant. Maman, ne vous sentez pas obligés d'annuler quoi que ce soit pour nous. C'est idiot. À quoi ça sert que cinq personnes attendent ici ? Trois suffisent. D'ailleurs, non, je ne sais pas… Je ne sais plus ce que j'allais dire.

Elle fondit en larmes.

Kristoffer mit un moment à comprendre ce qui se passait. C'était la première fois qu'il voyait sa mère pleurer. Il fouilla dans ses souvenirs et oui, décidément, c'était la toute première fois. Ses étranges sanglots évoquaient une machine qui refuse de démarrer ; ses épaules se soulevaient par soubresauts et, le souffle court, elle inhalait de petites bouffées d'air, la bouche ouverte. Sa tête se balançait d'avant en arrière au rythme de sa respiration entrecoupée. Cependant, ce mouvement n'était pas synchrone avec celui des épaules – voilà ce qui clochait, se dit Kristoffer. Le moteur toussotait, crachait, toussotait, mais les cylindres ne parvenaient pas à s'harmoniser entre eux afin que l'ensemble se mette enfin en marche.

Comme si, n'ayant jamais pleuré de sa vie, elle ne savait pas comment s'y prendre.

Les autres n'avaient sans doute pas compris de quoi il s'agissait non plus, car un moment s'écoula sans que personne réagisse. Puis, dans un geste de consolation un peu maladroit, Rosemarie caressa le dos de sa fille. Leif s'ébranla lui aussi. Il lui passa la main sur les cheveux. Karl-Erik resta debout au milieu de la pièce, l'air d'un chien qui vient de se pincer la patte entre les portes coulissantes d'un ascenseur.

Kristoffer s'abstint de venir en aide à sa mère. La situation exigeait un doigté bien supérieur au sien. La voir soudain si vulnérable le mettait mal à l'aise. Il jeta un coup d'œil à son grand-père, qui semblait également plongé dans la confusion.

Putain de bordel ! se dit Kristoffer en serrant les mâchoires pour ne pas chialer à son tour. Maman pleure, l'heure est grave. Reviens, Henrik, merde ! Tout ça n'a plus rien d'amusant.

Les pleurs cessèrent et on parvint à un accord. Rosemarie et Karl-Erik iraient à leur rendez-vous avec Lundgren, comme prévu. Les formalités prendraient tout au plus une heure, et si la situation n'avait pas évolué à leur retour à l'Allvädersgatan, on appellerait la police.

Les choses étaient claires. Pas de raison de s'énerver.

On ne demanda pas son avis à Kristoffer, qui remonta s'allonger dans la Chambre Super-Moche. D'ailleurs, si on lui avait demandé son avis, il se serait prononcé en faveur de ce plan d'attaque.

La neige tombait. Rosemarie et Karl-Erik revinrent de la banque. Kristoffer avait dormi trois quarts d'heure et passé le double de temps désœuvré. En entendant ses grands-parents arriver, il bondit du lit et descendit les marches quatre à quatre. Ses parents regagnèrent la cuisine une minute plus tard.

Rosemarie lança un regard interrogateur à Ebba, qui secoua la tête, les yeux rougis. Elle avait encore pleuré. Kristoffer se sentit plus impuissant et frustré que jamais. Il fut pris d'une sorte de panique congelée. Oui, c'était à peu près ça.

Après de brèves délibérations, il fut décidé que Karl-Erik se chargerait d'accomplir la mission convenue.

Alors que, le combiné à la main, il attendait une réponse, la pendule de la salle à manger sonna deux coups. Il était dix-huit heures trente, en ce mercredi 21 décembre. Robert Hermansson et Henrik Grundt demeuraient introuvables.

16

L'inspecteur Gunnar Barbarotti aurait aussi bien pu s'appeler Giuseppe Larsson.

Lorsqu'il vint au monde, le 21 février 1960, son père, Giuseppe Barbarotti, et sa mère, Maria Larsson, n'étaient d'accord que sur une seule et unique chose : ils ne voulaient plus jamais avoir affaire l'un à l'autre.

Pour le reste, la mésentente était complète. Par exemple, en ce qui concernait le nom du nouveau-né (trois kilos huit cent quatre-vingts grammes, cinquante-quatre centimètres). Le suédois étant une langue de paysans et de rustres, Giuseppe voulait un nom décent, c'est-à-dire italien. Le petit aurait ainsi de meilleures chances de réussir dans la vie.

Pures fadaises sud-européennes, selon Maria. Elle ne voulut rien entendre. Son fils devait porter un nom sans fioritures issu du répertoire viking. S'il débarquait à l'école affublé d'un nom de macaroni ou de danseur de tango langoureux, il serait d'emblée considéré comme un citoyen de cinquième zone et deviendrait la tête de Turc de ses camarades. Giuseppe n'avait qu'à aller se cirer la moustache dans des contrées plus chaudes s'il le désirait. De toute façon, le nom du garçon ne le regardait pas.

Giuseppe rétorqua que si Maria continuait à lui faire obstruction, il devrait envisager de l'épouser pour être rétabli dans ses droits sur son premier fils. Et sur d'autres choses.

Finalement, sur les conseils judicieux d'Inger, la sœur aînée de Maria, patronne et gérante d'un kiosque à saucisses à Katrineholm, on trouva un compromis. La langue italienne n'était pas à dédaigner, argumenta-t-elle, et une combinaison satisfaisante serait une bien meilleure solution plutôt que de se braquer sur l'une ou l'autre des positions. Une saucisse avec du pain, c'était toujours plus intéressant qu'une saucisse avec une saucisse. Ou que du pain avec du pain.

L'enfant fut donc baptisé Gunnar, un prénom hérité du très regretté frère aîné des deux sœurs, disparu prématurément, et Barbarotti, comme son père qui, par ailleurs, alors que sa mère était encore à la maternité, faisait ses valises, s'apprêtant à retourner à Bologne. Les deux parents se félicitèrent au moins à moitié de cette solution. De l'avis des deux, un nom de clown comme Giuseppe Larsson était exclu.

Pour être tout à fait exact, ils étaient donc d'accord sur deux points.

Lorsque Gunnar Barbarotti se retrouva seul, abandonné par sa femme Helena, il conclut un *deal* avec Dieu. Il était alors âgé de quarante et un ans.

L'objet du pacte était l'existence présumée du Seigneur – en effet, il aurait été inutile de discuter la pénible et par trop tangible existence de Gunnar Barbarotti. Helena et lui avaient été mariés pendant quinze ans et avaient eu trois enfants. Se retrouver du jour au lendemain parmi les BJ (les Bons à Jeter) lui avait fait douter de tout. L'existence de Dieu n'était pas une énigme prioritaire. D'habitude, il se posait plutôt des questions telles que : « Est-ce que cela vaut la peine de continuer ? », « Qu'est-ce que j'ai fait pour en arriver là ? », « Pourquoi ne m'en a-t-elle pas parlé avant ? », « Comment je vais occuper mes putains de soirées quand je ne pourrai pas faire d'heures sup ?» ou encore «Ne vaudrait-il pas mieux changer carrément de profession ?». Mais un mois après le coup fatal, alors qu'il avait emménagé dans son lugubre trois-pièces de la Baldersgatan, à Kymlinge, au cours d'une de ses nombreuses nuits d'insomnie, Dieu fit son apparition.

Possible que Gunnar l'ait convoqué, que son âme martyrisée en ait fait une projection mentale pour faire répondre le Tout-Puissant de ses actes. Quoi qu'il en soit, ils eurent une conversation longue et enrichissante, qui déboucha sur le *deal* mentionné plus haut.

Les preuves de l'existence de Dieu étaient légion, mais souvent d'une teneur déplorable – là-dessus, Gunnar Barbarotti et le Seigneur étaient du même avis. En général, des arguments passablement spécieux – une circonstance éphémère par-ci, une subtilité théologique alambiquée par-là – menaient à une prétendue conclusion au «problème fondamental». Saint Anselme. Descartes. Saint Thomas d'Aquin. Ce que Gunnar demandait – et Dieu le comprenait parfaitement –, c'était quelque chose de plus concret. Une méthode simple et rationnelle qui donnerait la réponse à cette question ontologique une fois pour toutes. Dieu fit remarquer que cela pouvait mettre un certain temps. Pas trop, quand même, objecta Gunnar, qui devait prendre en compte son espérance de vie limitée. Il aurait aimé apprendre la vérité avant d'avoir quitté ce bas monde. Toujours à l'écoute, Dieu accepta sans palabres cette dernière condition.

Alors que, vers cinq heures du matin, un chasse-neige envoyé par le diable commençait à racler le bitume en projetant des étincelles et en faisant un raffut démoniaque juste en dessous de la fenêtre de Barbarotti, ils se mirent d'accord sur le système d'évaluation suivant :

Si Dieu existait réellement, l'une de ses tâches principales devait être d'écouter les prières des pauvres humains et de les exaucer, dans la mesure où il les jugeait légitimes. Combien de prières m'as-tu faites le cœur pur et grave, si je puis me permettre, espèce de canaille agnostique ? protesta Dieu. Barbarotti dut honteusement admettre qu'il ne devait pas s'agir d'un très grand nombre. Enfin, pas la peine de se chamailler pour des broutilles.

OK, dit le Seigneur. *It's a deal*, dit Gunnar – comme s'il fallait avoir recours à l'anglais, langue internationale, pour sceller un accord de cette ampleur.

Le délai fut fixé à dix ans. Pendant ce temps, Gunnar Barbarotti mettrait à l'épreuve la prétendue existence de Dieu en lui adressant des prières appropriées. Puis, sur les pages d'un carnet qu'il se serait spécialement procuré dans ce dessein, il noterait si, à terme, ses prières étaient exaucées ou non.

Il ne pouvait pas s'agir de souhaits complètement ineptes : gains monumentaux au tiercé ou au loto, nymphes paradisiaques sortant de nulle part et n'ayant d'autre ambition dans la vie que de coucher avec l'inspecteur, etc., mais de prières « raisonnables et désintéressées » qui, avec un peu de chance, auraient pu se réaliser sans l'aide de personne, et qui n'auraient aucun effet secondaire néfaste sur l'entourage. Une bonne nuit de sommeil. Du beau temps pour une partie de pêche. Que sa fille Sara règle au mieux son conflit avec son amie Louise.

Peu à peu, Barbarotti (en concertation avec Dieu) développa donc un système de calcul de probabilité. Si la prière de Gunnar n'était pas exaucée, Dieu était pénalisé de *x* points. Dans le cas contraire, Dieu pouvait gagner un, deux ou même trois points.

Un an après son divorce, Dieu n'existait pas. Sur dix-huit points gagnants, il en avait perdu trente-neuf, ce qui faisait un total de moins vingt et un.

La deuxième année, le score du Seigneur s'améliora un peu. Il n'était plus qu'à moins quinze. La troisième, il rechuta à moins dix-huit, mais la quatrième – l'année en cours – la situation bascula. Dès le mois de mai, il avait rattrapé son retard et, à la mi-juillet, il existait avec la marge considérable de six points, chiffre qui avait néanmoins été rogné par une semaine de vacances sinistres en Écosse sous la pluie, une rentrée bourrée de travail pénible et peu fructueux, et une otite.

Ce jour-là, c'est-à-dire le jeudi 22 décembre, à neuf jours du Nouvel An, Dieu était à deux points d'exister. D'accord, le marathon de prières devait encore durer six ans, mais cela aurait tout de même été réconfortant de fêter la Saint-Sylvestre dans l'espoir qu'il y avait là-haut une puissance bienveillante à laquelle on pouvait s'adresser en cas de besoin.

Voilà ce que pensait Gunnar Barbarotti. Il avait fait une prière de trois points à la dernière minute, la veille au soir. Si Dieu avait le bon sens de la réaliser, il serait immédiatement projeté au top, pour ainsi dire. Son existence ne reposerait que sur un point, certes, mais dans un post-scriptum envoyé quelques minutes après son réveil Gunnar avait promis au Tout-Puissant putatif de ne rien demander jusqu'à l'année suivante s'il exauçait cet unique souhait. Il existerait alors en paix pendant au moins dix jours. Et pendant les fêtes, en plus. Ne serait-ce pas un joli salaire ?

Dieu avait répondu qu'il était habituellement payé en honoraires, mais qu'il allait s'occuper de l'affaire avec sa bonne volonté et son impartialité habituelles.

C'était assez urgent, avait précisé Gunnar. Le train partait à treize heures vingt-cinq et si rien n'arrivait avant, il serait foutu. Pour parler prosaïquement.

I see, dit Dieu.

Good, dit Gunnar.

Depuis sa brusque rupture avec Helena, entre Noël et le Nouvel An, quatre ans auparavant, Barbarotti éprouvait des difficultés persistantes à éprouver une joie authentique à l'approche des fêtes. Les ex-époux n'étaient pas tombés dans l'écueil qui consistait à les célébrer « en famille » pour le bien des enfants – c'était pourtant la règle dans leur cercle d'amis. Ils avaient préféré instaurer une alternance : Helena et Gunnar accueillaient les trois enfants chacun à leur tour. Cette année-là, Gunnar aurait dû recevoir Lars et Martin dans son trois-pièces de Kymlinge ; Sara, âgée de dix-huit ans, en première au lycée, habitait déjà chez lui – elle en avait elle-même pris la décision au moment du divorce, ce qui avait rendu Barbarotti aussi heureux que surpris.

Lars et Martin, âgés de neuf et onze ans, habitaient chez leur mère à Södertälje.

Chez leur mère et leur beau-père Fredrik. Jusqu'à récemment, en tout cas. Fredrik Fyrehage était apparu un peu trop rapidement après la séparation. Au prix de gros efforts, Barbarotti s'était empêché de faire des recherches à son sujet. Parfois, il fallait faire passer la fierté avant la connaissance. Cela lui avait coûté quelques nuits d'insomnie, mais il avait surmonté l'épreuve.

Le Fredrik en question était l'homme idéal. Il possédait sans exception toutes les qualités essentielles qui manquaient à Barbarotti, jusqu'à ce qu'en septembre de l'année en cours il quitte Helena, Lars et Martin pour une danseuse du ventre ivoirienne.

Au moins, dit Barbarotti à son ex-femme pour la consoler, il n'est pas raciste.

Helena en avait fait une dépression nerveuse. Pour couronner le tout, à la même époque, le père d'Helena, un ancien mineur de Malmberget, fut victime de sa première hémorragie cérébrale, à laquelle il survécut. Mais le côté gauche de son corps demeura considérablement affaibli, ce qui pouvait paraître ironique pour un vieux communiste, se dit Gunnar Barbarotti. Ces deux événements – la danseuse noire et le mineur hémiplégique – avaient cependant fait fléchir l'inspecteur. Après plusieurs conversations téléphoniques larmoyantes, il avait accepté d'amener Sara au pays minier du Grand Nord pour célébrer un véritable Noël en famille sous l'étoile polaire. Les grands-parents. Gunnar et Helena. Les trois enfants.

L'engagement avait été pris en plein mois d'octobre et, depuis, pas un jour ne s'était écoulé sans qu'il le regrette. Si Gunnar Barbarotti avait du mal à supporter quelqu'un dans ce vaste monde, c'était bien ses ex-beaux-parents.

D'où la prière.

Ô Seigneur, toi qui pour l'instant n'existes pas complètement mais peut-être quand même, mets des bâtons dans les roues à ce voyage infernal. S'il te plaît, épargne-le-moi, épargne-le à Sara, accorde-nous un Noël tranquille à Kymlinge, où nous pourrons manger des pâtes et du homard, jouer au Trivial Pursuit et lire de bons livres – et aller à la messe de minuit si on en a la force – au lieu de participer à ce misérable enterrement familial dans une minuscule villa en fibrociment de quatre pièces endommagée par le gel, où nous serons plongés dans une profonde obscurité spirituelle et un relationnel glacial, en compagnie d'un vieux communiste hémiplégique et de sa morne femme. Fais ce que tu veux, Seigneur, enfin, sans porter préjudice à personne. Une suggestion : je pourrais glisser sur une plaque de verglas et me casser un os de moindre importance ou être frappé à la tête par une stalactite de taille moyenne, je suis prêt à aller jusque-là. Mais bien sûr, à toi de voir, ô Seigneur. Il s'agit du train de treize heures vingt-cinq, le temps presse. Merci d'avance. Ça vaudra trois points, comme prévu, amen.

Gunnar Barbarotti regarda l'heure : neuf heures vingt. Ayant pris la moitié de son petit déjeuner au lit et lu le journal, il décida de se lever pour faire du café et se doucher, en attendant le miracle.

En passant devant la chambre de Sara, il envisagea un instant de la réveiller, mais choisit de la laisser dormir une heure de plus. La connaissant, elle avait déjà fait sa valise la veille. De plus, sa fille était d'une prodigieuse efficacité le matin.

Elle était d'ailleurs un prodige en général, se dit Barbarotti sous la douche. Il avait lu quelque part que, de toutes les joies accordées à un homme en ce bas monde, rien ne valait celles que lui procurait une fille sage et bonne.

Véridique, constata Gunnar Barbarotti en versant du shampoing sur sa chevelure de plus en plus clairsemée. Rien ne vaut de passer cinq jours de congé avec une pareille fille.

Strictement rien, ô Seigneur. Entends donc ma prière.

Le miracle qui rétablit l'existence de Dieu juste avant Noël arriva en deux temps, entre dix heures moins le quart et moins cinq.

Pour commencer, Barbarotti reçut un coup de fil de son supérieur direct, le commissaire Asunander, chef de la section criminelle de la police de Kymlinge.

Il était vraiment navré de le déranger. D'ailleurs, Barbarotti n'avait qu'à passer la balle à Backman.

Gunnar ne fit aucun commentaire sur cette introduction footballistique. Eva Backman, sa collègue et amie, était enfin parvenue à prendre des congés pour Noël, ce dont elle avait grand besoin. Dans son mariage au bord du gouffre, il restait encore une lueur d'espoir. Eva avait épousé un certain Wilhelm, surnommé Ville, fondateur, président et coach des TFK, les Tigres du Floorball de Kymlinge. Ils avaient trois fils de quatorze, douze et dix ans qui jouaient tous au floorball – des poulains très prometteurs. Cependant, depuis environ un an, Eva Backman s'était mise à haïr profondément ce sport. Désormais, quand elle était forcée de regarder un match, c'est-à-dire au moins deux fois par semaine, elle en faisait des allergies cutanées dans les plis des bras et sur le cou, avait-elle confié à Barbarotti. Et à son mari, qui l'avait plutôt mal pris.

Cependant, Eva aimait son homme et ses enfants. Elle voulait éviter qu'un sport à la noix – et sa propre obstination – ne gâche tout. Barbarotti et Backman avaient débattu le sujet pas plus tard que l'avant-veille. Pour Eva, travailler le week-end de Noël (garanti sans floorball, même pas une petite heure d'entraînement) aurait été un coup fatal.

Il fallait pourtant que quelqu'un s'y colle. Soit Barbarotti, soit Backman, clarifia le commissaire. Théoriquement, Backman pouvait intervenir plus facilement. Cela dit, vu la situation chez elle… Il n'avait pas à la prendre en compte, mais peut-être méritait-elle quelques jours dans le giron familial. Qu'en pensait Barbarotti ?

Ce dernier était d'accord. Si même Asunander était au courant des problèmes privés de Backman, c'est qu'ils étaient graves. En quoi consistait la mission ?

Après s'être raclé la gorge avec le soin que seul un vieux fumeur de pipe peut y mettre, son supérieur lui déclara qu'il s'agissait d'une disparition.

Enfin, de deux disparitions.

Il fit une pause pour réajuster son dentier, qui glissait quand il parlait trop. Dix ans auparavant, dans le cadre d'une opération de terrain, il était tombé sur un bodybuildeur complètement défoncé armé d'une batte de baseball. Touché en pleine bouche, il avait perdu vingt-six dents en une demi-seconde, ce qui devait être le record du monde en la matière. Les opérations complexes et nombreuses de la mâchoire qu'il avait subies par la suite n'avaient pas tout à fait donné le résultat escompté. Son dentier se décollait sans cesse. Asunander, qui devait le réajuster régulièrement, s'exprimait désormais de façon laconique. À plus forte raison s'il avait les mains occupées et tenait sa pipe pincée au coin de la bouche. Ses répliques ressemblaient alors à des télégrammes d'antan. Il sautait volontiers les mots courts, sauf s'ils étaient indispensables à la compréhension.

– Drôle d'histoire, dit-il. Seul contact téléphonique jusqu'ici – hier et ce matin.

– Je vois, dit Barbarotti.

– Temps d'envoyer quelqu'un. Examiner de plus près. Tout de suite. Tu y vas ?

– Donne-moi un quart d'heure. J'ai un train pour le Nord à treize heures vingt-cinq. Pas mal de choses à annuler.

– Compris, répondit le commissaire. Rappelle dans dix minutes. Joyeux Noël.

Barbarotti venait de raccrocher lorsque Sara traîna ses guêtres dans la cuisine.

Il la regarda. Quelque chose clochait. Sa belle chevelure brun-roux était souillée, on aurait dit que quelqu'un avait pissé dessus. Elle avait les yeux rouges, brillants, et la respiration lourde. Sa longue chemise de nuit, collée à son corps, ressemblait à un torchon plein de sueur. Elle s'appuya sur le réfrigérateur.

– Papa, dit-elle d'une voix chétive.

Gunnar Barbarotti résista à l'impulsion de la prendre dans ses bras.

– Ma petite Sara… Mais qu'est-ce qui t'arrive ?

– Je… crois… que… je… suis… malade.

La phrase entrecoupée sortit tant bien que mal à travers ses lèvres desséchées et parcourut laborieusement l'air jusqu'aux tympans de Barbarotti.

– Assieds-toi.

Lui ayant présenté une chaise, il posa la main sur son front brûlant. Un vrai fer à repasser. Elle leva vers lui des yeux vides, les paupières à demi closes.

– Je crois… que je… ne pourrai pas.

– Tu as pris ta température ?

– Non.

– Va te coucher. Je vais t'apporter à boire et un thermomètre. Tu n'as vraiment pas l'air dans ton assiette.

– Mais, maman… Malmberget…

– C'est annulé. J'ai du travail. On fêtera Noël ici, toi et moi.

– Mais…

– Pas de « mais ». Tu veux que je t'aide à retourner au lit ?

Elle se leva, vacillante. Il la prit par la taille.

– Merci, papa, je peux marcher. Il faut que j'aille aux toilettes… Mais si tu pouvais m'apporter… m'apporter quelque chose à boire… Ce serait gentil…

– Bien sûr, ma petite fille.

Il sortit deux oreillers neufs et des taies fraîches du placard à linge, aéra très brièvement, borda sa fille et posa deux verres sur sa table de chevet : de l'eau et du jus de canneberge. Elle prit sa température – trente-neuf deux – et se rendormit.

Il passa deux coups de fil.

Le premier au commissaire Asunander pour lui annoncer qu'il se chargerait des disparitions.

Le second à son ex-femme pour lui annoncer que Sara avait trente-neuf de fièvre et arrivait à peine à se lever du lit, et s'excuser de ne pas pouvoir venir.

Il s'arrêta devant la fenêtre du salon et jeta un coup d'œil au ciel gris violacé de décembre.

– Ton humble serviteur te remercie, marmonna-t-il. Tu auras de mes nouvelles en janvier.

Puis il sortit son carnet noir et prit note.

17

Avant de se rendre au 4, Allvädersgatan – le point sur le plan de Kymlinge où, semblait-il, les deux disparitions se croisaient –, il passa au commissariat. Morose le briefa sur l'affaire.

Morose s'appelait en fait Morson, Gerald de son prénom, norvégien de naissance. En poste dans la circonscription depuis cinq ans, il avait – selon l'expression habituelle de Backman – une intégrité hors du commun. Âgé d'environ trente-cinq ans, résidant en périphérie de la ville avec sa femme et ses deux enfants, il ne participait jamais à des activités paraprofessionnelles, par exemple prendre une bière entre collègues. Il semblait n'avoir aucun centre d'intérêt et faisait toujours, d'où son surnom, une impression morose.

Mais c'était un policier honnête et compétent.

Le briefing dura dix minutes. Morose avait rédigé un compte rendu de deux pages, qu'il résuma oralement à Barbarotti.

Deux personnes avaient été signalées disparues par un certain Karl-Erik Hermansson, soixante-cinq ans, ancien professeur au collège de Kymlingevik, à la retraite depuis peu. D'une part, son fils, Robert Hermansson, trente-cinq ans, avait disparu dans la nuit du lundi 19 au mardi 20 décembre. D'autre part, son petit-fils, Henrik Grundt, dix-neuf ans, avait disparu la nuit suivante, c'est-à-dire entre le 20 et le 21 décembre. Robert et Henrik étaient tous deux en visite à Kymlinge en raison d'un double anniversaire : le 20 décembre, Karl-Erik Hermansson fêtait ses soixante-cinq ans et sa fille, Ebba (la mère d'Henrik), ses quarante ans.

Robert Hermansson était domicilié à Stockholm. Henrik Grundt habitait officiellement chez ses parents, à Sundsvall, mais louait également une chambre d'étudiant à Uppsala, où il venait d'achever son premier semestre en droit. Ou plutôt, il allait l'achever en janvier, puisque les examens avaient lieu après les fêtes.

Le déclarant, Karl-Erik Hermansson, n'avait pas la moindre idée de ce qui pouvait être arrivé ni à l'un, ni à l'autre. Il était par ailleurs incapable de voir un lien entre les deux disparitions.

Un avis de recherche avait été diffusé vers vingt-deux heures la veille, mais aucun renseignement n'était encore parvenu à la brigade.

Un détail que le déclarant n'avait pas précisé au départ était apparu au fil de la conversation : le premier disparu, Robert Hermansson, était le désormais célèbre participant à l'émission de téléréalité *Les Prisonniers de Koh Fuk*.

– Robert le branleur ? demanda Barbarotti.

Morose n'avait pas daigné prononcer ce surnom, préférant confirmer par un hochement de tête.

En quittant le commissariat, Barbarotti se rappela la remarque d'Asunander, qui n'avait aucun penchant pour l'exagération : « Drôle d'histoire. » Pas faux, se dit-il au volant de son véhicule, en mettant le cap sur l'Allvädersgatan, dans le quartier de Väster.

Une double disparition la nuit la plus longue de l'année…

Karl-Erik Hermansson était pâle, mais calme. Sa femme, en revanche, était blême et agitée. Barbarotti décida de renoncer à la règle qui voulait qu'on s'entretienne toujours seul à seul avec les déclarants d'une disparition.

Du moins pour commencer. Si des interrogatoires plus poussés se révélaient nécessaires, il les entendrait séparément. On s'installa dans le salon, trop encombré au goût de l'inspecteur. L'hétérogénéité des styles témoignait de la vie d'un vieux couple qui ne s'embarrassait pas vraiment de ce qu'on appelle communément le bon goût : un ensemble canapé-fauteuils en cuir brun datant du milieu des années soixante-dix, un meuble-vitrine blanc crème plus moderne, à l'éclairage tamisé. Sur les murs, une multitude de tableaux disparates dont les cadres étouffaient les motifs, sur fond de papier peint jaune pâle et bleu bordé d'une guirlande de fleurs bordeaux. Sur la robuste table en chêne, Rosemarie avait disposé un service à café, un gâteau aux épices et quatre sortes de biscuits. À côté de la porcelaine au décor de fleurs bleues, des serviettes de Noël rouge et vert juraient. Nom de Dieu ! se dit Gunnar. Je ne suis tout de même pas venu faire un reportage de décoration intérieure.

– Inspecteur Barbarotti. Je suis chargé de cette affaire. Nous allons essayer de la régler au mieux.

– De cette affaire ? dit Rosemarie Hermansson, en lâchant une demi-part de gâteau sur ses genoux.

– Nous l'espérons bien, dit son mari.

– Commençons par examiner les faits, suggéra Barbarotti, qui ouvrit son bloc-notes. Vous aviez convié votre famille à une petite fête en raison de… ?

– Ma fille Ebba et moi sommes nés le même jour, répondit Karl-Erik Hermansson du tac au tac, en ajustant sa cravate moirée dans les tons verts. Cette année, c'était un chiffre rond. Je fêtais mes soixante-cinq ans et Ebba, ses quarante.

– Quel jour ? demanda Barbarotti.

– Le mardi 20. C'est-à-dire avant-hier. Enfin, il ne s'agissait que d'une petite réunion de famille sans prétention. Les grandes cérémonies pompeuses, ce n'est pas notre genre. N'est-ce pas, Rosemarie ?

– Pas du tout.

– Il n'y avait que nos trois enfants et leurs familles respectives. Dix personnes en tout… Dont un enfant d'un an et demi, le petit dernier. Tout le monde est arrivé lundi et la fête proprement dite a eu lieu le lendemain… C'est-à-dire mardi.

– Et une personne avait déjà disparu à ce moment-là ?

Barbarotti goûta prudemment son café qui, à sa grande surprise, était assez fort et très bon. Je suis bourré de préjugés, se dit-il.

– Exact, dit Karl-Erik Hermansson, pensif. Nous n'avions pas compris la gravité de la chose, j'en ai peur.

– Pourquoi pas ?

– Quoi ?

– Pourquoi vous n'en aviez pas compris la gravité ? Votre fils avait… C'est bien votre fils Robert qui a disparu dans la nuit de lundi à mardi ?

– Oui, Robert, dit Rosemarie Hermansson.

Barbarotti lui fit un sourire encourageant, mais se tourna ensuite vers son mari.

– Vous dites ne pas avoir compris la gravité de la chose. Est-ce que ça veut dire que Robert aurait eu des raisons de disparaître… Et que vous croyiez savoir où il était passé ?

– Absolument pas, dit fermement Karl-Erik Hermansson. Cela exige… Oui, cela exige peut-être une explication. Mon fils… je veux dire notre fils, bien sûr… n'était pas tout à fait lui-même, ces derniers temps.

Une manière délicate de décrire la situation, se dit Barbarotti. En effet, se masturber devant des caméras de télévision, c'est le signe qu'on n'est pas tout à fait soi-même. Rosemarie Hermansson émiettait sa serviette rouge et verte sur ses genoux. Elle semblait au bord de la crise de nerfs.

– Je suis au courant de l'émission, mais je ne l'ai pas vue. Je regarde assez peu la télé. Bref, vous vous êtes dit qu'il y avait un lien avec… avec un malaise plus général qu'il aurait pu ressentir ?

Hésitant, Karl-Erik Hermansson lança un bref coup d'œil à sa femme et tripota sa cravate. Un truc en soie. Sans doute de la soie de Thaïlande. Peut-être un cadeau reçu le grand jour.

– Je ne sais pas trop, admit Hermansson. Je n'ai pas eu le temps de lui parler en tête à tête. Je comptais le faire, mais l'occasion ne s'est pas présentée. Les choses ne se passent pas toujours comme prévu…

Il s'affala légèrement. Comme s'il venait de faire un aveu contre son gré, se dit Barbarotti. Sa femme eut alors la voie libre.

– Robert est arrivé lundi soir vers sept heures. Les autres aussi. On a pris une petite collation, rien d'extraordinaire, et quelques-uns sont restés bavarder après que Karl-Erik et moi sommes montés nous coucher… C'est vrai, ce que dit mon mari. Difficile d'avoir une conversation en privé ce soir-là.

– Et Robert est resté en bas tard ?

– Oui. Je crois qu'il y avait lui et Kristina, notre fille. Ils sont… Enfin, ils ont toujours été proches. Les fils d'Ebba et de Leif étaient là aussi, je crois.

– Et après, il a disparu ?

Rosemarie regarda son époux, comme pour se garantir son aval.

– Oui, répondit-elle d'un ton las. Il serait sorti faire une promenade et fumer une cigarette. C'est en tout cas ce que dit Kristina.

– Quelle heure était-il ?

– À peu près minuit et demi… Peut-être un peu plus.

– Qui était encore présent quand Robert est sorti ?

– Il n'y avait plus que Kristina et Henrik. Kristoffer a dit…

– Un instant. Qui est Kristoffer ?

– Le fils cadet d'Ebba et de Leif. Enfin, vous aurez l'occasion de leur parler à tous les trois…

– Je vois. Et que dit Kristoffer ?

– Qu'il est monté se coucher peu après minuit et demi. À ce moment-là, il restait Robert, Kristina et Henrik… Je veux dire ici, au salon.

Gunnar Barbarotti nota.

– Et Kristina ?

– Ils sont repartis hier à Stockholm.

– Quand, hier ?

– Tôt le matin.

– Et, mardi, vous lui avez parlé de la disparition de Robert ?

– Oui, oui. Mais nous avons mis du temps à nous rendre compte qu'il n'était pas là. C'était le jour de l'anniversaire. Il y avait beaucoup à faire, des gens qui passaient nous voir…

– Quand avez-vous remarqué qu'il n'était pas là ? Je veux dire Robert.

Les époux Hermansson se regardèrent. Karl-Erik fronça les sourcils.

– Au moment du déjeuner, sans doute…

– D'abord, on a cru qu'il était sorti faire une promenade dans la matinée, reprit Rosemarie. C'est plus tard, dans l'après-midi, que j'ai découvert qu'il n'avait même pas dormi dans son lit.

Gunnar Barbarotti prit une gorgée de café.

– Bien, dit-il. On verra tout ça en détail plus tard. Pour commencer, j'ai besoin de me faire une idée d'ensemble de ce qui est arrivé.

– C'est incompréhensible, dit Karl-Erik Hermansson avec un profond soupir. Absolument incompréhensible.

Gunnar Barbarotti ne fit aucun commentaire, songeant qu'il n'avait sans doute pas tort. Pour l'instant.

– Je parlerai avec les Grundt plus tard. D'abord, j'aimerais vous entendre au sujet d'Henrik.

Il fallut vingt-cinq minutes aux époux Hermansson pour raconter la disparition d'Henrik Grundt. Barbarotti ne nota cependant que six petites lignes dans son bloc-notes.

Pour une raison inconnue, le jeune homme de dix-neuf ans s'était levé de son lit et avait quitté la maison dans la nuit du mardi 20 au mercredi 21 décembre. Sans doute pas avant une heure du matin, heure à laquelle Kristoffer, son jeune frère, qui occupait la même chambre que lui, s'était endormi, et certainement pas après six heures et quart, heure à laquelle Rosemarie Hermansson s'était réveillée. À partir de ce moment-là, si quelqu'un avait bougé au premier étage, elle l'aurait remarqué.

Pourquoi était-il sorti ? Eh bien, ils n'en avaient pas la moindre idée. La mère du garçon en saurait peut-être plus. Pour l'instant, les Hermansson se sentaient en proie à un grand désarroi.

L'inspecteur tenta de les rassurer. Il comprenait leur état d'esprit, bien sûr, mais il ne fallait pas perdre espoir. Avant de conclure l'entretien, il leur demanda si l'un d'entre eux voyait un quelconque lien entre les deux disparitions.

Aucun. Sur ce point, les époux étaient en parfait accord.

– Mes parents vivent très mal ce qui nous arrive, j'espère que vous le comprenez.

Ebba Hermansson Grundt avait demandé à s'entretenir avec lui en tête à tête. Barbarotti détenait déjà quelques renseignements sur elle. Elle avait beau occuper un poste de médecin-chef, elle n'en demeurait pas moins sœur de l'un des disparus et mère de l'autre. Il était donc assez étonnant qu'elle commence par se préoccuper de ses parents.

– Je l'avais compris, répondit Barbarotti. Je viens de leur parler.

– Surtout ma mère, vous l'avez sûrement remarqué. Elle n'a pas fermé l'œil de la nuit. J'ai essayé de lui faire prendre un somnifère hier soir, mais elle a refusé… Elle est au bord de la crise de nerfs. Mais vous l'avez peut-être vu…

– C'est une réaction parfaitement normale dans une situation pareille, vous ne trouvez pas ? Et vous, comment vous sentez-vous ?

Ebba Hermansson Grundt se tenait droite, tendue. Elle prit le temps d'inspirer quelques longues bouffées d'air avant de répondre. Comme si elle ne s'était pas posé la question et devait se sonder intérieurement pour lui donner une réponse.

– Pareil, constata-t-elle. Mais ce serait bien pire si je perdais mon sang-froid.

– Vous avez l'habitude de le garder en toutes circonstances ?

Elle l'observa, paraissant chercher une trace d'ironie ou de sévérité dans sa question. Manifestement, elle n'en décela pas.

– Je ne suis pas insensible, si c'est ce que vous croyez. Mais par égard pour mes parents… et Kristoffer… j'essaie de rester optimiste.

– Et votre mari ?

Elle hésita un instant.

– Pour lui aussi.

Gunnar Barbarotti acquiesça. Elle avait mal compris sa question. Cette femme équilibrée et très bien conservée lui faisait pitié. Quarante ans, deux enfants, médecin-chef. De lourdes responsabilités. Cela devait être usant. Pourtant, il ne lui aurait pas donné plus de trente-cinq ans.

– Je comprends, répéta-t-il. Mais je suis obligé de vous poser un certain nombre de questions, comme vous devez certainement vous y attendre.

– Je vous en prie, commissaire.

– Inspecteur. Je ne suis qu'inspecteur.

– Pardon.

– Ce n'est rien. Bref, tout d'abord, je voudrais savoir si vous voyez un quelconque lien entre les deux disparitions.

Elle secoua la tête.

– J'ai eu vingt-quatre heures pour y réfléchir, mais je ne vois rien. C'est déjà bizarre qu'une personne disparaisse, mais... deux... c'est totalement incompréhensible.

Elle fit une pause, puis :

– Même pour moi.

Comme si ce qui demeurait obscur aux autres ne devait pas forcément l'être pour elle.

Mais dans ce cas, si.

– Puisque vous en semblez convaincue, je propose que nous prenions les deux disparitions séparément, dit Barbarotti en tournant les pages de son bloc. Robert, d'abord. Qu'avez-vous à me dire sur lui ?

– Ce que j'ai à dire sur Robert ?

– Exactement.

– En général ou étant donné la situation ?

– Si possible les deux. Avait-il selon vous des raisons de disparaître volontairement ? Abstraction faite de ce qui est arrivé à votre fils.

Quelques secondes de silence s'écoulèrent. Ebba Hermansson Grundt resta songeuse. L'inspecteur devina qu'elle se demandait quoi dire et quoi omettre.

– D'accord. Pour être tout à fait sincère, au début, j'ai cru qu'il s'était planqué quelque part.

– Planqué ?

– Oui, enfin, façon de parler. Robert est quelqu'un d'assez faible. Dans une situation délicate, il a tendance à fuir. Vous êtes sans doute au courant de ses récentes prouesses.

– Vous voulez dire l'émission de télévision ?

– Oui. Ça en dit déjà long, non ? Ces derniers temps, il ne devait pas être tout à fait dans son assiette. Cette réunion de famille a sûrement fait déborder le vase. Se retrouver comme ça, jugé par ses proches et… Enfin.

– Vous croyez qu'il se trouve quelque part à Kymlinge ?

Elle haussa les épaules.

– Je n'en sais rien. Sa voiture est restée garée devant la maison. Il a grandi ici. Il a sûrement de vieilles connaissances chez qui trouver refuge en cas de besoin.

– Des femmes ?

– Pourquoi pas ? Mais ce ne sont que des hypothèses. Peut-être fausses. Il doit bien se douter que ma mère est morte d'inquiétude. Je n'aurais pas cru ça de lui…

– Vous avez parlé avec lui lundi soir ?

– Presque pas. Nous n'avons passé que quelques heures ici, et la maison était pleine de monde. Mon mari et moi sommes allés nous coucher assez tôt.

– Comment vous a-t-il paru ?

– Robert ?

– Oui.

Elle fit une courte pause avant de répondre.

– Comme on pouvait s'y attendre, je suppose. Un mélange d'arrogance et de manque d'assurance. Il était obligé de sauver la face d'une manière ou d'une autre, mais au fond il devait se sentir assez mal. Mon père nous avait demandé de ne pas mentionner l'affligeante émission et nous ne l'avons pas fait.

– Mais vous n'avez pas eu l'occasion de lui parler seule à seul ?

– Non.

– Quelqu'un d'autre l'a-t-il fait ?

– Je crois que Kristina, ma sœur, a bavardé avec lui. Ils ont toujours…

– Oui ?

– Ils ont toujours été proches. Plus qu'avec moi.

Gunnar Barbarotti nota « Kristina » dans son bloc et le souligna deux fois.

– C'est un peu tard, dit-il.

– Pardon ?

– Vous semblez penser que Robert a pu disparaître intentionnellement. Mais il a disparu dans la nuit de lundi à mardi. Nous sommes jeudi. Vous ne trouvez pas que… ?

– Je sais, l'interrompit-elle. Je suis d'accord avec vous. Quelques heures, une journée… Mais là, c'est trop. Il doit… il doit lui être arrivé quelque chose.

Sa voix flancha. Elle devait penser à son fils aussi. Barbarotti tourna une page dans son bloc.

– Henrik, annonça-t-il. Si nous parlions un peu de lui ?

– Excusez-moi, dit Ebba Hermansson Grundt. Deux petites minutes.

Sa voix s'étouffa. Elle se précipita hors de la pièce. Barbarotti se mit à son aise dans le canapé et laissa son regard errer à travers la fenêtre. De rares flocons de neige tombaient ; le crépuscule s'épaississait. Quelque part dans la maison, on écoutait des nouvelles à la radio. Il se demandait à quoi les membres de cette famille dévastée pouvaient bien occuper leur temps, au-delà des portes tristement closes du salon. Pauvres bougres, se dit-il malgré lui. Ça ne doit pas être facile.

Il se servit encore du café et tenta d'entrevoir la direction que prenait l'affaire.

Il ne vit rien du tout.

18

– Non, je ne sais pas où se trouve Henrik. Pas la moindre idée. C'est complètement absurde.

Elle s'était ressaisie, mais il devina qu'elle avait pleuré. Elle semblait s'être rincé le visage.

– Connaît-il d'autres gens que ses grands-parents à Kymlinge ?

– Non, dit-elle en secouant la tête sans conviction. Personne. Il est venu ici tout au plus sept, huit fois dans sa vie. Et seulement quelques jours à chaque fois. Il ne connaît pas un chat dans cette ville.

– Vous en êtes sûre ?

– Aussi sûre qu'on peut l'être.

– Il a dix-neuf ans. Il a fait un semestre de droit à Uppsala. C'est exact ?

– Oui.

– Pourriez-vous me parler un peu de lui ?

– Que voulez-vous savoir ?

– Je voudrais me faire une idée générale. Est-il soigneux ? Plutôt calme ou plutôt agité ? A-t-il des centres d'intérêt ? Vous vous entendez bien avec lui ?

Elle déglutit et hocha la tête en s'essuyant le coin de l'œil.

– Nous nous sommes toujours bien entendus, Henrik et moi. Il est soigneux et très doué. Il a des facilités… En tout. Les études, le sport, la musique…

– Des amis ?
– S'il a des amis ?
– Oui.
– Il a beaucoup d'amis. Il a toujours été ouvert avec moi. Je suis… Je suis très fière de mon fils, je veux que vous le sachiez, commissaire.
Barbarotti ne la corrigea pas. Il referma son bloc et le posa à côté de lui, sur le canapé. Puis il glissa son stylo dans sa poche de poitrine et croisa les mains sur son genou droit. Il s'était entraîné à ce geste censé inspirer confiance et, comme d'habitude, il eut un peu honte de l'artifice.
– Un détail m'échappe, dit-il.
– Lequel ?
– Il a dû sortir pendant la nuit.
– Oui, je suppose.
Quelque chose irritait l'œil d'Ebba Hermansson Grundt. Il lui laissa le temps de l'essuyer.
– Voyez-vous une raison plausible… ou du moins envisageable… pour que votre fils se soit levé et ait quitté sa chambre… et la maison… en pleine nuit ?
– Non, je… hésita-t-elle.
– Est-il somnambule ?
– Absolument pas.
– A-t-il un téléphone portable ?
– Oui… Bien sûr qu'il a un portable. Nous n'avons pas arrêté de l'appeler depuis… eh bien, depuis qu'il a disparu.
– Pas de réponse ?
– Non. Pourquoi me posez-vous la question ? Vous le savez déjà, non ?
Gunnar Barbarotti fit une courte pause, cherchant ses mots.
– Je vous pose la question parce que je vois deux possibilités.
– Deux ?

– Oui, deux. Soit il a quitté sa chambre parce que quelqu'un l'a appelé, soit il avait décidé de le faire avant d'aller se coucher.

– Je…

– Qu'est-ce qui vous semble le plus probable ?

Elle réfléchit un instant.

– Je trouve les deux explications aussi improbables l'une que l'autre.

– En voyez-vous une autre ? C'est-à-dire une troisième possibilité ?

Elle fronça les sourcils et secoua lentement la tête. D'un geste plus ample, mais toujours contenu. Parfaitement consciente de ce qu'elle faisait.

– Pour ma part, je ne vois qu'une autre solution, dit-il en croisant les mains sur son genou gauche. Mais elle me semble peu vraisemblable.

– Quelle… Quelle solution ?

– Qu'on l'ait enlevé.

– C'est la chose la plus sotte que j'aie jamais entendue, répliqua-t-elle avec dédain. Comment quelqu'un pourrait-il enlever un adulte… ?

– Très bien, l'interrompit-il. Je voulais simplement exclure l'éventualité. Je n'y crois pas non plus. Il se plaisait à Uppsala ?

La question la prit au dépourvu.

– À Uppsala ? Oui… Il s'y plaisait bien. On est toujours un peu dépassé quand on commence à l'université. On a tous vécu ça.

– Que voulez-vous dire ?

– À quel propos ?

– J'ai eu l'impression que vous insinuiez que quelque chose clochait.

Elle le regarda un instant, les lèvres pincées.

– Je n'ai rien insinué. Mais, bien sûr, je ne suis pas au courant de sa vie à Uppsala dans le moindre détail. Le milieu estudiantin comporte un certain nombre d'obligations, c'est tout ce que je voulais dire. Mais vous n'avez peut-être pas…

– J'ai fait quatre ans à Lund, l'informa Barbarotti.

Elle eut l'air surprise.

– Henrik a-t-il une petite amie ?

Elle hésita.

– Oui, je crois qu'il a rencontré une fille là-bas… Elle s'appelle Jenny. Mais elle ne nous a jamais rendu visite à Sundsvall. Je ne sais pas si c'est sérieux.

– Lui avez-vous parlé au téléphone ?

– Pourquoi j'aurais fait ça ? Henrik n'est rentré à la maison que deux fois pendant le semestre. Le droit est une matière exigeante et…

– Je suis au courant. J'ai une maîtrise de droit.

– Vraiment ? Et vous êtes devenu… policier ?

– Exactement, je suis devenu policier.

Elle ne fit pas d'autre commentaire, ayant manifestement du mal à comprendre ce choix. Ebba Hermansson Grundt semblait préférer les décisions qui avaient un sens.

– Savez-vous si Henrik a reçu des appels depuis que vous êtes arrivés à Kymlinge ?

Elle réfléchit un instant, puis haussa les épaules.

– Je ne peux pas vous le dire. Je ne l'ai pas vu parler au téléphone, si je me souviens bien. Mais je ne le surveillais pas particulièrement. Peut-être Kristoffer sera-t-il plus à même de vous renseigner là-dessus. Ils dormaient dans la même chambre, il doit bien avoir remarqué si Henrik a passé ou reçu des appels.

– Je comptais effectivement poser la question à Kristoffer et à votre mari.

Il resta silencieux quelques instants, suivant du regard une petite mouche qui atterrit sur la nappe rouge et vert. On n'était qu'en décembre, elle s'était réveillée beaucoup trop tôt. Ou trop tard.

Il reprit son bloc.

– Qu'a-t-il emporté ?

– Quoi ?

– Avez-vous vérifié s'il avait emporté quelque chose en sortant ? Des habits chauds ? Une brosse à dents ? Son téléphone ?

– Oui, bien sûr. Excusez-moi, je ne voyais pas ce que vous vouliez dire. Oui, vous avez raison : son blouson, son écharpe, ses gants et son bonnet ne sont plus là. Ni son téléphone, ni son portefeuille…

– Mais sa brosse à dents, si ?

– Oui.

– Son lit était fait ?

– Non.

– Que croyez-vous que ça signifie ?

– Que… Qu'il pensait revenir, évidemment. Mon Dieu, commissaire, on dirait que vous… Que vous me faites subir un interrogatoire. Je m'attendais à plus de…

– Excusez-moi, mais vos conclusions personnelles m'intéressent. Vous êtes sa mère, vous le connaissez sans doute mieux que quiconque. Ce serait présomptueux de ma part de me croire capable de résoudre cette affaire avant que vous ne le fassiez vous-même. Vous ne pensez pas ?

– Je ne crois pas que…

– En vous provoquant un peu, je peux vous aider à vous souvenir de détails importants. Ni vous ni moi ne gagnons rien à ce que je m'apitoie sur votre sort.

– Puisque vous le dites, répliqua-t-elle sèchement.

Mais elle semblait d'accord avec lui. Logique, se dit-il. En sollicitant à la fois son amour maternel et son intelligence, il ne s'était pas trompé.

– Alors, qu'est-ce que ça signifie ?

Cette fois, elle réfléchit plus longtemps. Elle pencha légèrement la tête sur le côté, comme un célèbre skieur finlandais dont il avait oublié le nom, en fin de course.

– Je vois ce que vous voulez dire. Il est sorti parce qu'il avait une raison de le faire, bien sûr. Il devait peut-être retrouver quelqu'un… Quelqu'un qui l'aurait éventuellement appelé…

– La fille dont vous m'avez parlé… dit Barbarotti, qui fut obligé de feuilleter son bloc pour retrouver le nom. Jenny. Elle n'habiterait pas dans le coin ?

Manifestement, cette idée n'avait jamais traversé la tête d'Ebba Hermansson Grundt.

– Jenny ? Non, je crois… Il me semble qu'elle est de Karlskoga. D'ailleurs, pourquoi elle… ?

– D'accord, c'est un peu tiré par les cheveux. Mais peut-être ne s'agit-il pas d'elle. Un camarade, par exemple. Quand je faisais mes études à Lund, j'ai croisé des gens de toute la Suède.

– Hmm, dit-elle, l'air perplexe. Non, je dois dire que ça ne me semble pas plausible.

À moi non plus, pensa sinistrement Barbarotti. Mais alors, que penser ?

Il enchaîna avec Leif et Kristoffer Grundt. A posteriori, Barbarotti se demanda s'il n'aurait pas dû s'accorder une pause et une bouffée d'air frais après l'entretien avec leur épouse et mère. Ni Leif ni Kristoffer ne lui apprirent grand-chose de plus que ses trois interlocuteurs précédents, mais après deux heures dans le canapé des Hermansson, son attention commençait peut-être à s'émousser. Sa capacité à saisir les non-dits et les sous-entendus semblait passablement diminuée.

Mais pas assez pour ne pas s'en rendre compte, et, cette maigre consolation en tête, il décida de se contenter des résultats obtenus.

Il aurait été étonné que Leif Grundt détienne une quelconque information qui pouvait lui être utile. Ce grand costaud était l'opposé diamétral de sa femme. Il dégageait une sorte de flegme ou, du moins, une certaine bonhomie. Cela dit, il pouvait s'agir d'un choix stratégique parfaitement conscient – un *modus vivendi*.

Bien que cela dépassât de loin son travail d'enquête, Barbarotti ne put s'empêcher d'analyser la répartition des rôles et les rapports de force chez les Grundt. Ebba portait la culotte, nul doute là-dessus.

Comment me débrouillerais-je avec une femme pareille ? Suffit, se dit-il. Je m'égare.

Âgé de quatorze ans, Kristoffer était un garçon réservé qui avait dû grandir dans l'ombre de son frère aîné. Lui, en revanche, semblait… Quoi ? Il ne filait pas un mauvais coton, loin de là, mais c'était un adolescent parfaitement normal.

Henrik et lui partageaient une chambre chez leurs grands-parents. Barbarotti était monté jeter un coup d'œil à l'étroit cagibi meublé de deux lits et d'une commode. Les papiers peints y étaient si laids que l'inspecteur se demanda si la personne qui les avait choisis était vraiment en pleine possession de ses moyens.

Concernant la disparition de son frère, Kristoffer n'avait pas grand-chose à lui dire. La nuit en question, il s'était endormi peu après minuit et demi. Henrik était encore dans son lit. Quand celui-ci avait quitté la chambre, Kristoffer n'avait rien remarqué. Il n'avait pas entendu sonner le portable de son frère. En se réveillant le lendemain matin, il avait supposé qu'Henrik était déjà dans la salle de bains ou en bas, dans la cuisine.

Non, il ne se souvenait pas d'avoir entendu Henrik parler au téléphone depuis leur arrivée à Kymlinge. Possible qu'il ait envoyé quelques SMS, mais il n'en était pas sûr.

Ils avaient bavardé, mais pas énormément. Un peu sur Uppsala, un peu sur leur oncle Robert. Rien de ce qu'ils s'étaient dit n'était en lien avec les disparitions. Ni la première ni la seconde.

Le père et le fils Grundt semblaient entretenir une relation de complicité. Naturellement, le garçon était tendu, mais, d'après ce qu'observa Barbarotti, ce n'était pas dû à la présence de son père durant l'entretien. L'inspecteur se dit tout de même qu'il faudrait mener un interrogatoire un peu plus rigoureux avec Kristoffer dans les jours suivants, en tête à tête, cette fois.

Grundt l'informa que, sauf si une prompte et heureuse issue mettait un terme à l'enquête, ils n'avaient pas l'intention de rentrer à Sundsvall avant qu'Henrik soit réapparu.

Au cas où quelqu'un aurait cru le contraire.

Il était dix-sept heures trente lorsque Barbarotti les quitta. Dans l'entrée, face aux cinq membres de la famille, il chercha désespérément quelque chose d'optimiste, ou plutôt de consolateur, à leur dire pour conclure sa visite, mais il était fatigué et ressentait les prémices d'un mal de tête. Tout ce qu'il trouva fut :

– Nous allons travailler sur l'affaire et voir où ça nous mène.

Au moins, se dit-il au volant en rentrant chez lui, je ne leur ai pas promis la lune.

Sara n'avait pas l'air d'aller mieux. Lorsque Barbarotti jeta un coup d'œil discret dans sa chambre, elle dormait, la bouche ouverte et le souffle rauque. Il fut soudain pris de panique.

Et si c'était le prix à payer ? Dieu avait entendu sa prière, il exigeait une victime sacrificielle. La vie de sa fille. Barbarotti se retrouvait plongé dans une histoire maléfique tout droit sortie de l'Ancien Testament.

Il resta debout dans l'encadrement de la porte, l'observant. Son mal de tête – un nuage palpitant sous son crâne – empirait de minute en minute. Je suis complètement fou, se dit-il. Il faut que j'arrête de jouer avec les puissances supérieures. On ne peut pas marchander comme ça, c'est de la mégalomanie.

Et il faut que je prenne deux comprimés de paracétamol avant que ma tête n'explose.

Sa visite chez les Hermansson l'avait sérieusement démoralisé. Son appartement en désordre sentait le remugle. Dans la chambre de Sara, l'air était vicié. Dans la cuisine, la vaisselle sale s'empilait. Il n'avait pas fait les courses ni songé à appeler un médecin. Dans le monde selon Gunnar Barbarotti, quand on était malade, on se mettait au lit, on dormait et on s'hydratait, un point c'est tout. Et, à force, on guérissait. Mais si c'était plus grave ? Si sa fille avait besoin de médicaments ? Quel père indigne !

Il s'assit à son chevet, écarta des cheveux collés à son visage et posa la main sur son front.

Moite. Mais pas aussi chaud que le matin. Elle ouvrit les yeux, le regarda un instant et les referma.

– Comment tu vas ? demanda-t-il.

– Fatiguée.

– Dors, mon trésor. Tu as bien bu ?

Il avait posé deux grands verres sur sa table de chevet en partant, vers quatorze heures : de l'eau et du jus de raisin. Elle en avait bu la moitié. Elle remua faiblement la tête, peut-être pour acquiescer.

– Je vais faire des courses au Konsum. Je serai de retour dans une demi-heure. Ça te va ?

Elle fit encore un vague mouvement de tête. Il lui caressa la joue et se leva.

Des besognes domestiques rudimentaires – dont les soins à la malade constituaient bien sûr la principale – l'occupèrent pendant le restant de la soirée. Il disposa des bougies ici et là et écouta son CD de Mercedes Sosa en boucle – dans la maison, peu de disques leur plaisaient à tous les deux et c'en était un. Il prépara une omelette aux légumes à la vapeur, dont Sara avala deux bouchées qu'elle trouva « très bonnes ». Elle prit sa température : trente-huit cinq. Des progrès. Il lui demanda si ses symptômes persistaient et elle répondit qu'elle avait mal à la gorge. Qu'elle se sentait flagada et souffrait de douleurs musculaires un peu partout. Qu'elle avait besoin de dormir.

C'est d'ailleurs ce qu'elle fit, après qu'il eut changé ses draps et aéré sa chambre. Il laissa la porte entrouverte pour avoir l'illusion qu'ils passaient la soirée ensemble. On était loin de la traditionnelle attente du soir de Noël dans un cocon paisible et chaleureux, pelotonnés dans le crépuscule, occupés à des travaux manuels, grignotant des noix et du caramel. Il manquait plusieurs ingrédients essentiels à ce bien-être familial : noix, caramel, travaux manuels et, surtout, participants enthousiastes – mais enfin, ce genre de traditions était sans doute largement surestimé.

Au son de Mercedes Sosa, les bougies faisaient malgré tout un certain effet. Le paracétamol également, car son mal de tête s'était évanoui. Vers vingt et une heures, il reçut un coup de fil d'Helena qui l'informa sur un ton acide (mais pas autant qu'il s'y attendait) que tout le monde allait bien et qu'on regrettait leur absence. À Malmberget, ils avaient deux mètres de neige et il faisait moins vingt-cinq degrés. Son père semblait supporter les séquelles de son accident avec une certaine sérénité. Gunnar Barbarotti, en discutant cinq minutes avec ses deux fils, apprit que leur grand-mère avait fait une maison en biscuit épicé tellement de travers qu'elle tenait à peine debout et qu'ils allaient faire du ski à Dundret le lendemain. Il était désolé de ne pas être avec eux. Ils recevraient leurs cadeaux pour le Nouvel An.

Puis il alla jeter un œil sur Sara. Elle dormait comme une souche. Il sortit une bière du frigo et s'assit dans la cuisine, où il parcourut les notes qu'il avait prises chez les Hermansson, tentant d'imaginer ce qui avait bien pu se passer.

Pas évident. Deux personnes logeant à la même adresse qui disparaissent sans laisser de traces à environ vingt-quatre heures d'intervalle.

Sorties en pleine nuit pour une destination inconnue. La même ? se demanda Barbarotti.

Improbable. Tous les renseignements recueillis indiquaient que Robert Hermansson et Henrik Grundt avaient eu très peu de contacts. Ils étaient de la même famille, voilà tout. Oncle et neveu. Aucun témoin ne les avait vus se parler le lundi soir, dans la villa de l'Allvädersgatan.

Mais tous deux étaient restés en bas tard, se souvint-il. S'il avait bien compris, un quatuor avait veillé ce soir-là : Robert et sa sœur Kristina Hermansson, et les deux frères, Kristoffer et Henrik Grundt.

Puis Robert Hermansson était sorti fumer et avait disparu.

Et, la nuit suivante, Henrik s'était levé de son lit et avait disparu.

Voilà toute l'affaire.

Pourquoi ? Agacé, Barbarotti secoua la tête et prit une gorgée de bière. Quelle série d'événements bizarres… Il ne trouvait même pas de question pertinente à se poser.

Mais, avec un peu de chance, il arriverait peut-être à esquisser un plan. Il fallait bien trouver le moyen d'avancer dans cette histoire.

Les avis de recherche étaient une première ressource éventuelle. Ils avaient été diffusés ; le lendemain, les photos des deux disparus seraient publiées dans le journal. Peut-être qu'un citoyen attentif aurait vu quelque chose. Aperçu l'un ou l'autre des disparus à Kymlinge, en route vers un destin encore inconnu.

On pouvait toujours espérer. Mais quelles actions allait donc entreprendre le chef d'enquête Barbarotti – seul policier sur l'affaire ?

Fidèle à son bloc-notes et à ses habitudes, il commença par établir une liste.

Dix minutes plus tard, quatre points noircissaient la feuille. Il pouvait s'en charger dès le lendemain.

1) Joindre les personnes présentes à l'Allvädersgatan au moment des faits qui n'ont pas encore été interrogées : Jakob Willnius et Kristina Hermansson. Surtout Kristina Hermansson. Prendre rendez-vous pour des entretiens en tête à tête.
2) Fréquentations de Robert Hermansson à Kymlinge. Avec quels vieux amis a-t-il pu garder le contact ? Leur parler.
3) Nouvel entretien avec Kristoffer Grundt. Si quelqu'un détient des renseignements utiles (en connaissance de cause ou pas), c'est bien lui. Les frères partageaient la même chambre. Ils ont dû discuter.
4) Réquisitionner les listes d'appels en téléphonie mobile.

Voilà tout. Morose avait déjà dû s'occuper du point 4. Pour une raison ou pour une autre, la téléphonie mobile était devenue sa spécialité, mais Barbarotti devait quand même vérifier qu'il l'avait fait.

Car Robert Hermansson et Henrik Grundt possédaient tous deux des portables. Évidemment. Gunnar Barbarotti avait lu quelque part que le pays en comptait désormais plus que d'habitants. Quinze ans auparavant, en Suède, les loups avaient été plus nombreux que les téléphones portables. Il y a un temps pour tout.

Barbarotti termina sa bière et regarda l'heure. Vingt-deux heures vingt. Il imbiba un torchon propre d'eau froide et alla tamponner le visage de Sara. Elle se réveilla en sursaut.

– Mais, papa, qu'est-ce que tu fabriques ?

– J'aide ma fille bien-aimée à faire sa toilette du soir, répondit-il gentiment.

– Mon Dieu… soupira-t-elle. Donne-moi un peu d'eau dans un verre au lieu de me la verser dessus.

– Comment tu te sens ?

– Fatiguée. J'ai rêvé de toi.

– Quoi ? Tu n'as pas mieux à faire dans tes rêves ?

– Pas pour l'instant. C'était un peu effrayant. Tu étais sorti acheter quelque chose, et tu as disparu. Je n'aime pas que tu disparaisses comme ça.

– Mais je suis là, à côté de toi.

– Je le vois, dit Sara avec un pâle sourire. Et j'en suis contente. Mais je le serais encore plus si tu allais me chercher ce verre d'eau et que tu me laissais dormir.

– Aussitôt dit, aussitôt fait, ma fille.

19

L'avant-veille de Noël débuta par une chute de neige abondante dans la région de Kymlinge.

Gunnar Barbarotti se réveilla tôt. Étonné, il découvrit à travers la fenêtre un paysage qui aurait aussi bien pu se trouver dans les environs de Malmberget. Ou de Mourmansk. Une épaisse couche de neige immaculée sous un ciel anthracite. Entre les deux, des tourbillons de flocons et un silence de mort.

Il alla chercher le journal dans le couloir, jetant un bref coup d'œil dans la chambre de Sara au passage. Elle dormait. Elle avait vidé son verre d'eau et la moitié de son jus de raisin. Il se servit une assiette de yaourt et un verre de jus d'orange et se remit au lit.

L'article sur Robert Hermansson et Henrik Grundt était en page six. Deux colonnes avec photos portant un titre sobre : « DISPARUS ».

Seule une ligne faisait allusion à la participation de l'un d'entre eux à une certaine émission de téléréalité, *Les Prisonniers de Koh Fuk*. On y apprenait par ailleurs que la police ne privilégiait pas, pour l'instant, la piste criminelle.

Gunnar Barbarotti se demanda qui s'était chargé des contacts avec la presse – sans doute Morose ou Asunander – et combien de temps il faudrait aux journaux à scandale pour planter leurs crocs dans cette histoire.

Peu. Dès lors, on ne se contenterait plus de titrer : « DISPARUS ». Mme Hermansson l'avait supplié de leur épargner les unes infamantes. Malheureusement, le but du jeu, quand on lançait un avis de recherche, c'était que cela se sache. Difficile de diffuser l'information dans la presse du matin et de l'interdire aux tabloïds du soir.

Peu souhaitable, même, avait-il tenté de lui expliquer. D'ailleurs, on avait beau examiner le problème sous toutes les coutures, l'existence des médias était, peu ou prou, toujours justifiée. Il ne fallait pas jeter le bébé avec l'eau du bain.

Mme Hermansson avait fini par acquiescer, ainsi que son mari. L'inspecteur espérait néanmoins que, dans la capitale, les peu scrupuleux scribouillards spécialisés en téléréalité n'utiliseraient pas la même épithète qu'ils avaient employée la dernière fois pour Robert. Et qu'ils éviteraient de venir se salir les chaussures en province la veille de Noël. Ils avaient déjà toute la programmation des fêtes à commenter, y compris les sempiternels dessins animés de Walt Disney présentés par Jiminy Cricket.

Des vœux pieux, malheureusement. D'ailleurs, Jiminy Cricket n'avait-il pas pris sa retraite ? S'il n'était pas carrément mort. Dans certains domaines, l'inspecteur Barbarotti, de son propre aveu, n'était pas vraiment à jour. Plus du côté des loups que des téléphones portables, pour ainsi dire.

Ayant terminé de lire le journal, il entreprit de planifier sa journée. Il parcourut la liste rédigée la veille et décida de repousser sa visite à l'Allvädersgatan à l'après-midi. Il valait mieux laisser le temps à la famille d'établir le contact avec la sœur défectionnaire de Stockholm. Il devait également instruire le commissariat de le prévenir aussitôt si l'appel à témoins donnait des fruits. Une évidence, aurait-on pu penser, mais allez savoir. Si Jonsson était au standard, il pouvait y avoir un retard de plusieurs heures, voire de plusieurs jours – Barbarotti le savait d'expérience. À plus forte raison en période de fêtes.

Il parvint à joindre Morose. Non, pas encore d'appels. Même le vieux Hörtnagel, un indicateur notoire multicarte, ne s'était pas manifesté. Lors de l'affaire des sous-marins étrangers dans les eaux territoriales suédoises, il avait signalé la présence de périscopes dans la rivière de Kymlinge à plusieurs reprises, et si quelqu'un s'évadait quelque part dans le pays, il détenait des informations sur la trajectoire du fuyard. Autrichien de souche, il se considérait au-dessus du vulgum pecus, c'est-à-dire des Suédois, un peu trop bas de plafond pour avoir le sens de l'observation.

– Il est peut-être mort ? suggéra Barbarotti.

Il faillit demander à Morose si Jiminy Cricket était toujours en vie, mais se retint.

– Je ne crois pas, répondit son collègue d'une voix neutre. Il a eu quatre-vingt-sept ans la semaine dernière, et je l'ai vu skier dans le parc il y a une heure.

Barbarotti regarda par la fenêtre. Peut-être une promenade lui ferait-elle du bien. L'air devait avoir une forte teneur en oxygène.

– J'aimerais être mis au courant immédiatement s'il y avait un appel, dit-il.

Morose lui promit d'y veiller. Et de se charger des réquisitions auprès des opérateurs de téléphonie mobile. Il avait noté les deux numéros concernés.

Barbarotti resta un moment au lit, tentant de se rappeler s'il possédait encore une paire de skis. Il n'y parvint pas. Les anciens avaient sans doute disparu au cours du divorce. Comme tant d'autres choses.

Il se mit sous la douche, puis au travail.

– Kristina Hermansson ?
– Oui.

– Gunnar Barbarotti. Je suis inspecteur à la police criminelle de Kymlinge.

– Ah.

– Il s'agit de votre frère et de votre neveu qui ont disparu. Avez-vous un moment à m'accorder ?

– Oui… Bien sûr.

Sa voix était terne, triste et bizarrement lointaine. Barbarotti supposa qu'elle parlait dans un téléphone sans fil à une assez grande distance de la base. Mais peut-être ses oreilles commençaient-elles à s'user. Son père, l'Italien, était, d'après des sources très indirectes, sourd comme un pot depuis cinq ans. Il y avait donc des prédispositions dans la famille.

– J'aurais sûrement besoin de vous voir pour un entretien. Vous et votre mari. Dans les jours prochains, cela vous conviendrait ?

– Naturellement. Nous passons Noël ici, à Stockholm. Comment voulez-vous…

– Nous y reviendrons. D'abord, j'aimerais que vous me donniez quelques renseignements, si ça ne vous dérange pas.

Il l'entendit avaler une gorgée de boisson – sauf si les circonvolutions de ses conduits auditifs lui jouaient des tours.

– Absolument pas. Je ferai tout ce que je peux pour… pour que nous puissions y voir clair. C'est affreux, je ne comprends pas où ils sont passés. Avez-vous une idée de ce qui a pu leur arriver ?

– Pas pour l'instant.

– C'est vrai, j'en ai parlé à ma mère tard hier soir. Elle m'a raconté votre visite, monsieur l'inspecteur. Elle m'a dit que vous aviez vu… enfin, tous les autres.

– Inutile de m'appeler monsieur l'inspecteur. Gunnar suffira.

– Oui… Bien sûr, Gunnar.

Elle avait des sanglots dans la voix.

– Commençons par lundi soir, suggéra-t-il. Vous êtes restée tard pour bavarder avec les deux disparus alors que les autres étaient montés se coucher, c'est bien ça ?

– Oui. Il y avait Robert, Henrik et moi… et Kristoffer. Les autres sont allés se coucher un peu plus tôt.

– Et votre mari ?

– Jakob était rentré avec Kelvin… c'est notre fils… à l'hôtel.

– Vous étiez descendus au Kymlinge Hotell ?

– Oui. Il n'y avait pas assez de place pour loger tout le monde chez mes parents. Nous sommes allés à l'hôtel pour leur faciliter la vie.

– Je suis au courant. Mais vous avez décidé de rester bavarder avec votre frère et vos neveux au lieu de rentrer avec votre mari.

– Oui.

Y avait-il de l'eau dans le gaz entre les époux Hermansson Willnius ? Barbarotti décida de repousser la question à leur tête-à-tête.

– Je vois. Pourquoi êtes-vous restée ?

– Parce que je voulais discuter avec eux, bien sûr. Je n'avais pas vu Robert ni Henrik… ni Kristoffer… depuis assez longtemps.

– De quoi avez-vous parlé ?

– De tout et de rien. De choses dont on parle en famille quand on ne s'est pas vus depuis un moment, je suppose.

– Par exemple ?

– Pardon ?

– Pouvez-vous me donner quelques exemples de vos sujets de conversation, s'il vous plaît ?

Je la bouscule trop, se dit-il. Pourquoi mes entretiens tournent-ils toujours au contre-interrogatoire ? Elle n'est pas soupçonnée de meurtre. Tout ce que je veux, ce sont des renseignements.

– Oui… dit-elle, hésitante. Nous avons parlé de tout et de rien. Je suppose que vous êtes au courant pour Robert… L'émission à laquelle il a participé…

– Oui, je suis au courant.

– Eh bien, il n'était pas dans son assiette. Nous en avons parlé. Nous avons toujours été assez proches, Robert et moi. Il avait honte, bien sûr, et il a un peu trop bu, sûrement pour apaiser son angoisse… Enfin, vous voyez ce que je veux dire…

– Il était ivre ?

– Non, pas ivre. Peut-être un peu pompette.

– À quelle heure est-il sorti ?

– Il a dit qu'il allait fumer une cigarette et faire une promenade. Je crois qu'il était minuit et demi passé.

– C'est la dernière fois que vous l'avez vu ?

– Oui.

– Et il était un peu ivre ?

– D'accord, il était un peu ivre.

– Qu'aviez-vous bu ?

– De la bière et du vin au repas. Un peu de whisky…

– Vous aussi, vous étiez ivre ?

– Non, pas spécialement.

– Un petit peu ?

– Peut-être… C'est interdit ?

– Absolument pas. Mais vous semblez être celle qui a parlé le plus avec Robert. Et vous avez passé un moment seule avec lui. C'est votre mère qui me l'a dit. De quoi avez-vous parlé quand vous étiez seuls ?

Kristina Hermansson fit une courte pause.

– Il n'avait… Il n'avait vraiment pas le moral. Et il s'était montré un peu impertinent avec ma mère.

– Impertinent ? De quelle manière ?

– Une broutille. Une maladresse, rien de plus. Il régnait une espèce d'accord tacite dans la famille : on ne devait pas faire allusion au scandale qu'il avait fait dans l'émission, et il trouvait bizarre que tout le monde fasse semblant de rien. Il y est allé un peu fort.

– Et c'est de ça que vous avez parlé quand vous vous êtes retrouvés seuls ?

– Oui.

– Vous lui avez conseillé de se calmer ?

– Non, ce n'était… ce n'était pas de cet ordre. Il me faisait pitié. Je me suis dit que ça lui ferait du bien de se confier.

Gunnar Barbarotti réfléchit. Le téléphone était pratique sous bien des aspects, mais il cachait énormément de choses. Il aurait préféré être assis à une table de café avec Kristina Hermansson.

– Bon. Pourrait-il y avoir une quelconque indication, dans ce que vous vous êtes dit, Robert et vous, sur l'endroit où il se serait rendu ?

Elle inspira bruyamment, et cela n'échappa pas à Barbarotti.

– Non, dit-elle. Ça fait bientôt quatre jours que je me repasse chaque parole que nous avons échangée et il n'y a rien, croyez-moi, rien du tout… enfin, qui puisse expliquer où il est passé. Sachez-le, monsieur l'inspec… Je vis très mal ce qui arrive… Tous les deux, Robert et Henrik… C'est… C'est…

Elle fondit en larmes.

– Excusez-moi.

Elle disparut un instant. Le regard de Barbarotti se perdit dans la neige qui tombait au-dehors. Il ne pensait à rien. Si, peut-être, à des loups. Comme si un lien mystérieux unissait la neige et les loups.

Elle revint.

– Excusez-moi. Je… je suis encore sous le choc. Vous n'avez rien appris de nouveau ?

– Malheureusement, non. On nous a prévenus un peu tard. Robert a disparu dans la nuit de lundi à mardi, et vous n'avez appelé la police que mercredi soir, après une deuxième disparition. Pourquoi avez-vous attendu aussi longtemps ?

– Je ne sais pas. Tout le monde devait croire que Robert… enfin, que d'une manière ou d'une autre il se défilait. Qu'il était allé voir un vieil ami à Kymlinge et avait décidé de rester parce qu'il appréhendait trop la réunion de famille. Ce serait… compréhensible.

– Vous le croyiez aussi ?

– Oui.

– Savez-vous qui Robert aurait pu fréquenter à Kymlinge ?

– Non, malheureusement. J'en ai parlé avec ma mère, mais nous n'avons trouvé personne… Et bientôt, ça fera quatre jours.

– Nous allons mener une enquête approfondie. Mais vous avez raison : pourquoi s'absenterait-il pendant si longtemps ?

– Je n'en sais rien, répondit Kristina Hermansson en étouffant un sanglot. Je n'en sais vraiment rien.

– Passons à Henrik, votre neveu, enchaîna l'inspecteur, pour éviter une nouvelle effusion. De quoi avez-vous parlé ?

– De tout et de rien.

La réponse idéale, se dit-il.

– C'est-à-dire ?

– Du fait de ne plus habiter chez ses parents, entre autres. Henrik a commencé ses études à Uppsala… De la vie estudiantine, ce genre de choses.

– Vous vous entendez bien avec vos neveux ?

– Oui, je crois. Nous nous aimons bien.

– Y compris Kristoffer ?

– Naturellement.

– Mais vous avez plutôt discuté avec Henrik ?

– Oui, Kristoffer est allé se coucher… Vers une heure moins le quart, je crois.

– Et il n'y avait plus qu'Henrik et vous ?

– On est restés environ un quart d'heure. Ensuite, je suis rentrée à l'hôtel.

– Vous êtes restée bavarder seule avec Henrik pendant un quart d'heure ?

– À peu près. Je n'ai pas regardé l'heure, mais ça n'a pas duré très longtemps.

– Je vois. Avez-vous parlé d'un sujet en particulier pendant ce quart d'heure ?

– Non… Les études… De vieux souvenirs. Comment c'était quand Kristoffer et lui étaient petits… Des choses comme ça.

– Merci. Nous parlons de lundi, n'est-ce pas ? Et mardi, vous avez beaucoup parlé avec Henrik ?

– Presque pas. C'était le jour de l'anniversaire… Le grand jour de mon père et d'Ebba… Non, je n'ai quasiment pas adressé la parole à Henrik, pour être franche.

– Comment allait-il ?

– Quoi ?

– Comment allait Henrik ? Il paraissait gai ? Triste ?

– Assez bien, je crois. Il était soulagé d'avoir quitté sa famille… Il semblait se plaire à Uppsala.

– Vous a-t-il parlé d'une éventuelle petite amie ?

– Non… Je ne crois pas. Ebba, ma sœur, a parlé d'une certaine Jenny, mais il n'a pas lui-même abordé le sujet. Peut-être que ce n'était pas très sérieux entre eux.

– Vous a-t-il paru déprimé ?

– Déprimé ? Non, je ne crois pas. Grave… Il est toujours grave. Pourquoi me demandez-vous si…

– Et il n'a rien dit qui puisse expliquer sa disparition ?

– Non.

– Il n'a pas parlé d'un quelconque projet pour la soirée ?

Elle poussa un soupir.

– Je vous en prie… J'y pense jour et nuit. Si je savais quelque chose, je vous le dirais tout de suite. Mais la situation est aussi incompréhensible pour moi que pour le reste de ma famille. Ça fait deux jours que je ne dors plus et…

– Quand êtes-vous rentrés à Stockholm, vous et votre mari ?

– Quoi ? Quand nous… Eh bien, nous sommes partis mercredi. Matin. Mon mari devait arriver à temps pour une réunion, alors on est partis vers huit heures.

– Et à ce moment-là, vous ne saviez pas qu'Henrik avait disparu ?

– Non. Ma mère m'a appelée après le déjeuner. J'ai eu du mal à le croire.

Je la comprends, se dit Barbarotti. Il éprouvait lui-même des difficultés à croire à cette histoire.

– Je vous remercie pour tous ces renseignements. J'aimerais tout de même qu'on prenne rendez-vous, et je voudrais aussi parler à votre mari. Quand serait-ce possible ?

Après de brèves négociations, on tomba d'accord sur le mardi suivant.

Sauf s'il y avait du changement avant, bien sûr. Il insista sur ce point.

Il avait demandé une liste des connaissances éventuelles de Robert Hermansson à Kymlinge. De retour à l'Allvädersgatan, peu après quatorze heures, Rosemarie Hermansson la lui tendit.

Quatre noms :

Inga Jörgensen
Rolf-Gunnar Edelvik
Hans Pettersson
Kerstin Wallander

Les deux femmes étaient des ex-petites amies et les deux hommes, d'anciens camarades de lycée, lui expliqua Mme Hermansson. Ils habitaient encore à Kymlinge, alors si l'inspecteur jugeait utile de…

Il ne le jugeait absolument pas, mais n'en dit rien. Bien entendu, il allait explorer ces pistes éventuelles. Pour lui faciliter la tâche, on lui procura également une liste d'élèves tirée d'un album de fin d'année. Il avait l'embarras du choix.

Il mit les deux listes dans sa serviette, songeant qu'il y avait là de quoi occuper deux, trois collègues pendant deux, trois semaines. Ce serait à Asunander de régler cette question. L'estimation des ressources humaines nécessaires à l'enquête ne faisait pas partie de ses prérogatives. Il remercia Mme Hermansson et demanda qu'on lui fasse chercher Kristoffer Grundt. Quelques petites questions de plus avaient surgi depuis leur entretien de la veille – il s'agissait d'être rigoureux, bien entendu.

Bien sûr, de la rigueur, éviter de négliger quoi que ce soit, renchérit Rosemarie Hermansson. Cela lui conviendrait-il de s'installer au premier étage ? Elle avait une amie en visite et les Grundt occupaient encore une partie de la maison. Mieux valait que Kristoffer et lui ne soient pas dérangés.

Tout à fait, lui répondit Gunnar Barbarotti. Au premier étage, cela irait très bien.

Ce jour-là comme la veille, Kristoffer Grundt lui fit l'impression d'un garçon de quatorze ans parfaitement normal. Enfin, autant que Barbarotti puisse en juger. Il ne se faisait pas une idée très précise de ce que représentait la « normalité » dans cette tranche d'âge, du moins pas pour l'instant ; ses années dans la brigade des mineurs étaient loin, et sa propre fille avait déjà dix-huit ans. Mais il avait lu quelque part que quatorze ans était l'âge de la moralité par excellence, le stade de l'existence où l'on distingue le bien du mal avec le plus d'acuité – non pas qu'on agisse toujours en conséquence, mais on possède en tout cas cette lucidité. Plus tard, les choses se troublent. S'assombrissent. Il devient de plus en plus difficile de trancher.

On ne le croirait pas, se dit Barbarotti face au garçon dégingandé.

– Comment ça va ?

– J'ai assez mal dormi, dit Kristoffer Grundt.

– J'imagine. Tu ne te plais pas tellement à Kymlinge, n'est-ce pas ?

– Pas vraiment. Mais du moment qu'Henrik réapparaît…

– Nous faisons tout notre possible. C'est pour ça que j'ai besoin de te poser encore quelques questions. Sur Henrik, je veux dire. On laisse ton oncle de côté pour l'instant.

– Allez-y.

Il n'est pas bête, pensa Barbarotti. Je ferais mieux de m'en souvenir.

– Voici l'idée, dit-il. Ton frère a dû quitter la maison de son plein gré dans la nuit du mardi au mercredi. Nous ne croyons pas qu'il se soit fait enlever. Et toi, qu'est-ce que tu en penses ? Est-ce qu'il serait sorti sur un coup de tête ?

Kristoffer réfléchit un instant.

– Non. Bien sûr que non.

– Il a donc dû prévoir une sortie. Ou recevoir un appel de quelqu'un qui lui a donné rendez-vous quelque part.

– On en a déjà parlé hier.

– Je sais. Mais il arrive qu'on se souvienne de détails après coup. Tu es sûr que tu n'as pas entendu son téléphone sonner après t'être endormi mardi soir ?

– Je n'ai rien entendu du tout.

– Même dans notre sommeil, une sonnerie de ce genre peut… nous atteindre, pour ainsi dire.

– Ah bon ? Je ne me souviens pas d'avoir entendu quoi que ce soit.

– Tu connais la sonnerie d'Henrik ?

Kristoffer Grundt réfléchit.

– Non, je ne crois pas. Je sais quelle sonnerie il avait quand il était à la maison, à Sundsvall, mais il a dû en changer… Il a un nouveau téléphone.

– Et tu ne l'as jamais entendu sonner ?

– Si, attendez, il a sonné une fois quand on était en route pour Kymlinge… Mes parents n'ont pas emmené leurs téléphones, et ma grand-mère… ou mon grand-père… a appelé. Mais je ne me souviens plus de la sonnerie. Sûrement plutôt ordinaire.

– Une sonnerie plutôt ordinaire ?

– Oui.

– Pas avec des hennissements ou un orgue d'église ou des trucs de ce genre ?

– Non, je me le serais rappelé.

– D'accord. Passons. Imaginons qu'Henrik savait qu'il allait sortir cette nuit-là. Il attendait peut-être que tu t'endormes. Tu me suis ?

– Sans problème.

– Voilà ce qui me tracasse : comment ça se fait que tu n'aies pas été au courant ?

– Hein ? Pourquoi il me l'aurait dit ?

– Je n'ai pas dit qu'il te l'aurait dit. Mais tu aurais dû remarquer quelque chose.

– Comment ça ?

– Vous dormiez dans la même chambre. Vous avez dû passer la plupart de votre temps ici à proximité l'un de l'autre. Vous avez forcément bavardé… En fait, j'ai l'impression que tu devrais avoir plus de renseignements utiles à me donner.

– Mais je n'en ai pas.

– Je ne dis pas que tu étais au courant. Mais en réfléchissant bien, Henrik n'a vraiment rien dit ni fait qui pourrait nous indiquer ce qu'il avait en tête ?

– Non.

– Même un détail infime…

– Non.

– Tu y as réfléchi ?

– J'y ai pas mal réfléchi.

– A-t-il parlé de quelconques connaissances à Kymlinge ?

– Non.

– Sais-tu s'il connaissait quelqu'un d'autre ici que tes grands-parents ?

– À mon avis, il ne connaissait pas un chat. Comment aurait-il pu rencontrer des gens ici ? On n'est presque jamais venus. Moi, je ne connais personne.

Gunnar Barbarotti fit une courte pause, envahi par un vague sentiment d'impuissance qui passa comme un nuage sombre, laissant néanmoins une empreinte dans son âme.

– Il doit pourtant bien y avoir quelque chose, dit-il posément. Tu es d'accord, non ? Henrik doit bien avoir eu des projets ? Eh bien, je trouve bizarre que tu n'aies absolument rien remarqué… Il peut s'agir d'un tout petit détail. Tu comprends sûrement ce que je veux dire.

Il fit une nouvelle pause pour laisser au garçon le temps de confirmer ses suppositions. Mais Kristoffer Grundt, les yeux baissés, se contenta de se mordiller la lèvre.

– Un détail qui peut sembler complètement anodin au moment où on l'entend, mais qui, après coup, peut s'avérer contenir un indice essentiel. Tu vois à quoi je fais allusion ?

Kristoffer Grundt acquiesça. Il s'affala sur la table. Son regard se perdit dans le vide. Barbarotti l'observait. L'âge de la moralité ? Peu importe. Soit j'en tire quelque chose, soit pas.

– Je vois ce que vous voulez dire, admit enfin Kristoffer Grundt. Mais je ne trouve absolument rien.

Bon, pensa l'inspecteur. Ce sera tout pour cette fois.

20

Noël vint, puis s'en fut.

Sara se remettait petit à petit. Père et fille passèrent quasiment tout le réveillon devant la télé. Le présentateur habituel avait changé de sexe et de couleur de peau, et s'appelait désormais Blossom. Sara restait allongée sur le canapé, emmitouflée. Barbarotti musardait, assis dans le fauteuil. Entre deux allées et venues à la cuisine pour les approvisionner en gourmandises. Il avait fait des provisions à toute vitesse aux halles. Sushis. Olives noires. Blinis au caviar et à la crème fraîche. De temps en temps, à l'idée de ce qu'on ingurgitait au même moment à Malmberget, il avait une pensée reconnaissante pour ce Dieu qui, décidément, existait. Du buffet de Noël de ses beaux-parents, il gardait le souvenir écœurant d'avoir dû longuement grignoter un pied de porc. Après la traditionnelle séquence Walt Disney, il appela la famille dans le Grand Nord pour leur souhaiter un joyeux Noël. Martin s'était blessé au poignet en faisant du ski à Dundret par moins vingt-deux degrés, mais à part ça tout allait bien.

Père et fille feuilletèrent leurs cadeaux de Noël : Moa Martinson et Kafka pour Sara – cet assemblage littéraire insolite cachait sans doute un projet scolaire –, et *Train* de Pete Dexter pour Barbarotti, conformément à ses souhaits.

L'affaire des disparitions stagnait. Les deux grands journaux du soir avaient finalement eu vent de la nouvelle, mais, par une sorte de miséricorde divine, elle se perdit dans la ferveur des agapes. La célébrité des vedettes de la téléréalité était-elle si éphémère qu'en deux mois elles avaient déjà disparu du devant de la scène ? songea Barbarotti. D'après les occupants de l'Allvädersgatan qu'il avait eus au téléphone, seuls quelques rares journalistes s'étaient manifestés. Un photographe avait mitraillé la maison.

Rien de très consistant, en somme. La famille Grundt fêtait Noël à Kymlinge – pas question de repartir à Sundsvall sans Henrik. Mais, tôt ou tard, si aucun nouvel indice n'apparaissait, ils devraient prendre une décision.

Barbarotti avait assuré à Ebba Hermansson Grundt que la police avait affecté tous les effectifs disponibles à l'enquête et qu'ils avaient raison de rester jusqu'à nouvel ordre.

Une vérité un peu arrangée, bien sûr. En réalité, on attendait les coups de fil éventuels de l'indicateur lambda, le grand public, et les renseignements réquisitionnés aux opérateurs de téléphonie mobile. Les fêtes semblaient, là aussi, ralentir le processus. Morose et les adjoints Lindström et Hegel parcouraient les listes des fréquentations éventuelles de Robert Hermansson à Kymlinge. Le jour de Noël, tard dans l'après-midi, Barbarotti avait reçu un premier rapport sur l'inventaire en cours. Les résultats étaient aussi clairs que négatifs. Aucune des treize personnes interrogées jusque-là (les quatre qualifiées de « proches » ainsi que les neuf individus les plus faciles à joindre de l'album de fin d'année) n'était au courant de la présence de Robert à Kymlinge. C'est en tout cas ce qu'elles avaient déclaré, et Morose ne semblait pas douter de leur bonne foi.

Rien de plus pour l'instant. Barbarotti avait demandé à Rosemarie Hermansson si la présence de Robert à la réunion de famille avait été ébruitée d'une manière ou d'une autre, c'est-à-dire si on l'avait mentionnée à des personnes extérieures à la famille. Après un court conciliabule avec son mari, reprenant le combiné, elle lui avait répondu que ni Karl-Erik ni elle ne l'avaient criée sur les toits. Au contraire. Mais naturellement, cela s'était su quand même.

Au collège, par exemple. Toutes les nouvelles y circulaient tôt ou tard. Surtout les mauvaises.

L'inspecteur n'était pas plus avancé. Avalant un dernier sushi, il se remit à lire Pete Dexter.

Le 26 décembre, Sara eut la force de s'habiller, de ranger sa chambre et de faire une promenade avec une amie. Barbarotti décida de passer un coup de fil à Eva Backman, confinée au giron familial depuis quatre jours. Même sans match de floorball quotidien, peut-être avait-elle besoin de prendre l'air.

Au Storken Cafe, par exemple ? Il aurait bien voulu lui parler d'une affaire en cours.

Elle accepta sans la moindre hésitation. De toute façon, Ville et les enfants avaient prévu une sortie au cinéma. Barbarotti ne put déceler si elle mentait. Du reste, le besoin de discuter les événements de l'Allvädersgatan avec quelqu'un de sensé devenait si impérieux qu'il mit ses éventuels scrupules au placard.

Au Storken Cafe, il commença par lui relater les faits. L'inspecteur Backman l'écouta, les mains croisées et les yeux mi-clos ; ils travaillaient ensemble depuis bientôt huit ans et Barbarotti savait pertinemment que sa collègue n'était pas sur le point de s'endormir. Ce regard trouble était le signe d'une concentration intense.

– Ben merde alors… dit-elle lorsqu'il eut achevé son récit.

– Tu trouves ?

– J'ai rarement entendu une histoire aussi bizarre. Tu as des hypothèses ?

Barbarotti secoua la tête.

– Aucune. C'est bien ça, le problème.

– Rien du tout ?

– Rien du tout.

Backman humecta son index et ramassa quelques miettes dans son assiette à dessert.

– Ils te paraissent comment ?

– Qui ?

– La famille. Toute la bande. Ils me donnent l'impression de…

Elle s'interrompit.

– De quoi, Eva ?

Silencieuse, elle posa un paquet de cigarettes sur la table.

– Tu t'es remise à fumer ?

– Non, je ne fais que regarder mon paquet de temps en temps. D'ailleurs, on n'a plus le droit de fumer dans les lieux publics. Et vu le vent glacial, je n'ai pas l'intention de sortir m'en griller une sur le balcon.

– Excuse-moi. Alors, quelle impression as-tu ?

– Voilà, dit-elle en baissant la voix. Quand on trouve une femme assassinée, on vérifie si elle est mariée. Si elle l'est, on coince le mari. Dans huit cas sur dix, c'est lui le coupable. Inutile de chercher midi à quatorze heures. C'est une affaire de famille. Voilà ce que je voulais dire.

– Tu me prends pour un idiot ? Tu crois que je n'y ai pas pensé ?

– Ah bon, alors… Je m'inquiétais un peu, c'est tout.

Elle sortit une cigarette de son paquet et la huma.

– Hmm… fit Barbarotti.

– Je la regarde et je la sens. Ce n'est pas dangereux. Qu'est-ce que tu disais ?

– Je ne me souviens plus, rétorqua-t-il, légèrement agacé. J'essayais peut-être de t'expliquer que c'est un peu difficile de faire coller les morceaux pour obtenir un drame familial.

– Pourquoi ?

– Tu crois vraiment que Rosemarie Hermansson aurait tué son fils et son petit-fils et qu'elle les aurait enterrés dans le garage ? Bon Dieu ! C'est une ancienne prof de couture, Eva. Les profs de couture ne s'amusent pas à assassiner leurs proches.

– Elle était prof d'allemand aussi. Je l'ai eue pendant deux ans.

– Qu'est-ce que ça peut bien faire ? Un petit effort, merde ! Sinon, tu paies les cafés.

– D'accord, dit Backman en rangeant ses cigarettes. Je n'ai jamais dit que Mme Hermansson serait à l'origine des disparitions. Je te fais seulement remarquer qu'il pourrait se révéler utile de jeter un coup d'œil aux liens familiaux dans cette affaire. Pas la peine d'en faire un plat.

Barbarotti fit une moue de dédain.

– Tu crois sérieusement qu'un membre de la famille aurait pu enlever Robert et Henrik ? Pourquoi ? Comment ?

Backman haussa les épaules.

– Je n'en sais rien, admit-elle. J'essaie simplement d'avancer. Et toi, qu'est-ce que tu en penses ?

– Je te l'ai dit. Aucune idée.

Une lueur consolatrice et maternelle traversa brièvement le regard de Backman.

– Ah bon… Tu as quand même un plan d'attaque, j'espère ? Il faut s'activer, tu sais, sinon on se ramollit.

– C'est enrichissant de discuter avec toi. Vraiment. Oui, j'ai un plan d'attaque.

– Ah ?

– Tu veux l'entendre ?

– Qu'est-ce que je fais là, à ton avis ?

– La sœur. Kristina.

– Je t'écoute.

– Je vais à Stockholm demain. Et l'appartement de Robert, pendant que j'y suis.

– Bien.

– Ensuite, j'irai jusqu'à Uppsala m'infiltrer dans la vie étudiante.

– Ça doit être la folie entre Noël et le Nouvel An, dit Backman avec un sourire.

– Sûrement. J'ai hâte d'y être.

– Merci pour le café. Eh bien, je te souhaite bon voyage, en tout cas.

– Je n'ai pas mis les pieds à Stockholm depuis plus d'un an.

Dans le Vieil Enskede, Kristina Hermansson habitait une grande villa en bois au toit brisé revêtu de tuiles rouille. Gunnar Barbarotti devina qu'elle datait des années vingt ou trente, valait environ cinq millions – au bas mot – et faisait quatre ou cinq fois la surface de son trois-pièces à Kymlinge.

La maîtresse de maison lui annonça que son mari ne rentrerait qu'une heure plus tard. Barbarotti avait demandé à s'entretenir également avec lui, ce qui n'avait posé aucun problème. Leur fils Kelvin se trouvait trois maisons plus loin, dans une crèche coopérative, mais comme il avait à peine deux ans Barbarotti décida de repousser son interrogatoire jusqu'à nouvel ordre.

Ils s'assirent sous une grande véranda chauffée aux lampes infrarouges avec vue sur le jardin. Âgée d'une trentaine d'années, Kristina Hermansson avait les cheveux châtains, coupés au carré. Il la trouva belle. De telles conditions de vie, une femme pareille… J'en suis très loin, constata sobrement l'inspecteur. Le standing du couple lui demeurerait à jamais inaccessible. Mais pourquoi cette conscience de classe, tout à coup ? Il tombait pourtant rarement dans ces digressions personnelles. Le crépuscule bleu qui avançait à grands pas au-dessus des vieux arbres fruitiers, le grincement des fauteuils en rotin, les tasses à thé délicates – de la porcelaine de

Meissen, devina-t-il –, lui donnaient l'impression d'être chaussé de gros sabots.

– Je vous en prie, dit-elle. J'aurais peut-être dû vous préparer un sandwich, mais…

Il secoua la tête.

– J'ai mangé dans le train, ne vous en faites pas.

– Je suis profondément bouleversée… C'est tellement irréel…

Elle essuya une petite tache sur la table ; ce geste inconscient dévoila à l'inspecteur que Kristina Hermansson était aussi étrangère à ce milieu que lui-même. Elle avait eu quelques années pour s'y habituer, voilà tout.

– C'est très joli, chez vous. Depuis combien de temps habitez-vous ici ?

Elle compta mentalement.

– Quatre ans… Oui, ça fera quatre ans en avril.

– Pouvez-vous me parler d'Henrik et de Robert ?

– Oui… Que voulez-vous savoir ?

Il croisa les mains et posa sur elle un regard grave.

– Tout ce que vous considérez comme important.

Elle but une gorgée de thé.

– Il doit bien y avoir une raison à leur disparition, reprit-il. Ou deux raisons distinctes, mais il est encore trop tôt pour le savoir. Je ne suis pas amateur de coïncidences. Je cherche une explication… Ou deux, et si je connaissais mieux leurs opinions, leurs goûts et leur état d'esprit avant leur disparition, eh bien, ça m'aiderait à comprendre où ils sont passés. Enfin, à m'en faire une vague idée, du moins. Vous me suivez ?

Elle acquiesça.

– Parmi les gens présents chez vos parents, vous êtes sans doute celle qui connaît le mieux Robert. C'est en tout cas ce qu'on m'a laissé entendre. Vous êtes d'accord sur ce point ?

– Je… Oui, sûrement. Nous nous sommes toujours bien entendus, Robert et moi. Nous avons des atomes crochus. La plupart des gens le prennent pour un idiot, mais ça m'est égal. Il est comme il est. Il a même habité ici, chez nous.

– Ah bon ?

– Oui, il était revenu en Suède après quelques années en Australie et avait besoin d'un point de chute… provisoire.

– Et Henrik ?

– Quoi ?

– Quel était votre rapport avec Henrik ?

– Je l'aime bien aussi. Lui et Kristoffer. Pendant quelques années, j'ai été en quelque sorte leur deuxième maman. Ma sœur a tendance à consacrer un peu trop de temps à son travail. Mais on ne s'était pas beaucoup vus, dernièrement.

– Et Robert et Henrik, comment s'entendent-ils ?

Elle réfléchit brièvement.

– Ils n'ont aucune relation digne de ce nom. À mon avis, ils n'ont pas grand-chose en commun. Vous me demandez ça parce qu'il pourrait y avoir un lien entre leurs… eh bien, leurs disparitions ?

– Qu'en pensez-vous ?

– Non, répondit-elle sans hésitation. Je ne vois vraiment pas quel lien il pourrait y avoir. Mais, dans ce cas, on se retrouve avec deux énigmes au lieu d'une, alors je ne sais pas si…

– Concentrons-nous, si vous le voulez bien, sur vos observations. Commençons par lundi… Vous êtes restée au salon tard le soir pour discuter avec Robert et Henrik, n'est-ce pas ?

– Exact.

– Et vous êtes sortie avec Robert pour avoir une conversation sérieuse après son impertinence envers votre mère ?

– Je ne sais pas si on… Enfin, oui, sûrement.

– Que vous êtes-vous dit exactement ?

– Pas grand-chose. Il m'a expliqué qu'il n'allait pas bien, qu'il avait beaucoup de mal à supporter cette réunion de famille. Qu'il avait honte. Je lui ai dit de prendre sur lui et de jouer le jeu. D'habitude, ça marche. Je lui ai demandé s'il avait des projets d'avenir, et il m'a dit vouloir partir quelque part, loin, pour terminer son roman.

– Son roman ?

– Robert travaille sur un roman depuis… Je ne sais pas exactement quand il a commencé… Depuis dix ans, peut-être. Il trouvait le moment bien choisi pour se retirer dans un coin éloigné du monde et terminer son livre.

– Je vois. Il n'a pas parlé de se suicider ?

Elle secoua la tête.

– Non. J'y ai réfléchi, bien sûr, mais d'après moi il n'était pas suicidaire… Il ne l'est pas. Ce n'est pas son genre. Enfin, on ne sait jamais. Il a essuyé beaucoup de coups durs, Robert. Pourtant, je ne l'ai jamais entendu tenir ce genre de discours. Et je n'ai jamais eu peur qu'il mette fin à ses jours. Il sait bien que…

– Que quoi ?

Elle émit un rire bref.

– Il sait que je serais tellement furieuse contre lui s'il se dégonflait que je le hanterais jusque dans le royaume des morts.

– Votre mère pense qu'il a suivi une psychothérapie après l'incident télévisuel. Savez-vous si c'est vrai ?

– Je crois qu'il a eu quelques séances avec un psychologue.

– Vous ne sauriez pas de qui il s'agit ?

– Non, malheureusement.

– Et Henrik ?

– Vous voulez dire si… si Henrik était suicidaire ?

– Oui.

– Non. Pourquoi le serait-il ? J'y ai réfléchi aussi, et ça me semble complètement absurde. Que Robert ou Henrik… ou les deux… se soient suicidés… On les aurait retrouvés, non ? Un corps, ça ne s'évapore pas comme ça ?

– On peut sauter dans la rivière de Kymlinge, suggéra prudemment Barbarotti. Nous ne la draguons pas encore. Je me suis laissé dire qu'il valait mieux avoir une bonne raison de le faire. Ce que j'aimerais savoir, pour le moment, c'est ce que vous vous êtes dit, Henrik et vous, lundi soir. Et comment il vous a paru. Vous êtes-vous posé la question depuis mon coup de fil ?

– Je n'ai fait que ça. Et ça ne me mène à rien. Comme je vous le disais, nous avons surtout parlé de leurs souvenirs d'enfance, à Kristoffer et à lui. Je passais pas mal de temps avec eux à l'époque. Et de ce qu'Henrik pensait d'Uppsala aussi, mais pas énormément… D'ailleurs, oui, il a peut-être mentionné une certaine Jenny, mais je n'ai pas eu l'impression que c'était très sérieux. Je suis… Je suis désolée, je ne peux pas inventer des choses qu'on ne s'est pas dites.

– Et mardi ?

– Nous avons très peu parlé. À aucun moment on ne s'est retrouvés seuls tous les deux. C'était le grand jour de mon père et d'Ebba. Il y avait du remue-ménage. Beaucoup de gens sont passés à la maison. Je ne lui ai quasiment pas consacré une seule pensée… Ah, si, il a chanté au dîner. Il a une voix merveilleuse, Henrik.

– À quelle heure votre mari et vous êtes-vous rentrés à l'hôtel ? Parce que vous êtes repartis ensemble, ce soir-là, n'est-ce pas ?

– Exact. Il devait être à peu près onze heures et demie.

– Vous avez dit au revoir à Henrik ?

– Oui… Oui, bien sûr.

– Et vous n'avez rien remarqué de particulier ?

– En ce qui le concerne ?

– Oui.

– Non. Que voulez-vous que j'aie remarqué ? Il ne lui était rien arrivé de spécial. Notre principal sujet de conversation, c'était ce que pouvait bien fabriquer Robert. On avait fait semblant de rien pendant le dîner… Pour ne pas gâcher la soirée de mon père et d'Ebba. Mais une fois sortis de table, on s'est mis à en parler. Ma mère était la plus inquiète, je crois.

– Et vous ?

– Je me posais des questions, bien sûr. Mais je me suis dit qu'il avait dû se défiler. Qu'il avait retrouvé un vieux copain et qu'il réapparaîtrait le lendemain.

– Je vois. Et vous êtes rentrés à l'hôtel. Et le lendemain, vous êtes repartis à Stockholm.

– Oui. On pensait prendre le petit déjeuner chez mes parents, mais Jakob a appris qu'il avait une réunion de dernière minute. À midi. On a été obligés d'écourter notre visite.

– Quand avez-vous su qu'Henrik avait disparu ?

– On était déjà rentrés. J'ai reçu un coup de fil de ma mère, qui m'a dit que personne ne savait où il était. Au début, ça n'avait pas l'air très grave…

– Pourtant, Robert n'avait toujours pas réapparu. Ils ont bien dû… ?

– Évidemment. Ma mère était sous le choc. Je suppose qu'elle a fait des efforts surhumains pour paraître calme.

– Et ce n'est que le mercredi soir que votre père a appelé la police. Pouvez-vous me dire pourquoi il a attendu aussi longtemps ?

– Oui, soupira Kristina Hermansson. L'explication est malheureusement assez simple. Mon père en voulait beaucoup à Robert après l'émission. Il avait eu sa dose de scandale. Je crois que les autres ont même dû le pousser à appeler.

– Vraiment ? Eh bien, ça n'a peut-être rien de très étonnant, vu les circonstances.

Barbarotti changea de position dans son fauteuil. En revanche, tout le reste… se dit-il. Tout le reste est d'autant plus étonnant. Je pédale dans la choucroute.

La conversation avec Jakob Willnius dura une demi-heure. Barbarotti garda sa place devant la fenêtre à croisillons. Jakob Willnius prit un verre de vin blanc. L'inspecteur continua au thé.

Maigre résultat. Passablement maigre. Le producteur de télévision confirma en tout point la version de sa femme. Comme on pouvait s'y attendre, il connaissait assez mal les deux disparus. C'était sa première rencontre avec Henrik et ils avaient échangé une dizaine de mots. Quant à Robert, Kristina et lui l'avaient hébergé trois mois quelques années auparavant, mais son pensionnaire et lui ne s'étaient jamais fait de confidences. Robert était la *raison d'être**[1] de Kristina, pas la sienne, précisa Jakob Willnius avec un léger haussement d'épaules, comme pour s'en excuser.

Barbarotti se demanda pourquoi le témoin avait employé une expression française – à mauvais escient, qui plus est –, mais il renonça à lui poser la question. Sûrement une espèce de marque d'appartenance socioculturelle. À part cela, Jakob Willnius lui donna l'impression de quelqu'un de calme et d'équilibré. Il semblait à l'aise en société. Son lien par alliance avec les Hermansson ne le réjouissait pas outre mesure, mais il s'en accommodait sans trop rechigner.

Barbarotti prit congé du couple et se dirigea vers le métro.

Jakob Willnius n'avait tout de même pas à se plaindre de son alliance, se dit-il. Il y avait gagné Kristina, une femme magnifique.

1. Les mots en italique suivis d'un astérisque sont en français dans le texte.

L'inspecteur, quant à lui, s'était tenu à bonne distance des femmes après son divorce avec Helena. Jusqu'à un mois plus tôt. L'objet de la trêve était une certaine Charlotte, également dans la police, rencontrée à une conférence à Göteborg. Après avoir un peu bu, ils s'étaient bien amusés dans une chambre d'hôtel pendant la plus grande partie de la nuit.

Le problème, c'est qu'elle était mariée. Avec un policier. Résidant à Falkenberg, le couple avait deux enfants âgés de dix et sept ans. Elle ne le lui avait avoué que le lendemain matin, au petit déjeuner. Cela dit, il aurait eu amplement l'occasion de s'en enquérir avant. Et il ne l'avait pas fait.

Ils ne s'étaient plus revus. Au téléphone, elle avait semblé aussi gênée que lui, et ils s'étaient mis d'accord pour couper le contact jusqu'à nouvel ordre. Ils attendraient l'été pour se rappeler, éventuellement. Barbarotti se sentait un peu perdu face à cette situation – il n'avait aucune idée de la façon dont Charlotte vivait son mariage. Néanmoins, lors de leurs deux conversations téléphoniques, il avait eu des palpitations, et leur nuit à Göteborg était la plus mémorable qu'il avait passée avec une femme depuis plusieurs années.

Mais de là à planter des choux dans les plates-bandes d'un collègue, même inconnu… Il n'y avait pas de quoi se vanter. Barbarotti était soulagé qu'ils aient décidé d'attendre des jours meilleurs. D'ailleurs, le goût doucereux du manque et des non-dits ne manquait pas de charme, lui non plus.

L'appartement de Robert Hermansson se trouvait dans un immeuble des années trente de l'Inedalsgatan, dans le quartier de Kungsholmen. Au cinquième étage, une plaque en laiton indiquait « Renstierna » et un bout de papier écrit à la main, collé en dessous, « Hermansson ». Barbarotti passa une heure à parcourir de long en large les deux petites pièces et la minuscule cuisine à la recherche d'indices sur ce qui avait bien pu arriver à leur locataire. Un certain Rasmusson, de la police de Stockholm, lui tenait compagnie, principalement en fumant des cigarettes sur l'étroit balcon qui donnait sur la cour.

Avant de verrouiller la porte de l'appartement – avec l'aide d'un concierge revêche –, Barbarotti glissa deux objets dans sa serviette : un répertoire téléphonique trouvé entre un paquet de spaghettis et une théière, sur une étagère de la cuisine, et une sorte de bloc-notes posé à côté du téléphone, sur la table de chevet. Ils contenaient une multitude de noms et de numéros griffonnés à la va-vite. Barbarotti n'était pas pressé de se mettre à les déchiffrer. Le fameux manuscrit, qui portait apparemment le titre provisoire *Homme sans chien*, était divisé en deux piles, sur un bureau désordonné. Après y avoir jeté un coup d'œil, Barbarotti décida de le laisser sur place jusqu'à nouvel ordre. Six cent cinquante pages, cela faisait un paquet…

Il était dix-huit heures quarante-cinq lorsqu'il revint dans sa chambre de l'Hotell Terminus. Il passa un coup de fil chez lui pour vérifier que Sara ne manquait de rien, puis décida de travailler pendant deux heures, pas une minute de plus. Ensuite, il prévoyait de traverser la Vasagatan et de prendre deux bières brunes au pub de la gare centrale, pour digérer les impressions de la journée.

C'est d'ailleurs exactement ce qu'il fit.

21

Morose l'appela en plein petit déjeuner.

– Il a passé un coup de fil pendant la nuit.

– Qui ça ?

– On a reçu sa liste d'appels. Robert Hermansson a passé un coup de fil à une heure quarante-huit dans la nuit du lundi au mardi.

– À qui ?

– On ne le sait pas.

– Bien sûr qu'on le sait ! Le numéro doit être…

– C'est un portable à carte. On a le numéro, mais on ne connaît pas l'utilisateur. Tu sais comment ça marche…

– Merde alors !

– D'accord sur ce point.

– Et Henrik ? Il avait bien un portable, lui aussi ?

– On n'a pas encore reçu la liste. C'est un autre opérateur. On l'aura sûrement dans la journée.

– J'espère bien… dit Barbarotti. Robert Hermansson a passé un coup de fil en pleine nuit juste avant de disparaître. C'est déjà ça. Autre chose ?

– Pas pour l'instant, répondit Gerald Morson.

Ah bon, se dit-il en rangeant son portable dans sa poche intérieure. Et à quelles conclusions cela nous mène-t-il ?

À aucune. À des hypothèses ? Possible. Dont l'une semble même plausible : Robert Hermansson avait décidé de rendre visite à quelqu'un à Kymlinge. Il avait appelé la personne en question en pleine nuit et lui avait proposé de passer la voir. Et après ?

Eh bien, après, il s'était sans doute rendu chez cette personne. Ou ailleurs. On avait le choix.

D'un autre côté, se dit l'inspecteur à l'esprit incisif tout en décapitant un œuf à la coque d'un coup de couteau bien calibré, d'un autre côté, il aurait aussi bien pu appeler une ancienne fiancée à Pétaouchnok. Par exemple. Profiter de la griserie alcoolique pour lui souhaiter joyeux Noël et bavarder un peu. Ne pouvait-on vraiment pas localiser le numéro appelé, de nos jours ? Barbarotti se souvenait d'un vague progrès technique à cet effet. Mais peut-être cela ne concernait-il que les appels en cours…

Je verrai ça avec Morose cet après-midi. C'est son boulot.

Il n'était que neuf heures moins le quart, mais une fatigue insidieuse se propageait déjà en lui. Pas d'ordre physique – il aurait pu courir huit ou dix kilomètres dans la joie et l'allégresse, ou douze le long d'une plage. Non, il s'agissait d'épuisement psychique, d'un stress diffus, sourd et sans issue, ou quelque chose du genre. Comment qualifier cet état ? Un sentiment de… eh bien, d'impuissance face à plus fort que soi. Son mystérieux antagoniste s'appelait le « flux d'informations » – cette particularité du monde moderne qui veut qu'on se retrouve soudain submergé par une quantité invraisemblable de renseignements, noyé dans des tonnes d'indices potentiels et réels. Voilà ce qu'était devenu le travail policier : une chasse à l'information – proie facile, à condition de savoir faire le tri.

Ainsi, Barbarotti aurait pu s'entretenir avec les soixante-dix-sept ou cent onze personnes figurant sur la liste des appels passés ou reçus par Henrik Grundt depuis deux mois. Il aurait pu interroger tous ses camarades de cours et tous ses professeurs à la faculté de droit. Il aurait pu s'attaquer ensuite à la chorale de sa nation et à ses vieilles fréquentations du lycée de Sundsvall. Finalement, il aurait pu envoyer ses résultats au *Livre Guinness des records*. L'enquête policière la plus volumineuse et la plus ratée du monde, songea-t-il avec lassitude. Enfin, il devait y avoir bon nombre de candidats au titre. Quant à Robert, l'oncle d'Henrik, Barbarotti avait passé trois heures la veille (il avait travaillé une heure après sa visite au pub) devant son répertoire griffonné et son bloc-notes encore plus noirci, s'appliquant à séparer le bon grain de l'ivraie. Le problème, c'est qu'il n'avait pas de critères de tri. Pour la simple et bonne raison qu'il ne savait pas ce qu'il cherchait.

Et s'il avait délégué ce travail à d'autres, ces derniers n'auraient pas su quoi chercher non plus… Il avait lu quelque part un texte sur les soucis de gestion de l'information en RDA, où un habitant sur quatre était rapporteur de la Stasi. La principale fonction d'un rapporteur étant de rapporter, on recevait une telle quantité de rapports qu'on avait à peine le temps de les lire ni, évidemment, d'évaluer leur importance.

Ou d'agir.

Parmi ces mots et ces chiffres griffonnés à la hâte, comment savoir lesquels pouvaient se révéler déterminants ? Ou lequel des cent soixante-douze jeunes juristes qui pissaient de l'encre à Uppsala serait réellement au courant de ce qui se passait dans la vie d'Henrik ? Avec les nouvelles technologies, voilà où on en était : la meule de foin grandissait de manière exponentielle, et l'aiguille ne s'allongeait pas d'un millimètre. Et pourquoi ne pas enquêter sur les participants à l'émission de téléréalité, pendant qu'on y était ? Le fond de l'histoire était peut-être une vengeance provoquée par des événements à Koh

Fuk ? Cela donnerait en tout cas lieu à quelques gros titres dans la presse.

Autre scénario : Robert Hermansson s'était lassé du déballage médiatique et avait pris le maquis en compagnie d'une ancienne flamme. Mais étant donné la disparition consécutive de son neveu, qui ne semblait pas avoir de raison particulière d'entrer en clandestinité, cette hypothèse semblait peu plausible. La meule de foin pesait lourd sur les épaules de Barbarotti. Ou, plutôt, les deux meules, puisqu'il cherchait peut-être deux aiguilles distinctes.

Il repensa au modèle méthodologique de Backman. D'abord, on décide de ce qu'on va faire. Ensuite, on le fait. Et si, avec ça, l'affaire n'est pas résolue, on prévoit l'étape suivante, et ainsi de suite.

Backman est rusée comme une orque, se dit Barbarotti. Je vais aller me servir une deuxième tasse de café. Au moins, je ne m'endormirai pas.

Contre toute attente, ce matin-là, il obtint un résultat. Le psychologue que Robert Hermansson avait consulté après sa dépression nerveuse à Fucking Island était un certain Eugen Sventander, exerçant dans la Skånegatan. D'après son répondeur, il était absent pendant les fêtes, de retour le 9 janvier. Sventander appartenait à un groupe de huit psychothérapeutes stockholmois spécialisés dans les patients surmenés à l'issue d'une émission de téléréalité. La mission de ces professionnels : en refaire des citoyens viables. Cela prenait en général six à huit mois, à raison de deux séances par semaine, parfois une en fin de thérapie. Le plus souvent, les frais étaient pris en charge par la chaîne de télévision.

Satisfait de ces indications sans équivoque données par un collègue de Sventander, Gunnar Barbarotti prit un train pour le Nord, direction : Uppsala.

Henrik habitait dans la cité universitaire Triangeln, au Rackarberg. Chaque chambre était équipée de douche et de toilettes privatives. La cuisine commune était décorée d'un poster de Che Guevara, d'une négresse à demi nue et d'une cible de fléchettes. Barbarotti se demanda si quelque chose avait changé depuis que, dans une cité universitaire de Lund vingt-cinq ans auparavant, il buvait lui-même de la bière tiède à la canette.

Il fut reçu par une frêle jeune fille dénommée Linda Markovic. Elle étudiait les mathématiques. Ses parents habitaient à Uppsala, mais elle préférait passer les fêtes dans sa piaule de Triangeln. Ses co-résidents étaient tous partis et ne reviendraient pas avant janvier.

Elle lui proposa du café. Il accepta et s'assit à la table de la cuisine, couverte d'un formica gris inusable, sans doute de la même époque que M. Guevara.

– Henrik… commença-t-il. Comme je vous le disais, il s'agit d'Henrik Grundt. La raison de ma présence ici est qu'il semble avoir disparu.

– Disparu ? Il n'y a que du café lyophilisé. Ça vous va ?

– Oui, merci. Vous occupez des chambres mitoyennes, n'est-ce pas ?

– Oui. J'ai passé trois semestres ici. Henrik sous-loue la sienne. C'est quasiment impossible de décrocher un bail quand on est en première année. Il n'a emménagé qu'en septembre.

– Vous le connaissez bien ?

Elle secoua la tête. Elle avait une coiffure étrangement anachronique : de courtes boucles brunes en tire-bouchon, coupées ras dans la nuque. Enfin, s'il y avait un dinosaure dans cette cuisine, c'était bien lui. Elle versa de l'eau bouillante dans deux grandes tasses bleu et rouge, posa le bocal de café devant lui et ouvrit un paquet de biscuits.

– Je n'ai pas grand-chose à vous proposer. Enfin, vous n'êtes sûrement pas venu ici pour vous nourrir.

– Exact. Alors vous ne connaissez pas très bien Henrik ?

– Non, vraiment pas. Les résidents ne se fréquentent pas beaucoup à notre étage. On ne se voit que pour le petit déjeuner et le thé du soir, en gros.

– Mais vous avez quand même dû bavarder un peu avec lui ?

Elle haussa les épaules.

– Oui, bien sûr.

– Quelle impression vous a-t-il faite ?

– Sympa. Il n'essaie pas de faire le malin comme certains mecs… Non, il a l'air fiable, je trouve. Calme. Qu'est-ce qui lui est arrivé ?

– On ne le sait pas encore. Pour l'instant, il a disparu.

– Comment peut-il… Enfin, il a simplement… disparu ?

– Oui.

– Plutôt mauvais signe.

– C'est vrai, mais certaines personnes choisissent de disparaître. De se faire oublier un moment, pour une raison ou pour une autre. C'est d'ailleurs ce que j'aimerais éclaircir en premier lieu.

– Si Henrik… ?

Elle s'interrompit et le regarda, l'air déroutée. Il lut sans difficulté sa pensée.

– Je crois deviner ce que vous craignez. Oui, il y a des gens qui se suicident. Rien n'indique que ce soit le cas d'Henrik, mais on ne sait jamais.

– C'est inimaginable qu'il se soit…

Elle n'acheva pas sa phrase. Gunnar Barbarotti se brûla la lèvre en aspirant une gorgée de café.

– Y a-t-il quelqu'un ici qui s'entendait mieux que les autres avec Henrik ?

Elle secoua la tête, faisant bondir ses boucles en tire-bouchon.

– Non… Per et lui sont allés à la même soirée au début du trimestre, mais une seule fois. Per est… Per est un vrai emmerdeur. Enfin, quand il est soûl. Ce qui arrive régulièrement.

– Henrik a une petite amie ?

– Ici, en ville ?

– Oui, ou ailleurs.

– Ça m'étonnerait.

– Que voulez-vous dire ?

– Que ça m'étonnerait qu'il ait une petite amie.

Après un bref instant de réflexion, Barbarotti décida de se fier à son instinct.

– J'ai l'impression que vous sous-entendez quelque chose.

– Comment ça ?

Soudain nerveuse, elle rougit et tenta de le camoufler en croquant dans un biscuit. Son allusion était claire, mais elle refusait de l'assumer. Merde alors ! se dit Barbarotti. Il cloua ses yeux dans les siens.

– Linda, c'est mon travail de comprendre ce que les gens veulent dire ou pas. Et ce qu'ils disent à leur insu. Quand vous m'avez répondu : « Ça m'étonnerait », vous pensiez à quelque chose en particulier, n'est-ce pas ?

Un peu prétentieux, se dit-il. Elle hésita deux secondes, tirant sur une boucle. Mais elle avait mordu à l'hameçon.

– Je voulais seulement dire que ça ne m'étonnerait pas qu'Henrik soit pédé.

– Ah bon ?

– C'est une supposition hautement personnelle, sachez-le. Je n'en ai jamais parlé avec les autres. De toute façon, je m'en contrefiche. C'est simplement que, parfois, il me donne l'impression de… Enfin, vous voyez ce que je veux dire…

Barbarotti acquiesça.

– Il n'est pas dans le genre folle. D'ailleurs, je peux me tromper. Et puis, je ne passe pas mon temps à me poser des questions sur Henrik.

– Je vois, dit Barbarotti. Il invite souvent des copains ici ? Ou des camarades de classe… Hommes ou femmes…

Elle réfléchit.

– Je crois qu'ils sont venus étudier plusieurs fois. Un groupe de quatre, cinq. En droit. Deux mecs et deux filles, si je me souviens bien.

– Il sort beaucoup ? Il fait la fête ?

– Non. De temps en temps à sa nation… C'est celle du Norrland. Je crois qu'il fait partie de leur chorale, aussi. Et il va au Jontes, là où traînent tous les juristes. Mais je ne l'ai jamais vu réellement ivre. C'est quelqu'un d'assez rangé, en fait.

– Ce qui n'est pas le cas de tout le monde ?

– Vraiment pas.

Barbarotti laissa errer son regard dans la pièce. Homosexuel ? Première nouvelle.

– Jenny ? dit-il. Avez-vous rencontré une amie d'Henrik qui s'appellerait Jenny ?

– Jamais.

– Sûr ?

– En tout cas, il ne m'a jamais présenté personne de ce nom. Cela dit, une fille sur trois s'appelle Jenny.

– Très bien, dit Barbarotti. Je pense que ça suffira pour cette fois. Vous avez des doubles de clef pour toutes les chambres, m'avez-vous dit. Vous pouvez me prêter le sien ?

Il lui présenta sa carte de police. Elle y jeta un bref coup d'œil, se leva et ouvrit un tiroir à côté de la cuisinière. Soudain, alors qu'elle se penchait en avant, il entrevit le mamelon de l'un de ses seins. Là, à l'intérieur de son débardeur bordeaux aux larges ouvertures, il se balançait en toute liberté. Son sein droit.

– Chacun les range ici de son plein gré, dit-elle. Sauf Ersan, qui n'a confiance en personne. Moi non plus, je n'aurais confiance en personne si j'avais vécu ce qu'il a vécu.

Barbarotti déglutit. Il prit la clef et décida de ne pas s'enquérir du pays d'origine d'Ersan.

– Merci pour le café. Je ne vais pas vous déranger plus longtemps. Je vous préviendrai quand j'aurai fini.

– Pas de problème, dit Linda Markovic. J'ai encore treize jours avant les examens. Rien ne presse.

– Je me souviens comment c'était.

Il ne l'enviait pas le moins du monde.

En attendant, son sein refusait obstinément de quitter sa mémoire visuelle. Car il ne l'y retenait pas. Enfin, presque pas.

L'après-midi et le soir il rencontra, dans l'ordre : un chef de chœur, une cousine de Leif Grundt et un conseiller d'orientation de la faculté de droit.

Le chef de chœur, prénommé Kenneth, y alla de son avis sur le baryton d'Henrik. Très beau, assura-t-il à Barbarotti. Pour l'instant, le garçon se fondait dans la masse, bien sûr, mais, avec un bon mental, une place de soliste était envisageable à terme.

Une certaine Jenny ? Non, jamais entendu parler.

Au début du semestre, la cousine Berit avait hébergé Henrik à Bergsbrunna, un quartier de la périphérie d'Uppsala, jusqu'à ce qu'il se dégote une chambre dans la Karlsrogatan. Ils ne s'étaient revus qu'une fois depuis. En général, Henrik était un garçon très sympathique et très soigneux.

Une certaine Jenny ? Non, il ne lui avait jamais parlé de filles.

Le conseiller d'orientation Gertzén savait qu'Henrik était inscrit à la fac, mais guère plus. Il lui était difficile de se faire une idée précise de chacun des étudiants dont il était responsable, surtout des nouveaux.

Une certaine Jenny ? L'inspecteur Barbarotti ne prit même pas la peine de lui poser la question.

À vingt heures trente, il se retira enfin dans sa chambre de l'Hotell Hörnan, joliment situé au bord de la rivière Fyrisån à sec, dont le dernier trou d'eau rassemblait les canards. Il les voyait depuis sa fenêtre. Plus au nord, on apercevait le multiplexe Filmstaden et la maison du Norrland, où Henrik avait fait ses premiers pas vacillants dans la vie estudiantine. Où il avait chanté dans la chorale et éventuellement… Stop. Barbarotti était las des conjectures. Il dirigea son regard vers les canards et l'eau noire, se demandant si son désabusement avait augmenté ou diminué depuis le matin, dans le train, en direction de ce haut lieu du savoir.

Difficile à dire. Quoi qu'il en soit, la chambre d'Henrik n'avait rien révélé. Pas de lettres. Pas de notes. Pas même un carnet d'adresses. Henrik devait appartenir à la nouvelle génération organisée qui saisissait toutes ses données sur son téléphone portable et son ordinateur. Ce dernier, un PC à l'allure – selon Barbarotti – extrêmement neuve et tape-à-l'œil, n'avait pas cédé. L'inspecteur n'était pas parvenu à ouvrir la session. Quant au téléphone portable, il se trouvait probablement au même endroit que son propriétaire.

C'est-à-dire en *terra incognita*. Par ailleurs, rien de compromettant dans la chambre. Pas de littérature érotique sur les étagères (pas même un magazine masculin) qui aurait pu dévoiler les préférences sexuelles de l'occupant. L'inspecteur commençait à connaître Henrik Grundt : propre et rangé, comme on pouvait s'y attendre. On le trouvait toujours bien élevé, soigneux, calme. Pour l'instant, l'hypothèse de l'homosexualité avait pour seul fondement les observations hautement privées et plutôt vagues d'une étudiante ; et si cette allusion ne quittait pas l'esprit de Gunnar Barbarotti, c'était sans doute qu'il n'avait rien d'autre à se mettre sous la dent.

Il tira les épais rideaux et alluma son téléphone, qu'il avait éteint lors de son entretien avec le conseiller d'orientation Gertzén – le dernier de la journée. L'appareil bipa dans sa main, lui annonçant qu'il avait des messages.

Enfin, un. De la part de Morose. La liste d'appels d'Henrik Grundt, qu'ils avaient reçue dans le courant de l'après-midi, contenait certains éléments qui pouvaient se révéler intéressants. Si Barbarotti lisait ce message avant vingt et une heures, il pouvait le rappeler.

L'inspecteur regarda l'heure. Moins cinq.

– Ne dis rien, je sais. Henrik et Robert ont appelé le même numéro à vingt-quatre heures d'intervalle…

– Pas tout à fait, répondit Morose. Henrik n'a appelé personne, ni le lundi, ni le mardi. Et il n'a reçu qu'un appel, celui de ses grands-parents quand la famille Grundt était en route vers chez eux. Mais il y a eu des échanges de SMS assez intéressants.

– Je suis tout ouïe.

– Rien qu'on puisse directement lier à sa disparition, malheureusement. Le dernier SMS entrant a été enregistré à vingt-deux heures trente-cinq le mardi soir, et le dernier sortant, dix minutes plus tard. Même numéro. Ensuite, il a reçu en tout sept SMS en quatre jours, y compris le 24 décembre, mais n'a pas répondu à un seul d'entre eux. C'est dommage, les textes ont été effacés, on ne les garde que soixante-douze heures, mais c'est déjà ça.

Barbarotti eut soudain la sensation qu'à l'intérieur de lui, une page était tournée par un souffle froid et inquiétant. Facile d'entrevoir le genre de scénario qu'impliquaient ces informations. Le tableau s'obscurcissait.

– Du même numéro ?

– Cinq d'entre eux.

– Si c'est le même qui…

– Oui. Sur la dernière semaine, c'est-à-dire du 17 au 24 décembre compris, vingt-deux SMS ont été envoyés du même numéro à Henrik, et il a répondu à quatorze d'entre eux.

– Et ?

– À ton avis ?

Cela ressemblait tellement peu à Morose de faire durer le suspense que Barbarotti ne sut plus quoi penser.

– Un téléphone à carte dont on ne peut pas retrouver le propriétaire ?

– Faux. Nous avons le nom de l'abonné.

– Parfait, dit Barbarotti. Alors accouche, sauf si tu veux un bisou d'abord. Mais dans ce cas, tu devras attendre après-demain.

Ce n'était pas très fin, mais Morose ne le prit pas trop mal.

– Il s'appelle Jens Lindewall. Domicilié au 5, Prästgårdsgatan à Uppsala, au cas où tu passerais par là.

– Putain de… Attends, tu peux répéter ? Je vais noter.

– Je te l'envoie par SMS, dit Morose. Le numéro aussi. Salut.

Merde ! se dit Gunnar Barbarotti. Parfois, ça marche comme sur des roulettes, il ne faut pas l'oublier.

Il reçut les coordonnées de Jens Lindewall une minute plus tard, et il lui en fallut encore cinq pour décider de la marche à suivre. Ne devrait-il pas appeler Backman pour lui demander son avis avant de se lancer ? Inutile, il savait déjà quel conseil elle lui donnerait.

Et il avait tout intérêt à le suivre.

Il rouvrit les rideaux et composa le numéro. Le ciel était blanc-violet, chargé de neige, et en bas dans la rivière les canards paraissaient congelés.

Six sonneries furent suivies d'un changement de ton aisément reconnaissable. Le répondeur se déclencha :

« Bonjour, vous êtes sur le répondeur de Jens. Je suis parti à Bornéo et j'ai laissé mon terroriste mobile dans le tiroir de mon bureau. Je reviens le 12 janvier. Je vous souhaite à tous une très bonne année. Si vous voulez me souhaiter la même chose, vous pouvez le faire après le bip. Au revoir ! »

Non, merci, l'ami ! se dit Barbarotti en raccrochant, furieux. Tu as intérêt à revenir à la maison dare-dare, sinon je lance les flics de Bornéo à tes trousses. Et, avec eux, sache que ça ne rigole pas !

Qui venait de dire que ça marchait comme sur des roulettes ? Grossière erreur.

Il ferma les rideaux, regrettant sa promesse de ne pas faire de prière pendant encore trois jours.

Lorsqu'il éteignit la lumière, le sein de Linda Markovic refit son apparition. Lamentable… se dit-il. Ma vie amoureuse est tellement asséchée que j'en suis réduit à rêver d'un mamelon entrevu sur une étudiante inconnue pendant une demi-seconde.

Et Dieu voudrait me faire croire qu'il existe ?

II

Janvier

22

Gunnar Barbarotti n'aimait pas prendre l'avion.

Le pire, c'étaient les charters, mais les vols intérieurs leur disputaient âprement la place car, quand ils ne suivaient pas leur itinéraire, ils dépassaient toutes les expériences dans l'horreur. En effet, lorsqu'on achetait un billet pour Fuerteventura, on était quasiment sûr d'atterrir tôt ou tard à Fuerteventura. Sur un vol intérieur, en revanche, on ne savait jamais trop où on allait. Cela dépendait des circonstances.

Comme en ce moment précis. Il était parti de chez lui une heure avant l'aube pour prendre un avion à Landvetter, l'aéroport de Göteborg. Il avait atterri à Årlanda vers neuf heures, avec cinquante minutes de retard. Sa correspondance s'étant déjà envolée, on lui avait réservé une place sur un vol pour Sundsvall, mais l'avion avait fini par se poser sur la piste d'Östersund, sur l'île de Frösön, à douze heures quarante-cinq, car une brume persistante couvrait l'aéroport de Midlanda, entre Sundsvall et Härnösand. Il l'avait vue de ses propres yeux depuis son hublot – une journée d'hiver radieuse sur toute la Suède, sauf sur cette piste d'atterrissage esseulée que les dieux du temps avaient badigeonnée d'une épaisse couche de purée de pois.

Il n'avait pas prié le Seigneur d'arriver sain et sauf. Il ne fut donc pas question de points d'existence, ni dans un sens ni dans l'autre.

S'ensuivit un voyage de deux heures et demie en autobus entre Östersund et Sundsvall. Lorsqu'il descendit à la gare routière de l'Empire du milieu – il se trouvait, d'après les croyances locales, exactement au centre de la Suède –, il était quatre heures de l'après-midi. Son retard atteignait alors cinq heures et cinquante-cinq minutes.

Si on lui épargnait d'autres imprévus, il lui restait tout de même une heure pour son entretien avec Kristoffer Grundt. Il serait ensuite obligé de prendre un taxi pour ne pas rater le dernier vol pour Årlanda.

Inutile, à ce stade, de provoquer une tempête dans un verre d'eau en rédigeant un courrier des lecteurs ou autre lettre de réclamation. D'ailleurs, Grundt junior piétinait déjà nerveusement la neige boueuse devant la supérette 7-Eleven, de l'autre côté de la rue. Pour la première fois depuis longtemps, Barbarotti eut l'impression que les choses allaient enfin commencer à bouger dans cette affaire digne du mythe de Sisyphe – une comparaison signée Backman. Rien de révolutionnaire. Pas d'élucidation définitive en vue dans un avenir proche, cela aurait été trop demander. Juste un petit pas vers ce qui, peut-être, sans vouloir paraître trop prétentieux, pourrait être la bonne direction.

Une vague lueur dans la nuit.

Il n'avait pas calculé ses heures de travail jusqu'ici, mais elles n'avaient donné aucun résultat. Aucun élément nouveau n'était apparu, rien qui permette de mieux comprendre ce qui avait bien pu arriver à Robert Hermansson ni à Henrik Grundt. Il faut dire qu'ils avaient eu la mauvaise idée de disparaître à Kymlinge en pleine agitation de Noël. Trois semaines étaient passées. Barbarotti pensa au vieil adage policier qui veut qu'une affaire soit élucidée dans les jours qui suivent le crime.

Ou pas.

Car les événements cachaient des agissements criminels. À ce stade, personne n'en doutait plus. Ni

Barbarotti, ni Backman, ni Morose – la troïka chargée de l'affaire. Ils se concertaient avant de prendre des décisions, donnaient les ordres d'une seule voix, ramenaient les hameçons vides et se retrouvaient régulièrement convoqués dans le bureau d'Asunander.

De ses yeux larmoyants, celui-ci leur lançait des regards de plus en plus torves depuis le début du mois de janvier. En clair, dans une société moins civilisée et moins réglementée, il les aurait jetés tous les trois aux loups et remplacés par des collègues un peu plus vifs et compétents. Vas-y, si tu as une meilleure idée, gueule de bave ! disait Backman. Vas-y, pour une fois, bouffon de bureaucrate ! Propose-nous quelque chose de constructif, espèce de gratte-papier impotent !

Faute d'être prononcées tout haut devant l'intéressé, ces exhortations agrémentaient les quelques bières qu'ingurgitaient après une dure journée de travail les deux tiers de la troïka au restaurant L'Élan, sur la Norra Torg – en toute modération –, lorsqu'ils cédaient parfois à un penchant irrésistible et, semblait-il, atavique. Une hyène ne va pas chier du cognac, avait l'habitude de dire Barbarotti. Ni pondre des œufs d'or. Ce type a une taïga entre les oreilles, son paysage intérieur est aussi aride que… eh bien, que la taïga.

Cela faisait sourire Backman.

D'ailleurs, leur méthode n'était pas tout à fait improductive. Du moins, pas autant que les espaces intérieurs de ce gratte-papier de commissaire. Mais certaines impasses se révélaient un peu plus longues que les autres.

Par exemple, la jungle téléphonique. On était parvenu à remonter jusqu'à Jens Lindewall, avec lequel on n'avait pas encore établi de contact, puisqu'il passait les fêtes dans une autre jungle – celle de l'État de Sabah, sur l'île de Bornéo. Le lendemain matin, il descendrait des cieux à l'aéroport d'Årlanda, et si personne d'autre n'avait prévu de l'y accueillir avec des fleurs et des confettis, Gunnar Barbarotti comptait bien s'en charger. Quelques questions perspicaces remplaceraient les flonflons.

Enfin, si le vol de Midlanda de ce soir ne partait pas dans la mauvaise direction. Connaissant la chanson, il ne se réjouissait pas trop à l'avance.

Quant à l'autre disparition, on avait fait un pas en avant dans la broussaille, puis on était resté bloqué. Robert Hermansson avait utilisé son portable pour appeler quelqu'un à une heure quarante-huit, la nuit de sa disparition. Pas de chance, il avait appelé un téléphone à carte. Mais tout n'était pas perdu, car la personne que Robert avait appelée se trouvait, en tout cas cette nuit-là, à Kymlinge – il ne s'agissait donc pas d'une ancienne flamme quelque part dans le pays, comme avait pu le supposer un moment Barbarotti. On avait eu beau s'acharner sur cette carte téléphonique, les résultats demeuraient maigres. Hormis l'appel entrant de Robert, le numéro n'avait servi que quatre fois au mois de décembre, entre le 5 et le 15.

Un appel au téléphone fixe de Robert Hermansson à Stockholm, deux à une pizzeria de Kymlinge et un à un salon de coiffure pour dames à Kymlinge. La troïka s'était renseignée auprès de la pizzeria et du salon de coiffure. Les pizzaïolos supposaient qu'on avait voulu commander une pizza, et les coiffeurs, qu'on avait voulu prendre rendez-vous pour une coupe. Les clientèles des deux établissements réunis devaient représenter entre mille deux cents et mille huit cents individus. Eva Backman avait passé un certain temps à réaliser l'estimation statistique du nombre de clients communs aux deux établissements et, en prenant une bière un jeudi soir après le travail, elle avait présenté le résultat surprenant (en tout cas pour Barbarotti qui, en son temps, obtenait la moyenne de justesse en mathématiques) de quatre cent trente-trois.

– Merde alors… Comment tu as réussi à calculer ça ? s'était-il exclamé, mettant d'emblée sa méthode en doute.

– Laisse tomber, avait répliqué Backman, alias Einstein. Robert Hermansson a appelé une personne appartenant à un ensemble de quatre cent trente-trois femmes domiciliées à Kymlinge. Son putain de nom est peut-être quelque part dans les registres du salon de coiffure.

Backman-Einstein avait ensuite passé deux jours à établir la liste de toutes les femmes qui s'étaient fait coiffer à La Grande Coupe entre le 5 et le 23 décembre (en fait, on n'avait pas tous les noms, mais un bon nombre). Le compte s'était, heureusement, arrêté à trois cent soixante-deux. Quand l'inspecteur eut achevé ce travail passionnant, la patronne de l'établissement en vogue l'avait appelée pour lui donner une précision : on avait dû refuser au moins autant de clientes. Jurant comme un charretier, Backman-l'obstinée avait repris ses calculs, retombant avec une finesse impressionnante sur le nombre exact de quatre cent trente-trois.

– Tu piges ?

– Je pige, ô maître, avait répondu Gunnar Barbarotti, alors que l'effort intellectuel ramollissait déjà son cerveau, le plantant dans une épaisse nappe de brouillard.

Cette impasse, il fallait tout de même le concéder, avait été fort longue et prometteuse.

En revanche, la veille, il était apparu un élément potentiellement déterminant : Kristoffer Grundt avait appelé Barbarotti. Il désirait lui faire des révélations qu'il avait – de son propre aveu – passées sous silence jusqu'alors.

Qu'en pensait Backman ?

Backman était d'accord. Et pas qu'un peu.

– Je ne dispose que d'une heure. On peut aller dans ce café. J'enregistrerai l'entretien, d'accord ?

Kristoffer acquiesça.

Il prit un Coca et Barbarotti, un double express. Autant être vif et alerte, au cas où la bande magnétique raterait quelque chose. La journée semblait se prêter à ce genre d'incident. Ils s'installèrent dans un coin, derrière un juke-box muet et un ficus en tissu.

– Alors ? commença Barbarotti en déclenchant le magnétophone. Qu'est-ce que tu voulais me dire ?

– Je préférerais que vous ne le répétiez pas à mes parents.

– Je ne peux pas te le garantir à cent pour cent. Mais je te promets de faire de mon mieux pour qu'ils n'en sachent rien.

– Vous savez… Il n'est rien arrivé ?

– Que veux-tu dire ?

– Vous n'avez rien de nouveau sur Henrik ?

Manifestement tourmenté, le garçon avait du mal à fixer le regard. Ses mains allaient et venaient entre son verre, sa bouteille et le bord de la table. Il semblait porter un lourd secret depuis trop longtemps. Sous ses yeux, des demi-lunes sombres lui donnaient un air cave malgré sa jeunesse, et il avait le teint brouillé.

Cela dit, tout le monde avait ce genre de mine en cette période désolée de l'année, songea Barbarotti. N'est-ce pas ?

– Non, nous ne savons toujours pas ce qui est arrivé à ton frère. Allez, raconte-moi ce que tu as passé sous silence jusqu'ici.

Le garçon lui jeta un coup d'œil furtif.

– Eh bien, c'était… Je m'excuse de ne pas l'avoir dit plus tôt, mais je lui avais promis…

– À Henrik ?

– Oui.

– Tu lui avais promis quelque chose. Très bien. Continue. C'était quoi, cette promesse ?

– Je lui ai promis de ne rien dire. Mais maintenant… Eh bien, maintenant, je me dis que j'aurais peut-être dû…

Il s'interrompit.

– Tu n'es plus lié par ta promesse, Kristoffer. Si Henrik le pouvait, il t'en dégagerait. Nous devons faire tout ce qui est en notre pouvoir pour le retrouver, n'est-ce pas ?

– Vous croyez… Vous croyez qu'il est en vie ?

Barbarotti perçut une lueur d'espoir dans sa voix. Vague. Ténue. Il tire les mêmes conclusions que moi, se dit-il. Il n'est pas bête.

– Je ne sais pas. Ni toi ni moi, nous ne pouvons le savoir. Mais nous pouvons garder espoir et essayer de comprendre ce qui s'est passé. N'est-ce pas ?

Kristoffer Grundt acquiesça.

– Eh bien, c'est qu'il… Il est sorti cette nuit-là. Je veux dire qu'il avait prévu de sortir.

– Ah bon. Continue.

– En fait, c'est tout. Il m'a dit qu'il sortirait voir quelqu'un pendant la nuit, et il m'a demandé de ne le dire à personne.

– Et il est parti ?

– Oui, apparemment. Mais je ne sais pas quand, parce que je me suis endormi.

– Avant qu'il ne quitte la maison ?

– Oui.

– Qui devait-il retrouver ?

– Je ne sais pas.

– Tu ne sais pas ?

– Non. Il m'a dit qu'il allait voir un vieux copain et je lui ai demandé si c'était une fille.

– Oui ?

– Et il m'a répondu que oui.

– Une fille ?

– Oui.

– Hmm… fit Gunnar Barbarotti.

D'un coup, il avala l'équivalent d'un express. Kristoffer Grundt but une gorgée de Coca. Quelques secondes passèrent. Le garçon fixait la table. Soudain, dans une vision fugitive, Barbarotti eut l'impression de comprendre ce que ressentait un prêtre catholique qui confessait une ouaille.

– Il y a autre chose, n'est-ce pas ? Tu n'as pas raconté tout ce que tu savais ?

Kristoffer acquiesça.

– Il y a encore un petit détail.

– Tu crois que ton frère t'a menti ?

Le garçon tressaillit.

– Comment… Comment vous le savez ?

– Ça fait quelques années que je fais ce métier. On apprend à détecter certaines choses. Alors, qu'y a-t-il d'autre ?

– Je ne crois pas qu'il allait retrouver une fille.

– Ah bon. Pourquoi ?

– Parce que je… Parce qu'Henrik est pédé.

– Pédé ? Pourquoi tu crois ça ?

– Parce que j'ai emprunté son téléphone portable et que je l'ai vu par hasard.

– On peut voir sur le téléphone portable de quelqu'un qu'il est homosexuel ? Tu plaisantes !

– Bien sûr que non, dit Kristoffer avec un ricanement amer. J'ai emprunté le téléphone d'Henrik pour envoyer un SMS. Et là, je suis tombé sur un message qu'il avait reçu. Ce que disait le message était assez…

– Clair ?

– Clair, oui. Il venait d'un mec qui… Enfin, j'ai trouvé son nom dans le répertoire… D'un mec qui s'appelle Jens. Alors je ne crois pas qu'Henrik avait rendez-vous avec une fille.

– Et qui crois-tu qu'il allait retrouver ?

– Je n'en sais rien.

Barbarotti s'attendait à cette réponse. Pourtant, il ne put s'empêcher d'éprouver une pointe de déception. Kristoffer aurait pu lui faire une petite surprise.

– Mais qu'est-ce que tu en penses ?

Le garçon réfléchit un instant.

– Aucune idée, en fait. C'était peut-être le Jens en question qui était de passage à Kymlinge… Mais ça paraît… Non, vraiment, je ne sais pas quoi en penser. C'était…

– Oui ?

– Ça faisait beaucoup de choses d'un coup. Je venais d'apprendre qu'Henrik était pédé et, brusquement, il voulait sortir en pleine nuit. Lui qui avait toujours été tellement sage… J'avais du mal à assimiler tout ça.

– J'imagine. En ce qui concerne l'homosexualité d'Henrik, personne n'était au courant ?

– Non.

– Et tu ne lui as pas dit que tu savais ?

– Je n'ai pas eu le temps. En plus, je lui avais emprunté son téléphone sans lui demander la permission.

– Je vois. Et Henrik avait des projets. Quand t'a-t-il mis au courant ?

– Le soir. Une heure avant qu'on se couche.

– Tu peux me répéter exactement ce qu'il t'a dit ?

– Je ne m'en souviens pas très bien. Mais je crois qu'il a juste dit qu'il allait sortir une heure ou deux pendant la nuit, et que je devais faire comme si de rien n'était. Je lui ai demandé pourquoi et il m'a répondu qu'il allait voir quelqu'un. Et après… Eh bien, je lui ai demandé si c'était une fille. C'est tout.

– Pourquoi tu lui as demandé si c'était une fille, puisque tu savais que les filles ne l'intéressaient pas ?

– Aucune idée. Ça m'a échappé. Et puis il avait inventé cette Jenny à Uppsala, ce qui signifiait qu'il ne voulait pas qu'on sache… Enfin, je suppose qu'elle n'existe pas.

– Très bien. Tu as raconté ça à quelqu'un d'autre ? À tes parents, par exemple ?

– Bien sûr que non. Je ne veux pas qu'ils apprennent que…

– Que ton frère est homosexuel ?

– Oui. Enfin, ce n'est pas si grave, je veux dire, moi, je m'en fiche, mais pour eux, ce serait un choc… Ils seraient peut-être tristes… Maintenant qu'il a disparu, en plus. Non, je ne veux pas qu'ils le sachent. C'est pour ça aussi que je n'ai rien dit jusqu'ici, pas seulement à cause de ma promesse.

– Je vois. Et tu n'as rien appris de plus sur ce Jens ?

– Non, comment voulez-vous…

– C'est très bien. Dans ce cas, je peux te dire que tu as raison de croire que ce n'était pas lui qu'Henrik allait retrouver cette nuit-là.

– Mais comment… Comment vous le savez ?

– Parce que nous avons enquêté sur lui. Il a un alibi. Il se trouvait à un millier de kilomètres de Kymlinge la nuit du 20 au 21 décembre.

Kristoffer Grundt en resta bouche bée. Littéralement : la bouche ouverte, les yeux ronds comme des soucoupes, fixés sur l'inspecteur.

– Alors vous saviez… Depuis…

Barbarotti sortit son téléphone portable.

– Un conseil, jeune homme : si un jour tu veux commettre un crime et être sûr de te faire coincer, utilise ça.

– Quoi ?

– Je précise : nous ne mettons pas les honnêtes gens sans histoires sur écoute, mais nous savons qui appelle qui. Quand, combien de fois et à quel endroit les interlocuteurs se trouvent au moment de l'appel. Si par exemple deux jeunes d'Uppsala se téléphonent et s'envoient des SMS plus de quatre-vingt-dix fois… Eh bien, nous en tirons certaines conclusions.

– Je vois, dit Kristoffer Grundt.

– Bien, dit l'inspecteur Barbarotti.

Nous n'avons pas avancé d'un iota, songea-t-il une heure plus tard, affalé près d'un hublot, dans un avion heureusement presque vide pour Årlanda, sur le point de décoller. Nous piétinons. Nous faisons du surplace. Nous sommes… Nous sommes pires que les vols intérieurs.

Étant donné sa mise en garde au jeune Grundt à la fin de leur entretien au Charm Cafe, un détail lui parut particulièrement ironique : Henrik n'avait *pas* utilisé son téléphone. Il n'avait *pas* appelé la personne à laquelle il avait l'intention de rendre visite, il n'avait *pas* envoyé de SMS pour lui dire : « J'arrive dans une demi-heure. » Au son des lances de dégivrage, le regard perdu à travers le minuscule hublot, l'inspecteur Barbarotti eut l'impression que cette circonstance – ou cette absence de circonstance – constituait peut-être l'aspect le plus étrange de toute cette étrange affaire.

Car qu'est-ce que cela signifiait ? Si Henrik avait donné rendez-vous à quelqu'un cette nuit-là, il avait forcément employé un moyen de communication pour le faire. Lequel ? Grâce à son ordinateur de la Karlsrogatan, la police avait passé ses mails au peigne fin. Il était apparu avec une certaine clarté que le jeune homme avait eu des expériences homoérotiques à la fin du mois de novembre et au début du mois de décembre, mais on n'avait rien découvert sur un quelconque rendez-vous nocturne à Kymlinge. Henrik Grundt n'avait passé de coup de fil ni depuis son propre téléphone ni celui de ses grands-parents. Barbarotti en concluait qu'il s'était trouvé nez à nez avec la personne en question et que le rendez-vous avait été décidé à ce moment-là.

Mais quand ? Quand se seraient-ils mis d'accord pour se retrouver ?

Et – question cruciale entre toutes – de qui s'agissait-il ? Qui Henrik Grundt devait-il retrouver cette nuit-là à Kymlinge ? Comme son petit frère l'avait fait remarquer : il ne connaissait pas un chat en ville. Avait-il donné rendez-vous à une connaissance d'Uppsala ? Quelqu'un qui, par hasard, se trouvait également dans ce coin reculé du pays pour y passer les fêtes ?

Un partenaire sexuel autre que Jens Lindewall ?

Allez savoir. Et tout cela n'avait-il vraiment aucun lien avec la disparition de Robert la nuit précédente ? Quand deux personnes se volatilisent de la même adresse dans une ville d'à peine soixante-dix mille habitants, à vingt-quatre heures d'intervalle, le pire des minus habens ne devrait-il pas y voir un lien ?

J'en ai ras le bol de cette histoire, constata Barbarotti en prenant le tetrapak de jus de fruits et le sandwich enveloppé dans du film alimentaire que lui tendait l'hôtesse de l'air. On peut décliner autant de scénarios qu'on veut, tous aussi invraisemblables et infondés les uns que les autres. Comme… Oui, comme des cartes fabuleuses représentant un continent imaginaire.

Quoi ? se dit-il, perdu dans ses pensées. « Des cartes fabuleuses représentant un continent imaginaire » ? Une métaphore pour tout et n'importe quoi. Il fallait absolument qu'il s'en souvienne pour l'asséner un de ces jours à Eva Backman : Là, tu es en train de dessiner des cartes fabuleuses de ton continent imaginaire, ma petite !

Pas bête.

Si seulement ce fuyard de Lindewall pouvait apporter sa contribution, si modeste soit-elle, en sortant de sa jungle, le lendemain matin…

Serait-ce trop demander ?

Satisfait de ce résumé ô combien pertinent de l'affaire, l'inspecteur Barbarotti renversa du jus de fruits sur son pantalon en ouvrant le tetrapak.

23

Évidemment, se dit Gunnar Barbarotti en effectuant son enregistrement à l'accueil du Radisson Sky City d'Årlanda. Pour une fois que je descends dans un hôtel correct, j'arrive à dix heures du soir et je dois me lever avant six heures. J'aurais aussi bien pu pioncer dans un canapé.

La lumière éteinte, plongé dans la fraîcheur des draps propres et repassés, il fit une prière existentielle.

Ô grand Dieu, si tu existes vraiment, ce qui, au moment où j'écris, est un fait avéré – mais avec peu de marge, ne l'oublie pas –, fais en sorte que le vol de Bangkok demain matin ait quatre, cinq heures de retard, pour que ton pauvre serviteur, un humble flic de la criminelle qui trime comme une brute, ait le temps de profiter du petit déjeuner à l'hôtel pour une seule et unique fois dans sa vie si fade ! Comme tu le comprends certainement, je ne peux pas te proposer plus d'un point pour une demande aussi futile, mais si tu l'exauçais, je t'en serais plus reconnaissant que toi, oui, même toi, ô grand Dieu, ne pourrais te le figurer. Bonne nuit, dors bien, j'ai commandé un réveil téléphonique à six heures moins le quart, et je compte appeler les renseignements sur le trafic aérien aussitôt réveillé.

L'avion en provenance de Bangkok atterrit cinq minutes avant l'heure prévue.

Barbarotti avait tout juste eu le temps de prendre une douche et d'avaler une tasse de café avant de partir. Il attendait en sirotant sa deuxième tasse dans l'une des salles d'interrogatoire de la police d'Årlanda, pressentant que si Jens Lindewall avait le malheur de ne pas coopérer docilement, il lui couperait les oreilles et le placerait en détention provisoire pour une durée indéterminée.

À côté de Barbarotti, une adjointe blonde se limait les ongles. Si Lindewall n'apparaissait pas dans les deux minutes qui suivaient, Barbarotti pressentait également qu'il arracherait sa lime à ongles à la jeune femme et jetterait l'accessoire contre le mur sous prétexte que, conformément à la loi du royaume de Suède, code pénal, chapitre quatre, paragraphe sept, alinéa trois, annexe quatre, la pratique des manucures était interdite dans les salles d'interrogatoire de la police.

Mais peut-être était-il un chouïa irritable.

Jens Lindewall, bronzé, paraissait en forme, quoique un peu inquiet. Grand, blond, sportif, il portait un habit kaki, des brodequins et un sac à dos. On aurait dit le petit frère de Bruce Chatwin après un mois dans des régions équatoriales. Une barbe de deux jours. Un bandana bleu entortillé autour du cou. À son corps défendant, Barbarotti constata que le jeune homme devait pouvoir attirer n'importe qui dans son lit sans lever le petit doigt, quel que soit le sexe de la personne convoitée.

– Asseyez-vous. Je suis l'inspecteur Gunnar Barbarotti. Bienvenue au pays.

Le témoin le dévisageait, sans voix. Un muscle tressautait dans sa joue. Posant son sac à dos, il tira une chaise et s'assit. Barbarotti l'observait calmement. L'adjointe rangea sa lime à ongles.

– Qu'est-ce que c'est que… ? finit par dire Lindewall.

– Avez-vous eu une relation sexuelle avec un dénommé Henrik Grundt ?

– Henrik… ?

– Oui, Henrik Grundt. Vous avez eu une liaison avec lui en décembre. Nous essayons de vous joindre depuis Noël. Henrik Grundt a disparu.

– Disparu ?

– Exact. Pourquoi vous êtes-vous soustrait à nos recherches ?

– Je ne me suis pas…

Il desserra le nœud de son foulard et croisa les bras sur la poitrine.

– Je ne me suis soustrait à rien du tout. Enfin… Enfin si, peut-être. Je pars en voyage tous les hivers et je fais en sorte de ne pas être joignable. Je ne savais pas que c'était interdit. Ça fait partie de mon cycle vital, ça permet de vivre les choses avec intensité là où on se trouve, si vous… Si vous voyez ce que je veux dire, monsieur l'inspecteur.

– J'imagine. Et si vos parents se fracassaient contre un poids lourd chargé de troncs d'arbres pendant que vous êtes parti, vous leur laisseriez donc le soin de s'enterrer mutuellement. Mais vous avez raison, jeune homme, les scrupules sont l'apanage du Suédois moyen et autres créatures de la classe des insectes.

Content d'avoir placé cette réplique pleine d'esprit en une matinée aussi morne, l'inspecteur sentit que sa soif de vengeance était rassasiée.

– Puis-je vous demander de répondre à mes questions sans faire de difficultés ? ajouta-t-il quand même.

– Oui… Bien sûr. Mais qu'est-ce qui… ?

– Vous avez eu une liaison avec Henrik Grundt en novembre et en décembre. Vous l'admettez ?

– Oui.

– À Uppsala ?

– Oui, j'habite à Uppsala.

– Nous sommes au courant. Et vous êtes parti en Asie du Sud-Est le soir du 22 décembre ?

– Euh… Oui, c'est exact. Alors… Henrik a disparu ? C'est la raison de votre…

– Depuis plus de trois semaines. Vous avez passé les quelques jours précédant votre départ chez vos parents, à Hammerdal ?

– C'est exact, mais comment…

– Vous êtes passé par Bangkok, Kuala Lumpur et Kota Kinabalu pour arriver à Sandakan, au nord-est de Bornéo. Et vous avez pris le même chemin au retour. C'est juste ?

– Comment savez-vous tout ça… ?

– Je le sais. Ne vous souciez pas de la manière dont j'ai obtenu ces renseignements. Alors ?

Jens Lindewall soupira.

– Oui, vous avez raison. Et je suis reparti de Sandakan il y a… Je crois que ça fait quarante-huit heures. Alors je suis un peu fatigué, si vous permettez.

– Moi aussi, j'ai passé pas mal de temps en l'air, ces derniers jours. Pouvez-vous me parler de votre relation ?

– De ma relation avec Henrik ?

– Oui. Laissons les autres de côté pour le moment.

– Que voulez-vous savoir ?

– Tout, dit Gunnar Barbarotti.

Bien entendu, il ne voulait pas tout savoir et, grâce à Dieu, cela lui fut épargné. Du reste, après avoir relâché le jeune homme trois quarts d'heure plus tard, il se dit qu'il en savait désormais amplement assez.

Jens Lindewall avait vingt-six ans et travaillait dans une agence de publicité à Uppsala. Il avait été homosexuel aussi longtemps qu'il avait été « sexuel ». Il sortait d'une relation durable (de onze mois) qui s'était terminée en septembre, et Henrik était apparu dans le sillage de ce dépit amoureux. Ils s'étaient rencontrés au café-concert Katalin, derrière la gare centrale, un vendredi de novembre. Assis par hasard à la même table, ils avaient entamé la conversation. Henrik Grundt n'était pas conscient de son orientation sexuelle, mais il l'avait découverte ce soir-là – pour abréger encore une histoire assez brève au départ. Ils étaient sortis ensemble pendant à peu près un mois. Ils se retrouvaient toujours dans le deux-pièces de Jens dans la Prästgårdsgatan, jamais dans la chambre d'étudiant d'Henrik à Triangeln. Jens admit sans pudeur qu'il était immédiatement tombé très amoureux du jeune étudiant. Il avait l'impression que c'était réciproque. Cependant, Henrik Grundt semblait avoir quelques difficultés à accepter son homosexualité. De son propre aveu, il avait vécu plusieurs tentatives peu glorieuses avec le sexe opposé, et si Jens pouvait se permettre une évaluation, le rapport homo-hétéro d'Henrik était de 65-35 – ce qui signifiait, si Barbarotti avait bien compris le concept, que, dans le meilleur des mondes, il coucherait une fois sur trois avec une femme et les deux autres avec des hommes. L'inspecteur n'avait jamais entendu parler de ce genre de ratio. Il le nota consciencieusement dans son bloc-notes. Pas un jour ne passe sans qu'on apprenne quelque chose de nouveau, songea-t-il.

La dernière rencontre entre Jens et Henrik datait du 17 décembre, la veille de leurs départs respectifs pour les domiciles de leurs parents, à Hammerdal et à Sundsvall. Depuis, ils s'étaient parlé au téléphone à quelques reprises et s'étaient envoyé un certain nombre de SMS. Les quatre derniers de Jens Lindewall, datés du 21 et du 22 décembre, étaient restés sans réponse. Et comment avaient été les amours pendant le voyage ? Gunnar Barbarotti ne put s'empêcher de le lui demander. Jens Lindewall répliqua, le cœur sur la main :

– Très bien.

– Alors vous n'étiez pour ainsi dire pas en couple, vous et Henrik ?

– En union libre. C'est le plus beau des cadeaux.

S'inquiétait-il de la disparition d'Henrik ? Oui, bien sûr, mais il allait sûrement réapparaître. Les gens avaient parfois besoin de se retrouver seuls, surtout les jeunes.

Après son entretien avec le charmant globe-trotter, Barbarotti se dépêcha de retourner au buffet du Radisson. Il lui restait une heure et demie avant son départ pour l'aéroport de Landvetter et il avait une faim de loup.

Son avion n'atterrit qu'avec une demi-heure de retard, ce qui lui laissa juste le temps de faire en vol le bilan de l'affaire. Ou des affaires. À ce propos, il n'arrivait toujours pas à se décider. De toute façon, quelle que soit la méthode de calcul employée, l'enquête n'avait quasiment pas avancé d'un iota.

Ses entretiens avec Kristoffer Grundt et Jens Lindewall n'avaient pas été spécialement enrichissants. Les incidents de l'Allvädersgatan demeuraient un épais mystère. Le départ d'Henrik dans la nuit du 20 au 21 décembre semblait prémédité ; il avait demandé à son frère de se taire à ce sujet. Mais pourquoi il avait agi ainsi et qui il allait rejoindre, eh bien, ça, on n'en savait toujours strictement rien.

Jens Lindewall n'avait fait que confirmer des informations déjà connues. Maigre moisson. Henrik Grundt et lui avaient eu une liaison pendant quelques semaines. Puis Henrik avait disparu et Jens était parti en Asie du Sud-Est. Point final.

En ce qui concernait Robert, on était au point mort. On avait interrogé près de deux cents personnes à Kymlinge – résultat des courses : nul.

Lorsque Robert Hermansson avait quitté sa ville natale quinze ou seize ans auparavant, il semblait avoir coupé les ponts. Pas un seul des individus interrogés n'avait été en contact avec la célébrité depuis une décennie. Ou, du moins, c'est ce qu'ils prétendaient.

Nous sommes bloqués, se dit Barbarotti.

Et comme dans une espèce de démonstration par l'absurde, à cet instant, une hôtesse de l'air lui fit remarquer qu'il avait oublié d'attacher sa ceinture.

Rosemarie Wunderlich Hermansson gravissait péniblement l'Hagendalsvägen. Un vent de nord-ouest lui fouettait le visage. Il faisait moins douze degrés. Faute de se mettre bientôt à l'abri, elle allait sans aucun doute mourir.

Mais peut-être n'était-ce pas si bête, comme fin. S'écrouler sur le trottoir gelé en un après-midi sombre du mois de janvier, par un froid de canard, et pousser son dernier soupir entre l'agence de la coopérative d'habitation HSB et le fleuriste Bellis. Elle se demandait ce qui l'avait poussée à rester en vie ces derniers mois. De toute façon, depuis la semaine fatidique, elle n'avait plus l'impression d'exister. Son âme semblait avoir été aspirée de son corps, ne laissant qu'une coquille vide, un frêle fantôme de peau et d'os qui, pour l'instant, luttait pour gravir les derniers mètres jusqu'au salon de coiffure pour dames de Maggie, au coin de la Kungsgatan. Pourquoi diable n'avait-elle pas décommandé ce rendez-vous pris, comme toujours, la fois précédente ?

Enfin, elle ne comprenait pas grand-chose à ce qui lui arrivait en général : pourquoi elle se levait le matin, pourquoi elle allait faire les courses pour le déjeuner et le dîner, pourquoi elle faisait une leçon d'espagnol avec Karl-Erik tous les soirs, entre neuf et dix. Entrant par une oreille et ressortant par l'autre, les mots voletaient un moment à travers sa tête, comme des oiseaux égarés – et ne parlons même pas des conjugaisons. Avant de se mettre au lit, elle prenait un somnifère qui lui permettait de dormir exactement cinq heures. À son réveil, entre quatre heures et quatre heures et demie, elle essayait de prolonger le néant absolu qui succédait aussitôt au sommeil, alors que sa mémoire était encore immaculée, qu'elle ne se souvenait de rien, qu'elle savait à peine qui elle était. Mais ces quelques instants ne duraient jamais que quelques instants, bien sûr.

Allongée sur le côté, les mains entre les genoux, le dos tourné à son mari et à toute sa vie, le regard perdu entre la fenêtre, le radiateur ronronnant et les rideaux sordides, elle attendait un crépuscule qui lui paraissait aussi lointain que la réponse à cette question : qu'était-il arrivé à son fils et à son petit-fils en ces terribles jours de décembre, quand son âme avait été aspirée de son corps pour ne laisser qu'un frêle fantôme… Et les pensées continuaient à voleter dans sa tête comme des oiseaux d'une autre espèce, des volatiles épuisés qui allaient et venaient sans répit, disparaissant, revenant, et cette autre question : comment faisait-elle pour distinguer un matin du suivant et un réveil d'un autre ? Toujours pas de réponse.

Elle poussa la porte. Les quatre fauteuils du salon de coiffure étaient déjà occupés, mais Maggie Fahlén lui fit signe de s'asseoir sur le petit siège tubulaire à côté. Il n'y en aurait que pour quelques minutes. Rosemarie ôta son chapeau et son manteau, s'installa et attrapa un numéro du *Journal des dames* vieux de six mois. En couverture, sur une photo estivale, la princesse Victoria faisait un large sourire, montrant une quantité impressionnante de dents éclatantes. Elle n'avait pas l'air particulièrement intelligente. Peut-être ne l'était-elle pas, pauvre fille.

– Ma chère Rosemarie, comment ça va ? Pas trop mal, j'espère ! s'exclama Maggie.

Rosemarie, en place pour sa coupe, dévisageait sa face lisse et lunaire dans l'implacable miroir.

– C'est vraiment affreux ! Vous n'avez pas de nouvelles ?

Deux questions assorties de leur commentaire dans le même souffle. Rosemarie étouffa une soudaine envie de s'excuser et de ressortir immédiatement dans le froid.

Excusez la famille Hermansson de faire autant d'histoires – d'abord ci, après ça. La télé, les journaux et tout le tralala. Maggie interrompit le flux de ses pensées ; elle parlait sans répit depuis le matin – un moulin à commentaires inépuisable –, débitant un bavardage inlassable sur tout ce qui se passait entre ciel et terre. Partout, nulle part, dans le passé, le présent ou l'avenir. Ou dans l'au-delà, si le client avait cette préférence.

– Qui est l'abrutie qui t'a coupée la dernière fois ? dit-elle en levant les yeux au ciel.

– Je crois que c'était… Oui, c'était une nouvelle, je crois. Peut-être qu'elle était seulement là en remplacement, parce que quelqu'un était malade, je ne me souv…

– Almgren, la coupa Maggie. Jane Almgren. Mon Dieu, ce qu'elle a pu faire comme dégâts, celle-là… Heureusement qu'elle n'est pas restée longtemps. De toute façon, je m'en serais débarrassée, même si Kathrine n'était pas revenue.

– Vraiment ? dit Rosemarie Hermansson. Je ne sais pas trop… Je crois qu'elle avait les cheveux cendrés.

– C'est elle, confirma Maggie en claquant ses ciseaux en l'air. Elle m'a dit qu'elle avait fait une formation de coiffeuse… Peut-être même que c'était vrai. Ils prennent vraiment n'importe qui de nos jours. Kathrine m'avait appelée le matin. Elle avait l'appendicite. Qu'est-ce qu'une pauvre fille d'Hudiksvall est censée faire dans une situation pareille, deux semaines avant Noël ?

Hudiksvall ? se dit Rosemarie, perplexe. Maggie n'était-elle pas la fille du vieux gardien Underström, là-bas au…

– C'est une expression, je ne sais pas d'où elle vient… d'Hudiksvall, si ça se trouve. Bref, elle n'est restée que trois jours, cette fameuse Jane. Ensuite, Kathrine est revenue. Dire qu'on vous met dehors aussi vite après une opération de l'appendicite… Enfin, moi, j'étais contente. Je te fais une remise de cent couronnes, Rosemarie.

Personne ne pourra m'accuser de ne pas prendre soin de mes clients. Comment je te les coupe ?

– Comme tu veux, dit Rosemarie en fermant les yeux. Un peu, mais pas trop.

– Apparemment, elle habite en ville, reprit Maggie en plantant son peigne dans les boucles grisonnantes. L'autre jour, elle est passée chez Gunder acheter du hareng. Elle a peut-être un chat. Mais qu'est-ce que ça peut bien me faire qu'elle ait un chat ou pas, nom de Dieu ? Du moment qu'elle ne remet plus les pieds ici ! Du moment qu'elle ne touche plus à un cheveu de mes clients !

– J'avais discuté avec elle, si je me souviens bien… glissa Rosemarie, plus par politesse qu'autre chose. En tout cas, elle n'était pas désagréable. Seigneur, que je suis fatiguée. Ça te dérange si je pique un somme pendant que tu t'occupes de moi ?

– Dors, mon trésor. Et ferme les oreilles si je papote trop. Mon Arne dit qu'un beau jour, je vais mourir asphyxiée. Tu veux que je les lave d'abord, au fait ?

– Oui, s'il te plaît, marmonna Rosemarie, somnolente. Ça me ferait du bien.

24

Deux corps humains tenaient dans le congélateur.

Elle ne l'aurait pas cru. Et il lui restait encore assez de place pour une ou deux boîtes de glace et quelques sachets de baies sur l'étagère du haut.

Un, d'accord, mais deux ! Étonnant. Parmi la multitude de métiers auxquels elle s'était essayée, elle avait fait un remplacement dans un collège en tant que professeur de mathématiques. Elle avait prétendu avoir suivi des études supérieures et personne ne l'avait vérifié, comme d'habitude. Huit, dix ans auparavant, en banlieue ouest de Stockholm, elle ne se rappelait plus dans quelle ville. De toute façon, ça n'avait pas été une réussite. Un après-midi, l'équipe enseignante s'était réunie pour élaborer un système de notation commun. N'ayant rien à dire, elle s'était sentie gênée. Bref, devant son congélateur, elle eut enfin l'idée d'un problème qu'elle aurait pu donner à ses élèves.

« Soit un congélateur d'un volume de deux cent cinquante litres et deux corps pesant respectivement x et y kilos. En combien de morceaux devez-vous les découper pour qu'ils tiennent à l'intérieur ? »

En ce soir gris, froid et venteux du mois de janvier, assise à la table de sa cuisine, elle observait la rue. Les gens marchaient recroquevillés, chargés de sacs du supermarché ICA, tirant leurs chiens. Enfin, la plupart avaient eu le bon sens de rester chez eux. Elle venait de terminer le ménage. Il ne restait plus un grain de poussière dans l'appartement, elle avait même essuyé les plinthes avec une serpillière imbibée d'eau de javel. Puis elle avait pris une douche et passé un coup de fil à sa mère, de nouveau internée. Pour lui faire plaisir, elle avait parlé des bonnes choses de la vie.

Un équilibre éclatant régnait partout.

Son congé maladie était prolongé tous les mois depuis l'été, mais on la laissait en liberté. À l'hôpital de jour, les médecins se succédaient, et le dernier venu lui prescrivait systématiquement un mois de plus, les médicaments habituels et des séances avec tel ou tel psychothérapeute. Ils allaient et venaient, eux aussi.

Cela lui convenait parfaitement. Personne ne suivait vraiment son cas. Elle vivait en marge de la société, se débrouillant avec les allocations. Cela lui laissait tout le loisir de faire des projets.

Par exemple, d'en envisager un troisième. Peut-être fallait-il s'occuper de Germund.

Sauf si Mahmot considérait qu'elle avait déjà accompli sa rédemption… Mais comment le savoir ? Il n'était pas toujours très clair, Mahmot.

Le premier était une évidence. Un porc. Elle n'avait pas hésité une seconde. Aucun équilibre dans le monde n'était envisageable tant qu'il était en vie.

Le deuxième avait croisé son chemin par hasard. Elle avait pris conscience de sa force maléfique lorsqu'il avait planté son pieu dans sa chair. Mahmot n'avait eu qu'un mot à lui murmurer : « Tue. » Le nœud allait se défaire, elle l'avait immédiatement compris.

Je veux récupérer mes enfants, lui avait-elle courageusement demandé. En temps et en heure, tu retrouveras tout ce que tu as perdu, lui avait soufflé Mahmot. J'ai de grands desseins pour toi, Jane. T'ai-je jamais déçu ?

Non, grand Mahmot… Elle aperçut une tache sur la table plaquée chêne et se mit immédiatement à la frotter avec des mouvements souples et arrondis. Ses paumes nues firent briller la surface. Mais je n'ai plus de place dans mon congélateur. Il faut penser aux détails pratiques. Je ne peux pas me consacrer tout entière à la passion et à la beauté. Je dois retrouver Germund et mes enfants, ils m'ont pris mes enfants, ils me les ont pris, Mahmot. Ils se cachent, ils me fuient, je ne sais pas où ils sont.

C'est bien, ma fille, murmura Mahmot. N'y pense plus. Ferme les yeux, et j'apparaîtrai pour t'embrasser le front. Ensuite, je me logerai dans tes doigts. Tu sais de quoi je suis capable quand je les habite ?

– Oui, grand Mahmot, chuchota-t-elle, exaltée. Merci, grand Mahmot ! Je voudrais que tous les hommes soient morts et qu'il n'y ait plus que toi. Veux-tu que je…

Il ne répondit pas, mais elle n'eut pas besoin de ses instructions pour le satisfaire.

III

Août

25

Ebba Hermansson Grundt rêve.

Son fils Henrik est en elle. Elle a fait ce rêve douloureux plusieurs fois pendant l'été.

Il est lourd. Pendu à sa clavicule, il se balance à l'intérieur d'elle ; entre le cœur et l'estomac, dans un grand creux dont elle ne connaissait pas l'existence auparavant.

Pendu dans deux sacs Konsum vert et blanc, découpé en morceaux, son fils Henrik.

Ce n'est pas facile de porter un enfant adulte en plein été. Ebba se réveille au crépuscule avec des sueurs froides, joint les mains et prie un Dieu auquel elle ne croit pas. Pourtant, après ces rêves, elle le supplie de l'aider. Elle n'a plus aucun autre recours.

Elle ne travaille plus. Les premiers mois sans Henrik, elle avait repris son emploi du temps habituel. Janvier, février et le début du mois de mars. Ses collègues en étaient stupéfaits. Comment une femme qui vient de perdre son fils – enfin, dont le fils a disparu – peut-elle continuer ainsi, comme si de rien n'était ? Opération après opération, ronde après ronde, bilan après bilan, à un rythme de dix ou quinze heures supplémentaires par semaine. Comment était-ce possible ? De quelle étoffe était faite une telle créature ?

Un jour, elle retrouve une ancienne camarade de l'université, Benita Ormson. En fac de médecine, on lui prédisait le même avenir brillant qu'à Ebba ; c'était sa seule adversaire digne de ce nom ; elles sortaient tour à tour première et deuxième de tous les examens : anatomie, biologie cellulaire, médecine interne, chirurgie, maladies infectieuses, gynécologie. Mais, à la surprise générale, Benita s'était spécialisée en psychiatrie après son internat – un choix peu prestigieux, incompréhensible. Peut-être la jeune femme brune et discrète de Tornedalen recelait-elle des profondeurs dont personne ne s'était douté. Pas même Ebba. Lorsqu'elles se retrouvent à une conférence en Dalécarlie, au milieu du mois de mars, elles ne se sont pas revues depuis six… Non, sept ans.

Dans les bras de Benita, Ebba Hermansson Grundt craque enfin, quatre-vingt-trois jours après la disparition de son fils – elle a l'impression de sauter d'un avion en vol sans parachute.

Cinq mois sont passés. Depuis le 12 mars, elle ne travaille plus. Tous les matins, Leif part pour le Konsum et Kristoffer, pour le collège. Ebba, elle, demeure en exil intérieur. Deux fois par semaine, elle a rendez-vous avec sa psychothérapeute. Deux fois par mois, avec son psychiatre. Dommage qu'on ne puisse pas lui assigner Benita Ormson. Entre ses mains, elle guérirait certainement, elle serait capable de tourner cette page qui doit apparemment l'être. Mais sous la conduite somnolente d'Erik Segerbjörk, elle n'arrive à rien. Tu es un lémurien, Erik, lui a-t-elle confié plusieurs fois en séance. Ces paroles ont coulé comme des perles d'eau sur le plumage imperméable de l'homme en blanc. Il lui a souri sous sa barbe, clignant paresseusement des yeux.

Pour être tout à fait honnête, elle n'a pas envie de tourner la page. En tout cas pas dans la direction qu'on lui indique.

Ebba s'entend mieux avec sa psychothérapeute, une femme d'une soixantaine d'années au physique sec, intelligente et non dénuée d'humour, qui l'écoute avec circonspection. Elle n'a pas d'enfants – c'est l'essentiel aux yeux d'Ebba, la condition sine qua non pour que ses émotions se cristallisent. Elle se sentirait incapable de se confier à une mère dont les enfants pourraient, du jour au lendemain, disparaître. Ce serait irresponsable.

Benita Ormson n'a pas d'enfants non plus. Ebba et elle se parlent au téléphone une fois par semaine. La patiente n'a pas à se plaindre, elle reçoit tout le soutien possible de la part de son entourage et de l'hôpital. Elle peut compter sur son « réseau » – un mot qu'en secret elle abhorre.

Mais rien de tout cela ne l'aide à guérir, car le problème n'est pas là. En fait, Ebba ne veut pas guérir.

Ce qu'elle veut, c'est son fils. Et s'il est mort, elle veut son corps pour pouvoir l'enterrer.

Si quelqu'un l'a tué, elle veut savoir qui.

Ce n'est pas plus compliqué. Quant aux autres, elle s'en fiche.

Leif et Kristoffer, par exemple.

Ne m'accaparez pas, se dit-elle en silence. Restez dans votre camp. Henrik et moi, nous resterons dans le nôtre. Respectez les règles du jeu. Ces règles fondamentales et incontournables, Ebba ne les a pas elle-même édictées. Henrik et elle sont intrinsèquement liés, ils l'ont toujours été. Ce n'est pas une question de favoritisme, elle ne fait pas passer un enfant avant l'autre, pas du tout. Leif et Kristoffer sont liés, eux aussi. C'est la règle du jeu. Quand ils font une partie de whist ou de Monopoly par équipes de deux, quand ils font la cuisine ou les grosses vaisselles. Quand ils partent en randonnée à ski. Ebba et Henrik, Leif et Kristoffer. Voilà pourquoi le fils disparu laisse un vide infiniment plus grand dans l'âme de sa mère que dans celles de son frère et de son père. D'ailleurs, Leif et Kristoffer le savent aussi bien qu'elle. Ils n'en parlent pas – à quoi bon ?

C'est si douloureux de rêver de ces sacs Konsum pendus à sa clavicule, se balançant d'un côté et de l'autre dans le grand vide creusé par l'absence… Il semble s'agrandir et se désoler davantage à chaque heure qui passe. Chaque jour, chaque semaine, chaque mois. Il y a deux cent quarante-quatre jours, elle fêtait ses quarante ans. Depuis, les heures sont toutes plus insupportables les unes que les autres. Pourtant, elles se ressemblent à s'y méprendre.

Je suis folle, se dit-elle parfois. Mais cette étiquette n'a aucun intérêt. Leif et Kristoffer sont attentionnés envers elle, elle en prend bonne note, et cela ne change absolument rien. Elle n'a en tête qu'une seule idée. Elle doit retrouver son fils. Elle doit… au moins découvrir ce qui lui est arrivé. L'incertitude est le pire des fléaux.

L'incertitude et l'apathie.

Et si je prenais les choses en main ? se dit-elle. Voilà une pensée nouvelle : prendre une initiative. Ne serait-ce que pour ralentir l'expansion de son vide intérieur.

Car Dieu n'aide que celui qui s'aide lui-même. Depuis quelques jours, cet adage lui tourne dans la tête. En ce matin d'août blême, sous une couverture de nuages transparents, elle est soudain convaincue que l'heure est venue. Elle se lance à la recherche de son fils perdu. Une mère et son fils. Rien d'autre.

Dans le courant de la matinée, le policier de Kymlinge l'appelle au téléphone. Elle se souvient de lui. Un homme d'une quarantaine d'années, l'air un peu mélancolique. Un grand échalas. Il lui a fait bonne impression, peut-être parce qu'il était intelligent – difficile de le savoir, cependant ; les taciturnes demeurent insondables.

Il n'a pas grand-chose à lui apprendre. L'enquête suit son cours, mais il ne lui cache pas qu'on n'y consacre plus que des ressources limitées. Pourtant, sa voix lui inspire confiance. On a exploré toutes les pistes imaginables sans déboucher sur rien, dit-il. Il s'est personnellement entretenu avec plus de cent personnes qui pourraient avoir eu un lien avec Henrik ou Robert. Mais ces journées de décembre restent un épais mystère. C'est regrettable, bien sûr, très regrettable, mais c'est un état de fait. Il ne faut pas perdre espoir pour autant. Les moulins continuent à tourner. Dans certaines affaires auxquelles il a participé, des éléments déterminants sont apparus deux, cinq ou dix ans après qu'on avait mis l'enquête au placard.

Alors vous avez mis Henrik au placard ? demande Ebba. En aucune manière, la rassure l'inspecteur. Pas question.

Ebba le remercie et raccroche. Elle reste immobile à la fenêtre. La pelouse a besoin d'être tondue, Kristoffer a promis de le faire ce week-end mais il a dû avoir un empêchement. Kristoffer a toujours des empêchements. Mais elle s'en fiche. Leur terrain jouxte une étroite parcelle de forêt. Henrik avait peur des arbres quand il était petit, âgé de deux ou trois ans. Les arbres et le noir ; le souvenir surgit brusquement, il n'est pourtant pas spécialement représentatif. Henrik était un garçon dégourdi, il ne craignait ni le diable ni les trolls. Kristoffer était bien plus trouillard. Les sacs Konsum se balancent, ils lui font atrocement mal, elle ne peut plus rester les bras ballants, une bonne mère ne se contente pas d'attendre son fils disparu sans rien faire, elle doit partir à sa recherche dans la nuit. C'est ainsi.

Mais où commencer ?

À Kymlinge ? Oui, ce serait logique. Enfin, si ses parents y habitaient encore. Et ce n'est pas le cas. Karl-Erik et Rosemarie ont quitté l'Allvädersgatan le 1er mars pour recommencer à zéro en Espagne. Finalement. À l'automne de leur vie, ils ont tourné la page. Ebba reçoit des cartes postales de sa mère et un coup de fil hebdomadaire de son père. Le soleil brille toujours, ils sont toujours assis sur leur terrasse avec vue sur la montagne et un petit bout de mer, ils boivent toujours du vin doux de Málaga avec des glaçons. Oui, leur existence a vraiment changé du tout au tout. Si Robert et Henrik n'avaient pas disparu, ce serait vraiment le paradis, constate Karl-Erik au téléphone. Ebba se demande si sa mère en pense autant, mais enfin, quelle importance ? Ils sont au soleil, sirotent du vin liquoreux et tentent d'oublier leurs enfants, Kymlinge et leur ancienne vie. Les événements ont tout de même pris une drôle de tournure. Il y a un an, qui eût pu se douter que la famille Hermansson en serait là ? En août de l'année précédente, tout était normal, et maintenant… Maintenant ? se dit Ebba. La vie est si fragile, nous sommes si mal préparés pour affronter tout ce qui peut nous arriver du jour au lendemain.

Comme un œuf qui, tombé du réfrigérateur, s'écraserait sur le sol, nos enfants peuvent se briser.

Non, elle n'ira pas creuser dans le passé à Kymlinge. Cela ne mènerait à rien. Pourtant, elle aimerait retrouver cet état d'esprit qui régnait juste avant l'anniversaire – lorsque personne ne manquait à l'appel. Car si les choses sont reliées entre elles, se dit Ebba, si la vie est faite de rapports de cause à effet, alors, les mystérieux événements existaient dès ce premier soir sous forme embryonnaire. Le deuxième soir, ils avaient déjà germé. Robert avait disparu, Henrik était encore là. Il devait y avoir une conjoncture particulière. Si elle connaissait l'ensemble des déplacements, des réflexions et des intentions des personnes présentes, elle pourrait détecter d'éventuels signes précurseurs.

Qu'avait-on établi jusque-là ? Quand ils sont montés en voiture, Henrik savait-il déjà qu'il sortirait deux nuits plus tard ? Robert avait-il pris rendez-vous à l'avance ? Y avait-il un lien entre les deux disparitions ? Qui était cette mystérieuse petite amie, Jenny, que la police n'avait jamais retrouvée ? Était-elle inventée de toutes pièces ? Si oui, pourquoi ? Qu'est-ce qu'Henrik cachait à sa mère ? Que s'était-il passé pendant son premier semestre à Uppsala ? Il avait dû…

Des questions, des tâtonnements stériles. Ses synapses sont déjà bien attaquées par le virus. Voilà ce qu'on doit ressentir quand la fin approche, se dit Ebba Hermansson Grundt. Des questions vaines, confuses, sans réponse. Quand notre conscience cède à la pression, quand notre coquille d'œuf explose, notre fragilité se révèle dans toute sa splendeur. Allez-vous-en, pensées vénéneuses, c'est d'Henrik qu'il s'agit, pas de moi, c'est lui qui hurle à l'intérieur de mon être, découpé en morceaux, pendu dans des… Stop. Elle déraille encore. Où en était-elle ? Elle s'était fixé un but… Elle balaye la pelouse hirsute du regard, le jardin, le cadran solaire en ruine dont le précédent propriétaire, le vieux Stefansson, était si fier, les arbres sombres, l'automne approchant… Elle essaie de retrouver le rayon d'optimisme qu'elle ressentait il y a un instant. De quoi s'agissait-il ?

Ah oui, prendre les choses en main. Reconstituer la soirée précédant les événements. Agir, bouger, réagir. C'était ça. Elle se lève. Elle se dirige vers la cuisine. Le téléphone sonne ; elle ne répond pas. Kristina, se dit-elle. Je dois parler à ma sœur. Kristina, Robert et Henrik ont passé la fin de la soirée à bavarder. Elle a peut-être remarqué un détail… Non, sûrement pas. Sinon, elle l'aurait dit à la police. Et à nous. Mais certains signes… Elle pourrait ne pas les avoir remarqués, le policier intelligent ou seulement taciturne pourrait ne pas les avoir décelés… Des signes que seule une mère peut voir, dont seule une mère comprend le sens. Un mot, un geste, un changement quasi imperceptible dans le langage corporel… Un échange furtif entre Robert et Henrik pouvait réapparaître a posteriori, au fil d'une conversation entre deux sœurs accablées… Pourquoi pas ?

Elle doit parler à sa sœur. Il faut bien commencer quelque part.

Mais entre Ebba et Kristina, les choses n'ont jamais été simples. Qu'à cela ne tienne, il faudra passer outre.

Vingt minutes plus tard, elle a réservé un billet de train et une chambre d'hôtel à Stockholm. Elle part l'après-midi même. Elle aurait certainement pu dormir chez Kristina et Jakob si elle le leur avait demandé, mais elle préfère approcher sa sœur en douceur, franchir sans hâte le gouffre qui les sépare depuis leur plus tendre enfance. Peut-être l'occasion de se réconcilier. Enfin, sans aller trop loin. Prudence est mère de toutes les vertus. Elle ne prend pas la peine de la prévenir, elle l'appellera de l'hôtel le lendemain matin. Elle ne veut pas lui laisser le temps de se préparer, d'inhiber les souvenirs fugitifs.

Ebba se met sous la douche.

Au fond d'elle, une voix lancinante lui répète que ce voyage ne débouchera sur rien de bon, que Kristina et elle ont toujours eu du mal à communiquer, qu'elles sont comme chien et chat. Ebba refuse de l'entendre. Pour l'instant, elle doit agir. Pourquoi des sœurs ne se soutiendraient-elles pas dans la détresse ? Dans l'obscurité intérieure d'Ebba, les sacs Konsum ont cessé de se balancer. Elle écrit un message à Leif et à Kristoffer, leur annonçant simplement qu'elle part rendre visite à Kristina. De toute façon, ils ne comprendraient pas.

Une pluie d'automne miraculeuse se met à tomber alors qu'elle commande son taxi. Elle a l'impression qu'elle ne reviendra plus jamais.

26

Une bonne heure après sa conversation avec Ebba Hermansson Grundt, l'inspecteur Gunnar Barbarotti se rend à la cafétéria du commissariat pour y boire un café noir et s'adonner à des méditations existentielles.

En ce troisième jour au bureau, après quatre semaines de vacances, il lui semble qu'il n'a jamais eu autant de mal à se remettre au travail. Il est affecté à plusieurs dossiers, dont la sordide histoire d'un patron de pizzeria turc qui, las d'être harcelé par une bande de jeunes racistes, a tué un garçon de dix-neuf ans à l'aide d'un club de golf. Deux coups ciblés au fer 4, un sur chaque tempe. D'après ce qu'a compris Barbarotti, il va plaider la légitime défense.

Quelle idiotie d'asséner deux coups à la victime alors qu'un seul aurait suffi, remarque Backman. Cela lui vaudra six ans de plus. La bonne nouvelle, c'est que les immigrés se mettent au golf – la voie royale pour accéder à la pègre suédoise.

Barbarotti n'a jamais tenu un club de golf de sa vie. En revanche, il a vu quinze photographies du crâne fracassé du jeune homme et, à vrai dire, il ne sait pas trop quoi penser.

Il fait un soleil de plomb, on croirait que quelqu'un a oublié de débrancher un fer à repasser dans la pièce. Incroyable ; on est déjà fin août. Par un temps pareil, il est franchement anormal de travailler. Barbarotti a passé ses deux premières semaines de vacances en compagnie de ses trois enfants dans la maison d'un ami à Fiskebäckskil, et les deux dernières à Kavala, sur l'île grecque de Thassos. Il y faisait encore plus chaud, mais entre une mer bleu d'azur et une dénommée Marianne, la vie était belle. Il l'a rencontrée dans une taverne le lendemain de son arrivée. Elle fuyait une relation sur le déclin avec un prof de physique maniaco-dépressif. C'est en tout cas ce qu'elle a prétendu. Contrairement à son habitude, Gunnar Barbarotti s'est dit : Pourquoi pas ? Ils se sont quittés à l'aéroport de Thessalonique il y a à peine six jours, se promettant de ne pas s'appeler pendant un mois. Après, on verra.

À Kymlinge, il n'y a ni mer ni Marianne.

En revanche, il y a un commissaire Asunander d'une humeur massacrante, peut-être parce que la chaleur excessive décolle son dentier. Résultat, en cette fin d'été torride, il est encore plus laconique et hargneux qu'à l'accoutumée. Une rumeur prétend que sa chienne a donné naissance à quatre chiots mort-nés pendant les vacances, mais personne n'a osé lui demander si c'était vrai.

– Les Hermansson ? rugit-il en roulant des yeux, alors que Barbarotti vient d'aborder le sujet avec maintes précautions oratoires. Pas minute de plus avant trouver corps ! Ou deux ! Savoir aller au plus urgent ou changer boulot ! Aux objets trouvés, par exemple !

– Je viens de revenir. Je voulais seulement savoir s'il y avait du nouveau.

– Assez de nouveau pour pas mettre nez dans affaire quasi prescr…ite ! beugle le chef. Deux écoles incendiées, quatre viols non élucidés, huit agg…ressions et un cambriolage chez un ma…raîcher. Et meurtrier turc au club de golf !

– Merci, dit Barbarotti. Je comprends.

Pourquoi cambrioler un maraîcher ? se demande-t-il dans l'ascenseur. Les banques n'ont plus d'argent ? Et puis huit mois, c'est un peu court pour prescrire une double disparition, non ?

Depuis son départ en vacances, le dossier Hermansson Grundt est demeuré intact. Entre un petit pain à la cannelle et un gâteau aux amandes, son cœur balance. Il opte pour le petit pain, choix qu'il regrette aussitôt. En y réfléchissant bien (à l'affaire, pas au petit pain), tout ça ressemble – un « merde ! » s'insinue dans son monologue intérieur, la climatisation de la cafétéria doit déconner, on se croirait aux bains turcs – à un casse-tête chinois. Barbarotti avait un prof de collège qui adorait donner ce genre d'énigmes à ses élèves, surtout le vendredi après-midi. Ils y passaient ainsi tout le week-end. Pour autant qu'il s'en souvienne, l'inspecteur n'est jamais parvenu à en résoudre une seule. Le prof – ne s'appelait-il pas Klevefjell ? – finissait généralement par leur dévoiler la solution, toujours très raffinée, le lundi. Barbarotti ne la comprenait pas toujours.

Un casse-tête, donc : « Deux personnes, un oncle et un neveu, participent à une réunion de famille quelques jours avant Noël. La première nuit, l'oncle disparaît sans laisser de traces. La deuxième nuit, le neveu disparaît sans laisser de traces. Trouvez pourquoi. »

Merde, se dit encore Barbarotti en plantant les dents dans son petit pain. Asunander a raison, ça ne sert à rien. Tant d'heures de travail pour de si maigres résultats… Mais n'y a-t-il pas… mais si, je crois bien qu'il y a du polystyrène dans mon pain à la cannelle. Il grince sous les dents.

Pour une raison obscure, ce soupçon lui fait penser à son ex-femme Helena. Car il y a du changement. Quand il est allé chercher les enfants pour les emmener sur la côte ouest, elle lui a laissé entendre qu'elle avait rencontré quelqu'un et qu'elle était sur le point de déménager à

Copenhague, où ce quelqu'un travaille comme moniteur de yoga. D'après elle, il est encore trop tôt pour l'annoncer à Lars et Martin. Elle a fait promettre à Gunnar de ne pas leur en parler pendant leur séjour à Fiskebäckskil.

Il a suivi la consigne. Pas de nouvelles depuis. Peut-être que le déménagement est déjà en chemin, cahin-caha, vers le Danemark. Lars et Martin, que va-t-il advenir de vous ? Vous adresserez-vous à moi en danois dans cinq ans ? Quand des fils ne parlent plus la même langue que leur père, où va-t-on ? Il mord de nouveau dans son petit pain au polystyrène.

Enfin, il ne doit pas être le seul parent dans cette situation. Décidément, il fait plus de trente degrés à la cafétéria. Inutile de ruminer un jour comme celui-là. Barbarotti est sur le point d'aller chercher une deuxième tasse de café et un verre d'eau, lorsque l'inspecteur Backman entre en coup de vent.

– Tu es là ? s'exclame-t-elle en mettant les mains sur les hanches. On nous a signalé deux corps dans un congélateur. Tu viens, ou quoi ?

Barbarotti accepte l'invitation et remet ses méditations existentielles à un autre jour. Un congélateur, par une chaleur pareille, c'est une véritable aubaine.

Ebba résista à l'envie de descendre à Uppsala. Un jeune homme et une jeune femme s'étaient assis juste en face d'elle. Ils avaient tous deux les cheveux bruns coupés court et des lunettes – manifestement des étudiants. Ils sortirent des polycopiés de leurs sacs à dos et se mirent à les potasser, soulignant, marmonnant à voix basse. Elle leur jetait des coups d'œil à la dérobée. Des camarades de classe d'Henrik ? Elle n'arrivait pas à se défaire de cette idée improbable. Le semestre ne commençait que dans une semaine, mais enfin… Fermant les yeux, elle tenta d'invoquer l'image de son fils, mais le résultat la laissa insatisfaite. Il ne fit qu'une brève apparition. Elle se concentra et il revint, encore un court instant. Ces derniers temps, c'était malheureusement de plus en plus fréquent. Henrik lui échappait. Elle n'arrivait plus à le retenir. Suis-je en train d'oublier mon fils ? se demanda-t-elle, affolée. Pourquoi ne restes-tu pas plus longtemps avec moi, Henrik ? Pourquoi je ne sens réellement ta présence que quand tu es découpé en morceaux dans des sacs Konsum ? Un frisson parcourut son corps ; ce voyage était sa dernière chance. Aucun doute.

Elle avait appelé Leif de son portable. Ils avaient parlé trente secondes, puis la communication avait été coupée. Son départ précipité ne semblait pas l'étonner. Cela dit, l'étonnement ne faisait pas partie des états d'âme habituels de son mari. Il lui avait assuré que Kristoffer et lui se débrouilleraient et lui avait demandé combien de temps elle comptait s'absenter.

Quelques jours, avait-elle répondu. L'avait-il entendue ? Il n'aura qu'à rappeler si ça l'intéresse, se dit-elle.

Le train fit une halte à Knivsta, où elle avait fait un remplacement de quelques semaines dans un lycée. En janvier, pendant son deuxième semestre à la faculté de médecine. Ayant passé certains examens à l'avance, elle avait profité de son temps libre pour gagner un peu d'argent : mathématiques et biologie. Elle en gardait un seul souvenir intense, celui d'être le jouet de forces qu'elle ne contrôlait pas – une meute de jeunes menaçante et hostile. Certains élèves avaient à peine cinq ans de moins qu'elle. Le simple fait de se rendre en cours tous les matins lui demandait un effort colossal. Au moment de reprendre ses études, le soulagement avait été immense, même si le calvaire n'avait duré que huit ou dix jours. Heureusement qu'elle n'avait pas suivi les traces de son père dans l'enseignement.

Le plus bizarre, c'est que ce lycée existait sans doute encore de l'autre côté de la vitre : ses classes, sa salle des profs lambrissée en pin, meublée de canapés en cuir muets, de plantes en pots poussiéreuses, agonisantes – et ses professeurs, en tout cas les plus jeunes… Rien de tout cela n'avait cessé d'exister depuis bientôt vingt ans, alors qu'elle-même, ailleurs, se consacrait à sa vie, à sa famille, à sa carrière… Cette prise de conscience lui parut épouvantable, presque obscène. Si elle se hâtait de descendre du train et retrouvait le chemin de ce lycée, de la salle de classe avec sa grande tache d'humidité au plafond et ses rideaux occultants verts affreusement laids, alors sa vie changerait de direction. Elle pourrait revenir en arrière de vingt ans. Le milieu des années quatre-vingt… Oui, en 1985, l'année où Leif Grundt avait fait son apparition. Avant que ses enfants ne soient nés, qu'elle ne s'engage dans cette voie qui menait inexorablement aux terribles incidents de son anniversaire… Si elle descendait du train et s'élançait dans la petite ville de Knivsta, le temps exécuterait une rotation autour de son axe, comme un ruban de Moebius, et elle aurait la possibilité de tout recommencer, de ne pas perdre son fils adoré, de ne pas le voir pendu au milieu de son vide intérieur dans deux sacs vert et blanc…

Le train se remit en marche avec un sursaut. Je ne tourne pas rond, se dit-elle. Je laisse pénétrer des pensées insensées dans mon esprit. Je dois retrouver mes mécanismes de blocage. Je dois… Je ne me reconnais plus dans mes propres raisonnements. Que reste-t-il alors de mon moi ? *Qui* ne reconnaît plus *quoi*, au final ?

Pour neutraliser ce poison mental, elle ramassa un journal gratuit oublié sur le siège et se mit à le feuilleter. Mais elle n'en lut pas une ligne. Prisonnière de son monde intérieur révulsé, elle s'en remit à ce Dieu auquel elle ne croyait pas.

Aide-moi, s'il te plaît. Je ne veux pas devenir folle. Fais que ma rencontre avec ma sœur soit un petit pas en avant. Ne me punis pas pour mon orgueil.

Cette dernière idée faisait insidieusement son chemin depuis quelques jours. L'orgueil. La perte d'Henrik – ou son absence – était-elle un prix à payer pour avoir accordé trop d'importance à des choses qui n'en avaient pas ? Pour son égoïsme ? Car elle avait toujours fait passer sa carrière avant sa famille. Sur le plan clinique et intellectuel, elle était capable de diagnostiquer cette logique comme délirante et malsaine, typique des troubles que pouvaient provoquer les événements traumatisants qu'elle venait de vivre. Mais dans l'obscurité de son cœur, à mesure que le temps passait, l'idée devenait de plus en plus crédible. L'heure du bilan était arrivée. L'heure du châtiment.

À huit heures et quelques, elle se présenta à la réception de l'Hotell Terminus, en face de la gare centrale. Sa chambre était au cinquième étage avec vue sur les voies, l'hôtel de ville et Kungsholmen – un paysage de bras d'eau, de ponts et d'immeubles inconnus. Je pourrais emménager à Stockholm, se dit-elle. Si je ne retrouve pas mon fils, autant tout quitter. Postuler à l'hôpital de Danderyd ou à l'institut Karolinska et me perdre dans l'anonymat.

Elle tira les rideaux et serra les dents pour s'empêcher de pleurer. Quelles illusions idiotes… À quoi bon croire qu'elle pourrait continuer à vivre, que Kristina pourrait l'aider ?

Pourquoi espérer encore ?

Dans le minibar, elle trouva deux mignonnettes de whisky. C'est mieux que rien, se dit-elle en dévissant le premier bouchon.

Vingt minutes plus tard, au téléphone, fortifiée par cette faible dose d'alcool, elle annonça à sa sœur qu'elle était en arrêt maladie et que ça n'allait pas très fort. Le commentaire de Kristina fut laconique : « Pas étonnant vu les circonstances. » Ebba lui expliqua ensuite qu'elle était à Stockholm pendant quelques jours pour régler une affaire, et qu'elle aurait aimé discuter un peu avec elle en tête à tête.

– De quoi ? demanda Kristina.

– De Robert et d'Henrik.

– Pour quoi faire ?

Ebba eut le souffle coupé, comme si la pièce exiguë manquait soudain d'oxygène.

– Parce que… parce que tu as passé beaucoup de temps avec Henrik ces jours-là, parvint-elle à dire. Vous vous êtes toujours bien entendus. Je me suis dit que peut-être… Qu'il t'avait peut-être dit quelque chose le soir où il a disparu.

Après quelques secondes de silence, Kristina répondit. Non, Henrik ne lui avait rien dit. Bien sûr que non, autrement, elle en aurait déjà informé la police et toutes les personnes concernées. Que croyait Ebba ? Enfin, si elle voulait passer prendre un café le lendemain après-midi, elles pourraient bavarder un moment. De préférence entre treize et quinze heures. Elles seraient tranquilles à la maison, sans enfant ni mari.

Mais il ne fallait pas qu'elle nourrisse de faux espoirs.

Ebba remercia Kristina, comme si celle-ci venait de lui accorder une grâce. Après avoir raccroché, elle resta immobile pendant quelques minutes, indécise. Elle alluma la télévision et regarda le journal du soir. Elle avait l'impression de rétrécir. Elle prit une douche et se mit au lit. À huit heures et demie, elle éteignit la lumière et respira profondément, lentement, cinq fois de suite. Elle se vidait ainsi des soucis et des peines de la journée.

Mais le sommeil n'était pas au rendez-vous. Un souvenir surgit à la place. Se matérialisant dans l'obscurité compacte qui régnait dans son for intérieur et dans la chambre, il ne semblait pas fait pour l'apaiser.

Plusieurs années auparavant. Les garçons devaient avoir douze et sept ans. Un collègue de l'hôpital invité aux États-Unis cet été-là souhaitait que sa maison de campagne du Jutland ne reste pas vide. Les Hermansson Grundt l'avaient louée pour les vacances. Leif et les garçons s'y étaient rendus dès le mois de juin. Ebba devait travailler jusqu'à début juillet, mais il était convenu qu'elle fasse un aller et retour avant pour passer la Saint-Jean en famille.

Leif se faisait aider par Kristina, qui avait besoin de se poser pendant quelques semaines. Après une énième rupture amoureuse, elle se retrouvait de nouveau sans logement – c'était bien avant que Jakob Willnius ne fasse son apparition dans sa vie.

Ebba avait fait tout le trajet en voiture du nord de la Suède au Danemark. Elle avait traversé le détroit du Skagerrack en ferry, la nuit, entre Varberg et Grenå, et débarqué sur la côte du Petit Belt au nord de Sönderborg, à l'aube. Dans la grande maison gracieusement nichée entre les dunes, tout le monde dormait – il était à peine six heures. Ebba la découvrait. Le propriétaire la lui avait décrite oralement. Leif aussi, au téléphone. Elle mit un moment à s'orienter. Elle se glissa de chambre en chambre, monta et descendit l'escalier, et trouva finalement la famille au grand complet dans un gigantesque lit double, sous un grand velux à l'étage supérieur : son mari, sa sœur et ses deux fils. Henrik et Kristoffer occupaient le milieu du lit, Leif et Kristina, les extrémités. Cette vision, ce regroupement… Le cœur d'Ebba fit un bond. Ils étaient tous tournés du même côté, comme des cuillers à thé dans un tiroir de cuisine. La couverture entortillée à leurs pieds, leurs corps endormis, découverts, les garçons en culottes courtes, le directeur de supermarché en pyjama, et Kristina en culotte et en T-shirt, chacun effleurant légèrement le dormeur devant lui. Le tableau respirait une telle harmonie, une telle sérénité qu'elle en eut la gorge serrée : une véritable peinture. La représentation idyllique de la famille bienheureuse.

Pétrifiée, elle avala sa salive, mais les questions qu'elle tentait désespérément de refouler surgissaient malgré elle. Pourquoi ne suis-je pas allongée avec eux ? Pourquoi Leif et moi n'avons-nous jamais dormi ainsi avec les garçons ? Qu'est-ce que je fais ici, à l'extérieur, en spectatrice ?

Elle ne les réveilla pas. Elle redescendit l'escalier, se trouva un lit dans une autre chambre et s'emmitoufla dans un plaid. Elle se réveilla quatre heures plus tard, lorsque Leif lui apporta une tasse de café et un petit pain feuilleté – une spécialité danoise appelée *wienerbrød*. L'air perplexe, il lui demanda si elle souffrait d'allergie. Elle prétexta un quelconque pollen, ajoutant qu'elle avait consommé un paquet de mouchoirs entier pendant le trajet.

Non, ce souvenir n'était décidément pas fait pour l'apaiser.

27

Petite, le teint frais, elle évoquait à Barbarotti une coureuse de marathon. Mince comme un roseau, pas un gramme de chair superflue sur le corps. Elle se tenait droite sur sa chaise, les mains croisées sur la table, les yeux grands ouverts, attentifs.

Trente-cinq ans, devina-t-il. Une volonté de fer. Elle avait dû traverser pas mal d'épreuves.

Il lui tendit la main. Puis ce fut au tour de Backman. Tillgren, le stagiaire, referma la porte.

– Commençons par les formalités. Je me présente, Gunnar Barbarotti, et voici ma collègue Eva Backman.

Ils s'assirent. Backman mit le magnétophone en marche et prononça l'introduction d'usage, puis invita la femme à commencer.

– Je m'appelle Linda Eriksson. J'habite à Göteborg.

Ayant vérifié l'enregistrement, Backman leur fit signe de poursuivre.

– Je suis kinésithérapeute à l'hôpital Sahlgrenska. J'ai trente-quatre ans, je suis mariée, j'ai deux enfants… Ça suffit ?

– Oui, répondit Barbarotti. Pouvez-vous nous expliquer la raison de votre présence ici ?

Elle se racla la gorge.

– Je suis ici parce que j'ai une sœur. Ou plutôt, j'avais une sœur. Jane. Elle s'appelait Jane… Quand nous étions enfants, notre nom de famille était Andersson. Ensuite, elle a pris le nom de son mari, Almgren. Je ne sais pas très bien comment… Hmm. Excusez-moi.

– Prenez un peu d'eau, lui suggéra Backman.

– Merci.

Elle versa de l'eau gazeuse dans un verre et en but une gorgée.

– Eh bien, reprit-elle, ma sœur est décédée il y a quelques semaines. Elle s'est fait écraser par un autobus à Oslo, je ne sais pas… Je ne sais pas ce qu'elle y faisait. Elle habitait à Kymlinge depuis quelques années. Jane était… fragile.

– Fragile ? la relança Barbarotti.

– Oui. Elle souffrait de troubles de la personnalité, comme on dit. Depuis assez longtemps.

– Quel âge avait-elle ? demanda Backman.

– Trente-six ans. Deux ans de plus que moi. Je ne sais pas par où commencer, c'est une longue histoire.

– Nous avons tout notre temps, dit Barbarotti. Si vous commenciez par le début ?

Linda Eriksson acquiesça.

– Très bien. Disons que nous venons d'une « famille à problèmes ».

Elle esquissa un sourire, comme pour s'en excuser. Barbarotti fut traversé par une vague de sympathie pour cette femme fluette et forte. Sans en être entièrement conscient, il n'allait d'ailleurs plus douter de ses paroles.

– Mais ça, c'est quand même le pompon. Nous sommes trois frère et sœurs. Je suis la plus jeune. Ma mère est internée en hôpital psychiatrique depuis plusieurs années. Mon frère Henry – c'est l'aîné d'entre nous – a encore au moins deux ans à purger de sa dernière peine… Et puis, il y a Jane. Je n'ai pas connu mon père, et celui d'Henry et de Jane est mort. À ce qu'il paraît, le mien était anglais… Enfin, c'est ce que disait ma mère, en tout cas. En fait, nous sommes demi-frère et sœurs.

– Mais vous avez grandi ensemble ? dit Eva Backman.

– Par périodes.

– Où ça ? demanda Barbarotti.

– Un peu partout. J'ai dû déménager une dizaine de fois avant mes quinze ans. J'ai passé deux ans ici, à Kymlinge. Henry a huit ans de plus que moi. Il a quitté la maison il y a longtemps. Mais Jane et moi… Oui, nous avons grandi comme des sœurs. D'ailleurs, on n'avait personne d'autre vers qui se tourner.

– Concentrons-nous sur Jane, suggéra Barbarotti. Est-ce qu'adultes, vous avez gardé le contact ?

Linda Eriksson secoua la tête.

– Non, malheureusement. Ça ne marchait pas entre nous. Garder le contact avec Jane, ça veut dire… Être irrémédiablement tiré vers le bas.

– Comment ça ? demanda Backman.

– C'est dans sa nature. Elle a commencé à se droguer dès le collège… À prendre toutes sortes de drogues. Elle était complètement absorbée par elle-même et par ses problèmes. Ce serait un symptôme de sa maladie. À partir de l'âge de dix-huit ans, elle a été très souvent internée un peu partout. On s'est peu à peu perdues de vue. Finalement, elle a reçu un traitement qui semblait marcher. En tout cas, elle a décroché de la drogue et a rencontré un homme… Vous savez, ma mère était assez mal en point, elle aussi. Quand j'ai commencé le lycée, le bureau d'aide sociale et le psychologue scolaire m'ont trouvé un logement, et j'ai pu quitter la maison.

– Et Jane ? demanda Barbarotti.

– Eh bien, elle s'est mise en ménage avec Germund. Ils se sont mariés et installés à Kalmar. Ils ont eu deux enfants. Je croyais qu'ils étaient heureux, mais quand je leur ai rendu visite, deux ans après leur déménagement, j'ai constaté que non. Aucun des deux n'avait de travail stable. Germund était aussi un ancien toxico. Ils faisaient partie d'une espèce de secte et pratiquaient toutes sortes de rites bizarres. C'est la seule fois que je suis allée les voir. Six mois plus tard, c'était la catastrophe. Jane a essayé de tuer son mari et ses enfants, pour une histoire de jalousie. Elle a été condamnée au placement en unité psychiatrique fermée et a perdu son droit de visite.

– Son mari a obtenu la garde ?

– Oui. Manifestement, on l'a jugé capable de l'assumer. Enfin, je ne sais pas… Il y a eu pas mal de problèmes après… Mais surtout à cause de Jane.

– Vous étiez en contact avec elle… ou avec eux… à cette époque ? demanda Backman.

– Très rarement. Je tenais mes renseignements de ma mère. Pas une source très fiable, c'est le moins qu'on puisse dire. Bref, Germund est parti à l'étranger avec les enfants il y a… Ça doit faire deux ans, maintenant. À ma connaissance, Jane n'a jamais réussi à obtenir leur adresse. Elle a continué à faire des allers et retours en centre psychiatrique. Et puis, il y a un peu plus d'un an, son état a paru s'améliorer. Elle arrivait à se débrouiller seule. Évidemment, je n'avais aucune idée de… De ça.

Elle fit un geste désolé.

– De quand datent vos derniers contacts avec votre sœur ? demanda Barbarotti.

– Je ne l'ai pas vue depuis plus d'un an. Mais je lui ai parlé au téléphone… La dernière fois, c'était en mars.

– De quoi avez-vous parlé ?

– Elle voulait m'emprunter de l'argent. J'ai refusé et elle m'a raccroché au nez.

– Quand avez-vous su qu'elle était morte ?

– Le jour où c'est arrivé. On m'a appelée de l'hôpital à Oslo. Ils ont trouvé mon numéro sur un bout de papier dans son porte-monnaie.

– Le 25 juillet ?

– Oui. On venait de rentrer de deux semaines de vacances en Allemagne. Mon mari est allemand.

– Racontez-nous ce qui est arrivé ensuite, lui suggéra Backman.

– Eh bien, je suis allée à Oslo identifier le corps et je me suis occupée de l'enterrement et de l'inventaire des biens. Je n'ai même pas pris la peine de demander à mon frère ou à ma mère de m'aider. Mais ils sont quand même venus à l'enterrement. Trois proches, deux gardiens de prison et un infirmier. Ce n'était pas très gai.

– Quand a-t-il eu lieu ?

– Le 4 août.

– Ici, à Kymlinge ?

– Oui, puisqu'elle y habitait depuis quelques années.

– Et après ?

– Après, il a fallu vider son appartement. J'ai réussi à joindre le propriétaire et à le convaincre de réduire le loyer de moitié si on débarrassait les lieux avant le 15. Et je suis arrivée ici lundi pour commencer à trier ses affaires.

Backman regarda dans son bloc-notes.

– C'est bien au 26, Fabriksgatan ?

– Oui. Je m'étais donné trois jours. Elle n'avait pas grand-chose, mais ce genre de déblayage prend quand même du temps. J'avais décidé de tout jeter. J'ai appelé un transporteur qui est venu chercher ses affaires et les a emportées à diverses collectes, ou directement à la décharge. Jane était ma sœur, mais je ne me sentais pas la force de fouiller dans sa vie sordide. D'ailleurs, je n'ai trouvé aucun souvenir. Pas d'album photo, par exemple.

– Et ses enfants ? Son ex-mari ?

– J'ai consulté la police et des assistants sociaux. Tout le monde a trouvé qu'il valait mieux les laisser tranquilles. À quoi ça aurait servi de leur rappeler l'existence de Jane ? Ça peut paraître cynique, mais on a décidé de ne pas les mettre au courant.

– Quel âge ont ses enfants, déjà ? demanda Backman.

– Dix et huit ans.

– Sage décision, déclara Barbarotti. Et c'est quand vous avez fait le ménage dans son appartement que…

Linda Eriksson ferma les yeux et inspira une grosse bouffée d'air, comme pour trouver la force d'aborder le sujet. Elle hoqueta plusieurs fois, ses frêles épaules tressautèrent sous sa robe en coton verte. Barbarotti était admiratif. Sa vie avait commencé dans des conditions exécrables, et elle était parvenue à s'en sortir. Il échangea un coup d'œil avec Backman, qui semblait partager ce sentiment.

– Oui, j'ai commencé par les chambres. J'ai laissé la cuisine pour la fin. Et c'est ce matin que… Eh bien, que je me suis mise à vider le congélateur, et que j'ai vu les… doigts. Excusez-moi…

Un frisson parcourut son corps fluet. Barbarotti crut qu'elle allait vomir sur la table. Se ressaisissant, elle secoua la tête et but une gorgée d'eau. Backman posa une main réconfortante sur son bras.

– Merci. Excusez-moi, je crois que je suis encore sous le choc. Quand j'ai compris ce qu'il y avait dans le sac, ça a été tellement horrible…

Barbarotti fit subrepticement signe à Backman de se taire.

– C'était un bras. Coupé au niveau du coude. Dans un sac en plastique ICA, rouge et blanc. Je suis restée pétrifiée pendant au moins dix minutes. J'allais vider tout le contenu du congélateur pour le descendre aux ordures, et si ces doigts n'avaient pas dépassé, je n'aurais peut-être pas remarqué. J'ai ouvert un autre sac ICA. D'abord, je n'ai pas compris de quoi il s'agissait. C'étaient des hanches.

Elle se tut. Quelques secondes passèrent.

– Celles d'un homme ? demanda Backman.

– Oui, celles d'un homme.

À l'extérieur, un mouvement détourna brièvement l'attention de Barbarotti. Une pie arrivait à tire d'aile. Elle se posa sur le rebord de la fenêtre. Un espion au service du diable ? se demanda-t-il.

Car Barbarotti n'avait jamais douté de l'existence du diable. Son gros problème était celle de Dieu.

Eva Backman se racla la gorge.

– Hmm… Et qu'avez-vous fait à ce moment-là ? Vous avez dû être profondément choquée.

– Oui. D'abord, je me suis précipitée aux toilettes pour vomir. Ensuite, j'ai essayé de retrouver assez de sang-froid pour appeler la police. Et pendant que je les attendais, j'ai ouvert un autre sac… Je ne sais pas pourquoi, peut-être que je voulais en avoir le cœur net… C'était une tête. Je suis encore sortie vomir, et je suis restée dans la salle de bains jusqu'à l'arrivée de la police.

– Vous étiez dans l'appartement pendant qu'on ouvrait les autres sacs ? demanda Barbarotti.

– J'attendais dans la chambre. Avec une femme policier.

– Et on vous a dit qu'il s'agissait de deux corps ?

– Oui.

– Que votre sœur, pour une raison ou pour une autre, avait conservés dans son congélateur ?

– Oui.

– Avez-vous une idée de la raison qui l'a poussée à le faire ?

– Non.

– Avez-vous une idée de l'identité des deux corps ?

– Non.

– Vous les a-t-on montrés ?

– Oui. La police m'a demandé si je me sentais capable de les regarder et j'ai dit que je pouvais essayer… Mais je n'ai vu que les têtes.

– Et ?

– Je n'en ai reconnu aucune. Elles étaient dans un sale état, mais on voyait bien que c'était deux hommes.

– Je vois.

Barbarotti jeta un coup d'œil à la pie, qui en avait assez entendu, car d'un battement d'ailes elle décolla. Lui aussi en avait assez entendu. Il aurait voulu avoir des ailes.

– Votre sœur avait-elle déjà manifesté des tendances à la violence ?

Linda Eriksson hésita. Les inspecteurs attendirent patiemment.

– Je ne sais pas très bien quoi vous répondre. Elle a quand même essayé de tuer toute sa famille. Il… Il faut que…

– Oui ?

– Il faut que vous le sachiez : Jane était gravement malade. Elle n'aurait pas dû être en liberté. Ni pour son propre bien, ni pour celui des autres. Mais vous connaissez l'état du système de soins psychiatriques dans ce pays, n'est-ce pas ? Allez-y ! Lâchez-les dans la rue ! Ils feront forcément quelques dégâts, mais leur durée de vie sera d'autant plus courte. À long terme, ça revient moins cher.

Barbarotti, bien qu'il fût parfaitement d'accord, s'abstint d'approfondir le sujet.

– C'est comme ça, dit-il. Bien sûr, il y aurait beaucoup de choses à améliorer… Je veux dire dans notre système de santé. Mais, pour le moment, on va s'en tenir à l'affaire. Nous aurons sans doute besoin de vous revoir. Où pouvons-nous vous joindre ?

Soudain, Linda Eriksson fondit en larmes. Backman lui tendit une poignée de mouchoirs en papier. Le témoin se moucha et s'essuya les yeux.

– J'aimerais bien rentrer chez moi, à Göteborg, dit-elle d'une voix faible. Ma famille m'attend.

Barbarotti se tourna vers Backman, qui acquiesça.

– Très bien, dit-il. Nous avons vos coordonnées et nous vous rappellerons sûrement demain. Comment comptez-vous rentrer ?

– Il suffit que j'appelle mon mari. Il viendra me chercher. Ce n'est qu'à une heure de route… Enfin, deux pour faire l'aller et retour.

– Nous avons une petite salle de repos à côté. Vous pouvez vous y installer en attendant, suggéra Barbarotti.

– Merci, dit Linda Eriksson.

Elle suivit Backman jusqu'à la porte.

Pauvre fille, se dit Barbarotti. Si elle avait commencé par la cuisine, elle n'aurait pas eu besoin de vider le reste de l'appartement.

– Qu'est-ce que tu en dis ? demanda Backman.

Elle était affalée dans un fauteuil devant le bureau de Barbarotti.

– Et toi ?

– C'est grotesque. Parfaitement grotesque.

– Tu crois qu'elle les a découpés dans la cuisine ?

– Wilhelmsson pense qu'elle l'a fait dans la salle de bains. On a relevé des traces assez nettes.

– Dans la baignoire ?

– Plutôt sur le carrelage. Linda Eriksson avait bien récuré. Peut-être que Jane l'avait fait avant elle, d'ailleurs. Mais le sang, ça ne pardonne pas.

– Quand ?

– Il n'a pas pu me le dire. Ça faisait sans doute un bon moment.

– Et on est sûrs pour l'un d'entre eux ?

– Tu l'as vu toi-même, non ?

Malgré son visage amoché, il régnait peu de doutes sur son identité. L'une des têtes appartenait à Robert Hermansson, porté disparu le 20 décembre de l'année précédente.

– On aurait dû lui demander si elle voyait un lien.

– Entre sa sœur et les Hermansson ?
– Oui.
– Pas avant d'être sûrs à cent pour cent. Si on nous le confirme avant son départ à Göteborg, j'irai lui poser la question. Et l'autre, qu'est-ce que tu en penses ?
Eva Backman haussa les épaules.
– On en saura plus dans une heure ou deux. Pour l'instant, je n'ai pas d'avis. Ça peut être Henrik Grundt. Ou quelqu'un d'autre. Wilhelmsson dit que le corps est plus abîmé. Surtout la tête. Il a dû pourrir pendant quelques jours avant qu'elle le mette au congélateur.
L'inspecteur Barbarotti croisa les mains derrière la nuque. Il se sentait soudain complètement épuisé. Impuissant. Il inspira une grosse bouffée d'air pour remédier à cette mauvaise oxygénation.
– Et si ce n'est pas Grundt, eh bien, quelqu'un d'autre a eu le plaisir de se faire assassiner par notre chère Jane Almgren, dit-il à voix basse, avec une lenteur un brin perverse. C'est ça ?
– C'est toi qui le dis. Mais je suis d'accord : c'est soit Henrik Grundt, soit quelqu'un d'autre. Dans la seconde hypothèse, on se retrouve avec une nouvelle énigme.
Barbarotti regarda sa montre et releva la tête, pensif.
– Bergman nous prépare une liste de personnes à interroger. Voisins, assistants sociaux, psychothérapeutes et ainsi de suite.
– Et son mari ?
– Lui aussi. Si on le trouve. Et la mère et le frère. Il y a une heure, Bergman avait déjà cinquante-deux noms. Cinquante-deux, comme dans un jeu de cartes. Je me demande…
– Quoi ?
– Si tu n'aurais pas envie de faire un tour à L'Élan prendre une bière et un sandwich avant de s'y coller. À mon avis, on va faire des heures sup, ce soir.
Backman soupira.

– Une dernière bière avant le départ au front. Bonne idée. Il faut d'abord que j'appelle chez moi pour les prévenir.

– Ça tombe bien, moi aussi.

Backman se leva, mais au lieu de quitter la pièce elle resta immobile pendant quelques secondes, regardant par la fenêtre. Puis elle dirigea ses yeux bleu roi vers Barbarotti.

– Tu sais ce que j'en pense, Gunnar ?

Il secoua la tête.

– Je trouve ça complètement délirant. Les journaux vont se délecter de cette histoire. Célébrité du petit écran retrouvée dans un congélateur ! Découpée en morceaux emballés dans des sacs en plastique ! Merde, Gunnar, j'aurais dû suivre leurs conseils. Reprendre le magasin de chaussures de papa et me marier avec Rojne Walltin.

– Rojne Walltin ?

– Je ne t'ai pas raconté ?

– Jamais.

– Il dirige une chaîne de magasins de chaussures à Borås et à Vänersborg. Notre union aurait donné naissance à un quasi-monopole de la chaussure. Figure-toi qu'il m'a demandée en mariage.

– Des problèmes avec Ville, en ce moment ?

– Pas le moins du monde. Enfin, pas plus que d'habitude.

– Dans ce cas, va l'appeler et dis-lui que tu es de service ce soir. Au moins tu éviteras un match de floorball.

Backman acquiesça et sortit. Barbarotti resta un moment dans la même position, les pieds sur le bureau, se demandant s'il devait faire une prière existentielle au Seigneur. Mais il n'arriva pas à la formuler. Pour l'instant, le Tout-Puissant existait avec une bonne marge. Marianne et la Grèce lui avaient donné un sacré coup de pouce. D'ailleurs, au plus profond de son être, Barbarotti entendait désormais une nouvelle voix. Elle lui rappelait cette vérité incontournable : pour mener une vie paisible en ce bas monde, il vaut mieux être dans les petits papiers d'une quelconque puissance supérieure.

Qui, à la longue, se lassait peut-être qu'on mette en doute son existence pour un oui ou pour un non.

Il composa le numéro de chez lui. Sa fille ne répondant pas, il lui laissa un message pour la prévenir qu'il travaillerait tard.

Et, en père attentionné qu'il était, il omit de préciser que le puzzle qui le retenait au bureau était constitué des parties découpées de deux corps congelés.

28

Ebba Hermansson Grundt descendit à la station de métro Skogskyrkogården. Elle continua à pied, comme on le lui avait indiqué, prit le tunnel sous la Nynäsvägen et entra dans le Vieil Enskede. Elle n'avait jamais rendu visite à sa sœur et fut immédiatement frappée par l'élégance des lieux. Leif et les garçons étaient venus une fois, quelques années auparavant, mais à l'époque elle avait eu un empêchement. Sûrement un collègue tombé malade.

Les vieilles villas en bois, flanquées de vastes jardins aux arbres croulants de fruits, avaient plus de cachet qu'elle ne l'aurait imaginé. En comparant cette banlieue huppée à son quartier, à Sundsvall, elle dut admettre que Kristina la devançait de quelques échelons sociaux.

Mais seule la disparition d'Henrik blessait le cœur d'Ebba Hermansson Grundt, comme une épine plantée dans sa chair. Toutes les autres vexations lui semblaient infiniment futiles. Pour que son fils lui soit rendu, elle aurait volontiers passé le reste de sa vie dans un deux-pièces de banlieue. Ou écourté ses jours. Oui, pourquoi pas ?

Enfin… Ce genre de raisonnement irréaliste ne menait jamais à rien.

En entrant dans la Musseronvägen, elle se dit qu'elle aurait dû acheter une fleur. N'était-elle pas passée devant un fleuriste, cinq minutes auparavant ? Sur la petite place. Voyant qu'elle était en avance, elle fit demi-tour.

Un court instant, elle en oublia l'objet de sa visite. Cela la remplit de stupeur.

– Merci, dit Kristina. Ce n'était pas nécessaire. Moi non plus, je n'ai jamais su m'occuper des plantes en pot.

Elle avait paru sincèrement étonnée du présent.

– C'est une orchidée. Il suffit de lui remettre de l'eau une fois par mois.

– Parfait. Dans ce cas, elle survivra au moins un mois.

– Il paraît qu'il y en a plus de trois mille espèces.

– Tant que ça ?

J'ai bien fait, se dit Ebba. Ça nous permet de rompre la glace.

Kristina la devança dans une vaste véranda qui donnait sur le jardin. Le café était déjà prêt, accompagné d'un gâteau. Elle fit signe à Ebba de s'asseoir dans l'un des fauteuils en osier. Pas de tour du propriétaire. D'ailleurs, Ebba ne s'attendait à aucun cérémonial superflu. Kristina leur versa du café, elles en burent un peu. Seulement alors, Ebba remarqua que sa sœur était enceinte. Son ventre n'était pas encore rond, mais quelque chose dans sa manière de s'asseoir, le dos très droit et les jambes un peu écartées, le lui signala.

– Tu attends un enfant ?

Kristina acquiesça.

– Félicitations. Tu es enceinte de combien ?

– Douze semaines.

Ses yeux expriment l'inquiétude, se dit Ebba. Elle serre les mâchoires. On dirait qu'elle vit ma présence comme une épreuve.

Ebba, qui se croyait entièrement absorbée par son seul et unique problème, fut étonnée de faire preuve d'une telle faculté d'observation. Mais nous sommes sœurs, se dit-elle. Nous remarquons les détails d'un coup d'œil. C'est dans la nature de notre relation.

Par ailleurs, elle comprenait très bien que Kristina ne se réjouisse pas de sa visite. Sa petite sœur avait grandi sous sa domination, c'est du moins ce qu'elle avait dû ressentir, surtout à l'adolescence. Elle était tout de même parvenue à entretenir de bons rapports avec les enfants d'Ebba. Elle avait dû être accablée par la disparition d'Henrik, elle aussi. Et celle de Robert. Kristina et Robert avaient toujours été proches. Ebba s'était volontairement tenue à l'écart ; elle avait établi une ligne de démarcation entre elle et le reste de la fratrie. Alors qu'elle essayait sans succès d'entamer la conversation, ces constats implacables fusaient à travers son esprit, lui serrant la gorge. Ressaisis-toi, se dit-elle, affolée. Surtout, ne te mets pas à pleurnicher !

Kristina perçut sans doute sa fragilité – toujours cette « télépathie » entre sœurs – car, soudain, elle eut un geste inhabituel. Elle se pencha vers sa grande sœur et lui caressa le bras. Pour la toute première fois, se dit Ebba.

Cela ne dura qu'une seconde, mais c'était la preuve de… de quelque chose qui, pour l'instant, échappait aux mots. Ebba eut un bref sentiment de vertige. Elle ferma les yeux pour le surmonter. En les rouvrant, elle croisa le regard de Kristina. Encore cette inquiétude, cette tension en contradiction avec son geste de tendresse. Il faut que je me jette à l'eau, pensa-t-elle. Le silence a ses limites.

– Je ne sais pas très bien ce que je fais ici. En fait.

– Moi non plus, répliqua Kristina.

– Peut-être que je ne supportais plus l'inaction.

– Ça ne t'a jamais réussi.

Ebba se racla la gorge, encore gênée.

– Je ne supporte plus cette situation, Kristina. Je croyais m'y habituer avec le temps, mais ce n'est pas le cas. Ça devient de pire en pire.

Kristina ne répondit pas. Elle se mordillait la lèvre inférieure, le regard fixé sur un point au-dessus de la tête d'Ebba.

– Il faut que je sache ce qui est arrivé à Henrik.

Kristina haussa légèrement les sourcils.

– Je ne comprends pas très bien ce que tu veux dire.

– Qu'est-ce que tu ne comprends pas ?

– À quoi ça sert.

– Moi non plus, je ne le sais pas, mais l'attente me rend folle.

– Folle ?

– Oui. L'immobilité me rend folle. Il devait bien…

– Quoi ?

– Il devait bien y avoir quelque chose chez Henrik ces jours-là… Quelque chose que… eh bien, que je n'aurais pas remarqué.

– Comme quoi ?

– Il est tout de même sorti volontairement cette nuit-là.

– Oui, on dirait.

– Il l'avait peut-être décidé longtemps à l'avance. Et… Et puisque tu as pas mal parlé avec lui, je me suis dit que tu aurais pu remarquer un détail. C'est tout.

– Je n'ai rien remarqué de spécial, Ebba. Je l'ai déjà répété cent fois.

Kristina gardait les yeux fixés sur le même point énigmatique.

– Je le sais bien. Mais en y repensant, a posteriori, il ne te revient rien ?

– Non.

– Mais ça devrait…

– S'il te plaît, Ebba… Tu crois que je n'y ai pas réfléchi ? Je n'ai fait que ça depuis les événements. Je me suis posé la question jour et nuit.

– Bien sûr. Mais de quoi avez-vous parlé ?

– Quoi ?

– Toi et Henrik, de quoi vous avez parlé ?
– De tout et de rien.
– De tout et de rien ?
– Oui.
– Comme par exemple ?
– Comme par exemple Uppsala. Tu me fais subir un interrogatoire, Ebba. Je n'aime pas ça.

La boule qui obstruait la gorge d'Ebba menaçait d'éclater.

– Que veux-tu que je fasse, à la fin, Kristina ? Dis-le-moi ! Tu ne m'aides pas du tout.

Kristina sembla hésiter. Puis elle regarda sa sœur droit dans les yeux.

– Je ne t'aide pas parce que je ne le peux pas, dit-elle posément, sur un ton didactique. Henrik n'a rien dit ni fait qui puisse expliquer ce qui est arrivé. Pourquoi je te cacherais quoi que ce soit, Ebba ? Tu peux me le dire ?
– Je n'en sais rien. Non, bien sûr que tu ne me caches rien. Vous avez parlé de… De moi ?
– De toi ?
– Oui. Ou de relations familiales. Vous avez peut-être abordé des sujets sensibles que vous avez préféré m'épargner ? Si c'est le cas, je t'en supplie, Kristina, ne me protège pas. Ça n'a aucune importance que…
– Nous n'avons pas parlé de toi, Ebba. Ni de ta famille.

Ebba leva sa tasse, la tripota, puis la reposa sur sa soucoupe.

– Uppsala… Qu'est-ce que vous avez dit sur Uppsala ?
– Henrik m'a parlé un peu de ses études. De son logement et ainsi de suite.
– De Jenny ?
– Oui, il l'a mentionnée.
– Et ?
– Je n'ai pas eu l'impression que c'était très sérieux.

– Tu sais si la police a réussi à la trouver ?
– Oui… Non… Comment ça ?
– Ils n'ont trouvé aucune trace de cette fille.
– Ah bon ?
– C'est quand même un peu bizarre, non ?
– Pourquoi ?
– Il n'avait même pas son numéro.
– Qu'est-ce que tu veux dire, Ebba ?
– Rien du tout. Je dis seulement que c'est bizarre.
– Tu crois que Jenny est mêlée à sa disparition ?
Ebba haussa les épaules, impuissante.
– Je n'en sais rien. Cette histoire ne tient pas debout. Et Robert, qu'est-ce qu'il vient faire là-dedans ?
Kristina soupira.
– Ebba, je t'en prie, ça ne mène à rien. Tu as raison : ce qui est arrivé est incompréhensible. Inutile de remuer le couteau dans la plaie. Tu ne le vois pas ? Il faut essayer de vivre avec ce qui nous reste, de penser à autre chose… Si un jour on apprend ce qui est arrivé à Robert et à Henrik, ce ne sera pas grâce à nous. Tu dois penser à l'avenir, Ebba, pas ressasser le passé.
– Tu es en train de me dire que tu ne veux pas m'aider ?
– Je ne peux pas t'aider, voilà ce que je dis.
– Mais qu'est-ce que tu en penses, Kristina ? Tu peux au moins me donner ton avis ? D'après toi, qu'est-ce qui a bien pu leur arriver ?
Kristina se cala contre le dossier de son fauteuil et regarda sa sœur d'un air… d'un air étrange. Avec pitié ? compassion ? distance ? lassitude ? se demanda Ebba.
– Chère Ebba, je n'en pense rien. Absolument rien.
– Tu crois qu'ils sont en… Tu peux au moins me dire si tu crois qu'ils sont encore en vie ?
Sa voix s'étouffa. Kristina reprit son expression insondable. Ses phalanges blanchissaient autour des accoudoirs. Elle hésita un instant.

Entre se lever et rester assise. Entre répondre et garder le silence. Pour finir, elle inspira profondément et ses épaules retombèrent, détendues.

– Je crois qu'ils sont morts, Ebba. Au point où on en est, ce serait idiot d'imaginer le contraire.

Dix secondes passèrent.

– Merci, Kristina. Merci d'avoir accepté de me parler, au moins.

Debout à la fenêtre, Kristina regarda sa sœur s'éloigner. Lorsque Ebba eut passé la grille et disparu dans la rue, une paralysie glaciale se propagea de la plante de ses pieds à la racine de ses cheveux. Son champ de vision rétrécit. Elle eut l'impression d'être propulsée en arrière dans un tunnel qui se terminait en goulet d'étranglement. Une seconde avant de s'évanouir, elle eut le réflexe de fléchir les genoux et de se pencher en avant pour adoucir sa chute.

Après un laps de temps indéterminé, elle se réveilla, étendue sur le sol de l'entrée. Elle rampa jusqu'aux toilettes et vomit longuement, comme si, non contente de régurgiter le contenu de son estomac, il fallait qu'elle vide aussi le reste de son corps. Viscères, organes, bile. Qu'elle recrache sa vie.

Son enfant à naître.

Mais puisant au fond d'elle-même des ressources insoupçonnées, elle tint bon. L'enfant resta dans son corps. Elle s'aspergea le visage d'eau froide et se donna un coup de brosse. J'ai survécu, se dit-elle ensuite, immobile devant le miroir. L'épreuve est passée.

Elle débarrassa le service à café et sortit jeter la délicate orchidée dans le bac à ordures, dehors. Toutes les traces étaient effacées.

29

Les journaux du soir se vautraient dans le scandale.

VEDETTE DU PETIT ÉCRAN DÉCOUPÉE EN MORCEAUX

titrait l'un.

ROBERT LE BRANLEUR RETROUVÉ EN MORCEAUX
DANS UN CONGÉLATEUR

écrivait l'autre. On consacrait en tout seize pages à l'événement, ce qui permettait de ressortir l'émission de téléréalité *Fucking Island,* déjà tombée dans l'oubli, des caves poussiéreuses de la conscience collective. Pour le bonheur de certains et le malheur des autres. On en profita pour dévoiler une triste nouvelle. Miss Hälsingland 1996 qui, accouplée à l'étalon du hockey sur glace Gurkan Johansson neuf mois plus tôt, avait remporté le gros lot de trois millions cent mille couronnes, aurait dû tout récemment donner naissance au fruit de cette heureuse union. Eh bien, elle avait fait une fausse couche en février et quitté Gurkan pour le chanteur d'un groupe de hard rock de Skene. Âgé d'à peine vingt ans, ce dernier avait le corps couvert de tatouages.

Tout en avalant à la hâte un déjeuner tardif constitué d'un sandwich au jambon et au fromage, d'une banane et de vingt centilitres de jus de pomme, Gunnar Barbarotti parcourut rapidement les deux journaux en question, puis, agacé, les jeta dans la corbeille à papier. Eva Backman entra dans son bureau.

– On est en première ligne, claironna-t-elle. À quelle heure est la conférence de presse ?

– Dans un quart d'heure. Tu as eu le temps de lire les interrogatoires ?

– Vite fait. Je n'y ai rien trouvé.

– Rien ?

– À première vue, non.

– Que disent les médecins ?

– Des trois qu'on a rencontrés, deux seulement se souviennent d'elle. Il y a un sacré turn-over en psychiatrie. Mais les trois sont d'accord sur une chose : Jane Almgren aurait eu besoin d'un meilleur suivi, et aurait sans doute dû être internée.

– Brillante conclusion ! J'aurais pu la tirer moi-même.

– Mais comme les pouvoirs publics ont réformé les soins psychiatriques au point de les réduire quasiment à néant, voilà ce qui arrive, disent-ils. Et bien sûr, dans la symptomatologie d'Almgren, rien n'indiquait que… Enfin, qu'elle était aussi folle que ça.

– Un peu prévisibles, ces médecins.

– D'accord, acquiesça Backman. Le fait qu'elle ait essayé de tuer sa famille n'est pas pertinent, selon l'un d'eux. On lui a prescrit un traitement parfaitement adapté.

– Ah oui ? Et si elle ne le prend pas ?

– Dans ce cas, la faute ne peut pas leur être imputée. Si on essaye de trouver des boucs émissaires dans le secteur des soins, on risque de faire chou blanc. Et puis…

– Quoi ?

– Et puis je ne vois pas très bien par où continuer. On a l'assassin. L'affaire est élucidée. Qu'en dit monsieur l'inspecteur ?

Barbarotti repoussa un tas de papiers sur son bureau pour pouvoir y poser les coudes, et appuya la tête sur ses mains.

– Pas entièrement élucidée. Tu oublies notre victime non identifiée.

Backman fourra deux chewing-gums dans sa bouche.

– Merci de me le rappeler. Et c'est qui, d'après toi ? Enfin, c'était qui ?

– Bonne question.

Barbarotti parcourut d'un bref coup d'œil une feuille sur son bureau.

– D'après Wilhelmsson, un homme âgé de trente-cinq à cinquante ans. Sans doute plus ou moins à la dérive. Il a de mauvaises dents, des traces d'injections intraveineuses…

– Oui, je suis au courant. Un drogué, quoi. Combien de temps il a passé au congélateur ?

– Beaucoup. Plus que notre ami Robert. On aura la réponse dans quelques jours.

– Tu crois qu'il y a un lien ?

Barbarotti se gratta la tête.

– Avec quoi ?

– Entre lui et Robert.

– Mais comment veux-tu que je le sache, punaise ! Je suppose qu'ils connaissaient Jane Almgren. C'est déjà un lien, non ?

Backman sourit.

– Monsieur l'inspecteur, ne soyez pas soupe au lait ! Réjouissons-nous au moins de tenir l'assassin. Même si elle est morte. C'est le monde à l'envers, tu ne trouves pas ? Le puzzle est terminé, mais il manque encore une pièce.

– Terminé ? maugréa Barbarotti. Qu'est-ce que c'est que ces conneries ! On peut… Écoute-moi bien. On a de bonnes raisons de supposer que Jane Almgren a tué Robert Hermansson, l'a découpé en morceaux et mis au congélateur. Pour tenir compagnie à un premier luron déjà empaqueté. Mais, à ma connaissance, c'est tout ce que nous savons. Sur mille questions, nous n'avons qu'une réponse : l'assassin se dénomme Jane Almgren. D'ailleurs, on n'en est même pas sûrs à cent pour cent, alors si tu trouves que…

– Du calme. Je disais juste que c'est inhabituel de connaître le nom du meurtrier avant celui de la victime. Mais je suis tout à fait consciente qu'Henrik Grundt est toujours disparu.

– Nous sommes d'accord.

– Nous allons bientôt découvrir qui était le colocataire de Robert, j'en suis convaincue. Il reste une centaine de disparitions à recouper avec l'affaire. Et admets que, grâce à Jane Almgren, on est quand même plus avancés !

– Oui, oui, soupira Barbarotti. On avance. Sur le chemin de l'enfer, si ça se trouve. *The road to hell*, comme qui dirait.

Backman jeta son chewing-gum et se leva.

– J'essaye de te remonter un peu le moral, mais apparemment c'est peine perdue. Bonne chance pour la conférence de presse. Il faut que tu files. Ne grince pas trop des dents, ça fait mauvaise impression.

Barbarotti enfila sa veste d'un air grognon et la suivit.

– Si le débile chauve du *Journal de Göteborg* est là, je l'étrangle, dit-il.

– C'est ça, super-flic. Après, si tu veux, je te le découpe et je te le mets au congélo, comme tu es un peu débordé ces temps-ci.

Une femme n'est tout de même pas censée s'exprimer comme ça, songea Barbarotti. Mais il se garda de le dire.

En rentrant chez lui ce soir-là, à dix heures et demie, il trouva Sara dans la cuisine en compagnie d'un Français. Le dénommé Yann faisait une halte à Kymlinge de retour du cap Nord, en Norvège. Il voyageait avec trois autres jeunes Parisiens à bord d'un vieux fourgon Volkswagen aménagé en camping-car. Sara et quelques amies profitaient de ce début de grandes vacances à la terrasse du Stadshotellet lorsqu'elles avaient fait sa connaissance. Trouvant Yann sympathique, Sara l'avait invité à venir prendre un thé à la maison.

Après sa journée de treize heures, Barbarotti, dont les connaissances en français se limitaient à une vingtaine de mots, marmonna un « *Bon soir** » et tenta de sourire au jeune adonis. Sara ne lui vint pas en aide. Pourtant, elle avait remarqué sa gêne.

– Une femme a appelé, dit-elle.

– Une femme ?

– Oui. Une certaine Marianne qui te connaît vaguement, d'après ce qu'elle dit. D'Helsingborg. Elle avait l'air sympa. Tu as dû oublier de m'en parler, mon petit papa.

– Non, enfin…

– Je lui ai dit que tu n'étais pas rentré du travail. Elle rappellera peut-être plus tard.

Le Français émit une suite de sons qui fit rire Sara. L'inspecteur leur glissa un timide « Salut ! » et quitta la pièce.

Si je les entends encore dans une demi-heure, je le fous dehors, se dit-il sous la douche. Pour qui se prend-il ? Bas les pattes, le Français !

Marianne le rappela – miracle. Il venait de se mettre au lit. Elle s'excusa de l'heure tardive.

– Ça ne fait rien, je n'étais pas encore couché.

– Ça ne m'étonne pas. Je t'ai vu à la télé. Tu es tellement photogénique… Tout à coup, tu m'as manqué. Tu donnes l'impression de quelqu'un d'intelligent, tu sais. Comment tu vas ?

Barbarotti déglutit. Il était subjugué par le souvenir d'une douce nuit méditerranéenne sous un ciel nu parsemé d'étoiles. Une terrasse, des matelas sur le sol. Des verres d'ouzo, des bols d'olives et une paire de seins qui se balançaient au-dessus de lui alors qu'elle le chevauchait… Mon Dieu !

– Bien, parvint-il à dire. Et toi ?

– Bien. Mais tu me manques.

On s'était mis d'accord pour attendre un mois avant de s'appeler, pensa-t-il. Ça fait à peine deux semaines. Par délicatesse, il ne le signala pas. D'ailleurs, s'il l'avait fait, Backman l'aurait accusé d'être soupe au lait.

– Moi non plus, ça ne me déplairait pas de te revoir, s'entendit-il répondre. Mais j'ai pas mal de boulot, en ce moment.

– Je l'avais compris. Je voulais simplement te souhaiter bonne nuit. Et te rappeler que j'existe.

– Je ne l'ai pas oublié, lui assura-t-il, poétique.

– Alors si je t'appelle samedi pour te proposer une rencontre, tu ne refuseras pas ?

– Ça ne me viendrait pas à l'esprit. Bonne nuit, Marianne.

Une heure et demie plus tard, il ne dormait toujours pas. L'appartement était silencieux, le Français avait dû partir. Sara l'avait-elle suivi ? Il s'abstint d'aller vérifier. Pas un son n'était sorti de la cuisine ni de la chambre à coucher de sa fille depuis vingt minutes, mais il n'avait pas non plus entendu de bruit de porte. Merde ! se dit-il. Et si, à cet instant précis, un Français sirupeux comptait fleurette à ma fille dans son lit !

C'était plus qu'il n'en pouvait supporter. Sara avait dix-huit ans, certes. De plus, il avait fait ses propres débuts sexuels à l'âge de seize ans. Mais aucune importance ! Il ne souhaitait pas à sa fille une première fois qui ressemble à la sienne.

Cependant, il ne lui souhaitait pas non plus que son père passe la tête par la porte et ne la découvre nue, dans les bras d'un Fran… Bon Dieu de merde ! Je n'en peux plus. Je suis un primitif, un gorille bourré de préjugés malsains. De quel droit est-ce que je me mêle de sa vie ? Tout à l'heure, je me repassais le film d'une femme assise à califourchon sur moi, et maintenant…

Une queue-de-cheval ! Il l'avait vue sur le dénommé Yann. S'il y avait une chose qui exaspérait Barbarotti, c'était bien les hommes qui portaient des queues-de-cheval ! Comme…

N'importe quoi… protesta son surmoi. Espèce de papa poule jaloux ! Ne te mêle pas de la vie de ta fille majeure !

Des pensées inarticulées et un brin hystériques hantèrent son cerveau pendant un moment. Heureusement, au beau milieu de cette triste lutte sans issue, il entendit le déclic de la porte. Il s'assit dans son lit, droit comme un cierge, tendant l'oreille… C'était… Sara était de retour. Seule ? Il resta aux aguets.

Oui, seule.

Tant mieux. Il poussa un soupir de soulagement. Sara et le Français avaient sans doute fait une petite promenade. Avant de se quitter, devant la Volkswagen, ils s'étaient échangé leurs adresses e-mail et promis de rester en contact, puis il lui avait fait un bisou sur la joue. Le lendemain, la bande de Français serait déjà sur l'autoroute. Ils traverseraient le Danemark, puis l'Allemagne. Parfait.

Barbarotti regarda le réveil. Une heure moins vingt. Je vais m'allonger sur le dos, croiser les doigts et réfléchir à l'affaire Jane Almgren jusqu'à ce que je m'endorme, se dit-il.

Quarante-cinq minutes plus tard, lorsque le sommeil s'empara enfin de lui, toutes ses questions restaient sans réponse, mais au moins il les avait répertoriées. Toujours ça de gagné.

Elles étaient au nombre de quatre. Sans compter les centaines de questions subsidiaires, bien sûr. Quatre questions principales, pas une de plus.

La première concernait le lien entre Jane Almgren et Robert Hermansson. Bien que deux jours se soient écoulés depuis que Linda Eriksson avait fait sa découverte macabre dans l'appartement de sa sœur, ils n'en avaient trouvé aucun.

Peut-être s'étaient-ils croisés par hasard dans la rue. Jane aurait pu draguer Robert et le ramener chez elle pour le tuer et le découper en morceaux. Certains indices pointaient dans ce sens. Jane avait habité à Kymlinge plusieurs années à l'époque où Robert Hermansson était encore chez ses parents. Robert avait deux ans de plus qu'elle et parmi toutes les personnes interrogées jusque-là, aucune ne voyait de lien entre eux.

Peut-être, se dit Gunnar Barbarotti, le regard perdu dans l'obscurité, au son d'une averse qui tambourinait sur le rebord de sa fenêtre, peut-être l'a-t-elle reconnu à cause de l'émission de télé ? Quel sort infâme… Sa participation avait-elle pu lui jouer un pareil tour ?

Mais peut-être était-ce le fruit du hasard. Almgren ne tournait pas très rond, il ne fallait pas l'oublier.

Question numéro deux : l'autre. Qui était-il ? Y avait-il un lien entre lui et Robert Hermansson ? Entre lui et Jane ? Quand était-il mort ? Robert avait fini ses jours autour du 20 décembre, mais qu'en était-il de son frère d'infortune ? Combien de temps avait-il passé au congélateur ? Les enquêteurs seraient mieux renseignés à ce sujet dans une semaine.

Un drogué ? Robert Hermansson était-il tombé aussi bas, lui aussi ? Barbarotti ne le pensait pas. Rien n'indiquait qu'il ait consommé régulièrement des stupéfiants. Après six mois d'enquête approfondie sur sa personne, on n'aurait pas pu rater ça.

Peut-être n'existait-il pas de lien entre les deux compagnons congelés.

Numéro trois. Gunnar Barbarotti avait une prédilection pour les listes. Enfant, il remplissait déjà des cahiers entiers d'inventaires en tout genre : footballeurs ayant appartenu à l'équipe nationale, villes italiennes, astronautes, animaux africains, immeubles les plus hauts du monde, chefs d'État assassinés… Numéro trois, donc : Pourquoi ?

C'était la question cruciale, mais il doutait qu'on puisse jamais y répondre. Tuer deux hommes, les découper en morceaux et les conserver au congélateur… Pourquoi ? Eh bien, le mobile demeurerait probablement enfoui au plus profond des ténèbres intérieures du coupable. Comme d'habitude. Ce genre d'agissements dépassait en tout cas l'entendement d'un simple inspecteur de la criminelle. Et comme la coupable était morte, Barbarotti ne pouvait même pas l'interroger. Quoi qu'il en soit, il était parfois préférable de rester dans l'ignorance.

On pouvait également envisager – mais c'était peu probable – que Jane Almgren ne soit pas l'auteur des faits. Qu'elle ait simplement mis son congélateur à la disposition du coupable. Pour l'instant, il préférait mettre cette hypothèse de côté. L'affaire était déjà bien assez compliquée comme ça.

Et la quatrième question ? Eh bien, c'était la plus importante de toutes. Elle ne lui laissait aucun répit. Henrik Grundt.

Lorsqu'ils avaient appris que le deuxième corps n'était pas le sien, l'inspecteur s'était senti tiraillé entre des sentiments contradictoires : frustration – une énigme de plus à résoudre – et soulagement – il y avait une petite chance que le jeune homme soit en vie.

Une chance infime, il était le premier à l'admettre. Backman et lui étaient arrivés au chiffre suivant : environ un pour cent. Il arrivait que les gens disparaissent pour repartir de zéro, en se forgeant une nouvelle identité dans un lieu inconnu. Henrik Grundt, dix-neuf ans, avait-il des motivations suffisantes pour mettre en œuvre ce genre de dispositif ? Peu probable. Certes, il y avait cette histoire d'orientation sexuelle. On avait d'ailleurs décidé d'attendre jusqu'à nouvel ordre pour la dévoiler à ses parents. Pourquoi ? Difficile à dire. Peut-être ne voulait-on pas alourdir leur fardeau.

Toutefois, ce secret n'aurait vraisemblablement pas poussé Henrik à franchir un tel pas, à changer de vie, à plonger ainsi ses parents et son frère dans leur désolation actuelle. Sur ce point, les enquêteurs étaient d'accord depuis le début de l'affaire.

Enfin, tout de même – question 4B –, n'y avait-il vraiment aucun lien entre les deux disparitions ? Deux personnes de la même famille séjournant à la même adresse pouvaient-elles s'évaporer à vingt-quatre heures d'intervalle par pure coïncidence ? Quelle en était la probabilité ?

Barbarotti et Backman avaient consacré plusieurs mois à ce calcul – pas à plein temps, bien sûr, mais ils se penchaient régulièrement sur la question. Peu avant de quitter ce jeudi interminable pour le royaume du sommeil, Barbarotti parvint à la conclusion que le modèle scientifique le moins adéquat pour décrire les événements de l'Allvädersgatan était justement celui-là : le calcul de probabilité. Il comptait l'annoncer à l'inspecteur Backman dès le lendemain.

Satisfait des résultats de ses cogitations, il regonfla son oreiller et se mit à rêver d'une nuit chaude sur une terrasse de la cité grecque d'Helsingborg.

30

La voiture de location qu'avait réservée Karl-Erik les attendait à l'aéroport. Sur l'autoroute, Rosemarie Wunderlich Hermansson se mit à espérer qu'ils percuteraient un élan. Elle n'était pas rentrée au pays depuis leur déménagement le 1er mars, et les six mois écoulés lui paraissaient six ans. Ou six secondes. La Suède lui semblait à la fois lointaine et d'une familiarité obscène, comme… Pendant que Karl-Erik triturait les commandes du système de ventilation en insultant la marque de la voiture, elle tentait de trouver une image valable… Comme un abcès purulent qui récidiverait après une ablation. Ou un cancer.

Son ancienne vie, un cancer ? Vraiment ? Pourquoi ces idées bizarres surgissaient-elles dans sa tête ? Des élans et des abcès cancérigènes. En route pour l'enterrement de son fils. Mais peut-être cela n'avait-il rien d'étrange, au fond. Un été suffocant écrasait le paysage. Peut-être les gens se consacraient-ils justement à ce genre de pensées quand ils n'avaient pas le courage de regarder la réalité en face. De faire contre mauvaise fortune bon cœur.

Cercueil ou urne ? leur avait-on demandé.

Pouvait-on étendre un corps découpé en morceaux dans un cercueil ? Fallait-il le recoller ? Robert était-il déjà reconstitué ? Habillé ? Avait-on attaché sa tête à son cou et son cou à son… Toujours ces maudites questions ! Elle avait l'impression que ses tripes allaient éclater.

Des distractions, avait déclaré le psychothérapeute bronzé de Nerja. Ce dont Mme Hermansson a besoin, c'est de distractions. Elle souffre d'une pathologie assez courante ici. Le désœuvrement. Les idées noires sont vite arrivées quand on n'a pas d'activités pour donner un sens à sa vie.

Des distractions pleines de sens ? Non, merci. Elle l'avait consulté en mai. Après deux séances, elle n'y était plus retournée. Le vin doux de Málaga était la meilleure des psychothérapies. Pour le prix d'une consultation, elle pouvait s'en payer huit bouteilles. Et pas du moins cher.

Elle avait acquis une certaine régularité dans la pratique. Deux glaçons. Un verre au petit déjeuner. Le deuxième sur la terrasse, dans la matinée, pendant que Karl-Erik accomplissait une de ses missions à l'extérieur. Sur une carte de l'Andalousie accrochée dans leur chambre, il marquait à l'aide d'épingles bleues et jaunes les villages qu'il avait visités, un à un. Frigiliana. Medosa Pinto. Servaga. Les villes aussi, bien sûr. Ronda. Grenade. Cordoue. À la maison, il passait le plus clair de son temps à écrire des textes qu'il ne partageait pas avec Rosemarie. Ils se parlaient de moins en moins. Ils n'avaient plus aucun contact corporel. Finalement, cette situation n'était pas pour lui déplaire.

Le troisième au déjeuner, pour accompagner le dessert.

Suivait le meilleur moment de la journée : une sieste de trois heures. Puis, trois verres le soir, le dernier juste avant de se coucher. Si, un an auparavant – au temps où elle vivait en plein abcès cancérigène –, quelqu'un lui avait dit qu'elle boirait un peu plus d'une bouteille de vin par jour, elle ne l'aurait jamais cru.

Voilà où elle en était arrivée. Parfois, en compagnie de sa voisine, une certaine Deirdre Henderson de Hull, sur l'une ou l'autre de leurs terrasses, elle en consommait encore davantage. Surtout quand M. Henderson et Karl-Erik étaient sortis faire un golf de vingt-sept trous. C'était tellement plus facile de parler anglais avec quelques degrés d'alcool dans le sang. Il arrivait même à Deirdre de passer à l'allemand.

Après ce genre de journée, Rosemarie s'effondrait sur son lit. Je suis une vieille prof de couture complètement soûle, se disait-elle.

Et tout le monde s'en fiche éperdument. J'ai pris cinq kilos en moins de six mois.

Mais pour le moment, à côté de Karl-Erik dans leur voiture de location, elle n'avait pas une goutte de malaga dans le sang. Seulement deux calmants qui ne parvenaient même pas à la faire somnoler. Voilà sans doute pourquoi elle espérait qu'ils percutent un élan. Autrement, comment allait-elle jamais voir le bout de cette journée ? Il n'était que onze heures et quart. L'enterrement était à quinze heures. Ensuite, on prendrait le café dans la salle paroissiale. Puis un petit dîner en famille à l'hôtel. Et quelque part au cours de cette infinité de secondes, de minutes, de gens, d'heures, de pensées insupportables, elle craquerait. Cela lui paraissait aussi inévitable qu'un… qu'un orage après une journée chaude de juillet au bord du lac Tisaren, au Närke, où elle avait passé les deux meilleurs étés de son enfance… Mais d'où sortait donc ce souvenir ?

Le Tisaren ? C'est bizarre que ma vie ait atteint son zénith à un stade aussi précoce, se dit-elle. J'avais onze ou douze ans. Ensuite, cela n'a été qu'un long déclin. La véritable mort était-elle en fait la fin de l'enfance ?

Encore des idées bizarres. La véritable mort… Peut-être l'effet des médicaments. Ils ouvraient dans son esprit des portes qui auraient dû rester fermées.

Elle en prendrait deux autres à la mi-journée, comme le lui avait prescrit le vieux médecin suédois de Torremolinos. Un Gregory Peck vieilli… Ou Cary Grant, elle les confondait… Mais jusque-là, ils ne l'avaient pas aidée – les comprimés, pas les acteurs.

Pendant que Karl-Erik, penché sur le volant, tentait de trouver la station de radio P1, elle décida de doubler la dose. Peu importent les conséquences. Ce qui énerverait le plus Karl-Erik, de toute façon, ce serait qu'elle pique une crise de nerfs.

Mais un élan aurait tout de même été la solution idéale. Droit dans le pare-brise. Boum ! Baissant le store pour l'éternité. Mourir en route pour l'enterrement de son fils dépecé, voilà exactement le genre de prière qu'on pouvait faire à un Dieu auquel on ne croyait pas.

Le jeune homme à la réception avait les cheveux dans le même ton carotte que sa cravate. Elle eut une vague impression de déjà-vu. Sans doute un ancien élève. Ils ressurgissaient ici et là. Elle se demanda s'il avait acheté une cravate assortie à sa couleur de cheveux ou vice versa. Sept jeunes hommes sur dix s'étaient teint les cheveux au moins une fois dans leur vie, elle l'avait lu dans le magazine de bord qu'elle avait trouvé dans l'avion. Elle se demanda si c'était vrai.

– Permettez-moi de vous présenter mes condoléances, dit le jeune homme.

Sa réplique paraissait tout droit sortie d'un film en noir et blanc. Et si elle se trouvait dans une vieille bobine qu'elle pouvait quitter à son gré… Il lui suffirait de se lever et de sortir de la salle obscure.

Elle répondit, absente. Derrière son dos, Karl-Erik traînait une valise en essayant, semblait-il, de se cacher du jeune homme – peut-être un ancien élève à lui. Si ça se trouve, se dit Rosemarie, il est aussi gêné que moi. Cela ne lui ressemblait pas de la laisser ainsi se charger de… Comment ça s'appelait, déjà ?… De l'enregistrement.

Non pas qu'ils aient eu beaucoup d'occasions de le faire dans leur vie.

– Une nuit ?

– Oui.

– Tiens, vous avez la même chambre.

– Quoi ?

– La même que Kristina et sa famille en décembre, précisa le réceptionniste avec un sourire hésitant.

– Ah bon ? dit Rosemarie.

Peut-être un ancien camarade de classe de Kristina. Il avait tout de même l'air un peu jeune. Quel âge avait Kristina ? Trente-deux ans ?

– Je travaillais ici la semaine avant Noël. Quelle… Quelle histoire affreuse… Que vous deviez…

Il passa un moment à chercher ses mots. Ne les trouvant pas, il se racla la gorge et lui tendit un formulaire.

– À la guerre comme à la guerre, dit-elle. Alors vous connaissez Kristina et Jakob ?

– Son mari ? Pas vraiment. Lui, je ne l'ai vu que brièvement, quand il est revenu la nuit.

– Quand il est revenu la nuit ?

– Oui. On ne l'attendait pas. Il était trois heures du matin. Ils ont quitté l'hôtel ensemble avant huit heures.

Mais qu'est-ce qu'il raconte ? se demanda Rosemarie, déroutée par son formulaire. Le jeune homme remarqua son trouble et lui indiqua deux cases : nom et signature.

– On était dans la même classe, dit-il. Ils ne sont pas encore arrivés.

Voilà donc d'où elle le connaissait. Kristina et Jakob avaient évidemment décidé de descendre à l'hôtel eux aussi. Tout comme Ebba et sa famille, enfin, ce qu'il en restait. Pour la centième fois depuis le matin, elle se souvint brusquement que le temps de l'Allvädersgatan était révolu. L'abcès avait été retiré. Pour enterrer les restes de Robert, ils descendaient désormais tous au Kymlinge Hotell. Une solution aussi provisoire que la vie elle-même.

Ou que la mort. Si je reste encore longtemps devant ce comptoir, je vais fondre en larmes. Elle tendit la main pour que le jeune homme lui remette la clef de leur chambre. Ou hurler. Ou m'effondrer sur le sol comme si j'avais été blessée par balle.

– Voilà. C'est la cent douze. Au premier étage. Je vous présente de nouveau mes condoléances.

– Merci.

– Si vous avez besoin de quoi que ce soit, n'hésitez pas à faire appel à moi.

Il lui glissa un petit papier plié qui contenait deux cartes. Ah oui, se dit-elle, les clefs d'hôtel, ça n'existe plus. Disparu. Elle lui fit un signe de tête. Karl-Erik l'attendait déjà devant l'ascenseur avec les valises. Quatre comprimés, se dit-elle. Il faut que je prenne quatre comprimés dès qu'on sera dans la chambre. Ensuite, je dirai à Karl-Erik que j'ai besoin de faire un somme d'une heure.

Olle Rimborg… N'était-ce pas son nom, au réceptionniste poil-de-carotte ?

Elle s'arrêta sur un parking vide au bord du Hornborgasjön pour vomir – cela devenait une habitude. Une faible brume flottait sur le paysage désolé où, dans une chaleur poisseuse, le soleil perçait à peine. L'été bat son plein et j'ai un enfant dans le ventre, se dit-elle. Pas étonnant que j'aie la nausée. En tout cas, si quelqu'un me pose des questions, ça fera l'affaire.

Il lui restait trois heures avant l'enterrement et seulement une heure et demie de route. Elle devait arriver au maximum dix, quinze minutes à l'avance à l'église. Sinon, les choses pouvaient dérailler. Elle n'avait en tête qu'un nombre limité de répliques toutes faites, et elle se sentait incapable d'improviser.

« Désolée, Jakob a eu un empêchement. Un contrat avec une compagnie américaine. Des millions de couronnes.

Non, je n'ai pas voulu venir avec Kelvin en voiture. Ça fait loin.

Oui, je dois repartir dès que ce sera fini.

Je n'ai pas fermé l'œil depuis plusieurs jours. Mon Robert adoré, pourquoi ?

Non, chère maman, je n'ai pas la force de rester. C'est trop affreux. »

Son discours ressemblait aux pauvres répliques des soaps qu'elle écrivait dans le passé. Surtout pas de face-à-face avec Ebba. Et si possible avec personne d'autre. « Exploite ton deuil, lui avait dit Jakob. Si tu dois vraiment y aller. On a un *deal*, alors *fuck* ! Ne fais pas tout foirer ! »

Elle savait ce que cela signifiait quand il se mettait à saupoudrer ses répliques d'anglais.

C'est mon frère, avait-elle répondu. Robert était mon frère.

Il avait pris son air faussement indulgent. Bien sûr, avait-il répliqué, et Henrik était son neveu. Il avait eu tout le loisir de constater les liens très forts qui unissaient la famille Hermansson. Devait-il lui rappeler la situation ?

Inutile. Si Kristina était au courant de quelque chose, c'était bien de la « situation ».

Vers la mi-janvier, après le choc des premières semaines, elle lui avait demandé : « Si je meurs, tu leur diras ? »

Après deux petites secondes de réflexion, brusquement aimable, il avait répondu : « Kristina, nous mourrons de mort naturelle tous les deux. Parce que s'il arrivait quelque incident, je ferais en sorte qu'ils l'apprennent. »

Elle vomit à nouveau : de la bile. Ce fut douloureux. Elle appuya son front en sueur sur le couvercle squameux et rouillé de la poubelle. Elle le croyait sur parole. Jakob Alexander Willnius était capable de tout. Elle ne retrouverait plus jamais la paix.

Elle regarda l'heure : treize heures dix. Elle remonta dans la voiture, bascula son dossier en arrière et ferma les yeux.

De sa vie, Kristoffer Grundt n'avait assisté qu'à un enterrement. Un an auparavant, presque jour pour jour, un garçon d'une autre troisième s'était pendu, la veille de la rentrée. La moitié de son collège s'était retrouvée en sanglots sur les bancs de l'église. Benny Bjurling était victime de harcèlement depuis le primaire, tout le monde le savait. Il était devenu une sorte de héros par l'absurde.

Celui qui est aimé des dieux mourra jeune, avait proclamé le recteur Hovelius. Si Dieu existe, s'était dit Kristoffer, c'est sans doute sa principale mission.

Aimer ceux que personne d'autre n'aime. À l'époque, sur un banc d'église en bois dur comme de la pierre, il avait eu l'impression qu'il s'agissait d'une grande idée pleine de vérité, dont il pouvait peut-être tirer quelques gouttes de consolation. Il tenta de retrouver ce sentiment devant le cercueil fermé contenant le corps découpé de l'oncle Robert.

Impossible. Robert avait été mal aimé pendant ses trente-cinq ans de vie sur terre. De cela, Kristoffer était assez sûr, mais il avait des difficultés à imaginer qu'il serait pris en pitié de l'autre côté. Benny Bjurling était une victime, ce qui représentait un avantage clair et net, quant à l'oncle Robert… Eh bien, quoi ? se demanda Kristoffer. Un *total loser* ? Mais il ne fallait pas dire de mal des morts. D'ailleurs, personnellement, il n'avait jamais rien eu à lui reprocher. Enfin, se planter devant des caméras de télévision rond comme un œuf et se mettre à se branler, puis se faire assassiner et découper en morceaux, ça faisait beaucoup. Non, décidément, l'oncle Robert n'avait pas su tirer grand-chose de la vie. Il lui avait paru vaguement cool juste avant sa disparition, mais plus maintenant.

Le pasteur, une grande asperge de près de deux mètres, avait tout de même réussi à bricoler une oraison. « Il ne nous incombe pas de le juger. Que savons-nous de ce qui habite le cœur d'un homme sous l'œil de Dieu ? Robert Hermansson a peut-être brûlé la chandelle par les deux bouts, mais nombreux sont ceux qui, aujourd'hui, souffrent du vide qu'il laisse derrière lui. »

Kristoffer trouva cela plutôt habile. Sa mère sanglotait à sa droite et sa grand-mère, à sa gauche, émit un son hybride, entre rot et hoquet. Elle avait l'air à côté de ses pompes. En descendant de voiture devant l'église, elle faisait déjà une drôle de tête : la bouche entrouverte et les yeux qui louchaient. Grand-père, avec la plus grande discrétion possible, avait été obligé de la redresser pour l'empêcher de tomber, et de lui donner une petite impulsion pour la faire avancer. Sans cela, elle serait sans doute restée clouée sur place, immobile, dans un équilibre précaire.

« Comment ça va, ma petite maman ? » lui avait demandé tante Kristina. Grand-mère avait répondu quelque chose du genre : « Il coloriait toujours plus de lettres de Pâques que les autres. Il avait de si tendres genoux… » Si Kristoffer avait bien entendu.

Elle avait dû forcer un peu sur les calmants, ce qui était bien compréhensible. De si tendres genoux ?

Il persévéra sciemment dans ces méditations sur sa grand-mère, le pasteur, Benny Bjurling et son oncle Robert, mais après un moment le subterfuge ne fonctionna plus. Henrik se faufila dans sa tête par son oreille droite et, une fois installé à l'intérieur, il remplit bientôt le moindre recoin de sa présence.

Salut, dit-il. Je suis revenu dans ta tête.

Merci, j'avais remarqué.

Ça ne t'embête pas, au moins ?

Non, non. Pourquoi ça m'embêterait ?

Je suis quand même ton frère.

Oui, tu es quand même mon frère.

Les frères, ça doit se serrer les coudes.

Tout à fait d'accord.

À la vie, à la mort.

Je sais, Henrik, mais dis-moi une chose.

Bien sûr, petit frère.

Tu es mort ou vivant ?

Bonne question.

Alors, tu réponds ?

Bonne question, mais pas facile de le savoir.

Tu dois quand même savoir si tu es mort ou vivant ?

On pourrait être porté à le croire. Et toi, Kristoffer, comment tu vas ?

Comment je vais ? On s'en fout ! Si je te laisse rester dans ma tête, c'est pour que tu me dises la vérité.

La vérité ?

Si tu es mort ou vivant.

Tu te poses la question, c'est bien normal. Malheureusement, je suis dans l'impossibilité de satisfaire ta curiosité.

Pourquoi ? Maman est en train de devenir folle, papa ne va pas tenir longtemps non plus. Si, au moins, ils en avaient le cœur net…

Je comprends, Kristoffer. Ça me fait beaucoup de peine de vous voir souffrir. Mais comme j'essaie de te l'expliquer, dans l'état actuel des choses, ce n'est pas moi qui décide…

Dans l'état actuel des choses ? Le léger agacement de Kristoffer se transforma en colère. Qu'est-ce que tu racontes ? Ça fait une éternité que ça dure ! Et si tu veux le savoir, je file un mauvais coton. Très mauvais. Mes notes sont en chute libre, je bois de l'alcool tous les week-ends et ta présence constante dans mon cerveau me tourmente. Bientôt, je serai au bout du r…

Excuse-moi, cher frère, mais je n'ai nulle part ailleurs où aller pour l'instant.

Quoi ?

Nulle part ailleurs que dans ta tête, répéta Henrik avec un brin de tristesse.

Comment ça ?

Henrik soupira.

Maman est prise par Robert. Grand-mère est complètement perdue. Dans sa tête, il n'y a même pas la place de faire entrer une sardine. Papa lutte, il est pris dans un maelström – tu devrais t'occuper un peu de lui, Kristoffer – et chez Kristina, c'est fermé, comme d'habitude. Quant à grand-père, n'en parlons même pas. Il est en train de réciter un truc en espagnol…

Pourquoi c'est fermé chez Kristina ?

Comment le saurais-je ?

Je croyais que tu savais tout.

…

Attends ! Ne pars pas. C'est vrai, tu as raison, papa fait une drôle de tête. Qu'est-ce que tu disais à son sujet ?

Leif Grundt s'était mis à pleurer, mais il ne s'en aperçut que quand ses larmes eurent abondamment mouillé ses mains croisées. Il se sentit alors sombrer dans un désespoir sans fond. Oui, c'était bien ça : il était aspiré par un maelström. Pour la première fois depuis huit mois, il se laissa aller. Pour la première fois, il prit conscience que son fils était mort. Le cercueil en plaqué chêne – un des moins chers – renfermait le corps du mouton noir de la famille, Robert Hermansson, mais il aurait aussi bien pu s'agir d'Henrik. Son fils était mort. Leur fils aîné, à Ebba et à lui. Le frère de Kristoffer. Mort, mort, mort. Il n'était plus capable de croire le contraire. De prétendre le contraire. Ni devant sa femme de plus en plus folle, ni devant Dieu, ni devant personne.

Il était relevé de tous ses devoirs : se montrer fort et optimiste, poursuivre sa vie inconsolable jour après jour, heure après heure, dans une normalité complètement absurde, comme s'il existait encore un quelconque espoir, un quelconque sens. Se rendre chaque jour au travail, remonter le moral aux employés, blaguer avec Kristoffer le matin et le soir, lui demander comment sa journée s'était déroulée, feindre d'ignorer qu'il fumait et buvait en cachette… Remplir le réfrigérateur, laver le linge, payer les factures. Tous ces détails pratiques, toutes ces tâches d'une minutie insupportable pour maintenir à flot une famille qui a perdu un fils, qui erre sur une plaque de glace de plus en plus fine et qui, au bout du compte, sombrera quoi qu'il arrive. Il n'avait pas fait l'amour avec sa femme depuis neuf mois. Il n'y pensait même plus. La vie s'était arrêtée. Fini. Autant qu'ils aillent tous s'allonger aux côtés de Robert.

À quoi bon repousser la mort ?

Mais, bizarrement, le vent tourna. Leif Grundt remonta à la surface comme un bouchon de liège. Il se moucha en trompetant, tant et si bien que le pasteur dut improviser une pause. Celui qui laissait la folie s'installer en lui – ce qu'avait fait Ebba – devenait son domaine exclusif, se dit le directeur Grundt. Pour l'éternité.

Quand l'un faiblit, l'autre doit se montrer fort.

Une équation implacable et parfaitement injuste. Leif Grundt se souvint d'une déclaration du révérend Desmond Tutu à la télé.

Ou peut-être de Mandela lui-même.

Ceux qui en ont la force ont le devoir de supporter les épreuves.

Exactement. D'aller de l'avant malgré tout.

Il se moucha un peu plus discrètement. Cette fois, le pasteur était préparé.

– Tu sais, Olle Rimborg… dit Rosemarie.

– Qui ça ? dit Kristoffer.

– Olle Rimborg. Je l'avais en allemand. Je m'en souviens à présent.

– Plus vite que ça ! ordonna Karl-Erik. On a rendez-vous à la salle paroissiale.

– Attends un peu, dit Rosemarie. Je suis en train de parler à Henrik… Je veux dire à Kristoffer… Oui… Il avait déjà les cheveux roux à l'époque, maintenant que j'y pense. Rimborg. Un garçon plutôt soigneux.

– Ah bon ? dit Kristoffer.

– Il travaille à l'hôtel.

– Ah ?

– Les choses changent à une de ces vitesses de nos jours. Enfin, quoi qu'il en soit, il a dit qu'il était revenu la nuit.

– Quoi ?

– Allez, en route ! gronda Karl-Erik.

– Il est revenu la nuit. Je veux dire Jakob. Tu entends, Kristoffer ? Cette terrible nuit où ton frère a disparu… Ce n'est pas lui qu'on vient d'enterrer, c'est Robert, mais Henrik a disparu. Il s'en est souvenu quand on était à l'accueil pour… Comment on dit, déjà ?… Nous enregistrer ? Je veux dire Olle Rimborg. Le mari de Kristina est revenu à trois heures, c'est ce qu'il a dit. Ils étaient dans la même classe, Kristina et lui, mais bien sûr je n'ai jamais eu Kristina dans ma classe, elle n'a pas fait d'allemand et on n'a pas le droit d'avoir ses propres enfants…

– Voilà qu'il commence à pleuvoir, en plus ! Qu'est-ce que tu racontes, à la fin ? Excuse ta grand-mère, Kristoffer, elle divague un peu.

– Pas grave.

– Il faut absolument que je pose la question à Kristina, poursuivit Rosemarie. Je ne sais pas pourquoi il a dit ça. Et ne m'interromps pas sans arrêt, Karl-Erik. Tu devrais te couper les poils du nez. Tu aurais pu y penser avant l'enterrement, non ? D'ailleurs, je trouve que le pasteur était beaucoup trop grand. Il devait faire… Combien ? Qu'est-ce que tu en penses, Kristoffer ?

– Un mètre quatre-vingt-dix-huit.

– Ebba vient nous dire de débarrasser le plancher. Mille milliards de sabords ! Mieux vaut déguerpir de là. Où va-t-on, au fait ?

– Nous allons prendre le café à la salle paroissiale, ma petite maman, dit Ebba. Je ne sais pas trop pourquoi, mais enfin…

– Je sais très bien qu'on va à la salle paroissiale ! Karl-Erik me le répète toute la sainte journée. Ces comprimés ne me rendent pas bête. Je me sens extrêmement lucide. Vraiment ? Tu as dit un mètre quatre-vingt-dix-huit, Henrik ? Eh bien, je crois que tu as touché en plein dans le mille… Je veux dire Kristoffer. Olle Rimborg, voilà comment il s'appelait, je m'en souviens très bien. Ne l'oublie pas, Kristoffer ! Mais où est passée Kristina ?

31

– Qu'est-ce que tu as trouvé ? dit Barbarotti. Un peu plus lentement, s'il te plaît, sinon je serai obligé de te le faire répéter. Je reviens d'un enterrement. Je suis encore plus abruti que d'habitude.

Les lèvres de Gerald Morson tressaillirent, signe qu'il avait saisi la touche d'autodérision de Barbarotti. Il cligna des yeux derrière ses lunettes un peu teintées.

– Pas mal de choses. Je commence par le plus important ?

Barbarotti acquiesça.

– Robert Hermansson a effectivement appelé le numéro de Jane Almgren la nuit de sa disparition. Et il l'avait appelée deux jours avant. Nous avions le numéro depuis le mois de décembre, mais…

– Carte prépayée, l'interrompit Barbarotti.

– Exact. Ce qui nous avait bloqués dans nos recherches. Précisons qu'on peut attribuer cette défaillance aux effectifs insuffisants affectés à…

Morose manquait toujours de personnel. Barbarotti pencha la tête sur le côté comme le coureur de fond finlandais dont il ne se rappelait toujours pas le nom, se donnant, l'espérait-il, un air attentif.

– Dans ce pays, on passe trente millions d'appels par jour, reprit Morose. Depuis son portable, par exemple, rien qu'en décembre Robert Hermansson a appelé soixante numéros, dont celui de Jane Almgren. Chacun de ces numéros nous donne une nouvelle liste de cent à cent cinquante numéros à vérifier, mais si on se débrouillait pour que…

– Putain, Gerald, je sais ! C'est complètement insensé que tu te retrouves à tout faire tout seul, je suis d'accord, mais qu'est-ce que tu as découvert sur ce numéro ? Je veux dire sur celui de Jane Almgren. Pas des masses d'appels en décembre, si je me souviens bien ?

– Cinq. Deux à une pizzeria, un à un salon de coiffure, et puis elle en a reçu deux de Robert Hermansson.

– Oui, ça me revient. Et avant ? En novembre ?

– Environ vingt-cinq, reprit patiemment Morose. La plupart à d'autres téléphones à cartes et à des numéros sur liste rouge. Elle semble avoir fait un remplacement au salon de coiffure pendant quelques jours, en décembre. Je veux dire notre amie Jane. Mais après la disparition de Robert, plus rien… Voilà pourquoi on était restés au point mort.

– Et si on avait eu plus de personnel ?

– Tu n'as pas dit ça, et je n'ai rien entendu. Elle a appelé quelques numéros de fixes.

– En novembre ?

– Oui.

– Combien ?

– Quatre. Je les ai vérifiés. Trois particuliers et une agence de location de voitures. Deux des particuliers, de sexe masculin, habitent Stockholm. J'ai leurs noms et leurs adresses. Ils n'ont jamais entendu parler de Jane Almgren. La troisième personne non plus, mais je crois quand même qu'elle peut être intéressante pour l'enquête.

– Ah bon ?

– Sylvia Karlsson, soixante-dix ans. Elle habite à Kristinehamn. Le 22 novembre, l'an dernier, elle a reçu un appel de son fils… Depuis le numéro en question… Et depuis, plus de nouvelles.

Ah bon ? se dit Gunnar Barbarotti, dont la concentration commençait à flancher. Il détourna les yeux de Morose et regarda la pluie par la fenêtre. Suivant le parcours sinueux de quelques gouttes d'eau le long de la vitre, il laissa passer quelques secondes.

– N'oublie pas que je suis un peu premier degré. Tu veux dire que…

– Exactement. Je vois que tu m'écoutes attentivement. On avait déjà pris contact avec cette femme en décembre… Ou peut-être début janvier… mais, à l'époque, elle ne savait pas que son fils avait disparu. Manifestement, ils ne se parlent pas souvent. Mais il l'appelle toujours pour son anniversaire. Elle a eu soixante-dix ans en juin.

– Hmm… Une fripouille ?

– Peut-être, pour employer un terme vieillot.

– Il n'y a pas de mal à ça. Comment s'appelle-t-il ? Il est fiché ?

– Sören Karlsson. J'ai fait une recherche. Il a un petit casier.

– Du genre ?

– Un peu de tout. Stupéfiants. Agressions. Cambriolage. Il a fait deux mois en tout. La dernière fois, c'était il y a trois ans.

– Lien avec Jane Almgren ?

– On n'en est pas encore là. Mais il était officiellement domicilié à Kalmar au moment où elle y habitait. Il peut y avoir un lien. C'est même probable.

Barbarotti croisa les mains, songeur.

– Bien, dit-il. Et puisqu'il est fiché, je suppose qu'on est en train de faire des recoupements.

– Absolument, répondit Gerald Morson avec une emphase inhabituelle. Si c'est lui, le compagnon de congélateur de Robert Hermansson, tu le sauras dans quatre heures. Je voulais…

– Attends deux secondes. Je veux être sûr d'avoir tout compris. Il se pourrait donc que Jane Almgren ait trucidé ce Sören Karlsson avant Robert Hermansson… Et qu'elle ait ensuite utilisé son téléphone portable pendant une semaine ou deux… Et que, brusquement, elle ne l'ait plus utilisé…

Morose acquiesça.

– C'est à peu près ça. Il était peut-être déchargé. Ou alors il n'avait plus de crédit. Le dernier appel est celui que Robert lui a passé la nuit de sa disparition.

– Et tout ça…

– … Grâce à la surveillance des appels téléphoniques, l'interrompit Morose. Exact.

Tu n'aurais pas dû arriver à ces conclusions en décembre ? pensa Barbarotti.

– Merci, Gerald, dit-il en se levant. Tu restes ce soir jusqu'à ce qu'on t'envoie les résultats ?

Morose se racla la gorge et fit un geste en direction de son bureau croulant sous les papiers.

– Comme tu peux le constater, j'ai encore quelques trucs à faire. Oui, je reste. Je t'appelle dès que j'ai du nouveau.

– Merci.

À dix-huit heures dix, Barbarotti quitta le bureau de son collègue. À ce qu'il paraissait, Gerald Morson faisait vingt heures supplémentaires par semaine. Barbarotti n'avait jamais pris la peine de vérifier ces ouï-dire, mais c'était sans doute en dessous de la vérité.

Pour sa part, en revanche, il n'avait pas l'intention de faire de zèle. En ce vendredi soir, il prévoyait mille mètres de nage à la piscine et une heure de sauna. Sara lui avait promis des pâtes pour huit heures et demie. S'il ne trébuchait pas sur un cadavre en allant au gymnase, son planning tiendrait la route.

Peut-être passerait-il ensuite un petit coup de fil à Helsingborg.

L'identification ne fut achevée que le samedi matin. Pourquoi cela avait-il traîné ? Barbarotti n'avait pas l'intention d'enquêter sur la question.

– J'ai mis le rapport sur ton bureau, lui dit Morose d'une voix fatiguée. Tu pourras y lire beaucoup de choses sur notre ami Sören Karlsson. Environ trente-neuf ans. On ne sait pas s'il a vécu jusqu'à son dernier anniversaire, en novembre, parce que son décès est difficile à dater au jour près. Je n'ai pas appelé sa mère pour le lui annoncer. Je me suis dit que tu t'en chargerais. J'en ai un peu marre des téléphones. Salut.

Malgré ce dernier commentaire, il rappela deux minutes plus tard.

– J'ajouterai, dit-il avec un profond soupir, que la raison pour laquelle Jane Almgren a utilisé le portable de la victime est que son abonnement de fixe a été suspendu le 25 novembre. Voilà, c'est tout.

– Merci, Gerald.

Une heure plus tard, Barbarotti lisait les pattes de mouche de Morose – l'une des dernières personnes sur terre à écrire à la main. La biographie de Sören Karlsson faisait un peu plus d'une demi-page. Né à Karlstad en 1965, il avait quitté le foyer familial pour Stockholm en 1984 à sa sortie du lycée technique. Il avait vécu à une dizaine d'endroits, exercé une vingtaine de petits boulots, et sa première infraction connue était l'agression d'une femme de soixante-seize ans dans le cadre d'un vol à l'arraché dans la Vieille Ville de Stockholm, l'été 1988. Il n'avait jamais été marié et n'avait pas d'enfants déclarés. Pendant un laps de temps de dix-huit mois, à la fin des années quatre-vingt-dix, il avait été domicilié à une adresse à Kalmar, où il travaillait pour une petite entreprise de nettoyage. Selon les déclarations d'un témoin digne de confiance, il avait fréquenté une certaine Jane Almgren qui, à l'époque, était encore mariée, mère de deux enfants et employée dans la même entreprise.

Bien, se dit Barbarotti avec un long soupir. Enfin.

Tout en bas de la feuille, Morose avait inscrit un numéro de téléphone et un nom. Barbarotti ferma les yeux et inspira une longue bouffée d'air par le nez. Il était temps de joindre Sylvia Karlsson à Kristinehamn pour lui expliquer que si son fils ne l'avait pas appelée pour son anniversaire, ce n'était pas par négligence.

J'espère qu'elle ne répondra pas, se dit-il en composant le numéro.

Il s'abstint néanmoins d'en faire le pari avec Dieu. D'ailleurs, dès la deuxième sonnerie, la septuagénaire répondit d'une voix aigre.

– Ça a été, l'enterrement ? demanda Backman.

En ce lundi matin, il pleuvait. Barbarotti avait passé son dimanche à Helsingborg et à Elseneur (au musée de Louisiana). Il n'était rentré chez lui que vers minuit, en voiture : dix heures de route – mais qu'est-ce qu'on ne ferait pas ?

– C'était très sympa, répondit-il. Dommage que tu l'aies raté. Sören Karlsson va être inhumé à Karlstad. Je suppose que tu ne pourras pas y assister non plus ?

– Je vais voir. Tu as plutôt bonne mine pour un lundi pluvieux, à onze mois des prochaines vacances… Tu te shootes au Valium ou à l'hélium ?

Il secoua la tête.

– Bon… De toute façon, ce n'est pas mon business. En tout cas, maintenant, l'affaire est dans le sac, on est bien d'accord ?

– À part pour un détail : Henrik Grundt. Mais raconte-moi d'abord la vie et l'œuvre de Jane Almgren. Le témoin a donné des éléments nouveaux ?

– Quelques-uns, dit Backman en vidant les dernières gouttes de son café. Elle s'est présentée hier. Elle a déclaré que Jane avait eu une petite aventure avec Robert Hermansson dans son adolescence… Enfin, aventure, c'est peut-être beaucoup dire. Apparemment, ils faisaient partie de la même bande, et Robert l'a trompée avec… eh bien, avec le témoin.

– Aïe…

– Dans le même sac de couchage.

– Hein ?

– C'est ce qu'elle a dit. Ils faisaient du camping sauvage aux alentours du lac Kymmen. Je ne sais pas si c'est important, mais le témoin, une ancienne amie de Jane, dit qu'elle est devenue folle de rage. Elle aurait menacé de tuer Robert. Et essayé de le faire.

– Déjà ?

– Déjà. Elle n'avait que seize ans à l'époque. Bref, le lien avec Robert existe, même s'il est ancien. Finalement, ton idée n'était pas si mauvaise. Le voir à la télé vingt ans plus tard a pu raviver la blessure. Sören Karlsson avait directement provoqué la rupture familiale à Kalmar. On peut supposer que le mobile des meurtres est la vengeance. Pour les deux victimes.

– Une histoire sous une tente, il y a vingt ans ?

– L'abcès peut se rouvrir vingt ou trente ans plus tard, surtout chez les écorchés vifs.

– Merci, je sais. Et son mari… Je veux dire, son ex-mari ?

– Il devait être une victime potentielle, en effet. Mais lui et ses enfants ont des identités protégées. Ils vivent à Drammen, en Norvège. Que crois-tu que Jane Almgren fabriquait à Oslo ? Si elle ne s'était pas fait écraser, elle les aurait peut-être retrouvés.

Barbarotti mâchonna sa lèvre inférieure, songeur.

– Quelle horreur… dit-il finalement.

– C'est un bon résumé de l'affaire. Il est temps de mettre Jane Almgren aux archives, non ?

– Peut-être. Berggren et Toivonen se chargeront de remplir les cases vides. Il faudra dresser son profil psychologique. C'est la spécialité de Toivonen.

Backman sourit.

– Et toi, c'est quoi, ta spécialité ?

Après une vague grimace, un peu gêné, Barbarotti répondit :

– Figure-toi que j'y ai pas mal réfléchi.

– Et alors ?

– Je crois… Je crois que ma principale qualité est d'être têtu comme une mule.

– Vraiment ?

– Oui. Une fois, à l'école, j'ai passé deux semaines à essayer de résoudre le problème des sept ponts de Königsberg. Un de nos professeurs nous donnait toujours ce genre d'exercices. Tu en as déjà entendu parler ?

– Je croyais que c'était insoluble.

– Ça l'est. Et le prof nous l'avait dit. Mais je me suis obstiné.

– Je vois. Et Henrik Grundt ? Je suppose que c'est là que tu veux en venir ?

– Oui, et c'est loin d'être insoluble. Tout ce qu'il me faut, c'est un peu de temps.

– Combien ?

Il haussa les épaules.

– Quelques mois, quelques années. C'est un devoir que je me dois d'accomplir. Ils avaient vraiment l'air minés.

– Qui ça ?

– La famille. À l'enterrement. Je ne sais pas lequel d'entre eux va le plus mal, mais une chose est sûre, ce n'était pas Robert qu'ils pleuraient dans cette église. Pauvre bougre. Il n'a même pas réussi à être la tête d'affiche à son propre enterrement. Avoue que c'est moche.

– Il a tiré le mauvais numéro tout du long. Tu ne t'imagines quand même pas qu'Henrik Grundt serait encore en vie ?

– Difficile à croire.

– Ou qu'il ait succombé à une mort naturelle ?

– Presque aussi difficile. Mais si j'arrive à convaincre Asunander, je passerai trois bonnes journées à parcourir une dernière fois le dossier. De fond en comble. Les entretiens, tout. Je vérifierai tous les zozos cités et je scruterai chacune de leurs déclarations à la loupe.

– Il ne vaudrait pas mieux faire le contraire ?

– Quoi ?

– Vérifier les déclarations et scruter les pelés ?

– Décidément, madame Backman, vous êtes un sacré bout de femme.

– C'est ce que me dit toujours mon mari. Va en parler au patron. Je l'ai vu ce matin.

– Quelle tête il faisait ?

– Maussade. Extrêmement maussade.

– Dans ce cas, ça attendra demain. Le Seigneur n'a pas créé le stress.

– Tu le connais ? Je ne l'aurais pas cru.

– Un peu, admit l'inspecteur. Un tout petit peu.

IV

Novembre

32

Kristina descendit à Gullmarsplan. Penchée en avant, luttant contre les bourrasques de vent, elle traversa la place déserte, puis le tunnel pisseux qui menait au quartier de Globen. Des cascades de pluie glaciale s'abattaient sur le pavé. Pourquoi n'avait-elle pas suivi le conseil de Jakob ? Elle aurait dû aller faire ses courses aux halles d'Östermalm et prendre un taxi pour rentrer.

Ces désobéissances futiles représentaient les seules poches de résistance qui lui restaient. Ses derniers recoins d'oxygène.

Ce soir-là, ils attendaient des invités. Deux producteurs danois et leurs femmes, un grand patron de la télévision suédoise non accompagné et une réalisatrice finlandaise lesbienne. Ces hôtes de marque exigeaient un repas princier. On boirait à satiété. À l'origine de cette soirée : une coproduction entre pays nordiques. Blinis, œufs d'ablette et schnaps. Chevreuil et barolo. Figues caramélisées, chèvre, café, calvados, le diable et son train. Elle était épuisée rien que d'y penser.

Avant de jouer la jeune épouse parfaite portant sa grossesse comme un accessoire de mode, elle avait donc décidé de profiter de sa maigre marge de liberté en faisant ses courses dans la galerie marchande de Globen. Elle s'y procurerait toutes les victuailles vouées à être affinées et apprêtées pendant l'après-midi, puis englouties dans les gueules béantes des nababs des médias et de leurs femmes diligemment peinturlurées. Sans oublier le grand patron et la lesbienne finlandaise.

Il n'était encore que onze heures du matin. Elle prévoyait de consacrer cinq, six heures aux préparatifs gastronomiques. Une fois n'est pas coutume, Jakob avait promis d'aller chercher Kelvin chez la nourrice. Ainsi, personne ne pourrait l'accuser de ne pas montrer à son épouse enceinte toute la considération qui lui était due.

Elle pénétra dans la galerie à travers le McDonald's bondé, fuyant la pluie glaçante. Elle dut jouer des coudes pour se frayer un chemin. Avant de se lancer dans l'approvisionnement, elle s'arrêta dans un café pour souffler un peu. Elle ôta son imperméable, commanda un cappuccino et s'assit sur un tabouret de bar à une table minimale, au milieu de la foule. Elle venait juste de retrouver goût à la caféine. Au milieu du septième mois, exactement comme la fois précédente.

La fois précédente ? Elle tournait distraitement le triste bâtonnet en bois dans la mousse blanche, tentant de se rappeler ce qu'elle avait éprouvé quand elle était enceinte du petit Kelvin, taciturne et introverti : l'attente aux contours indécis, l'optimisme naïf. Cependant, tous ses efforts pour en retrouver ne serait-ce qu'une petite coloration, une vague réminiscence, restèrent vains. Sa vie avait tellement changé depuis... Elle se demandait parfois si elle était toujours la même personne. Celle qui cogitait sans répit, qui ordonnait à sa main de lever la tasse et à sa bouche d'aspirer une gorgée de lait mousseux brûlant, était-ce vraiment elle ? Bonne question. Elle vivait un véritable cauchemar depuis bientôt un an, et il n'y avait strictement aucune raison pour qu'il se termine. Aucune.

– Tu n'as pas l'air heureuse, lui avait dit Marika, la sage-femme.

Elle avait passé la matinée à la maternité de l'Artillerigatan. Naturellement, elle aurait dû choisir une maternité plus près de chez elle, dans le Vieil Enskede, mais elle avait voulu garder Marika, qui l'avait suivie pendant sa première grossesse. Jakob lui avait conseillé le contraire. Résistance.

– Non, je ne suis pas heureuse. Je ne veux pas de cet enfant.

Qu'est-ce qui lui avait pris ? Elle n'avait jamais fait un tel aveu à personne. Mais c'était là toute la force de Marika. Elle savait tirer les vers du nez.

Posant sa main robuste sur le bras de Kristina, elle l'avait regardée droit dans les yeux.

– Patience, avait-elle dit avec son léger accent finlandais. Crois-moi, les jours se suivent et ne se ressemblent pas. Ne te fais pas trop de mouron.

Quelque chose clochait-il au niveau de la paternité ? Kristina avait fait signe que non. Mais le père, oui. Voilà ce qui clochait. Elle avait épousé un assassin. Elle portait l'enfant de ce fou à lier sous son cœur. Et elle était en son pouvoir. Rien à faire pour s'en libérer. Les dieux l'avaient punie pour ses jeux interdits. Elle devrait supporter son châtiment jusqu'à la fin de ses jours.

Mais elle n'avait rien dit de tout cela à Marika. Le silence était l'une des composantes de son châtiment.

Elle avala une gorgée de cappuccino pour faire passer l'angoisse qui lui serrait la gorge, observant deux jeunes femmes enthousiastes en grande conversation à la table d'à côté. Si elle était née dix ans plus tard, elle aurait pu être l'une d'elles. De préférence la brune au visage avenant et insouciant qui semblait avoir l'avenir devant elle.

Il y eut une seconde de vide dans son esprit, puis elle repensa à son grand projet.

Le *Projet*. Ces derniers jours, il surgissait drapé d'italiques et anobli d'une majuscule. Comme un écriteau brusquement éclairé dans son esprit, six lettres bien détachées, rouge sang.

L'idée était arrivée sans qu'elle s'en aperçoive, à pas de loup, discrète, fuyant les regards. Avec le temps, elle avait pris du poil de la bête. Elle ne se laissait plus chasser, elle imposait sa présence comme un… Comme un cavalier qui l'aurait invitée à danser et qu'elle hésitait encore à éconduire.

Je suis la seule solution, disait-elle. Ta seule issue. Peu importe que tu l'admettes maintenant ou dans dix ans, tôt ou tard, tu m'adopteras. Seule ta lâcheté t'en empêche à l'heure qu'il est. À toi de voir combien de temps tu comptes encore rester sous son joug.

Le tuer, se disait Kristina. Commettre un meurtre. Voilà ce que lui suggérait le cavalier.

En revanche, ces mots-là n'apparaissaient pas en italique dans son esprit. Au contraire, aussitôt qu'elle osait les concevoir, ils flétrissaient et disparaissaient, emportés par leur propre absurdité.

Dans le brouillard de sa lâcheté.

Pourtant, c'était bien en cela que consistait le *Projet*.

Le rêve, pour sa part, gardait toute sa vigueur, repassant trois ou quatre fois par mois en rediffusion nocturne, tous les détails implacablement en place. L'entrée de Jakob, Henrik reprenant son souffle, affolé, quelques interminables secondes de silence… Les mains de Jakob arrachant le jeune homme du lit, la chute du corps sur le sol, un genou contre son thorax, le cri sourd de Kristina.

Trois ou quatre coups de poing puissants, les mains de Jakob autour du cou d'Henrik, les yeux révulsés du jeune homme. Kristina : incapable de réagir, impuissante, les mâchoires serrées. Et, pour finir, ces paroles de Jakob : « Voilà, il est mort. »

La gifle retentissante sur sa joue et le crachat sur son visage.

Documentaire. En fait, ce n'était pas un rêve, mais une séquence tirée de cette nuit-là, fidèle au détail près.

Henrik enroulé dans des draps. Son corps lâché dans les buissons depuis le balcon de secours. Traîné jusqu'à la voiture. Personne ne les avait vus. Personne ne les avait entendus. Quatre heures et demie. Il l'avait frappée au visage et violée. À sept heures, ils prenaient le petit déjeuner à l'hôtel. Kelvin, enfoncé dans son siège d'enfant rouge laqué, avait dormi comme une souche toute la nuit. À huit heures moins le quart, ils quittaient Kymlinge.

Jakob s'était chargé d'ensevelir le corps. Il était parti le soir suivant et n'était pas revenu de la nuit. Elle ne savait toujours pas où Henrik était enterré. Son mari avait dû soigner le travail. Peut-être à la mer, ou en forêt, dans les environs de Nynäshamn. Il connaissait bien le coin. Elle ne lui posa pas de questions. De toute façon, il ne lui aurait pas répondu.

Quand il lui expliqua les nouvelles règles de leur vie, elle les connaissait déjà.

Si tu me dénonces, je te dénonce.

Quelques semaines plus tard, il avait ajouté un alinéa :

Si tu me tues, tout est écrit dans mon testament.

Si tu me tues, tout est écrit dans mon testament.

Longtemps, elle l'avait cru. Longtemps, le document lui était apparu en rêve.

Elle voyait Jakob tendant une enveloppe scellée à un avocat. Sur l'enveloppe, on lisait : « Ouvrir après ma mort ». Ou : « Ouvrir si je meurs dans des circonstances mystérieuses ».

Puis elle s'était mise à douter de son existence. Qu'est-ce que Jakob gagnerait à dévoiler son meurtre après sa mort ? Qui voudrait d'une pareille renommée posthume ?

Question épineuse. Pendant des semaines entières, elle avait pesé le pour et le contre.

La haïssait-il vraiment à ce point ? Voulait-il continuer à la punir même après sa propre mort ?

Si oui, pourquoi l'enchaîner ainsi ? Pourquoi la retenir captive ? Pour qu'elle soit à son entière disposition, qu'elle ne puisse rien lui refuser ? Pour pouvoir la violer nuit après nuit, tant qu'il avait encore envie d'elle ?

En effet, Jakob Willnius était peut-être assez déséquilibré pour souhaiter une pareille vie. Certains hommes sont ainsi faits. Elle ne manquait pas d'arguments pour étayer l'hypothèse.

Une autre supposition – plus intéressante – surgissait alors. Kristina l'avait examinée sous toutes ses coutures pendant quelques semaines. Peu à peu, elle avait pris l'allure d'une assertion.

Du point de vue de Jakob Willnius, l'essentiel n'était pas d'avoir rédigé un tel testament, mais de *persuader sa femme qu'il l'avait fait*. Ainsi, pieds et poings liés, elle représentait pour lui une véritable assurance-vie.

N'est-ce pas ? se demandait Kristina. Oui ? Non ? Peut-être ?

La réponse à cette question à demi rhétorique, à demi désespérée – un faible « oui » susurré, à peine audible –, donna naissance au projet. Le *Projet*.

Elle prit une gorgée de café et regarda l'heure. Midi moins vingt. Les deux amies jacassantes avaient été remplacées par un homme fatigué entouré d'une montagne de sacs de shopping. Le centre commercial était noir de monde. Jeunes, vieux. Secs, trempés. Hommes, femmes. J'accepterais d'échanger ma vie contre celle de n'importe lequel d'entre eux, se dit Kristina Hermansson en passant distraitement la main sur son ventre tendu. Sans l'ombre d'une hésitation.

Puis elle se leva, laissant sa tasse en carton à demi pleine sur la table, et se rendit au supermarché ICA pour y accomplir son devoir conjugal.

Mais comment ? se dit-elle encore. Comment ?

Leif Grundt s'engagea dans l'allée, éteignit le moteur de la Volvo et resta assis au volant, incapable de bouger. En ce jeudi de novembre, à neuf heures et demie du soir, il pleuvait.

La villa était plongée dans le noir, sauf la chambre de Kristoffer, où une lueur bleutée signalait une télévision allumée. Leif Grundt se sentait laminé. Il était parti à sept heures ce matin et avait passé onze heures au supermarché, puis deux heures en visite à Vassroga, où Ebba était internée pendant la semaine.

Cette maison de repos privée située à douze ou quinze kilomètres à l'intérieur du pays, au bord de la rivière Indalsälv, pratiquait une sorte de thérapie intensive. Leif n'avait pas très bien compris en quoi elle consistait. Ebba était en traitement depuis trois semaines, et devait y passer six semaines en tout. Tous les jeudis soir, Leif se rendait à l'entretien familial, se préparant à paraître gentil et compréhensif. Gentil, il y arrivait à peu près, mais compréhensif, nettement moins. Il ne voyait aucun progrès dans l'état de sa femme.

Lorsqu'il l'avait gentiment fait remarquer au psychothérapeute, celui-ci, un sexagénaire très doux et barbu, lui avait répondu que Mme Grundt ayant perdu un fils, cela prendrait du temps.

Leif Grundt aurait voulu lui répondre que le fils en question était également le sien. Mais, de toute évidence, on ne disait pas ce genre de choses.

Le lendemain soir, Ebba rentrerait à la maison. Cette perspective éveillait en Leif des sentiments contradictoires qui le mettaient mal à l'aise. La pression augmenterait subitement. Il faudrait prendre soin d'elle. Ou prendre sur soi, cela dépendait du point de vue. Une réplique résonnait dans son esprit : « J'en ai tellement marre de toi, Ebba… Merde, tu ne comprends donc pas ? » Si ces mots venaient à lui échapper, le mal serait irréparable. Un clou fermement planté dans le cercueil conjugal. Et dans le destin de la famille Grundt.

Mais peut-être, se dit-il en serrant le volant muet, peut-être que, de toute façon, il était trop tard.

Certaines familles peuvent encaisser une catastrophe, d'autres, non.

Les Hermansson Grundt appartenaient à la seconde catégorie. Onze mois, c'est tout ce qu'il avait fallu. Un an plus tôt, ils rayonnaient de bien-être et d'harmonie, en tout cas selon les critères d'évaluation habituels du bonheur familial. Une femme médecin-chef, un directeur de Konsum, un étudiant à Uppsala et un collégien relativement bien élevé. À présent, l'étudiant avait disparu, très probablement mort, le médecin-chef sombrait dans un puits sans fond et le directeur n'avait plus la force de descendre de voiture.

Voilà le bilan des courses.

Et Kristoffer dans tout ça ?

Leif n'osait même pas y penser. Il s'était mis à fumer, cela ne faisait aucun doute. Il avait d'assez mauvaises fréquentations. Ses résultats scolaires laissaient à désirer. Il buvait certainement de la bière ou de l'alcool fort à l'occasion. Et ils préféraient tous deux passer le problème sous silence. Les choses allaient déjà suffisamment mal comme cela, pas la peine d'en rajouter. Leif avait encore la force de prendre le garçon dans ses bras de temps en temps, de lui dire un mot encourageant. Il espérait que cela fasse la différence. Il régnait entre eux une sorte de *gentleman's agreement* : éviter les sujets qui fâchent et contempler les mouches voler.

Il pleuvait. Leif Grundt regardait les gouttes rebondir sur le capot. En se condensant, elles formaient une fine brume qui finissait par se dissoudre dans le néant. Le moteur n'était pas encore froid. Qu'est-ce que je fais ici ? se demanda-t-il. J'ai quarante-deux ans et je reste assis dans ma voiture à regarder bêtement la pluie, à l'entrée de ma propre maison, broyant du noir comme un homard en captivité. Pourquoi ? Et que… Que vient faire ce homard ici ? Il s'agissait bien entendu des homards surgelés d'Argentine qu'ils avaient dû jeter après la plainte d'une des dames de… Ça y est, il perdait de nouveau le fil. À quoi pensait-il, déjà ?

Ah oui. Kristoffer. Encore scotché à la télé. La lueur bleutée à sa fenêtre ne laissait aucun doute là-dessus. À part avaler un peu de nourriture et sortir fumer en cachette, c'était sa seule occupation domestique.

Ce qu'il faisait ailleurs, le week-end, Leif Grundt ne voulait même pas le savoir.

Comme si, juste avant la rencontre, leurs regards glissaient, évitant de se croiser. Rien n'était plus comme avant. Mais ça aussi, c'était sans doute dans l'ordre des choses. Vu les circonstances. Ce jeu de dupes était le prix à payer.

Bientôt, je n'aurai même plus la force de faire semblant, se dit Leif Grundt en ouvrant la portière et en sortant sous la pluie. Merde alors…

Il parcourut hâtivement les quelques mètres qui le séparaient de la maison. Dans le hall sombre, il accrocha son blouson dans le noir, puis il se dirigea vers la cuisine, où il alluma le néon au-dessus de l'évier. Kristoffer avait laissé traîner du beurre, du fromage et du tarama sur le plan de travail, un fond de pâtes dans une casserole et une passoire dans l'évier. Le lave-vaisselle était sûrement plein.

En un quart d'heure, Leif Grundt remit un peu d'ordre dans la cuisine. Puis il rejoignit son fils qui, en effet, regardait un film. Lorsque Leif ouvrit la porte, il entendit un comédien hurler : « Va te faire foutre, sale pute ! » Au moins, c'était un film suédois. Toujours ça de gagné. Quoique… Pourquoi trouvait-il rassurant que son fils regarde un film suédois ?

– Maman te passe le bonjour.

– OK.

– Elle revient demain soir.

– Je ne sais pas si je serai là.

– Bon. Je crois que je vais aller me pieuter. Tu commences à quelle heure demain ?

– Grasse matinée jusqu'à dix heures.

– Je te réveille en partant ?

– Pas la peine, je mets le réveil.

– D'accord. À demain soir, alors…

– Peut-être.

Fais de beaux rêves, mon fils adoré, pensa Leif Grundt. Pourvu que rien ne t'arrive, à toi aussi.

Il bâilla et ressortit.

Il avait dû s'endormir pendant le dernier tiers du film. Il se réveilla au son du générique, sur fond de maison en flammes. Un peu idiot, comme image de fin, se dit-il. Cela rendait la plupart des noms illisibles. Il faut dire que le film avait été assez débile en général. Une série B suédoise typique.

Il resta collé devant l'image, s'obstinant absurdement à déchiffrer les noms des comédiens, caméramans, décorateurs, assistants réalisateurs et autres ingénieurs du son. D'habitude, il ne perdait pas son temps à ces détails. Des noms, des noms, des noms… Dingue, ce qu'il fallait comme monde pour faire un nanar pareil. Une foule de gens. Des monteurs, des directeurs de casting, des scriptes, des costumiers… Les yeux paresseusement fixés sur cette multitude de petites mains anonymes du cinéma, tout à coup il reconnut un nom.

Rimborg. Olle Rimborg.

Merde… se dit-il. Où est-ce que j'ai déjà vu ce nom ? Ou entendu…

Il n'eut pas le temps de lire la fonction dudit Rimborg dans l'équipe pléthorique avant que son nom ne disparaisse de l'écran. *Rimborg*…

Kristoffer enfonça la main sous son oreiller, en sortit la télécommande et éteignit le poste. Il aurait voulu avoir un autre DVD à se mettre sous la dent, mais sa réserve était épuisée. Que des vieilleries qu'il connaissait par cœur à force de les avoir vues et revues. Il n'était que onze heures moins le quart. Un dernier film aurait été parfait pour s'endormir.

Rimborg ?

Il se leva et décida de s'en griller une dernière par la fenêtre, puis d'essayer de dormir. Le lendemain, vendredi, sa journée commençait par deux heures de gym, qu'il comptait sécher. On lui avait déjà collé un avertissement au dernier conseil de classe, mais barboter dans une piscine crade pendant deux heures un vendredi matin, ce n'était pas son truc. Dans le monde selon Kristoffer Grundt, cela manquait de dignité.

Précisons que, sur ce point, sa vision du monde avait beaucoup évolué. Il était d'ailleurs conscient de ne pas mener tout à fait la vie qu'il aurait souhaitée. Il était dans une « phase », comme l'assistant social avait essayé de l'expliquer à son chef de classe, Kran – comment pouvait-on s'appeler Kran ?

Penché à sa fenêtre dans le froid mordant de novembre, il parvint à allumer une cigarette. Heureusement, il était protégé par le balcon de l'étage supérieur. Cela lui évitait de mouiller sa clope.

Olle Rimborg…

Après deux bouffées, le premier indice apparut – une influence bénéfique de la nicotine sur l'activité cérébrale… Il s'agissait de sa grand-mère. Elle avait dit quelque chose… Mais quand ?… À l'enterrement ? Oui, forcément, il ne l'avait vue qu'une fois cette année-là. Alors qu'ils attendaient devant l'église, elle avait divagué sur un certain Olle Rimborg.

Et dit qu'il était revenu.

« Il » était revenu. Mais qui, « il » ? Sa grand-mère était un peu gaga ce jour-là, mais elle avait insisté lourdement sur ce fameux Rimborg, et sur quelqu'un qui était revenu pendant la nuit. Quelqu'un d'autre, pas Olle Rimborg. Elle n'avait pas lâché le morceau, une vraie tête de mule. Malgré son état, cela devait bien avoir un sens.

Kristoffer Grundt aspira une profonde bouffée de fumée. Qu'avait-elle dit encore ? Tout cela était sans importance, bien sûr, mais en ce soir pluvieux et désespéré de novembre il n'avait rien d'autre à faire que de fumer en cachette. Autant faire marcher ses petites cellules grises… Mais oui ! Olle Rimborg était réceptionniste à l'hôtel de Kymlinge. À en croire sa grand-mère, en tout cas… Et il avait dit que quelqu'un était revenu… Cela paraissait significatif, sa grand-mère avait essayé de le lui expliquer, mais elle était tellement à côté de la plaque qu'il n'avait pas prêté attention à ce qu'elle disait. À vrai dire, il s'était senti un peu gêné. Voilà le problème. Sa pauvre grand-mère lui avait fait honte.

Et, deux ou trois mois plus tard, le nom réapparaît sur son écran de télévision. Bizarre, non ? Comme s'il n'attendait que ça. Olle Rimborg semblait avoir plusieurs casquettes, tantôt réceptionniste, tantôt dans le cinéma…

Il tira un peu trop fort sur sa cigarette. Cela lui donna le tournis, et voilà qu'Henrik débarqua dans sa tête.

Salut, petit frère.

Salut.

Ce n'est pas bon de fumer.

Je suis au courant.

Comment ça va ?

Ça va, merci.

Sûr ?

Hmm…

Henrik se tut un moment, le temps de se mettre à l'aise dans le for intérieur de Kristoffer, puis il reprit :

Écoute, petit frère, en fait, je me fous de savoir comment tu vas. Ce que tu traverses n'est peut-être qu'une « phase », comme ils disent. En revanche, j'aimerais bien que tu t'intéresses d'un peu plus près à cet Olle Rimborg.

Quoi ?

Approfondis le sujet, ça ne peut pas te faire de mal.

Mais pour quoi faire ?

Tu sais bien que je ne peux pas tout te dire. On en a déjà parlé.

Oui, je sais, mais…

Pas de « mais ». Si tu veux t'occuper de choses sensées au lieu de fumer, boire de la bière et collectionner les mauvaises appréciations, retrouve Olle Rimborg. Tu as compris où tu pouvais le chercher, non ?

Oui, mais enfin… tenta Kristoffer.

Alors, c'est d'accord. Éteins cette cigarette de malheur. Il faut vraiment que tu te ressaisisses, frangin.

Kristoffer Grundt tira une dernière bouffée sur son mégot et le jeta dans la pluie. La pelouse ne repousserait plus cette année, son père ne risquait pas de tomber dessus en la tondant. Kristoffer ferma la fenêtre et se mit au lit.

Débarbouille-toi ! Brosse-toi les dents ! gronda Henrik. Ce n'est pas parce que Linda Granberg a déménagé en Norvège que tu dois sentir le bouc.

Kristoffer se leva en soupirant.

Les grands frères… maugréa-t-il intérieurement.

33

À son réveil, Gunnar Barbarotti ne savait plus où il était.

Une main chaude qui ne lui appartenait pas était posée sur son ventre.

Une main de femme. Son esprit engourdi passa en revue toutes les femmes à côté desquelles il s'était réveillé dans sa vie de quadragénaire. Il s'arrêta enfin sur la bonne.

Marianne.

Mais n'exagérons rien. Jusqu'à elle, le cheminement n'était pas si long que ça. À part son ex-femme, il pouvait énumérer au maximum une douzaine de conquêtes, dont la moitié avaient été des coucheries occasionnelles. D'ailleurs, toutes ces aventures remontaient à ses années d'étudiant à Lund, vingt ans auparavant.

Mais, en cet instant magique, il était étendu aux côtés de Marianne, qui dormait en sifflant légèrement par le nez. Il contempla son visage, se demandant comment une femme aussi belle avait pu se laisser séduire par un balourd comme lui.

C'était sans doute à mettre au compte du mystère féminin, comme tant d'autres choses. Dieu merci.

Il parcourut lentement la pièce des yeux et se souvint qu'ils se trouvaient à l'Hotell Baltzar, à Malmö. Leur chambre faisait l'angle, au quatrième étage. Ses années d'étudiant ne se trouvaient finalement qu'à une dizaine de kilomètres de là. Une fois que ces quelques données de base furent rétablies, les autres pièces du puzzle se mirent rapidement en place.

On était samedi. Matin. Au milieu du mois de novembre. Ils étaient arrivés la veille et devaient rester jusqu'au dimanche. Pour un mariage.

Pas le leur – ç'aurait été un peu hâtif, tout de même. Leur première rencontre n'avait eu lieu que quatre mois plus tôt, durant un merveilleux séjour à Thassos. Du reste, ils n'étaient pas pressés, pas le moins du monde. Au contraire, il faut profiter l'un de l'autre, nous goûter mutuellement, nous garder en bouche pendant longtemps, comme des bonbons acidulés. Après, on verra, avait dit Marianne. Barbarotti, bien qu'ayant un peu de mal à se considérer lui-même comme un bonbon acidulé, n'avait pas émis d'objection. Au cours de l'automne, leur envie de sucreries était devenue quasiment insatiable. Ils s'étaient revus au moins dix fois. Barbarotti avait présenté Marianne à sa fille, puis rencontré ses enfants à deux occasions – un garçon de quatorze ans et une fille de douze ans –, ce qui n'avait donné lieu à aucune friction. Ô Dieu tout-puissant ! s'était-il exclamé. Je ne te l'avais pas demandé, mais je te donnerais volontiers dix points d'existence pour te remercier de l'avoir mise sur mon chemin.

Le Seigneur avait répondu que si les êtres humains avaient le bon sens de souhaiter des choses qui leur seraient réellement bénéfiques, cela lui simplifierait la vie. N'était-ce pas justement le rôle de Dieu, s'il existait, de les équiper de ce genre de bon sens ? avait glissé Barbarotti. Le Seigneur lui avait demandé un temps de réflexion avant de commenter cette dernière remarque.

La cérémonie. Clara, la sœur de Marianne, âgée de vingt-huit ans, directrice artistique – Gunnar ne savait pas très bien en quoi cela consistait –, avait enfin trouvé son prince charmant, un architecte danois qui répondait au doux nom de Palle. Marianne était sage-femme, un métier nettement plus clair pour l'inspecteur, et de douze ans l'aînée de la mariée (la famille comptait pas moins de sept sœurs, frères, demi-sœurs et demi-frères). Barbarotti avait eu des appréhensions à l'idée de se retrouver au milieu de jeunes gens faisant la noce, confronté à cent trente-sept inconnus. Mais refuser l'invitation eût été pire. De plus, comme le lui fit remarquer Marianne, cela leur ferait un week-end entier à Malmö, dans une chambre d'hôtel pour deux, à l'écart des festivités. Cela rendit la pilule plus facile à avaler.

– Bien sûr que tu dois y aller, vieille bique, lui avait ordonné Sara. Il faut aussi que tu voies le bon côté de la vie, de temps en temps.

Ma fille adorée, se dit Gunnar Barbarotti en bâillant d'aise. Si tu savais.

La cérémonie proprement dite eut lieu à l'église Sankt Petri. La mariée et le marié répondirent « oui », et l'on se rendit à la salle de réception Petri, à une minute à pied. (Et seulement trois ou quatre de l'Hotell Baltzar, comme n'avait pas manqué de le préciser Marianne.)

La fête fut longue. On se mit à table peu après dix-huit heures et, cinq heures plus tard, on y était encore. Barbarotti avait compté vingt-quatre discours et numéros divers. D'après le maître de cérémonie – un jeune homme replet en smoking bleu ciel qui ne se privait pas de monopoliser la parole –, il en restait au moins une demi-douzaine avant la danse et les cocktails.

Mais l'inspecteur n'avait pas à se plaindre. Dans un coin sans prétention et animé de la vaste salle, entouré de joyeux drilles qui ne crachaient pas dans leur verre, il voyait Marianne en diagonale à travers une belle table décorée de feuilles jaunes, de bruyères et de sorbier. La voisine de Gunnar, une cousine du marié venant d'un petit village du Jutland, parlait un danois assez obscur, que sept verres de vin ne rendaient pas plus compréhensible. À sa gauche, une dentiste d'Uddevalla, amie de la mariée et douée d'une voix à vous donner la chair de poule, entonna a cappella une chanson d'amour un brin érotique qu'elle avait composée spécialement pour les tourtereaux du jour – mais peut-être la réaction épidermique de Barbarotti avait-elle également été provoquée par le regard de Marianne cloué dans le sien pendant tout le numéro.

Comme il s'y attendait, on parla beaucoup de son métier. Un inspecteur de la criminelle en chair et en os, ça ne s'inventait pas, surtout à un dîner de mariage. Avant même que les premiers verres des convives soient servis, les affaires criminelles les plus spectaculaires du pays avaient été discutées pêle-mêle, à commencer par l'assassinat d'Olof Palme. Catrin da Costa. Fadime Sindhari. Les affaires d'Åmsele et de Knutby. Tomas Quick. À côté de Marianne, un secrétaire de l'Union européenne de plus en plus éméché déclarait avec une fermeté croissante qu'il avait rencontré le meurtrier d'Hörby au cours d'une randonnée à vélo dans l'Österlen, au milieu des années quatre-vingt-dix. Et qu'on s'était trompé sur son compte : il ne s'appelait absolument pas Olsson. La femme à côté de lui – ils semblaient bien se connaître – finit par se lasser de son radotage et lui demanda d'aller se rafraîchir dans le canal, pour dessoûler un peu. Elle souligna le sérieux de ses propos en avalant d'une traite le vin liquoreux qui venait d'être servi à son voisin, une prouesse qui provoqua l'hilarité des convives environnants. On se trouvait entre le vingt-cinquième et le vingt-septième discours.

Barbarotti n'avait pas saisi le nom de l'invitée désinvolte. Rousse au long cou, elle devait avoir une ou deux années de moins que lui. Découvrant son marque-place, il y jeta un coup d'œil furtif.

Annica Willnius.

Willnius ? Un signal retentit dans son esprit légèrement intoxiqué.

Il fallut deux discours et un verre de vin au souvenir pour émerger entièrement : Jakob Willnius, le mari de Kristina Hermansson – preuve qu'il restait encore à Barbarotti quelques synapses en état de marche.

Mais il s'était écoulé… Il dut faire le calcul… Plus de dix mois depuis leur rencontre dans sa belle maison du Vieil Enskede. Willnius… Un nom aussi peu commun, cela ne pouvait tout de même pas être une coïncidence. Non, décidément, il devait y avoir un lien de parenté.

Sirotant le vin sucré qui accompagnait le dessert, il laissa ses pensées s'éloigner du vingt-septième discours de la soirée, que l'on prononçait à cet instant. En quelques secondes, tous les éléments de l'affaire Henrik Grundt lui revinrent en tête – la sinistre histoire de Robert Hermansson étant définitivement close.

Gunnar Barbarotti soupira et reprit une gorgée de vin. Officiellement, l'instruction était toujours en cours, mais Dieu qui, en ce moment, existait, savait bien sûr qu'elle avançait au ralenti. À la vitesse d'une tortue, pour être exact. Ou d'un escargot. Rien de nouveau depuis le mois d'août. Le travail d'enquête, toujours confié aux bons soins des inspecteurs Barbarotti et Backman, se limitait à un ou deux bilans hebdomadaires, où l'on se bornait généralement à exprimer sa frustration et à constater qu'aucun élément nouveau n'était apparu.

Comme disait Eva, à ce rythme, autant attendre un nouvel accident d'autocar à Oslo.

Ces réflexions lui plombèrent sérieusement le moral. Comme toujours. Se casser la tête sur des problèmes insolubles amusait peut-être l'écolier Barbarotti, mais pas l'inspecteur de la criminelle. Il vida son verre. Règle d'or : l'ivresse est constructive tant que le taux d'alcoolémie augmente, régressive lorsqu'il se met à diminuer. Le discours se poursuivait, tenu par un tendre ami d'enfance du marié qui parlait un danois presque aussi incompréhensible que la voisine de table de Barbarotti. L'orateur finit par porter un toast. L'inspecteur leva son verre vide et, comme l'exigeait l'étiquette, jeta un coup d'œil à sa droite, à sa gauche et droit devant lui. À l'instant où il feignait de boire, il croisa le regard de la rousse. Elle lui fit un clin d'œil et sourit.

Il faut que je lui pose la question, se dit-il. C'est la moindre des choses.

Mais de préférence en aparté.

– Un peu d'air frais, ça fait du bien, dit-elle.

Cette assertion fut immédiatement contredite par la grande bouffée de fumée qu'elle inspira. Ils se trouvaient sur le balcon, peu avant minuit. On avait quitté la table. À l'intérieur, on s'activait pour aménager la salle en piste de danse. La pluie avait cessé. Barbarotti s'appuya sur la haute balustrade en pierre, contempla les rues luisantes, les nappes de brume, la lumière jaune… Certains soirs de novembre pouvaient être assez beaux. Attendrissants, même. Marianne était allée patienter devant les toilettes, où une foule de convives attendaient leur tour de se refaire une beauté. Barbarotti s'était procuré une bouteille de bière au bar tout juste ouvert.

– Tout à fait d'accord. Mais la fête est quand même très réussie.

Elle hocha la tête.

– Il faut que je vous pose une question sur votre nom.

– Sur mon nom ?

– Oui. Vous vous appelez Annica Willnius, c'est bien ça ?

– C'est l'inspecteur qui parle ?

– Non, non. J'ai rencontré un certain Jakob Willnius il y a un moment. Vous êtes de la famille ?

Elle tira sur sa cigarette, semblant hésiter.

– C'est mon ex-mari.

– Ah bon ?

– Qu'est-ce qu'il a fait ?

Barbarotti s'esclaffa.

– Rien du tout. Il est juste cité dans une affaire. On rencontre tellement de monde, dans mon boulot…

– J'imagine. On s'est quittés il y a cinq ans. Je n'ai plus aucun contact avec lui. Je suppose qu'il est resté à Stockholm avec sa nouvelle… Pour ma part, j'habite à Londres avec mon nouveau. *That's life*, non ?

– Au XXIe siècle, oui. Je crois que je suis sur la même pente.

Téméraire, cette réponse. L'alcool n'y était pas pour rien. Elle prit un air songeur.

– Finalement, j'ai quand même gardé son nom. Le mien est Pettersson et mon nouveau jules s'appelle Czerniewski. Annica Czerniewski, qu'est-ce que vous en pensez ?

– Je m'appelle Gunnar Barbarotti, alors…

Elle rit. Il se joignit à elle. C'est si agréable quand les gens sont un peu pompettes, se dit-il. Toutes ces inhibitions qu'on doit se coltiner au quotidien… Elle leva son verre de vin.

– À la vôtre. Je vous trouve sympathique, comme flic.

– Moi aussi… Enfin, je présume que vous n'êtes pas flic.

Il but une gorgée au goulot.

– Je suis dans le théâtre. Mais en coulisse. Il faut que je vous fasse un aveu.

– Quoi donc ?

– Ça ne m'étonnerait pas que Jakob passe un jour à l'acte. Pas du tout.

– Que voulez-vous dire ?

Songeuse, elle expira un mince filet de fumée – elle ressemble à une beauté dans un film français, se dit

Barbarotti, peut-être influencé par la profession qu'elle lui avait dit exercer.

– Ce que je veux dire, c'est que Jakob Willnius est une brute. Une brute et un salaud. Les apparences sont trompeuses, mais quand on a été mariée avec lui pendant huit ans, on le sait.

– Tu t'es bien amusé ?

Marianne passa son bras sous celui de Barbarotti et lui fit un bisou.

– Oups… Du rouge à lèvres.

Elle humecta son doigt et lui essuya la joue.

– Oui, merci. Et toi ?

– Beaucoup. Qui était la femme en rouge ?

– Je ne sais pas. J'ai reconnu son nom. Elle était assise en face de moi.

– Ils jouent la valse des mariés. Ensuite, tu devras danser avec ta cavalière de table. Mais après, tu ne danseras plus qu'avec moi.

– Ça ne me viendrait pas à l'esprit de danser avec quelqu'un d'autre. Hmm…

– Quoi, « hmm » ?

– Comment ?

– Tu as dit « hmm ». Comme si tu réfléchissais.

– Moi ? Réfléchir ? Impossible.

Il prit sa bien-aimée par la taille et la conduisit dans la salle de bal.

– Bonjour, dit Kristoffer Grundt. C'est Olle Rimborg ?

– Tout à fait lui-même.

– Quoi ?

– Oui, c'est Olle Rimborg.

– Euh… Tant mieux. Je m'appelle Kristoffer Grundt. Je vous appelle de Sundsvall. Vous travaillez à l'hôtel de Kymlinge, c'est bien ça ?

– Oui, j'y fais des extras de temps en temps. C'est à quel propos ?

– Je voulais… Mais je ne sais pas très bien…

– Oui ?

– Eh bien, je m'appelle Kristoffer Grundt. Ma famille et moi, on était en visite chez mes grands-parents à Kymlinge en décembre l'année dernière, et… Eh bien, mon frère Henrik a disparu. Mon oncle aussi, mais on l'a retrouvé…

– Je sais très bien qui vous êtes ! l'interrompit Olle Rimborg, brusquement enthousiaste. Je suis au courant de l'affaire. Robert le br… Je veux dire votre oncle qui a été retrouvé découpé en morceaux. Alors vous êtes le frère de…

– D'Henrik Grundt, oui. De l'autre disparu.

– Il n'est pas revenu, quand même ?

– Non, non… Il est toujours disparu.

– Vous n'êtes pas descendus à l'hôtel en août ? Pour l'enterrement de Robert. Vous, votre mère et…

– Si.

– C'est ce qui me semblait. Je travaillais à ce moment-là. On s'est peut-être vus.

– Possible.

Il y eut un silence de quelques secondes.

– Euh… Alors, qu'est-ce que vous vouliez ?

Kristoffer se racla la gorge.

– C'est à propos d'un truc que m'a dit ma grand-mère… Je voulais vous poser la question. Ça n'a pas forcément d'importance, mais c'est un peu la crise, dans ma famille, alors…

– J'imagine.

– L'idéal serait quand même de savoir ce qui s'est passé, même si ça veut dire…

– Oui ?

– … même si ça veut dire que mon frère est mort.

– Je comprends. Et qu'est-ce que votre grand-mère vous a dit ?

– Elle a dit qu'elle avait parlé avec vous… Et que vous lui aviez dit que quelqu'un était revenu.

Nouveau silence. Olle Rimborg reprit sa respiration.

– C'est juste, dit-il enfin. Maintenant, je vois où vous voulez en venir. J'ai parlé un petit moment avec Mme Hermansson quand ils sont descendus à l'hôtel pour l'enterrement, et j'ai dû mentionner quelque chose qui… Eh bien, auquel j'ai pas mal réfléchi.

– Ah bon ?

– Oui, on a tendance à réfléchir, quand il se passe des événements pareils. Ce n'est pas tous les jours que deux personnes disparaissent à Kymlinge. Pas dans… dans de telles circonstances, en tout cas.

– Oui, c'est ce que j'ai cru comprendre. Et qui est revenu ? Je n'ai pas compris tout ce que me disait ma grand-mère, pour être honnête. Alors je me suis dit qu'il valait mieux que je vous pose la question. On ne sait jamais.

– C'était son mari. Je veux dire le mari de Kristina Hermansson. Ils étaient à l'hôtel en décembre. Kristina et moi, on était dans la même classe au lycée, alors je la connaissais un peu, pour ainsi dire… Votre tante, c'est bien ça ?

– Exact.

– Eh bien, ce qui m'a fait réfléchir… Et dont j'ai parlé à votre grand-mère… C'est qu'il est revenu en pleine nuit. Le mari de Kristina. Alors qu'il devait repartir à Stockholm tard le soir, ce qu'il a fait. Autour de minuit. Elle et le petit garçon sont restés dormir à l'hôtel. Mais après, il est revenu, un peu avant trois heures…

– Attendez… De quelle nuit est-ce qu'il s'agit ? C'est… ?

– La nuit où votre frère a disparu. J'ai suivi l'affaire de près dans les journaux. Normal, vu les circonstances.

Votre oncle a disparu dans la nuit du lundi au mardi, et votre frère, la nuit d'après… Du mardi au mercredi, c'est bien ça ? La semaine avant Noël.

– Exactement, dit Kristoffer, qui sentit son cœur s'emballer. Vous voulez dire… Vous voulez dire que Jakob… que Jakob Willnius est d'abord parti à minuit… Sûrement juste après le dîner chez mes grands-parents… Et qu'il est revenu à trois heures ? C'est ça ?

– C'est ça, confirma Olle Rimborg.

– Et après, qu'est-ce qui s'est passé ?

– Après ? Eh bien, ils sont partis tôt le lendemain matin. Toute la famille. Kristina et… Comment vous avez dit qu'il s'appelait ?

– Jakob Willnius.

– Jakob Willnius et leur gamin. Ils ont pris leur petit déjeuner vers sept heures et ont rendu leur carte vers huit heures moins le quart.

Encore un silence.

– Et ? dit Kristoffer Grundt.

– Et c'est tout. Rien de spécial, mais j'y ai quand même pas mal réfléchi. Je voulais en parler à Kristina au moment des funérailles, en août, mais elle avait l'air si abattue que je n'ai pas osé l'embêter. On était dans la même classe, mais finalement on ne se connaissait pas vraiment. Vous savez ce que c'est, on se voit tous les jours pendant plusieurs années, et on ne se parle presque jamais.

– Oui, je sais.

– Alors c'est ça que vous vouliez savoir ?

– Oui, je suppose.

– Rien de spécial, je crois. Mais comme il ne se passe jamais rien à Kymlinge… Si vous voyez ce que je veux dire.

– Oui, je vois. En tout cas, merci d'avoir répondu à ma question.

En raccrochant, il se demanda si c'était vrai.

S'il « voyait ».

S'il y avait quelque chose à « voir ». Pas évident. Jakob Willnius était revenu à l'hôtel cette nuit-là. Il était parti et revenu. *So what ?* Kristoffer regarda l'heure. Dix heures moins vingt. S'il ne voulait pas rater son deuxième cours, il fallait y aller. En tout cas, se dit-il, j'ai fait ce que mon frère m'a demandé.

Il s'attendait à ce qu'Henrik se manifeste pour le remercier – mais rien. Pas de frère.

Au contraire, il régnait un silence tombal.

34

– Qui est-ce ? demanda Backman. Il est temps de cracher le morceau.

Feignant un air de mystère, Barbarotti croqua une carotte. Ils étaient attablés au Kungsgrillen, à deux pas du commissariat. Spécialité : cuisine traditionnelle – de vieux plats oubliés comme le jambonneau à la purée de raves, les boulettes de hareng à la sauce aux raisins de Corinthe, le chou farci ou encore le brochet au raifort et au beurre fondu. En ce mercredi, Barbarotti et Backman avaient tous deux commandé des saucisses *isterband* accompagnées, comme il se doit, de pommes de terre, de betteraves rouges et de salade de tomates. Ils mangeaient une ou deux fois par semaine au Kungsgrillen. L'ambiance du lieu facilitait l'accouchement des questions sensibles. Eva Backman s'était retenue pendant assez longtemps. Barbarotti avala un morceau de saucisse.

– Marianne. Elle s'appelle Marianne.

Sa collègue le scruta d'un œil perplexe.

– Je sais qu'elle s'appelle Marianne. Tu me l'as dit hier. C'est tout ? Tu ne distingues les femmes entre elles que grâce à leur prénom ?

– Et puis quoi encore ? On était censés parler boulot, pas de ma prétendue vie amoureuse ! Mais d'accord, elle a plus de quarante ans, elle est d'Helsingborg, sage-femme, divorcée, mère de deux adolescents.

Backman soupira.

– Merci pour les renseignements. Décidément, tu es un romantique invétéré, cher inséminateur criminel. Elle est canon ?

– Jamais vu femme plus belle.

– Les dents blanches ?

– *Yes*.

– Les yeux bleu violette ?

– *Yes*.

– Des lolos sympas ?

– *Oh yes*. La paire.

Backman s'esclaffa.

– Et elle a une âme ?

– Grande et forte. Bon, maintenant, ça suffit. Elle n'a pas encore demandé ma main. C'est si extraordinaire que j'aie rencontré quelqu'un ?

– Plus que tu ne le crois, dit Eva Backman avec un sourire énigmatique.

– Ah bon ? Tu feras tôt ou tard sa connaissance… Enfin, si ça continue.

– C'est une promesse ?

– Non, mais c'est inévitable. Laissons le sujet de côté pour l'instant. Je voulais te parler d'une affaire. Je paye les *isterband*, alors tu me dois bien ça.

– Tu as besoin d'aide, comme d'habitude. Tout a un prix. De quoi s'agit-il ?

– D'Henrik Grundt.

– Ah bon…

– Comment ça, « ah bon… » ?

– Je ne sais pas. Je suis peut-être un peu étonnée. Tu n'as pas remis l'affaire sur le tapis depuis plus de deux semaines.

– Ça ne veut pas dire que je n'y pense pas.

– Moi aussi, j'y pense. Alors ?

– Eh bien, il y avait une femme au mariage.

– La mariée ?

– Non, il y avait au moins soixante-dix femmes.

– Bon…

– Elle était assise en face de moi au dîner.

– Et ?

– On a un peu bavardé après. Elle s'appelle Willnius.

– Willnius ?

– Oui. Annica Willnius.

Backman haussa un sourcil interrogateur.

– C'est l'ex-femme de Jakob Willnius, actuellement marié avec Kristina Hermansson, elle-même…

– Merci, je sais qui c'est. Alors tu as rencontré l'ex-femme de… voyons… du mari de la tante d'Henrik Grundt ? C'est ce que tu essaies de me dire ?

– Oui.

– Impressionnant. Comment fais-tu ?

– Boucle-la, inspecteur Backman. Prends une bouchée d'*isterband*, ça me laissera le temps de t'expliquer.

– Tope là.

– Tu regardes trop de mauvaises séries policières. Enfin, c'est ton problème. Le mien, c'est qu'elle a dit quelque chose à propos de Jakob Willnius.

– Ah ?

– Elle a dit que c'était une brute. Que ça ne l'étonnerait pas s'il tuait quelqu'un.

Eva Backman avala une grosse bouchée de pommes de terre et but une gorgée d'eau minérale.

– C'est ce qu'elle a dit ?

– Peut-être pas littéralement, mais en substance.

– Et ?

– Rien. Ça n'a peut-être aucune importance, mais je ne peux pas m'empêcher d'y penser.

– À quoi, exactement ?

Barbarotti posa ses couverts et se pencha en arrière.

– Peut-être que, dans cette affaire, on a exclu la piste familiale un peu trop vite.

Backman s'essuya minutieusement les coins de la bouche. Puis elle le scruta, encore plus perplexe.

– Si j'ai bien compris, tes conclusions sont fondées, dit-elle avec une ironie sous-jacente qui agaça Barbarotti, sur la déclaration d'une ex-femme à un mariage. Les ex-femmes n'adorent pas toujours leurs ex-maris. C'est peut-être une révélation pour toi, mais…

– Enfin, merde ! l'interrompit Barbarotti dans une explosion de colère plutôt crédible. Ce n'est qu'une idée ! Ça fait bientôt un an qu'Henrik Grundt a disparu, et on n'en sait pas plus que… que ce que sait le teckel d'Asunander sur la libération de la femme. Si tu as mieux, comme piste, dis-le, je t'en prie.

– Une comparaison intéressante. Désolée. J'avais oublié que c'était un point sensible. La piste familiale ne doit pas être négligée, c'est évident.

– Merci.

– Mais, pour être honnête, on ne l'a jamais oubliée. N'est-ce pas ? On avait conclu que c'était une impasse. Quel mobile l'un d'entre eux aurait-il eu pour tuer Henrik ? Le méchant ex-mari Jakob Willnius, par exemple. S'étaient-ils seulement déjà rencontrés, Henrik et lui ?

Barbarotti leva les mains en signe d'ignorance.

– Aucune idée. Je suppose que l'hypothèse est un peu optimiste. Je voulais juste t'en parler, au cas où.

– Je suis touchée que tu te confies à moi.

– De rien. C'est idiot de laisser une piste, même saugrenue, macérer dans une seule tête. Tu ne trouves pas ?

– Tout à fait. Surtout dans cette tête-là. Je te promets d'y réfléchir. Le dessert est compris dans ce somptueux dîner ?

– Le café, c'est tout, dit fermement l'inspecteur.

Les premiers jours, voire les premières semaines après la naissance du *Projet* encore au stade embryonnaire, Kristina éprouvait une légère euphorie à l'idée de tuer son mari. Pas grand-chose, un mince filet d'espoir qui perçait l'obscurité. Son existence de robot y gagna un peu… d'humanité. Il ne s'agissait encore que d'une soupape de sécurité. Elle lui permettait néanmoins d'entrevoir que la tension permanente dans laquelle elle vivait désormais, que les deux poings fermés en rotation, l'un dans le ventre, l'autre dans la gorge, ne l'accompagneraient pas nécessairement jusqu'à la fin de ses jours.

Débarrassée de Jakob, elle pourrait s'engager dans la pénitence et faire son deuil. Du moins l'espérait-elle.

Dans un deuxième temps, les poings se resserrèrent. Tenant le petit Kelvin maintenant âgé de deux ans et demi sur ses genoux, le regard plongé dans ses yeux froids et absents, elle était envahie par un désespoir abyssal – une sensation sinistre et effrayante. La vie était une mauvaise blague, un mélodrame cynique ou une farce amère écrite entre chien et loup par un scénariste de télévision raté, en état d'ébriété, pour se venger de ses propres défaillances. Une bonne définition de Dieu, en fin de compte : un clown triste qui avait créé l'univers avec un éclat de rire lugubre.

Elle ne travaillait plus depuis un an. Peut-être à cause de Kelvin. Il n'était pas comme les autres – impossible de l'ignorer plus longtemps. Il n'avait appris à marcher qu'à deux ans. Six mois plus tard, il ne parlait toujours pas. Il prononçait parfois un mot incompréhensible, aux moments les plus inattendus, détaché de tout contexte. Il ne jouait pas avec les autres enfants, pas même avec Emma, Julius et Kasper qu'il voyait tous les jours chez sa nourrice. Il ne jouait même pas tout seul. Il lui arrivait de construire quelque chose avec des Lego ou de peindre à la peinture au doigt, mais il préférait détruire. Le plus souvent, cependant, il restait immobile, les yeux perdus dans le vide, se triturant les mains de manière désordonnée. Comme s'il ruminait. Comme s'il était habité par une masse noire qu'il n'arrivait pas à cerner.

Comme moi, se dit tout à coup Kristina. Nous partageons le même destin.

Et il dormait. Il dormait quatorze à quinze heures par jour, ce qui n'était pas normal.

Elle aurait pu aimer cet enfant inoffensif. Si sa vie entière n'avait pas été réduite en cendres, elle se serait contentée de sa présence taciturne. S'il n'y avait eu qu'eux deux.

Peut-être.

Mais, au fond, elle lui accordait peu d'attention. Ce qui la préoccupait en ces jours sombres de la mi-novembre, c'était son filet d'euphorie.

Tuer Jakob.

Ou, du moins, oser y croire comme à une possibilité réelle. Car à un moment donné, au cours d'une lourde matinée de novembre, ses pensées s'étaient précisées. Elles étaient devenues nettes, cristallines. Le rai de lumière qui avait percé l'obscurité fuyait désormais, mais elle s'en souvenait clairement. Il lui indiquait la marche à suivre. Tôt ou tard. C'était une question de survie.

Tuer.

Elle avait choisi de croire qu'il n'existait pas de testament. Jakob n'avait laissé de document chez aucun avocat ni ailleurs. À sa mort, personne ne découvrirait la tragédie qui avait coûté la vie à Henrik. Jakob ne se dénoncerait pas. Pas même pour se venger d'elle.

Elle n'était pas sûre que ce raisonnement tienne la route, mais elle décida de s'y fier. Il le fallait, sinon, elle était définitivement perdue.

Le tuer.

Mais comment ?

Quand ?

Comment éviter les soupçons ? Les soupçons dirigés contre elle et le lien que l'on ferait entre le décès de Jakob et les événements de Kymlinge. Car si, à sa mort, tout était dévoilé, elle aurait perdu la partie.

La mort de Jakob était sa seule issue, mais il fallait marcher droit.

Elle passa des jours et des nuits à cogiter sans entrevoir de solution, jusqu'à ce que surgisse – du moins voulut-elle s'en convaincre – l'occasion tant attendue.

En reléguant la tâche à un lieu éloigné, elle voulut croire que ce serait plus facile – à tort car, où que l'on aille, on traînait toujours sa vieille carcasse avec soi, et son indécision. On ne peut pas se fuir soi-même.

L'idée d'aller en Thaïlande était de Jakob. Deux semaines en décembre. Elle et lui, en tête à tête. On laisserait Kelvin chez la nourrice, qui ne refusait jamais une occasion de gagner quelques sous de plus. Un garçon aussi peu dérangeant… Ce n'était pas la première fois qu'elle le prenait en pension complète.

Kristina n'avait pas donné de réponse définitive, mais le lendemain Jakob avait déjà acheté les billets : deux nuits à Bangkok et douze sur les îles autour de Krabi. Quelques années s'étaient écoulées depuis le tsunami et, selon Jakob, il serait intéressant de voir où en était la reconstruction du pays. Son dernier voyage en Thaïlande datait de douze ans auparavant. Quant à Kristina, elle avait passé en tout et pour tout deux semaines à Phuket en 1996, ou peut-être était-ce en 1997.

Départ le 5 décembre, retour le 20. Ce soir-là, Kristina entrevit sa chance.

Il arrivait que des touristes suédois disparaissent en Thaïlande. Pas seulement dans des catastrophes naturelles. Les journaux avaient rapporté plusieurs cas. Kristina se projetait volontiers dans cet avenir-là : en larmes, expliquant à un policier local qui maîtrisait très mal l'anglais que son mari *had gone missing*. Qu'elle ne l'avait pas vu depuis plus de vingt-quatre heures et qu'elle craignait qu'il ne lui soit arrivé malheur.

Elle imaginait – avec une netteté surprenante – des Thaïlandais serviables mais impuissants, enquêtant sans parvenir à aucun résultat. Elle se voyait monter dans un avion pour la Suède cinq jours plus tôt que prévu. La presse suédoise y consacrerait un ou deux titres, guère plus. Leurs amis bouleversés l'appelleraient pour lui présenter leurs condoléances.

De quoi aurait-elle besoin ?

D'un couteau et d'une pelle. On pouvait certainement se procurer ces outils n'importe où en Thaïlande. Dans la jungle, la terre serait meuble, elle en était persuadée.

Puis elle visualisait l'acte proprement dit. Le coup de couteau dans le dos au cours d'une promenade nocturne. L'image était nette. Peut-être l'aguicherait-elle en lui promettant une coucherie sous les palmiers… Ses halètements, son regard étonné et, l'espérait-elle, terrorisé, son sang gargouillant, son corps se vidant ; un ou deux coups de plus, une heure pour creuser un trou et, enfin, une baignade purifiante dans la mer.

La libération.

La semaine de stage professionnel des écoliers du secondaire commençait fin novembre, et ce dont Kristoffer avait besoin en ce triste début d'hiver, c'était bien de s'éloigner un peu de chez lui. Son responsable de classe et son conseiller d'orientation l'y encouragèrent. Leif Grundt, enthousiaste, s'arrangea pour que son fils soit engagé dans un supermarché Konsum d'Uppsala. Kristoffer semblait lui aussi partant, à sa manière habituelle, un peu indolente.

Mais en ce samedi 27 novembre, après avoir fait ses adieux à son fils à la gare et s'être remis au volant, Leif Grundt sentit sa gorge se serrer. L'après-midi touchait à sa fin : crépuscule sale sous un crachin opiniâtre. À son retour, la maison serait vide. Ni Kristoffer, ni Henrik, ni même Ebba. Sur les conseils de son psychothérapeute barbu, sa femme avait décidé de passer les deux dernières semaines de son traitement à la maison de repos, sans interruption. Les médecins avaient constaté que son état empirait lors de ses week-ends chez elle. Bien que Leif ne l'admît qu'à contrecœur, ils avaient sans doute raison. Ebba ne manifestait pas la moindre joie en retrouvant son mari et son fils le vendredi soir, et lorsqu'il la ramenait à Vassroga le dimanche après-midi, elle ne paraissait éprouver aucun scrupule à les laisser de nouveau seuls. Au contraire, sans le crier sur les toits, elle semblait soulagée.

Peut-être trois semaines de séparation déclencheraient-elles une prise de conscience. Il fallait bien qu'un événement finisse par ébranler l'âme d'Ebba Hermansson Grundt.

Ou pas. Leif ne se faisait plus d'illusions. Ces derniers jours, le souvenir de sa grand-mère internée à la clinique était réapparu. Plus précisément, le rebord brodé de son drap. Leif Grundt avait cinq ans lorsqu'il s'était amusé, faute d'autre occupation, à le déchiffrer, lettre après lettre.

À chaque jour suffit sa peine.

Un adage peu optimiste, mais qu'il était tout de même bon de se remémorer dans les périodes difficiles.

Quoi qu'il en soit, il fallait prendre les choses comme elles venaient. Il s'apprêtait en tout cas à passer une semaine tout seul à la maison. En longeant les rues familières vers le Hemmanshöjden sous une pluie battante et un ciel de plomb, il tenta de se rappeler la dernière fois que cela lui était arrivé.

Tout compte fait, il n'avait jamais été seul dans la Stockrosvägen. Peut-être quelques heures, un après-midi, mais une semaine ? Jamais.

D'où sa gorge serrée. Les gens aigris qui jouaient les victimes et blâmaient le reste du monde pour leurs malheurs agaçaient habituellement Leif Grundt. Pourtant, à cet instant, il était à deux doigts d'en faire autant. Pas facile de trouver un angle d'approche constructif dans sa situation. Il était une victime – à quoi bon le nier ? Sa famille tombait en miettes. La disparition d'Henrik avait enclenché un mécanisme inexorable. Leif n'aurait jamais cru qu'en un an seulement ils pourraient en arriver là. Si la déchéance se poursuivait au même rythme, il n'osait pas imaginer de quoi aurait l'air la famille Grundt dans les années à venir.

De plus, il était rongé par un obscur sentiment de culpabilité. La disparition d'Henrik ne pouvait pourtant pas lui être reprochée. Ni la folie de sa femme. Ni le mauvais coton que filait Kristoffer.

Mais peut-être ce sentiment découlait-il de ce que le révérend Desmond Tutu – ou quelqu'un du genre – avait formulé de la manière suivante :

Ceux qui en ont la force ont le devoir de supporter les épreuves.

Et s'il n'en avait plus la force ?

Il gara la voiture dans l'allée, comme il l'avait fait des milliers de fois. Il descendit, s'élança sous la pluie et atteignit la porte d'entrée. Il aurait au moins pu laisser la lumière allumée pour masquer la désolation. « Masquer la désolation » ? D'où sortait-il une expression pareille ? Quelque chose ne tournait pas rond. Des mots étranges lui venaient à l'esprit, comme issus d'une réserve secrète au plus profond de lui, un lieu qui lui était demeuré inconnu jusqu'alors. Il faut dire qu'il n'en avait jamais eu besoin.

Il alluma le plafonnier dans l'entrée et fit le tour de l'étage et du rez-de-chaussée, illuminant toutes les pièces, l'une après l'autre. Puis il appela Berit à Uppsala pour la prévenir que Kristoffer était en route.

Leif Grundt, fils unique, avait deux cousins dont il se sentait proche : Berit à Uppsala et Jörgen à Kristianstad. Berit avait hébergé Henrik l'année précédente, le temps qu'il trouve une chambre d'étudiant. Divorcée, elle habitait seule avec sa fille de dix ans dans une maison beaucoup trop grande, à Bergsbrunna. Elle avait accepté d'accueillir Kristoffer tout comme elle avait accueilli Henrik, un an auparavant.

Il ne va pas trop mal ? avait-elle demandé à Leif, qui n'avait pas su quoi répondre.

Il s'affala sur une chaise à la cuisine et se demanda ce qu'il allait bien pouvoir faire de son samedi soir. Et de son dimanche.

Et comment juguler ce sentiment qui le rongeait, cette sombre impression qu'il se rendait coupable de négligence vis-à-vis de sa femme et de son fils.

Je n'aurais pas dû le laisser partir. Je voulais avoir la paix pendant une semaine. Un bon père ne se dérobe pas ainsi.

Mais je suis si fatigué. Exténué. Au bout du rouleau.

Il regarda l'heure : seize heures quarante. Puis il se couvrit le visage des mains et pleura.

35

Un dimanche après-midi – le dimanche précédant le premier week-end de l'Avent, pour être précis –, Kristina descendit du métro à la station Fridhemsplan et marcha jusqu'à l'Inedalsgatan. L'appartement de Robert devait être vidé trois jours plus tard, le 1er décembre, comme convenu avec le propriétaire ; ou, plutôt, avec le locataire qui avait signé le bail, Erik Renstierna. Il s'agissait d'une sous-location, comme si souvent à Stockholm.

Elle avait repoussé l'échéance deux fois, promettant d'abord de s'en charger pour le 1er octobre, puis pour le 1er novembre. Jakob s'était montré relativement compréhensif – ou, du moins, indifférent –, puis il s'était mis en colère.

– On va devoir payer le loyer de Tarzan le branleur pendant le restant de nos jours, ou quoi ?

Elle avait dû prendre le taureau par les cornes. Le lendemain, des déménageurs stockeraient les possessions de son frère dans un entrepôt, et, le surlendemain, deux agents d'entretien viendraient faire le ménage. C'était donc sa dernière chance de se rendre au logement de son frère et de garder quelque chose en souvenir, comme il en avait été convenu lors de l'inventaire de la succession. Lena-Sofie, la fille de Robert, ne réclamait rien pour l'instant, et les autres héritiers – Rosemarie et Karl-Erik – ne montrèrent pas plus d'intérêt pour l'héritage.

Maître Brundin s'était donc contenté de diviser le capital du défunt, environ quatre mille couronnes, en deux parts égales (après en avoir déduit ses honoraires de trois mille six cents couronnes).

Kristina avait promis de vider l'appartement.

Robert avait déjà été découpé en morceaux. Autant que sa succession échappe à ce triste sort.

Un tas de prospectus encombrait l'entrée. Cela sentait le renfermé. Kristina n'avait jamais mis les pieds chez lui, bien qu'ils aient vécu dans la même ville – des remords naissants qu'elle décida de tuer dans l'œuf. Faisant le tour de l'appartement, elle alluma toutes les lampes. Deux petites pièces et une cuisine minuscule, intacts depuis onze mois, à part une visite de la police. Il valait mieux éviter d'ouvrir le réfrigérateur.

Une morosité tangible, comme elle s'y attendait. Désordonné, sale. Des meubles bon marché, des posters d'art aux bords effrités. Aucun objet de valeur. Voilà pourquoi elle ne lui avait jamais rendu visite. Elle aimait son frère – c'était plus qu'on ne pouvait en dire des autres membres de la famille –, mais elle ne voulait pas être mêlée à sa vie sordide. Pas avant sa mort, en tout cas. Tout à coup, elle ressentit une certaine difficulté à admettre qu'il était mort. Qu'il l'avait été depuis bientôt un an.

Mais qu'est-ce que je fabrique ici ? se demanda-t-elle en se mordant la lèvre pour ne pas pleurer. Quel vain rituel suis-je en train d'accomplir en foulant cette pitoyable existence ? Par devoir ? Certainement pas. Robert n'avait jamais été un homme de devoir. Elle non plus, d'ailleurs. Brûle-moi tout ça, Kristina ! lui aurait-il dit. Ne fouille pas dans ce tas d'ordures, tu vas te salir !

Dans le salon, elle trouva une bibliothèque exceptionnellement ordonnée. Robert lisait beaucoup. Peut-être pourrait-elle emporter quelques livres, mais à quoi cela lui servirait-il ? Sur le grand bureau encombré de bric-à-brac, à côté de l'ordinateur, elle vit deux piles de feuilles. Robert lui avait parlé d'un roman. Ces deux piles pouvaient-elles… ? Elle rassembla les feuillets et lut la page de titre :

Homme sans chien
Un roman de Robert Hermansson

Une bouffée de joie la traversa. Bien sûr, se dit-elle. À Noël, il lui avait expliqué vouloir le retravailler. Dire qu'elle l'avait oublié.

Ce tas renferme ton âme, Robert, marmonna-t-elle en égalisant les bords de la pile. Tu l'as mis en évidence pour que je le trouve. Je t'en remercie. Maintenant, je sais pourquoi je suis venue.

Elle rangea le manuscrit dans son sac et se demanda si cela valait la peine de fouiller encore. Sa tâche semblait accomplie. *Homme sans chien*… Un testament spirituel qu'elle devait choyer et transmettre à la postérité… Une étrange mission.

Son portable retentit dans la poche de sa veste, dans l'entrée. Après un instant d'hésitation, elle alla répondre.

– Salut, Kristoffer, dit-elle, étonnée. Ça me fait plaisir de t'entendre. Qu'est-ce que tu as sur le cœur, dis-moi ?

– Salut. Eh bien, je voudrais te poser une question.

– Ah bon ? Quoi donc ?

– Il s'agit de cette nuit-là.

– Quelle nuit ?

– La nuit où Henrik a disparu.

Il y eut comme un déclic dans la tête de Kristina. Un son se mit à résonner, aigu et obstiné, évoquant une lame de scie au loin. Qu'est-ce que cela pouvait bien signifier ? Elle n'avait pas entendu le bruit d'une scie depuis au moins vingt ans.

– Oui ?

– Quelqu'un m'a dit que ton mari était revenu.

– Quoi ?

– Le portier de l'hôtel de Kymlinge. Il dit que ton mari est revenu en pleine nuit. Je voulais juste savoir si c'était vrai.

Elle eut une absence d'une fraction de seconde, sans doute un très bref évanouissement. Son champ de vision rétrécit brusquement. Elle se sentit aspirée dans un tunnel en entonnoir, sombre et sans fin. Puis, à l'autre bout, elle ressortit dans la lumière. La scie se tut.

– Allô ?

– Oui, je suis toujours là…

Le suis-je ? se demanda-t-elle. Suis-je toujours là ?

– C'était tout, reprit Kristoffer en toussotant nerveusement. Je voulais juste te poser la question.

Les tempes de Kristina se gorgèrent de sang. Elle les entendit battre.

– Je comprends, dit-elle. Tu m'appelles de Sundsvall, c'est ça ?

– Non, je suis à Uppsala. J'ai une semaine de stage professionnel et j'habite chez Berit, la cousine de papa…

Elle inspira profondément.

– Kristoffer, tu crois… Tu crois qu'on pourrait se voir, toi et moi ? Pendant la semaine. Tu pourrais prendre le train pour Stockholm un soir, ou alors je…

– D'accord, je peux venir.

– Bien. On ira dîner au restaurant et on parlera de tout ça. D'accord ?

– D'accord. Quand ça ?

Elle réfléchit.

– Mardi ?

– Mardi… Tu veux que je t'appelle quand je saurai à quelle heure… Je veux dire quand je connaîtrai mes horaires de travail ?

– C'est parfait. J'irai te chercher à la gare centrale.

– Merci. Salut.

– Salut.

Elle s'effondra lourdement sur le tapis, dans l'entrée. Pendant un moment, son esprit resta entièrement vide, comme un écran éteint. Fallait-il vraiment que ça arrive maintenant, sept jours avant leur départ en Thaïlande ?

Le dimanche avant le premier week-end de l'Avent ?

Le clown tout-puissant, dans un accès de vengeance, semblait avoir ressuscité et décidé de tirer une ou deux ficelles de plus.

Gunnar Barbarotti ne savait plus où il avait entendu ce vieil adage pour la première fois. Peu importait.

Si tu ne peux pas t'empêcher d'y penser, c'est qu'il faut t'y attaquer sérieusement.

Ô combien vrai. Dans sa vie quotidienne, il l'appliquait scrupuleusement – sauf si cela lui demandait des efforts démesurés.

Mais, parfois, le prix à payer était trop élevé. Barbarotti ne reculait pas devant des sujets de méditation épineux, mais s'attaquer sérieusement à certains problèmes concrets… Cela aurait demandé un dévouement vertigineux.

L'essence de l'amour, par exemple.

Ou le meurtre de Palme.

Ou la notion de démocratie. Était-ce vraiment raisonnable de laisser des gens aveuglément dupés par n'importe quel coup médiatique décider du sort d'une nation ? Des gens qui élisaient leur président d'après des critères comme sa couleur d'yeux et leurs députés parce qu'ils étaient capables de faire des blagues salaces ?

Inutile de méditer là-dessus. Il fallait reconnaître ses limites.

Mais aussi savoir mettre ses capacités à profit. Faire valoir ses talents. Comme dans cette vieille prière – Barbarotti n'avait jamais fait partie des Alcooliques anonymes, mais deux amis à lui, oui. D'ailleurs, pour autant qu'il le sache, ils assistaient encore aux réunions, mais aucun d'eux n'était resté à Kymlinge.

Seigneur, accorde-moi la sérénité nécessaire pour accepter ce que je ne peux pas changer
Le courage de changer ce que je peux changer
Et assez de bon sens pour faire la distinction entre les deux

Elle valait bien dix points, celle-là. Et puisqu'il n'avait pas embêté le Seigneur depuis bientôt trois semaines, il décida de lui envoyer une prière existentielle.

Ô Seigneur ! Rends-moi aussi sage qu'un alcoolique sobre. Accorde-moi le don de voir si cela vaut la peine de fouiller encore dans les faits et gestes de ce foutu Jakob Willnius ou pas. Voilà le *deal*, Seigneur : si je décide d'explorer les déclarations infamantes de l'ex-femme et si cela me mène quelque part, tu gagneras trois points, mais si c'est une impasse, tu en perdras deux. OK ?

Contre toute attente, le Seigneur ne répondit pas. Il pouvait certes se targuer de onze points d'avance, mais attention ! Il n'était pas rare qu'un leader trop sûr de lui perde la tête, devienne mégalomane et se casse le nez. Ça s'était déjà vu dans l'histoire de l'humanité.

Sur ce, l'inspecteur Barbarotti éteignit sa lampe de chevet et regonfla son oreiller.

36

Du lundi matin au mardi soir, Kristoffer Grundt se sentit irréel.

Ou, plutôt, il avait l'impression que tout ce qui l'entourait était irréel. Inconnu. Le matin, il se réveillait dans une grande chambre claire entre un piano, une tête d'élan et d'étranges plantes vertes. Après le petit déjeuner avec Berit et Ingegerd (comment diable pouvait-on baptiser quelqu'un Ingegerd ?), il prenait le bus jusqu'au centre d'Uppsala. Il allumait une cigarette, traversait une avenue très passante, écrasait sa cigarette, coupait à travers une galerie marchande et entrait dans une deuxième galerie, où se trouvait son lieu de travail, le supermarché Konsum. Il commençait par revêtir une veste verte et déplacer des surgelés, puis des aliments du rayon frais, puis des conserves, et ce jusqu'à midi. Il sortait alors de la galerie pour manger un plat préparé thaïlandais. Il se promenait un moment en ville, fumait et regardait la foule. À treize heures, il retournait au supermarché, remettait sa veste et déplaçait des aliments jusqu'à dix-sept heures. Le bus pour Bergsbrunna partait à dix-sept heures quinze.

Il lui arrivait de se dire qu'il aurait pu être quelqu'un d'autre. Qui l'aurait remarqué ? Pas même Berit et Ingegerd, qui ne l'avaient pas vu depuis des années. Elles auraient sûrement ouvert grand leur porte à tout adolescent se présentant comme Kristoffer Grundt.

Le mardi, en fin de journée, au lieu de rentrer à Bergsbrunna, il prit le train pour Stockholm, ce qui lui parut plus irréel. Les yeux rivés sur le paysage sombre qui défilait à travers la fenêtre sale (si peu de zones habitées – on n'était pourtant pas loin de Stockholm, mais on se serait presque cru au Norrland), il aurait voulu qu'Henrik apparaisse dans sa tête. Qu'il lui donne quelques conseils. Non pas que son frère ait encore une quelconque valeur de réalité, mais sa voix – sa voix *imaginaire* – l'apaisait. Il ferma les yeux et se concentra autant qu'il le put. Rien à faire, il ne parvint pas à l'invoquer. Henrik demeurait absent depuis deux semaines. Allait-il disparaître pour de bon ? Pour refouler cette pensée déchirante, Kristoffer décida de se concentrer sur l'avenir. Un avenir très proche et très concret.

Dîner au restaurant avec sa tante Kristina ! Pourquoi ? Pourquoi avait-elle proposé qu'ils se retrouvent en ville ? Kristoffer ne s'était jamais retrouvé seul à seul avec Kristina. Si elle avait voulu profiter de son séjour à proximité de Stockholm pour avoir une discussion sur Henrik et Robert, elle aurait pu l'inviter chez elle, non ? Dans la Musseronvägen, à Enskede. Ç'aurait été plus naturel. Ils y avaient été invités deux ans auparavant. Kristoffer se souvenait très bien de l'endroit. Sa mère avait eu un empêchement à la dernière minute – sûrement une opération, comme d'habitude. Enfin, comme d'habitude à l'époque.

Mais Kristina lui avait proposé de venir à sa rencontre à la gare centrale et de l'emmener dans un restaurant du quartier.

Pourquoi ?

Quel plaisir Kristina pouvait-elle bien retirer de la compagnie d'un gamin de quinze ans timide et mal dégrossi ?

Et tout ça… Tout ça juste après qu'il avait mentionné le portier de nuit. Olle Rimborg. Était-ce le déclencheur ?

Oui, aucun doute. Aussitôt qu'il en avait parlé, Kristina lui avait donné rendez-vous. S'il l'avait appelée pour un quelconque autre sujet (lequel, d'ailleurs ? Aucune idée), elle ne l'aurait sûrement pas fait.

Qu'est-ce que je suis en train de m'imaginer ? se demanda-t-il.

Qu'est-ce que je suis en train de m'imaginer, au juste ?

L'irréalité qui l'entourait comme un nuage sombre et opaque n'avait en tout cas aucun rapport avec Uppsala, le Konsum, ni Berit et Ingegerd, mais avec les éventuelles réponses à cette question.

Il avait oublié qu'elle était enceinte.

Ou peut-être qu'il ne le savait pas. À l'enterrement, en août, ça ne se voyait pas, et il ne se souvenait pas que ses parents y aient fait allusion.

Quoi qu'il en soit, son ventre proéminent ne pouvait plus passer inaperçu. D'abord, il faillit ne pas la reconnaître. Elle portait un duffle-coat rouge et, sous son béret assorti, elle avait changé de coiffure.

– Kristoffer…

Son visage aussi… Elle avait l'air… plus vieille. Ou plus usée.

– Salut, lui dit-il.

Elle ignora la main qu'il lui tendait et le serra furtivement dans ses bras.

– Ça me fait plaisir de te voir.

Si elle ressentait quelque chose à cet instant, se dit Kristoffer, ce n'était certainement pas du plaisir.

– Euh… Merci. À moi aussi.

Les mots s'étranglaient dans sa gorge. Il eut l'impression de les en sortir un à un en tirant de toutes ses forces. Dommage qu'on ne puisse pas s'évaporer sur commande, se dit-il avec tristesse.

En observant discrètement Kristina, il s'aperçut qu'elle était encore plus mal à l'aise que lui. Des spasmes nerveux lui parcouraient le visage. Elle clignait des yeux. Mal à l'aise, c'était le moins qu'on puisse dire.

Ils restèrent tous deux à se regarder en chiens de faïence. À un mètre de distance. Pendant ce qui sembla une éternité, elle ne dit rien. Drôle d'ambiance.

– Comment vas-tu ? lui demanda-t-il par automatisme.

Elle avala méticuleusement sa salive. Puis elle posa la main sur le bras de Kristoffer.

– Viens, je connais un endroit pas loin, dit-elle d'une voix qui flanchait.

Il entendit à peine la fin de sa phrase, réduite à un murmure.

Sans prononcer un mot de tout le trajet, ils se rendirent au restaurant Il Forno, à quelques minutes à pied. Il n'était que dix-huit heures et ils n'eurent pas de problème pour trouver une table au fond, dans un box isolé. Un restaurant italien, nota Kristoffer : des drapeaux rouge, blanc, vert pendaient ici et là. Il aperçut un étendard de la Juventus. Mais on n'y servait pas seulement de la pizza. L'endroit semblait plutôt haut de gamme.

– Commandons d'abord. Tu as faim, je suppose ?

Deux lasagnes, une eau minérale et un Coca. Kristina s'excusa et se rendit aux toilettes, où elle passa au moins dix minutes. Entre-temps, les plats arrivèrent.

– Pardon, dit-elle en revenant. Pardon, Kristoffer.

Il observait du coin de l'œil le visage rouge et bouffi de sa tante. Mais qu'est-ce qui lui arrive ? Elle a dû pleurer aux toilettes.

Kristina se racla la gorge, inspira une grande bouffée d'air et le regarda de ses yeux brillants.

– Kristoffer, je n'en peux plus.

– Ah bon…

– Quand tu m'as appelée…

– Oui ?

– Quand tu m'as appelée avant-hier, j'ai eu l'impression qu'on me tirait une balle en plein cœur.

– Quoi ?

– Ou que je me réveillais d'un mauvais rêve.

– Je ne vois pas très bien ce que…

– Non, tu ne peux pas comprendre. Je vis un cauchemar depuis onze mois, Kristoffer. Mais hier soir, j'ai compris que je n'en pouvais plus.

Elle n'avait pas dévoilé le fond de sa pensée, et pourtant… Eh bien, ce n'était qu'une vague impression, mais soudain cette situation lui rappela quelque chose de familier, comme quand… Comme quand quelqu'un est sur le point de donner enfin la réponse à une énigme, et qu'on s'aperçoit qu'on la connaissait depuis le début.

Mais il n'en était pas encore là. Pas tout à fait. Disons qu'il se trouvait à un stade de conscience immédiatement antérieur.

– Mais de quoi est-ce que tu parles ?

Kristina secoua la tête, l'évitant du regard. Les yeux fixés sur ses lasagnes, elle gardait la tête rentrée dans les épaules comme si elle avait froid.

Elle resta silencieuse quelques secondes, puis elle se racla la gorge, rassemblant ses forces.

– Qu'est-ce que tu voulais me demander quand tu m'as appelée dimanche ?

– Si… Mais je te l'ai dit…

– Redis-le-moi, s'il te plaît.

– D'accord. Ça a commencé à l'enterrement de Robert… En août. Quand on est sortis de l'église, grand-mère m'a parlé d'un certain Olle Rimborg… Et de quelque chose qu'il lui avait dit.

– Grand-mère ?

– Oui. Olle Rimborg travaille à l'hôtel de Kymlinge et il a dit à grand-mère que ton mari… Je veux dire Jakob…

Qu'il était rentré à l'hôtel au milieu de la nuit… La nuit où Henrik a disparu.

Il s'interrompit, mais Kristina lui fit signe de poursuivre.

– Je n'y ai pas pensé plus que ça, et je ne sais vraiment pas pourquoi grand-mère me l'a dit. Elle était un peu à côté de la plaque. Bref, je l'avais oublié, mais il y a une semaine j'ai vu un film à la télé…

– Un film ?

– Oui, et le nom d'Olle Rimborg est apparu au… Comment ça s'appelle, déjà ?… Au générique ? Et là, je m'en suis souvenu. Alors j'ai appelé cet Olle Rimborg, mais c'était… En fait, je l'ai appelé sur un coup de tête.

– Et ? demanda Kristina.

Une seule syllabe. Pourtant, sa voix se brisa encore.

– Et il me l'a dit. Que ton mari était revenu à l'hôtel à trois heures du matin et qu'il s'était demandé pourquoi…

– Ah bon ? chuchota Kristina.

– C'est tout. Et moi aussi, je me suis posé des questions.

– Sur la raison pour laquelle Jakob est revenu à l'hôtel à trois heures du matin ?

– Oui.

Kristina repoussa son assiette et croisa les mains sur la table. Cinq secondes passèrent.

– Pourquoi ? dit-elle enfin.

– Quoi ?

– Pourquoi tu t'es posé des questions ?

– Je… je ne sais pas.

– Si, Kristoffer. Je crois que tu sais.

Le sang lui monta à la tête. Ses tempes palpitaient.

– Je n'ai rien d'autre pour m'occuper l'esprit en ce moment… Alors ça m'a trotté dans la tête, pour ainsi dire. Et c'était…

– Oui ?

– C'était la nuit où Henrik a disparu.

– Continue.

– Je me suis dit qu'il… pouvait y avoir un lien, conclut-il d'une voix soudain rauque, dans un souffle agonisant.

Au même instant, il sut que c'était vrai. L'épouvantable explication cognait à sa porte. Kristina, après l'avoir retenue de toutes ses forces, l'avait soudain lâchée… Une comparaison bizarre, puisque c'était elle qui détenait la réponse à l'énigme. Il le voyait dans son regard braqué sur lui, plein de… De quoi ? Il ne savait pas exactement. De quelque chose de terrifiant, de nu, d'infiniment vulnérable. Elle se pencha vers lui. Ses yeux flottaient à quinze ou vingt centimètres des siens, et là… Elle dévoila une vérité dont il réalisa qu'il la connaissait déjà.

– Kristoffer, Jakob a tué ton frère.

Il perdit la notion du temps. Un groupe de deux femmes et deux hommes s'assirent à une table toute proche. Pourtant, ils se trouvaient dans une autre dimension, dans un univers qui leur était désormais étranger. Sous la cloche de verre, il n'y avait plus que lui-même et Kristina, qui venait de broyer la réalité dans un chuchotement inexorable, d'un coup de massue… Ces images incongrues filaient à travers son esprit comme des oiseaux migrateurs égarés. La cloche de verre ? Des oiseaux migrateurs ?

Et une autre espèce de volatile inconnu, tourmenté. Les questions l'étouffaient. Il se sentit à bout de souffle, un poids faisait tic-tac dans sa poitrine, menaçant d'exploser et de le réduire en lambeaux s'il ne rompait pas la paralysie qui se répandait sous leur cloche de verre. Finalement, la question plus évidente fut la première à s'envoler de ses lèvres.

– Pourquoi ?

Elle le dévisagea.

– Parce que…

Elle s'interrompit, fouillant dans son regard, sans doute pour s'assurer qu'il était… assez mûr. Oui, c'est ce qu'il lisait dans ses yeux verts cloués dans les siens ; elle était en quête d'un signe, elle voulait savoir s'il était capable de comprendre. Il fallait se montrer à la hauteur – avait-il le choix ? D'un regard, il répondit à sa question silencieuse. Je suis prêt. Raconte-moi toute l'histoire, Kristina.

Elle reprit son souffle et poussa un long soupir silencieux.

– Parce qu'il nous a pris en flagrant délit, Kristoffer.

– Quoi ?

– Henrik et moi.

– Toi et… ?

– Oui. Jakob est revenu et nous a trouvés au lit, ton frère et moi.

Le savait-il déjà ? Il lui sembla que la réponse à l'énigme se nichait depuis longtemps dans une sorte de bulle au fond de lui, attendant l'occasion d'éclater. Car ce n'était pas de l'étonnement qu'il éprouvait, plutôt… un pressentiment qui, refoulé dans les méandres obscurs de son cerveau récalcitrant, venait d'être confirmé.

Non, se dit-il. Je n'aurais jamais pu me représenter…

Mais ce n'était que des mots. Des oiseaux inconnus. Kristina interrompit leur envol en s'approchant encore de lui. Elle lui attrapa les mains.

– Tout est ma faute, Kristoffer. Je ne mérite pas de vivre. Pourtant, ça fait presque un an, et je suis toujours en vie. Je ne te demande ni de me pardonner ni de me comprendre, Henrik est mort à cause de moi, j'ai… J'ai vos vies à tous sur la conscience. Votre chagrin. Tu veux voir le désespoir absolu, Kristoffer ? Alors, regarde-moi.

Elle disait vrai.

– Je n'ai pu en parler à personne. Ebba… ta mère… ne le supporterait pas. Je ne sais pas si tu le supporteras, toi non plus, mais quand tu m'as appelée, j'ai… Je me suis dit que la meilleure solution… la seule solution… était que personne ne découvre jamais ce qui s'est passé. Ce n'est pas de la lâcheté, Kristoffer. Réfléchis, et tu verras que j'ai fait ça pour vous préserver… Tous. J'ai tellement… J'ai tellement souffert.

Elle s'effondra sur la table et se redressa presque aussitôt.

– Pardon, Kristoffer, ma conduite est lamentable.

– Pas du tout.

Le pensait-il vraiment ? Une image d'une force et d'une netteté terrifiantes s'imposa à son esprit : Kristina et Henrik baisant sauvagement dans une chambre d'hôtel anonyme, la porte s'ouvrant brutalement, Jakob sur le seuil… Comme dans un film : les amants pris en flagrant délit par le mari fou, malade de jalousie, rentré à l'improviste à la maison.

– Comment l'a-t-il tué ?

Elle le sonda de nouveau du regard, puis :

– À mains nues.

Kristoffer sentit son estomac se retourner.

– Putain…

– Je donnerais ma vie pour que ce ne soit pas arrivé. J'espère que tu le comprends, Kristoffer. Si je pouvais échanger ma vie contre celle d'Henrik, je le ferais sans hésiter. Mais j'ai l'impression… Que je suis condamnée à vivre. Je ne suis pas sûre que tu puisses comprendre…

– Pourquoi tu es toujours avec lui ? Je veux dire avec Jakob…

– Parce que j'y suis forcée.

– Forcée ?

– Oui.

– Je ne comprends pas.

– Il a tué Henrik, et c'est ma faute. Quand un homme trouve sa femme au lit avec un autre, d'une certaine manière, il a le droit de… eh bien, de tuer son amant.

Pour défendre son honneur. C'est vieux comme le monde. Dans certaines cultures, ce n'est même pas puni par la loi.

– Un crime d'honneur ?

Elle hocha la tête.

– Un truc de ce genre. Et le fait qu'il m'ait trouvée avec mon propre neveu… Si je le quitte, il me dénoncera. Il sait que sa faute est plus facile à porter que la mienne. Tant qu'il voudra de moi, il me retiendra prisonnière.

– Mais tu préférerais…

Kristoffer jeta un coup d'œil sur son ventre et perdit le fil, gêné.

– Je le hais, Kristoffer. Jakob est un monstre… Un monstre calculateur. Avant, je sentais déjà que ça ne tournait pas rond. Notre mariage était sur la mauvaise pente, et maintenant…

Elle se tut et posa encore sur lui ce regard sans défense, terrifiant.

– Pourquoi vous l'avez fait, toi et Henrik ?

Elle secoua la tête.

– C'était un jeu. Un jeu interdit… Nous avons franchi la limite.

– Franchi la limite ? Je comprends.

– Dans une vie, à quelques reprises, on franchit une limite. Certains s'en sortent indemnes, d'autres sont condamnés à un châtiment terrible. On ne voulait faire de mal à personne. Enfin, ça ne sert à rien de s'excuser. Tout a commencé quand Henrik m'a confié…

– Quoi ?

– Je ne peux pas te le dire.

Kristoffer eut un éclair de lucidité.

– Qu'il était homosexuel ?

Elle haussa les sourcils.

– Tu le savais ?

– Pas vraiment. Mais je le soupçonnais.

– Je vois. Bref, Henrik me l'a avoué, mais je ne l'ai pas cru. Tu te souviens qu'on avait beaucoup bu ce soir-là ?

– Le premier soir ?

– Oui, avant la fête d'anniversaire. Ce n'est pas une excuse, mais j'étais un peu soûle, et… Et je me suis mis en tête de prouver à Henrik qu'il avait tort. Ou du moins qu'il pouvait être excité par une femme… Excuse-moi, Kristoffer, j'en ai déjà trop dit. Ça suffit.

Elle avait raison, il n'avait pas besoin d'en savoir plus.

Ils restèrent assis en silence. Deux pensées flottaient librement dans la conscience de Kristoffer, comme détachées de tout contexte.

Je le comprends, disait l'une. Henrik, mon frère, je te comprends.

La seconde était plus noire que le deuil.

Jakob Willnius, toi aussi, je te comprends. Mais ça ne change rien, tu dois mourir.

Tu dois mourir, lui répétait une voix intérieure. Puis ce fut le silence complet.

Soudain, il éprouva une furieuse envie de fumer une cigarette. Impossible devant Kristina. D'ailleurs, ce restaurant était non-fumeurs, comme tous les autres.

– On y va ? dit-il. Je n'ai pas faim.

Elle eut l'air étonnée.

– Kristoffer…

– Merci pour ta franchise. Je te promets que ce que tu m'as révélé restera entre nous. Tu peux me faire confiance.

Soudain, c'était la voix d'un adulte qui sortait par sa bouche. Kristina s'apprêta à parler, mais il la devança, sans doute pour profiter de ce nouvel aplomb tant qu'il durait.

– Je dois retourner à Uppsala. Je peux t'appeler quand j'aurai réfléchi un peu ?

– Comment ?… Oui, bien sûr. Appelle-moi quand tu veux.

– Très bien. J'ai… j'ai besoin de réfléchir.

Ils quittèrent Il Forno et s'engouffrèrent dans la nuit de novembre. Ils n'avaient pas touché à leurs plats et ne dirent pas un mot jusqu'à la gare centrale.

– Elle est absente, dit Jakob Willnius. Elle avait rendez-vous en ville. Mais elle devrait rentrer dans une petite heure. C'est de la part de qui ?

– Un collègue. Rien d'urgent. Je rappellerai.

L'homme raccrocha. Jakob Willnius voulut lire le numéro sur l'écran d'affichage : « Inconnu ». Je m'en doutais, se dit-il.

Un collègue ?

Kristina ne travaillait plus depuis un an.

Si Jakob Willnius pouvait se flatter d'une chose, c'était de son excellente mémoire des voix.

Il éteignit la lumière. Son regard se perdit au-dehors, entre les arbres fruitiers dénudés et noueux. À l'intérieur de lui, une boule durcissait inexorablement.

Gunnar Barbarotti resta assis un moment, le combiné à la main, regardant la nuit au-dehors.

Je n'aurais même pas dû lui parler, se dit-il. C'était idiot de ma part.

V

Décembre

37

Ebba Hermansson Grundt rêve.

En ce 1er décembre, bien avant l'aube, il neige abondamment au-dehors – mais elle n'en sait rien, car le store de sa fenêtre est soigneusement baissé, et le passage du temps ne l'intéresse pas. Elle est allongée dans son lit, dans sa chambre entièrement blanche à la maison de repos, et rêve de son fils.

Il est à l'intérieur d'elle, découpé en morceaux dans deux sacs Konsum vert et blanc accrochés à sa clavicule. Il se balance comme les battants lourds et rouillés d'une cloche d'église oubliée. On ne peut pas en vouloir à Ebba Hermansson Grundt, on ne choisit pas ses rêves.

Ce matin-là, quelque chose ne colle pas. Son corps endormi est parcouru de vagues d'inquiétude, une brise glacée moire la surface de sa peau, elle tâtonne le long de ses seins et de son ventre, elle est si habituée à porter son fils ainsi la nuit. Elle le fait depuis si longtemps. Mais Henrik n'est pas tout à fait lui-même. Elle ne le reconnaît plus.

Ce n'est pas Henrik. C'est Kristoffer. Comment son fils cadet s'est-il introduit dans son vide intérieur ? Qu'est-ce que cela peut bien signifier ?

Elle se réveille en sursaut et s'assoit sur le lit, les pieds posés sur le sol froid. Que se passe-t-il ? Pourquoi Kristoffer a-t-il pris la place d'Henrik ?

Cela doit avoir un sens, car les rêves sont des clefs. Pour les comprendre, il faut trouver le verrou qu'ils sont censés ouvrir.

Ouvrir ou fermer. Ebba préférerait laisser fermé, c'est ce qu'elle s'obstine à faire depuis l'été. Laisser le monde à l'extérieur et s'enfermer dans sa chambre intérieure, où le temps est aboli. Elle contient l'essentiel : de vieux étés, un bateau à voile, un tricycle bleu, une plaie au genou que l'on soigne, de petits doigts collants qui coiffent ses cheveux, des yeux magnifiques.

Cette chambre, les psychothérapeutes consacrent pourtant une énergie considérable à l'empêcher d'y entrer, mais tous les soirs Ebba la rouvre d'un geste sûr et appliqué.

Kristoffer… Comment est-il arrivé là ? Comment a-t-il franchi le seuil ? Pourquoi est-il découpé en morceaux dans un sac Konsum pendu à sa clavicule ? N'y avait-il pas deux sacs ? Qu'essaie-t-il de lui dire en cette heure sombre, bien avant l'aube ?

Levant le store, elle regarde par la fenêtre. Il fait nuit noire et la neige tombe, lourde et dense.

Kristoffer… se dit-elle. Pas toi aussi.

En ce 1er décembre, Kristina Hermansson lit, fuyant les souffrances de ce monde pour d'autres tourments. Il a neigé toute la nuit, semble-t-il, et cela va continuer jusqu'à midi. À travers la fenêtre, les pommiers dessinent de nouvelles courbes sinueuses, les groseilliers ressemblent à des boules de laine – ou à des bœufs musqués.

Jakob est dans les bureaux de la télévision de Värtahamnen et Kelvin, chez sa nourrice. Elle attend des nouvelles de Kristoffer, elle attend le bouleversement définitif qui secouera son existence et, en attendant, elle lit le roman de Robert :

Dans les ombres, sous mes mains, logeait un désir inassouvi. Du haut de mes quinze ans, ma lâcheté abritait un espoir. Où sont-ils passés ?

Elle ne comprend pas tout ce qu'il écrit, mais elle admire sa langue. Il lui parle d'outre-tombe. À travers ses mots, elle entend sa voix. Elle n'en est qu'à la page quarante sur six cent cinquante, mais elle a déjà l'impression qu'il est dans la pièce, tout près d'elle.

Que veux-tu dire par là, Robert ? Quel est ce désir inassouvi ? Quel espoir as-tu perdu en chemin ?

Il se tait. Peut-être les réponses se cachent-elles plus loin dans le texte. Il écrit page quarante-deux :

Je suis né perdant et, toute ma vie, j'ai soigneusement enterré cette particularité incontournable dans l'oubli. Mais lorsque surgissent les têtes hideuses de la vérité et de la lucidité, je sais les reconnaître. On n'est jamais autre que soi-même.

Jusque-là, le livre est écrit à la première personne, mais elle n'est pas sûre qu'il s'agisse de Robert. Le personnage principal, Mihail Barine, mène une existence errante et insolite, non seulement dans l'espace, mais aussi, à ce qu'il semble, dans le temps. Peut-être Russe, il surgit tantôt dans un présent contemporain, tantôt au plus profond du XIXe siècle. Peut-être n'est-il pas tout à fait humain. Il peut représenter une idée.

Fascinée, elle lit, et à chaque page qu'elle tourne la voix de Robert résonne toujours plus clairement.

Si je finis en prison, se dit-elle, ce livre m'occupera. Je l'administrerai comme un héritage, il sera ma raison de vivre.

Doit-elle nécessairement en passer par un bouleversement définitif ? Peut-être pas. Nous sommes mercredi, et leur vol pour Bangkok est dimanche. Plus que quatre jours. Quatre petites journées insignifiantes. Pourvu qu'elles s'écoulent sans soubresauts… Ensuite, Kristina sera maître de leur destin. Dans l'avion, à côté de son mari, elle aura la révélation qui lui indiquera la marche à suivre. Dès lors, aucun obstacle ne se dressera plus devant elle. Elle accomplira le *Projet*.

Mais ces quatre jours lui paraissent longs. Quelque chose est sur le point d'arriver – l'appel de Kristoffer ? Dès qu'elle s'éloigne en pensée du roman de Robert, elle le sent –, mais en cet instant qui s'éternise, seule la neige tombe.

Kristoffer Grundt tient la solution.

Nous sommes le 1er décembre, et la neige est tombée du matin au soir. Le bus de Bergsbrunna a mis une demi-heure de plus que d'habitude pour revenir du centre-ville et a failli déraper plusieurs fois dans le fossé. Pendant la pause-déjeuner, le directeur Luthman, le gérant du Konsum, leur a annoncé que le pays était plongé dans le chaos. En Scanie, il ne restera bientôt plus une seule route praticable. Au Dalsland, plus de cinq mille foyers sont complètement isolés. Quant à la côte, vers le Roslagen, on n'ose même pas imaginer la situation. Il n'a pas neigé autant de mémoire d'homme. Les intempéries durent depuis seize heures sans interruption.

Mais rien de tout cela ne préoccupe Kristoffer. Dans la cave de la cousine de son père, à Bergsbrunna, il tient la solution.

Plate et froide, elle doit peser environ cinq cents grammes. Le nom du fabricant, « Pinchmann », est gravé sur la crosse. On y enfonce le chargeur, qui contient douze cartouches – Kristoffer a déjà eu l'occasion de le vérifier. Il remercie intérieurement Ingegerd de lui avoir montré l'arme et la cachette quand ils étaient en visite, quatre ans plus tôt. Elle voulait sans doute impressionner ses deux cousins. La licence est certainement au nom de Knut, l'ex-mari de Berit. Ingegerd avait trois ans quand ils ont divorcé. Il chassait un peu de tout, et puis, quand on habite avec deux femmes dans une maison individuelle loin de la ville, il faut pouvoir se défendre. Au cas où.

Quand Kristoffer en aura terminé avec le Pinchmann, il le jettera à l'eau ou l'enterrera. Personne ne retrouvera jamais sa trace, personne ne soupçonnera rien. Il est fort peu probable que Berit et Ingegerd ressortent jamais ce vieux pistolet, la boîte était couverte d'une épaisse couche de poussière la première fois qu'il l'a vue. Depuis qu'il en a eu l'idée dans le bus ce matin, il élabore son plan. Sans faille. L'après-midi, un rire qui ressemblait à celui d'Henrik a retenti au fond de lui. Kristoffer en retire une sensation de chaleur et de force. Cela doit signifier qu'il a le soutien inconditionnel de son frère. Pourtant, rien ne lui paraît réel depuis son tête-à-tête avec Kristina, la veille, et lorsqu'il caresse du bout des doigts l'acier froid il a l'impression d'être dans un film. Un acteur doit faire ce que lui dicte le scénario. Il suit les indications de mise en scène. Tout lui semble soudain clair et compréhensible. Parfois, la vie est infiniment grande et il faut user de subterfuges pour ne pas s'y perdre.

Il n'éprouve pas la moindre inquiétude. Il enveloppe le pistolet et la boîte de cartouches dans un torchon et range le paquet dans un sac Konsum en plastique, qu'il fourre ensuite dans le placard de sa chambre. Berit et Ingegerd sont à une réunion parents-professeurs, elles ne rentreront pas avant vingt et une heures – enfin, si elles arrivent à prendre le volant avec cette neige. Aucune inquiétude ; il va tuer le meurtrier de son frère, de quoi aurait-il peur ? Pour celui qui accomplit son devoir, tout est simple.

Mais pas tout à fait réel. Alors qu'il se prépare du thé et des sandwiches dans la cuisine, la neige tombe sempiternellement. Il est vingt et une heures dix, Berit et Ingegerd ne sont toujours pas rentrées.

En ce soir de décembre, Gunnar Barbarotti est coincé dans une congère au volant de sa voiture. Sa fille Sara, assise à côté de lui, lui entrouvre de nouvelles perspectives en lui racontant qu'elle va partir en week-end avec des amis. En attendant les secours qui s'éternisent, il prend une décision. Tant pis pour Backman, se dit-il. Quand il faut, il faut. Je ne préviendrai personne de mon départ. Au diable les précautions. Je dois lui parler.

Mais sans que le mari le sache. Barbarotti n'a qu'un infime soupçon. S'il se révèle sans fondement, les choses pourraient tourner à la catastrophe.

Et s'il se révèle fondé, ce serait doublement catastrophique.

– Qu'est-ce que tu rumines, papa ? Encore le boulot ?

Il rit.

– Pas du tout. Je suis en train de me demander s'il ne vaudrait pas mieux que tu rentres à pied. Tu en auras pour dix minutes et tu t'en sortiras avec une cystite.

– Tu crois que je suis du genre à abandonner mon père dans une congère ? Tu me prends vraiment pour une fille indigne !

Il redémarre le moteur et enclenche les essuie-glaces. Il est vingt et une heures quarante-cinq. La neige tourbillonne.

– Raconte-moi ce que tu feras quand tu seras grande, lui demande-t-il.

Leif Grundt s'est endormi devant la télé. Une sonnerie le réveille.

D'abord, il prend la télécommande pour le téléphone sans fil. Retrouvant ses esprits, il se précipite dans l'entrée et répond juste avant que la communication ne soit coupée.

C'est Ebba.

Ebba. Sa femme. Ils ne se sont pas parlé depuis une semaine.

– Passe-moi Kristoffer, dit-elle.
– Il n'est pas à la maison.
– Où est-il ?
– À Uppsala, chez Berit. Je te l'ai pourtant dit. Il est en stage cette semaine dans un supermarché…
– Je m'inquiète pour lui.
– Il n'y a pas de raison de s'inquiéter.
– J'ai pensé à lui toute la journée. Tu dois en prendre bien soin, Leif. Ne le néglige pas.
Moi ? se dit Leif, sentant la colère lui monter au nez. Moi, je ne dois pas négliger Kristoffer ? C'est trop fort ! Ça va se terminer en…
– Je ne trouve pas très bien que tu l'aies envoyé à Uppsala.
– Mais, Ebba…
– Tu sais ce qui arrive à nos enfants quand on les envoie là-bas.
– Ebba, il est chez Berit. Il travaille au Konsum pendant une semaine. Il ne peut rien lui arriver.
Long silence. Puis un clic. Et le signal. Leif raccroche le téléphone au mur et reste immobile pendant une trentaine de secondes. Petit à petit, son agacement laisse place au chagrin.
Pour la énième fois, il sort déblayer la neige de l'allée. Il est plus de dix heures du soir. Les intempéries durent depuis vingt-quatre heures.

– Comment il s'appelle, déjà, le policier ?
– Qui ça ? répond Kristina, au lit.
Jakob Willnius sort de la salle de bains, une serviette-éponge jaune nouée autour de la taille. Il est vingt-deux heures trente, il revient d'un dîner avec un producteur danois. Ou allemand. Ou tout simplement suédois… Il exhale un léger halo éthylique – il n'est pas soûl. En revanche, il bande. On aperçoit une saillie sous sa serviette. Kristina se prépare à contrecœur au rituel,

tâtant son gros ventre tendu. Il la prendra par-derrière. C'est ce qu'il fait depuis un mois.

– De Kymlinge.

– Mais… De quoi tu parles ?

– Barotti… Ce n'était pas ça ? Un nom italien… Celui qui est venu à la maison.

Elle secoue la tête, perplexe.

– Ah, lui… Oui, quelque chose dans le genre. Qu'est-ce qu'il vient faire ici ?

Il lâche sa serviette, découvrant une magnifique érection.

– Il ne t'a pas donné de nouvelles ?

– Non, pourquoi ?

Il se glisse sous la couverture et pose la main sur la hanche de Kristina.

– Un type t'a demandée au téléphone hier. J'ai eu l'impression que c'était lui. Tu sais, j'oublie rarement une voix.

– Pourquoi il nous appellerait ? Ça fait quand même un an…

– Je n'en sais rien. Je ne sais pas pourquoi il nous appellerait. Enfin, toi. C'est à toi qu'il voulait parler.

– À moi ?

– Oui.

– Et il ne s'est pas présenté ?

– Non.

– Je ne comprends pas. J'espère qu'il n'est rien arrivé qui…

– Qui quoi ?

Il malaxe ses fesses. Il les malaxe et les écarte.

– Qui remette l'affaire sur le tapis. Tu veux que j'éteigne ?

– Non. Tu sais bien que je veux te voir. Et il n'a pas rappelé, l'inspecteur Barbotti ou je-ne-sais-plus-quoi ?

– Non.

– Je voudrais que tu me le dises s'il le fait.

– Bien sûr.

– Tu n'oublieras pas.

– Je te promets de ne pas oublier.

– Dans ce cas… J'ai changé d'avis. Éteins la lumière.

Lorsqu'il la pénètre, elle regarde par la fenêtre. La neige a cessé de tomber.

38

En ce jeudi matin, Kristoffer venait à peine de monter dans le bus, à Bergsbrunna, lorsque son téléphone sonna.

C'était son père.

– Ça va, malgré toute cette neige ?

– Il y a de quoi faire.

Ils discutèrent travail et perspectives d'avenir. Kristoffer voulait-il suivre les traces de son père ? Dans ce cas, autant commencer par les bases du métier, lui suggéra Leif. Après ce stage, il saurait au moins dans quoi il s'engageait.

Mais peut-être n'en avait-il pas l'intention ?

Pas dans l'immédiat, en tout cas, admit Kristoffer.

– Quand est-ce que tu rentres ?

– Samedi. Je prendrai un train l'après-midi. Je t'appellerai pour te dire l'heure.

– Il te reste de l'argent pour le billet ?

– Oui.

– Et du crédit sur ton téléphone ?

– Un peu.

– Très bien. Je viendrai te chercher à la gare. Alors à samedi après-midi, c'est bien ça ?

– C'est ça.

– Dis bonjour à Berit et à Ingegerd de ma part.

Kristoffer raccrocha.

La réalité… se dit-il. Qu'est-ce que la réalité, au fond ? Bizarre. Il discernait à peine le paysage à travers la fenêtre embrumée. La chute de neige s'était arrêtée pendant la nuit. Les chasse-neige avaient laissé des tas de plusieurs mètres. Ces précipitations extraordinaires – un événement historique – devaient avoir un lien avec le *plan* et la *solution*. Ensuite, tout reviendrait à la normale. Les choses reprendraient leur apparence ordinaire. Ce monde blanc représentait la réalité alternative dans laquelle il allait accomplir son geste – celui qui marquerait le début d'une ère nouvelle où l'on pourrait enfin regarder devant soi. Cela faisait un an qu'il vivait prisonnier de ses rêveries placides et imperturbables – des limbes pleins de charades et de questionnements. Il avait coupé les ponts avec son ancienne vie : rien ne lui importait plus, il se fichait du collège, il s'était éloigné des copains qu'il avait eus en cinquième et en quatrième, sa famille était réduite en lambeaux. Pour couronner le tout, il fumait comme un pompier et se bourrait la gueule au moins une fois par semaine. Mais il en voyait désormais le bout. En vengeant son frère, en tuant son meurtrier, il franchirait la frontière de cet univers parallèle. Selon Kristoffer Grundt, une main invisible menait la danse… Un metteur en scène consciencieux, qui faisait en sorte que le destin se réalise.

Le destin avait voulu que sa grand-mère se confie à lui avant l'enterrement de Robert. À Kristoffer Grundt, justement… Puis pour qu'il regarde ensuite le téléfilm débile d'Olle Rimborg jusqu'au bout, et qu'il lise son nom au générique… Enfin, pour qu'il prenne son courage à deux mains et appelle sa tante.

Et pour que son père ait la bonne idée de l'envoyer en stage à Uppsala.

En raisonnant dans ces termes, cette accumulation de circonstances lui parut vertigineuse. Assis dans un bus bondé qui filait en ronronnant à travers un paysage hivernal, plein d'inconnus grognons et mal réveillés, il était ailleurs, plongé dans une autre histoire. Il participait à un dispositif d'une ampleur insoupçonnée où les événements s'enchaînaient interminablement. Une fois qu'on y était engagé, on ne pouvait plus faire marche arrière. Impossible de corriger ses erreurs. À Uppsala, en ce matin de décembre, alors que le bus manœuvrait lentement le long de la Kungsgatan bouchée, il comprit que les choses étaient ainsi faites. Il venait d'effleurer en pensée le modèle même de la vie. Ce qui devait advenir advenait ; à chacun de connaître sa mission.

Et de l'assumer.

Lorsque, avec vingt minutes de retard, il se fraya un chemin à travers le bus, descendit et s'éloigna vers la première galerie marchande, au fond de lui il entendit enfin la voix d'Henrik.

C'est bien, frangin.

Le ton était lointain et plus caverneux que d'habitude.

C'est bien, Kristoffer. Tu apprends un tas de choses.

« Je suis de passage à Stockholm et je me suis dit que je profiterais de l'occasion. »

Voilà l'entrée en matière pour laquelle il avait opté.

Il s'agissait de trouver le bon équilibre entre gravité et légèreté.

Pas trop grave. Mais quand même important.

Il l'entendit déglutir, ou du moins le crut-il. Un instant d'hésitation ?

– Je ne comprends pas. Vous êtes encore sur l'affaire ?

– Bien entendu. Tant que nous ne saurons pas ce qui s'est passé, le dossier n'est pas clos.

– Mais…

– Oui ?

– Il y a du nouveau ?

– Difficile à dire. J'aimerais avoir un petit entretien avec vous. Vendredi ou samedi. Une heure suffira.

– Mais que… Je veux dire, on ne peut pas le faire tout de suite au téléphone ?

– De préférence pas.

C'est louche, se dit-il, sentant l'excitation battre dans ses veines. Elle a peur. Merde, elle a peur !

Son interlocutrice garda le silence pendant quelques secondes.

– Je pense… Oui, je pense que je pourrai vous voir demain après-midi. Où voulez-vous…

Il lui fut secrètement reconnaissant de ne pas lui proposer de passer chez elle, à Enskede – fortement déconseillé.

– Au Royal Viking, dit-il. Dans le lobby. Près de la gare centrale. On n'y sera pas dérangés. À deux heures, ça vous va ?

– À deux heures, répéta-t-elle. Oui, ça peut aller. Je ne comprends pas vraiment l'utilité de cette rencontre, mais enfin… Vous auriez… Vous auriez une nouvelle piste ?

– Piste, c'est beaucoup dire. Disons plutôt une petite idée.

– Une petite idée ?

– Oui. Je vous expliquerai tout ça demain. Deux heures au Royal Viking.

– Très bien, j'y serai.

Ma voix est plus frêle que de la porcelaine ancienne, se dit-elle. Une écolière convoquée au bureau du proviseur après avoir été prise en flagrant délit en train de fumer ou de sécher la gym.

Je me fais des idées, se dit-il, le regard perdu sur le désordre qui parsemait son bureau. Je voudrais tant que ce soit un nouveau départ pour l'enquête. Alors j'interprète le moindre signe dans le sens de mon hypothèse. Quel enquêteur minable…

Il réserva un billet de train et une chambre d'hôtel.

Le jeudi soir, après le morceau de bravoure de Berit en cuisine – un gratin de pommes de terre avec du filet de bœuf émincé, sauce béarnaise –, Kristoffer, allongé dans sa chambre parmi les plantes vertes, peaufinait son plan.

Le lendemain. Dans la nuit du vendredi au samedi. Il avait prévenu Berit qu'il passerait sa dernière nuit à Uppsala chez un copain en ville et prendrait le train pour Sundsvall le samedi matin. Un copain ? avait demandé Berit. Oui, un mec sympa qui travaille à la caisse. Il n'a que dix-neuf ans. Ils iraient voir un film au Filmstaden et rentreraient ensuite chez les parents du jeune homme, à la Vaksala Torg. Il s'appelait Oskar et jouait dans l'équipe de hockey sur glace d'Almtuna.

Kristoffer était quasiment sûr que Berit ne vérifierait pas l'identité du copain et n'en parlerait pas à son père. De toute façon, peu importait. Il serait obligé de raconter les mêmes sornettes à Leif si nécessaire. Oskar et lui voulaient aller directement au cinéma après le travail, alors autant qu'il prenne son sac dès le matin pour éviter un aller et retour à Bergsbrunna.

Bien sûr, Oskar n'existait pas. Du moins aucun Oskar ne travaillait-il comme caissier au Konsum. Pas à la connaissance de Kristoffer, en tout cas. Il comptait prendre le train pour Stockholm le lendemain soir, laisser son sac dans un casier, à la consigne de la gare centrale, et passer quelques heures dans le quartier de la City. Il avait assez d'argent pour se payer une place de cinéma et deux hamburgers.

Et le billet de métro jusqu'à Enskede, où il se rendrait un peu plus tard. Vers vingt-deux, vingt-trois heures. Il fallait prendre la ligne verte et descendre à Sandsborg ou à Skogskyrkogården. Il y était déjà allé avec Henrik et son père. Mais il se procurerait un plan à la gare centrale au cas où. Il avait vérifié l'adresse : 5, Musseronvägen.

À son arrivée, il ferait noir. Il ne s'approcherait pas de la maison avant minuit, de préférence un peu après. Auparavant, il ferait le tour du quartier en éclaireur, pour vérifier qu'aucun importun ne traînait dehors, et que la famille de Kristina était bien à la maison. Peut-être aurait-il déjà passé un coup de fil à Jakob Willnius dans la soirée – s'il l'osait – et raccroché en l'entendant. Ou, si Kristina répondait, déformé sa voix et demandé à parler à son mari.

Mais seulement s'il l'osait. Il y aurait d'autres moyens de vérifier que la victime se trouvait effectivement chez elle. Il pourrait l'apercevoir par une fenêtre, par exemple. Cela ne devrait pas poser de problème.

Allongé dans sa chambre à coucher spacieuse et calme, digérant son dîner et tentant de s'imaginer le cours des événements, rien ne lui paraissait problématique. Le sentiment d'avoir une mission à accomplir, d'obéir à un scénario inéluctable qui ne laissait aucune place à la lâcheté, perdurait. Il n'avait pas l'ombre d'un doute. Il se rendrait à Stockholm, puis jusqu'aux vieilles villas en bois de la banlieue huppée d'Enskede, et là, au 5, Musseronvägen, il tuerait Jakob Willnius. Il assassinerait l'assassin de son frère. C'était son devoir. Une sorte de crime d'honneur, en fin de compte.

Et puisqu'il s'agissait de devoir, tout se déroulerait comme prévu. Il ne pouvait pas anticiper l'opération dans ses moindres détails. Il serait obligé de se fier à son intelligence et à… Comment ça s'appelait ?… À son intuition ?

Il maquillerait le crime en cambriolage. Après qu'ils auraient éteint les lumières, il attendrait un bon moment. Il fallait leur laisser le temps de s'endormir profondément. Il devrait sans doute briser une vitre pour s'introduire dans la maison. Si le fracas réveillait Jakob Willnius, ils se retrouveraient peut-être nez à nez au rez-de-chaussée. Kristoffer devait se tenir prêt, l'arme en main. La chambre à coucher de Jakob et Kristina était à l'étage. Jakob se précipiterait peut-être en bas, ou descendrait à pas de loup. Kristoffer ne lui laisserait pas une seconde. Dès qu'il le verrait, il l'abattrait. De deux balles dans la poitrine. Il lui mettrait ensuite une balle dans la tête pour s'assurer qu'il était bien mort.

Puis il faudrait filer. S'il en avait le temps, il attraperait quelques objets au passage pour donner l'impression d'un cambriolage : le voleur, surpris, avait pris la fuite.

Si Jakob ne descendait pas, Kristoffer irait l'abattre dans son lit – cette idée lui plaisait encore plus. Jakob avait tué Henrik dans un lit. Enfin, si Kristoffer avait bien compris le récit de Kristina.

D'une manière ou d'une autre, il fallait s'assurer que Kristina ne soit pas sur son chemin. Il ne la laisserait pas le retenir, pas question. D'ailleurs, elle n'essaierait sans doute pas. Elle aussi désirait la mort de Jakob Willnius, aucun doute sur ce point. Elle serait peut-être effarée de le voir apparaître ainsi, mais il ne se laisserait embringuer dans aucune discussion, surtout pas, ni avec Kristina, ni avec Jakob. Pas de bla-bla.

L'abattre, sans une once de pitié.

Puis prendre ses jambes à son cou et s'éloigner du Vieil Enskede.

Il ne reprendrait pas le métro. Par maints détours, il rejoindrait le centre de Stockholm. Il jetterait le pistolet dans l'un des nombreux cours d'eau de la ville, d'un pont ou d'un quai. Facile. Mais il fallait veiller à ne pas se faire remarquer par une patrouille de police. Un gamin de quinze ans, seul dehors à trois, quatre heures du matin, cela pouvait attirer l'attention. Enfin, qu'est-ce qu'il en savait ? Peut-être les rues de la capitale grouillaient-elles de jeunes gens soûls à cette heure-là. Quoi qu'il en soit, sur le chemin de la gare centrale qui, s'il se souvenait bien, ouvrait à cinq ou six heures, il devait rester sur ses gardes. Une fois arrivé, peut-être mangerait-il quelque chose, puis il prendrait le premier train pour Sundsvall.

Il rallumerait son téléphone à mi-chemin, à hauteur de Gävle, et appellerait son père pour le prévenir qu'il était en route.

Si, contre toute attente, Leif avait déjà entendu parler d'un meurtre à Enskede, Kristoffer ferait l'ingénu. Et s'il lui annonçait que la victime était le mari de Kristina, eh bien, il faudrait en remettre une couche.

That's the plan, se dit Kristoffer. Bientôt, tu reposeras en paix, frangin. Ça va marcher comme sur des roulettes.

Il se sonda intérieurement, à la recherche d'un quelconque signe d'inquiétude ou de doute, mais il n'en trouva aucun.

C'en était presque étrange. Quelque part au creux de son estomac, entre le filet de bœuf à la sauce béarnaise et le gratin de pommes de terre, il sentait poindre une sorte d'euphorie.

Vingt et une heures quarante-cinq. Autant avaler encore une tasse de thé et quelques biscuits au gingembre, s'il lui restait de la place. Il valait mieux avoir le ventre bien plein.

Car il restait un détail à régler. Un infime détail. Cette nuit-là, il devait sortir effectuer des essais de tir pour s'assurer que l'arme fonctionnait. Facile comme bonjour. Il avait réglé le réveil de son téléphone sur trois heures. Il se lèverait, s'habillerait, irait en forêt et tirerait un coup de feu. Peut-être deux coups rapprochés. À quelques centaines de mètres de la maison. Au loin dans la nuit, personne ne l'entendrait.

Ne pas négliger les détails.

39

Le vendredi 3 décembre, une nouvelle tourmente de neige s'abattit sur le pays. Pas de la même ampleur que celle qui avait déjà provoqué le chaos dans la semaine, mais elle fit cependant quelques dégâts. La circulation des trains et des autocars fut très perturbée dans le Sud et l'Ouest. Il y eut des retards considérables. Barbarotti se félicita de sa prévoyance : il avait réservé une place sur le train de six heures du matin au départ de Kymlinge. Au lieu d'arriver à Stockholm vers dix heures, conformément aux horaires, il arriva peu après midi. Étant donné ses vols intérieurs catastrophiques de fraîche mémoire, il envisagea un instant, à l'encontre de toutes ses convictions, de devenir un automobiliste invétéré.

Mais, à ce stade, les routes n'étaient sans doute pas plus praticables que le reste. Quoi qu'il en soit, il lui restait deux heures à tuer avant son rendez-vous avec Kristina Hermansson. Il traversa la Vasagatan et s'enregistra à l'Hotell Terminus. Le ménage n'était pas encore fait dans la chambre. Il laissa sa valise à la réception et parcourut une centaine de mètres dans les tourbillons de neige jusqu'au restaurant de la chaîne danoise Jensen's Bøfhus, où il prit un steak haché aux oignons.

Il se sentait tendu à la perspective de son rendez-vous imminent. Son cuir chevelu le grattait, signe qu'il allait arriver quelque chose.

Ou bien qu'il avait des pellicules – un problème récurrent pendant son divorce. Son cuir chevelu ne s'apaisa que quand Helena et lui n'habitèrent plus sous le même toit et que tous les papiers furent signés. D'après sa coiffeuse, une jeune femme possédant quarante-huit dents parfaites et des puits sans fond en guise d'oreilles, c'était psychosomatique – mot qu'elle eut du mal à prononcer. Les gens épanouis et équilibrés n'avaient pas de pellicules ; deux ans et demi dans le métier le lui avaient appris.

Cela dit, je vais bien, raisonna Barbarotti en commandant un double express et une pâtisserie. Je n'ai pas été aussi bien depuis que j'ai réussi à sortir avec Veronica au lycée.

Il ne pouvait donc pas s'agir de pellicules. Ce qui lui grattait la tête, c'était le rendez-vous. Il jeta un coup d'œil à sa montre : encore trois quarts d'heure. Le Royal Viking était en face, il pourrait surveiller l'approche de Kristina Hermansson depuis sa table au restaurant. Si elle arrivait du bon côté. Il pouvait également l'attendre à l'hôtel. Cela lui donnerait-il une longueur d'avance ?

Il était en tout cas grand temps d'élaborer une stratégie. Qu'allait-il bien pouvoir lui dire ?

« Voyez-vous, à ce qu'il paraît, votre mari est une brute. Vous confirmez ? »

Pas très approprié. La situation exigeait une entrée en matière un peu plus subtile. Un fil rouge a vite fait de se rompre, surtout quand les choses ne tiennent qu'à lui – vingt ans dans le métier le lui avaient appris.

Certains prétendaient que Barbarotti était l'un des policiers les plus doués du pays en matière d'interrogatoires (ou, du moins, de l'ouest du pays). Plusieurs sources fiables lui avaient confirmé cette rumeur, mais il se demandait tout de même s'il n'y avait pas erreur sur la personne.

Ô Seigneur, songea-t-il, permets-moi de te proposer un *deal*.

Le Seigneur l'écouta un peu distraitement.

– Comment ça, tu n'as pas le temps ? lui demanda Jakob Willnius.

– J'ai rendez-vous, dit Kristina.

– Mais je t'avais prévenue que les Zimmerman étaient en ville et voulaient déjeuner avec nous.

– Je suis désolée, j'ai oublié.

– Tu dois voir qui ?

– Une amie.

– Une amie ? Qui ça ?

– Elle s'appelle Henriette. Tu ne la connais pas. Ça date d'avant notre rencontre.

– Tu sais à quel point les Zimmerman sont importants ! À quelle heure tu dois voir cette Henriette ?

– À deux heures.

– Où ça ?

– Au… Au Royal Viking.

– Tant mieux. On déjeune avec les Zimmerman au Rydbergs à midi et demi. Tu seras à ton rendez-vous au Viking, c'est à cinq minutes à pied. Et puis, elle pourra bien attendre une petite demi-heure si ça traîne.

– Je ne sais pas…

– J'y vais. Débrouille-toi pour être au Rydbergs à midi et demi au plus tard. Et mets un décolleté. Tu connais M. Zimmerman.

– Mais enfin, Jakob, je suis enceinte de six mois.

– Tes seins n'ont pas rétréci, que je sache ? Midi et demi au Rydbergs, Kristina. Arrête tes salades.

En le regardant monter dans son taxi, elle eut un violent haut-le-cœur.

Il avait dû faire bonne impression, car dès deux heures, le vendredi après-midi, son responsable de stage, Greger Flodberg – qu'il n'avait pas vu depuis le lundi –, lui annonça qu'il pouvait partir et lui tendit un sac en plastique, un sac Konsum vert et blanc. Puisqu'il venait de travailler une semaine entière sans salaire, on l'invitait à le remplir de bonbons en vrac.

Son frère était dentiste à Sundsvall et manquait de clients, ces derniers temps, dit le responsable de stage avec un éclat de rire tonitruant. Il donna une vigoureuse tape sur l'épaule à Kristoffer, qui fit de son mieux pour rire aux éclats lui aussi. Puis le stagiaire remplit consciencieusement son sac de cinq kilos de bonbons, fit ses adieux à Urban, Lena et Margareta, qui l'avaient coaché tout au long de la semaine, et rendit sa veste verte.

Enfin, il ramassa son sac de voyage, son sac de bonbons et s'en alla.

Il arriva juste à temps pour le train de quinze heures (qui aurait dû partir vingt minutes plus tôt si la chute de neige obstinée du matin n'avait pas perturbé la circulation) et, une petite heure plus tard, il verrouillait le casier contenant tous ses bagages à la gare centrale de Stockholm – tout sauf son arme, ses munitions et un demi-kilo de bonbons dont il avait rempli les amples poches de son anorak. Le pistolet l'inquiétait un peu. Les essais de tir ne s'étaient pas déroulés comme prévu : il avait dû faire une mauvaise manipulation en réglant le réveil de son téléphone, qui n'avait pas sonné – ou alors il l'avait éteint dans son sommeil. C'était déjà arrivé. Bref, pour toute préparation, il n'avait fait qu'appuyer sur la détente du Pinchmann déchargé. Mais tirer dans le feu de l'action marcherait certainement. Il ne pensait pas avoir la possibilité de faire des essais à Enskede avant le moment crucial, il courait le risque d'être aperçu. La ville de Stockholm et sa périphérie comptaient tout de même presque un million d'habitants.

Il acheta un paquet de cigarettes Prince à la Maison de la presse et sortit dans le froid mordant du crépuscule. La chute de neige s'était atténuée, mais ne semblait pas près de s'arrêter.

Bon, se dit-il. Il est temps de tuer le temps – avant de tuer pour de vrai.

Lorsque Kristina Hermansson, plongée dans une grande perplexité, quitta le Royal Viking, il était quinze heures passées de quelques minutes.

L'effondrement psychique la guettait. Comment s'appelait-il, ce film d'Almodóvar sorti quelques années auparavant ? *Femmes au bord de la crise de nerfs* ? Elle ne l'avait pas vu, mais le titre était évocateur. Juste au bord. Elle grimpa dans un taxi au Centralplan, donna son adresse au chauffeur et se mit à pleurer. Le chauffeur, un immigré irakien âgé d'une cinquantaine d'années, lui lança un coup d'œil plein de compassion dans le rétroviseur, mais ne dit rien, jugeant plus judicieux de se concentrer sur la route.

La crise ne dura qu'une trentaine de secondes. Kristina sortit deux mouchoirs en papier de son sac. Elle se moucha dans l'un et essuya ses larmes de l'autre. Appuyant sa nuque sur le repose-tête, dont la surface fraîche lui fit du bien, elle tenta de se remémorer sa conversation avec l'inspecteur pour en comprendre le sens caché.

Entre les lignes.

Il avait commencé avec une grande retenue, s'excusant presque.

– Tout à l'heure, au téléphone, je ne voulais pas vous brusquer.

Ce n'était rien, lui avait-elle assuré. De toute façon, elle avait un déjeuner dans le quartier ce jour-là. Un court instant, elle s'était imaginée en rendez-vous avec un amant secret. Ils allaient boire un verre avant de monter dans leur chambre au huitième étage, s'y enfermer et faire l'amour pendant deux jours d'affilée. Enfin, au moins deux heures. Vertigineux. Puis, baissant les yeux sur son ventre saillant et ses mains gercées, elle était revenue sur terre.

– J'ai du mal à lâcher l'affaire, avait-il dit. Dans mon métier, ce sont des choses qui arrivent.

C'était bien compréhensible, lui avait-elle assuré. Un serveur avait pris leur commande : deux eaux minérales Loka.

– Je trouve ça bizarre depuis le début. Nous avons longtemps présumé que les disparitions de Robert et d'Henrik étaient liées.

– Pas très étonnant. Je veux dire… que vous l'ayez présumé.

– N'est-ce pas ? Mais quand nous avons su que ce n'était pas le cas, tout a changé.

Elle s'était raclé la gorge.

– Et vous êtes sûrs que ce n'est pas le cas ?

– Comment ça ?

– Que la mort de Robert et la disparition d'Henrik ne sont pas liées ?

Les eaux minérales étaient arrivées. L'inspecteur s'était tu pendant qu'on les posait sur la table, puis il avait bu quelques gorgées de la sienne. Les mains croisées, il avait scruté Kristina d'un air impénétrable. Pas avec le regard d'un amant, en tout cas. Elle avait ressenti un malaise inexplicable.

– Oui, avait-il dit. Nous en sommes assez sûrs. Vous êtes d'un autre avis ?

– Moi ? avait-elle répliqué d'une voix trop aiguë. Je n'ai pas d'opinion sur la question.

Il avait gardé le silence pendant quelques secondes, semblant méditer sur sa réponse.

– Il existe un autre angle d'approche que nous avons pris en compte sporadiquement. Appelons-le « la piste familiale ».

– La piste familia… ?

– Nous en avons discuté entre nous à différentes étapes de l'enquête, mais elle est peut-être devenue un peu plus… eh bien, un peu plus d'actualité depuis que le meurtre de votre frère a été élucidé en août.

– Ah bon ?

Elle n'avait pas eu la force d'en dire plus. Il avait bu encore quelques gorgées de Loka et sorti un stylo de la poche intérieure de sa veste. L'ayant fait tournoyer un moment, songeur, il s'était mis à dessiner en l'air.

– Si la cause de la disparition d'Henrik est… disons, d'ordre interne, cela influence inévitablement le cours de l'enquête.

– D'ordre interne ?

– Oui.

– Je ne comprends pas bien…

– Excusez-moi, je ne suis pas très clair. Je veux dire que si Henrik a par exemple été tué, et que le meurtre est en rapport avec des circonstances familiales, il se peut que quelqu'un… ou que plusieurs d'entre vous… en dehors du tueur lui-même… détiennent des informations sur le déroulement des faits.

Il avait prononcé la fin de sa réplique avec une lenteur exagérée, en soulignant ses pauses de petits coups de stylo sur la table. Peut-être s'y était-il entraîné.

Essayait-il de la faire craquer ? Attendait-il qu'elle cède, qu'elle avoue ? Sûrement, se dit-elle, c'est sûrement le but de la manœuvre. Il croit que je lui cache quelque chose, et veut me faire flancher avec ses insinuations.

Il la sous-estimait, et cela l'agaçait. Elle reprit du poil de la bête. Le dos droit, elle se pencha vers lui.

– Monsieur l'inspecteur, il faut que je vous fasse un aveu.

– Oui ?

– Je ne vois pas de quoi vous voulez parler. Je ne comprends pas pourquoi vous avez tenu à me voir aujourd'hui. Je croyais que des éléments nouveaux étaient apparus dans l'enquête sur Henrik, sinon, je ne me serais pas déplacée. Mais jusqu'ici…

Il leva la main pour l'interrompre.

– Excusez-moi, mais nous devons suivre les règles du jeu.

– Les règles du jeu ?

– Oui, n'oubliez pas que je suis policier et que j'enquête sur les circonstances de la disparition de votre neveu. Je ne veux… ni ne peux… vous dévoiler ce que nous apprenons au cours de notre travail. Ma mission est de découvrir la vérité, et elle n'est pas toujours mieux servie en jouant cartes sur table.

Elle le dévisageait, stupéfaite. Que racontait-il ? Divaguait-il ou savait-il vraiment quelque chose ? Bluffait-il ? Avait-il sciemment employé la métaphore du jeu de cartes ?

– Mais qu'est-ce que vous racontez, à la fin ? Et qu'est-ce que vous attendez de moi ?

– Votre mari, dit-il.

Elle eut la sensation qu'on lui enfonçait la tête sous l'eau. D'un coup, toute sa force de résistance s'envola.

– Mon mari ?

Elle étouffait.

– Quel genre d'homme est-il réellement ?

À cet instant, si elle avait été branchée à un détecteur de mensonges, des électrodes sur tout le corps, elle aurait été démasquée. Son pouls s'emballa et ses tempes chauffèrent. Pourquoi ne m'y étais-je pas préparée ? C'est la seule attaque que j'avais à craindre. Pourquoi est-ce que je me retrouve soudain sans défense ?

– J'aime Jakob, rugit-elle. Pourquoi vous me posez des questions sur lui ?

Elle espérait que cette rage feinte cache sa panique. Il l'observait.

– Parce que je détiens certaines informations dont je ne peux malheureusement pas vous parler plus en détail.

– Sur Jakob ?
– Oui.
– Et c'est tout ce que vous aviez à me dire ?
– Pas tout à fait. Mais je suis dans l'obligation de vous demander si vous pensez que votre mari serait capable de tuer.
– Vous vous fich…
– En théorie. Dans une situation extrême. Qu'en pensez-vous ?

Elle n'avait pas répondu. Après avoir terminé son eau minérale, elle lui avait demandé s'il avait d'autres insinuations du même ordre à lui asséner, ou si elle pouvait partir.

Elle pouvait partir. Il était désolé qu'elle le prenne aussi mal. Elle l'avait remercié et lui avait faussé compagnie.

Que je le prenne mal ? se dit-elle dans le taxi. Dehors, on apercevait le Globe Arena. Mais comment se figurait-il que j'allais le prendre ?

Une question la taraudait : Comment aurais-je réagi si je n'avais vraiment pas su de quoi il parlait ? Mon indignation sonnait-elle juste ?

Impossible de le savoir, mais il y réfléchissait certainement, peut-être toujours assis à la même table, au Royal Viking.

Le risque de crise de nerfs semblait écarté pour l'instant. Enfin, balayé sous le tapis, mais que pouvait-elle faire de plus ? Elle regarda l'heure : dans moins de quarante-huit heures, elle serait en route pour Bangkok. Cela lui sembla… assez irréel.

Elle ne se posa la seconde question cruciale qu'après avoir payé le chauffeur de taxi aux yeux noirs et doux, devant sa maison de la Musseronvägen.

D'où tirait-il ses renseignements sur Jakob ? Il ne les avait quand même pas inventés de toutes pièces…

40

À six heures et demie du soir, Kristoffer Grundt errait dans le quartier de la City. Il lui restait quarante minutes avant le début de la séance au Rigoletto : *Usual Suspects*. Un bon film, d'après ce qu'on lui avait dit. Ou peut-être l'avait-il lu quelque part. Le temps passait très lentement. Il avait pris un hamburger au McDonald's et traîné dans les boutiques. Åhléns, PUB, galeries commerciales. Il avait mangé des bonbons jusqu'à l'écœurement et fini par jeter les derniers cent grammes dans une poubelle. S'il avait encore envie de sucreries, il lui en restait quatre kilos et demi à la gare.

Il ne neigeait plus. Un mélange mi-boueux mi-aqueux recouvrait la chaussée. Beaucoup de monde, une circulation intense. Il déboucha sur une place qui lui parut familière. Kreatima ? N'était-ce pas une autre enseigne à l'époque ? En tout cas, il s'agissait bien d'un magasin de couleurs. C'était l'endroit où Olof Palme avait été abattu, quelques années avant la naissance de Kristoffer. L'adolescent s'arrêta. On lui avait déjà désigné à trois occasions l'endroit exact où était tombé le corps. Quasiment chaque fois qu'il avait mis les pieds à Stockholm.

Le meurtrier s'était ensuite enfui dans la Tunnelgatan. C'était bien ça, non ? Il alluma une cigarette et regarda autour de lui. Des gens pressés marchaient dans tous les sens, en route pour des rendez-vous importants, semblait-il. Les automobiles éclaboussaient le trottoir. Personne ne s'en souciait. Personne ne semblait conscient qu'en ce lieu, un Premier ministre suédois avait été assassiné. Bien sûr, le temps avait passé. Vingt ans déjà. Et me voici, se dit Kristoffer, un pistolet en poche. Il serra la crosse. Si le Premier ministre Göran Persson passait devant moi, je pourrais le tuer. Ce serait la panique.

Tuer était simple, en fin de compte. Il suffisait de lever son arme et d'appuyer sur la détente. Il tira sur sa cigarette et s'esclaffa tout haut. Inutile d'être un malade mental, un terroriste ou un drogué pour commettre un meurtre. Une petite seconde suffisait pour ôter la vie à quelqu'un – voilà la sinistre vérité. Une seule minable petite seconde pour mettre fin à tous ces jours et à toutes ces nuits. Peu importait qu'il s'agisse d'un roi ou d'un mendiant. Une simple pression de l'index, et il ne servait plus à rien d'être millionnaire ou vedette de cinéma mondialement connue.

Ce raisonnement effrayant prouvait néanmoins qu'il y avait une justice sur terre. Si je sors mon arme, que je tire sur la femme en veste rouge, là-bas, et que je m'enfuis, comme le meurtrier d'Olof Palme, personne ne me coincera. Je courrai comme un dératé sur une distance de vingt à trente mètres, je grimperai les escaliers et je me mettrai à marcher normalement, comme si de rien n'était. Il scruta la ruelle : facile comme bonjour.

La femme en veste rouge s'approchait à pas lents et posés, contrairement à la foule stressée. Elle parlait en riant dans son téléphone portable. Pas spécialement belle. La quarantaine. Elle essayait de paraître plus jeune. Bottes à talons hauts et jean noir moulant. Blonde décolorée. Peut-être une pute. Pourquoi pas, Stockholm en regorgeait, c'était bien connu. Alors qu'elle avançait vers lui, il serra fort la crosse de son arme.

Maintenant, se dit-il. Maintenant. Un essai de tir sur le lieu même du meurtre de Palme – ça en boucherait un coin !

– Salut, Birgitta !

Un homme traversa le passage piéton au pas de course. Une voiture pila et klaxonna. La femme s'arrêta.

– Jörgen ! Merde alors…

Ils se firent une accolade chaleureuse. Puis ils rirent. Avalant sa salive, Kristoffer se remit en marche. Mon Dieu, se dit-il. Qu'est-ce qui m'arrive ? J'ai failli…

Mais peut-être n'avait-il rien failli faire. Une idée, c'est une chose, la mettre en œuvre, c'en est une autre. Des inhibitions insoupçonnées l'empêcheraient-elles de… De commettre ce genre de folies ? Son doigt pouvait-il refuser d'obéir ? Refuser d'appuyer sur la détente le moment venu ?

Son sang se glaça… Il tira sur sa cigarette, la jeta, à moitié consumée, et se remit à marcher. Et s'il n'arrivait pas à tirer sur Jakob Willnius ? Si le courage venait à lui manquer ? Pendant un fragment de seconde, il crut que la peur allait l'étouffer. Sa vision s'obscurcit. Dans son ventre, quatre cents grammes de sucre mêlés à une bonne dose de nicotine formèrent une boule – mais, à l'instant critique, la voix d'Henrik résonna en lui.

Du calme, Kristoffer. Tu vas réussir. Je suis avec toi, ne l'oublie pas.

D'un coup, son angoisse s'évapora. Il allait accomplir son geste pour Henrik, il ne fallait pas l'oublier. Tout marcherait comme sur des roulettes.

Henrik, son aîné, son guide. Il pensa aux frères Cœur-de-lion, Jonathan et Biscotin. Henrik et lui, en quelque sorte.

Il arriva devant le Rigoletto à dix-neuf heures pile. *Usual Suspects* commençait un quart d'heure plus tard. Il poussa la porte en verre et se glissa dans la chaleur du hall.

L'inspecteur Barbarotti était irrité.

Les yeux rivés au plafond, il passa plus d'une heure sur son lit d'hôtel. Voilà ce qu'on ressent, se dit-il. Je m'en souviens, maintenant.

Le problème était baptisé « le dilemme du détective » – « *The Detective's Dilemma* ». Sûrement né de la plume d'un écrivain *hard-boiled* d'outre-Atlantique. Barbarotti n'était pas très cultivé en matière de littérature policière, mais il avait tout de même lu Hammett et Chandler. Ainsi qu'un ou deux Crumley.

Deux conditions précédaient au dilemme.

Primo, on détenait des informations qui permettaient de résoudre l'affaire en cours.

Deuzio, on était dans l'impossibilité d'exploiter ces informations.

« Incompatibilité », comme on disait désormais.

Parler d'« informations » pouvait d'ailleurs sembler un peu exagéré. S'il avait réellement décelé quelque chose de louche dans le comportement de Kristina Hermansson, il aurait trouvé le moyen d'en savoir plus, non ?

Accordait-il trop de place à son intuition ?

Quoi qu'il en soit, Kristina Hermansson n'était pas dans son état normal. Il y avait anguille sous roche. L'entretien avait tourné à l'épreuve de force. Elle avait manifestement considéré Barbarotti comme… eh bien, comme un adversaire. C'était frappant. Pourquoi était-elle si nerveuse ? Pourquoi n'avait-elle pas fait preuve de plus de bonne volonté ? Il était tout de même censé tenir une nouvelle piste dans l'enquête sur son neveu. N'aurait-il pas été plus naturel qu'elle aussi désire coincer le meurtrier ? Pourquoi lui avait-elle mis des bâtons dans les roues ?

Il interrompit ce raisonnement pour s'adonner à un examen de conscience. Avait-il été maladroit ? Il lui avait parlé de la piste familiale dès le début de l'entretien.

Peut-être l'avait-elle perçu comme une attaque contre les Hermansson Grundt. Et, par ricochet, contre elle-même. Et son mari. Dans cette hypothèse, rien d'étonnant à ce qu'elle ait été sur la défensive.

Que lui avait-il dit, au juste ? Quels prétendus faits avait-il insinués, derrière d'épais rideaux de fumée ?

Que son mari, Jakob Willnius, serait mêlé à la disparition ? Était-ce possible d'interpréter autrement ce qu'il lui avait dit ?

D'ailleurs, tout en feignant de ne pas y croire, n'en avait-il pas l'intime conviction, au fond ?

Barbarotti se leva.

Merde à la fin. Si je n'y vois même pas clair dans mes propres motivations, comment pourrais-je deviner celles des autres ?

Et pour quelle raison Jakob Willnius aurait-il voulu se débarrasser du jeune homme ? Ils ne se connaissaient même pas.

Le nœud de l'affaire, sans aucun doute. Barbarotti enfila son manteau. Il était dix-neuf heures passées. Une promenade dans la neige à demi fondue et un dîner dans un restaurant agréablement désert lui permettraient de faire le bilan. Pour commencer, il devait se débarrasser de l'image obsédante du procureur Af Klampenberg lui ricanant au nez lorsqu'il lui présenterait le dossier.

– Et qu'avez-vous donc à invoquer contre ce Willnius ?

– Son ex-femme dit qu'il est très antipathique, monsieur le procureur.

Quelle horreur, se dit Barbarotti dans la rue, les mains enfoncées dans les poches de son manteau. Décidément, je patauge.

Il fit une promenade d'une demi-heure. L'appétit viendrait en marchant. Il passa devant Åhléns et traversa la Sergels Torg, puis continua vers le nord. Sur la

Sveavägen, devant le Konserthuset, il aperçut une affiche de film. *Usual Suspects*. Au Rigoletto.

Il regarda l'heure : dix-neuf heures trente. Dommage, se dit-il, ça fait une heure que c'est commencé. Je l'aurais bien revu.

Il continua vers le Stureplan. Ayant de plus en plus froid, il se rendit compte qu'il avait oublié ses gants et son écharpe à l'hôtel.

L'agacement ne le quittait pas.

– Tu es en retard, dit-elle. Je croyais que…

– Bien sûr que je suis en retard, dit Jakob Willnius en enlevant son manteau. Zimmerman n'a pas approuvé la traduction. On les paie pour quoi faire, ces foutus scénaristes ? Il fallait bien que ce soit prêt pour aujourd'hui, non ?

– Qu'est-ce que tu veux dire ?

– Tu as oublié qu'on partait en Thaïlande dimanche ? Tu ne crois quand même pas que je vais laisser le projet entre les mains de Törnlund ou de Wassing ?

– Non, je m'en doute. Tu veux manger tout de suite ?

– D'abord, je veux un grand Laphroaig. Et je te suggère d'en prendre un aussi.

– Jakob, je suis enceinte de six mois.

– Je suis au courant. Mais je crois que tu en auras besoin pour calmer tes nerfs.

– Mes nerfs ? Pourquoi ça ?

Il sortit une bouteille du bar.

– Tu m'as bien entendu. Tes nerfs. Pour…

– Oui ?

– Pour bien choisir tes mots.

– Là, je ne te suis plus.

– Ah bon ? Moi, je crois que si. Vois-tu, je suis passé devant le Royal Viking cet après-midi. M. Zimmerman devait monter chercher quelque chose dans sa chambre au Royal Viking. Il était à peu près trois heures et quart, et tu étais en train de bavarder avec ton amie… Comment elle s'appelle, déjà ?

– Henriette.

Soudain, elle eut un doute. Henriette ou Joséphine ? Les deux personnes existaient réellement. Elle avait tellement de mal à mentir qu'elle devait faire appel à de vrais noms – même dans des situations extrêmes comme celle-là.

– Ah oui, Henriette. Le truc marrant, c'est que… Eh bien, tu devineras peut-être.

– Non, je ne vois pas… De quoi est-ce que tu parles, Jakob ?

Il se servit une rasade, enfonça d'un coup sec le bouchon dans le goulot et but une gorgée.

– Ce qui est marrant, c'est que pendant que j'attendais Zimmerman dans la voiture, quelqu'un qu'on connaît est sorti de l'hôtel. Je suppose que tu ne vois pas qui c'est.

Elle secoua la tête, se labourant les paumes de ses ongles vernis. Dommage que ce ne soit pas un moyen de se suicider. Ou de devenir invisible.

– Le putain de policier. Celui qui a appelé l'autre jour. Tu ne veux pas un petit whisky, tu es sûre ? Toi et moi, il faut qu'on parle, ce soir.

41

Le temps s'écoulait à une vitesse infiniment lente.

En montant dans un métro de la ligne verte, à T-Centralen, Kristoffer se souvint de son étrange souhait un an plus tôt, avant les tristes événements. Il se revit en voiture avec sa famille – au grand complet.

Faire un bond en avant dans le temps.

À l'époque, il s'agissait de sauter trois ou quatre jours pour revenir plus vite auprès de Linda Granberg à Sundsvall – elle l'avait ensuite trompé avec l'un des frères Niskanen de Liden avant de déménager à Drammen, en Norvège.

Quelle immaturité ! Dire que cela ne faisait qu'un an… Mais, entre-temps, il était arrivé un tas de choses.

En ce soir sinistre de décembre, à l'instant précis où le train tressauta avant de se remettre en marche, il fit pourtant le même souhait. Cette fois, il avait revu ses prétentions à la baisse : deux heures suffiraient.

De quoi lui épargner le froid et l'obscurité.

L'attente. Il arriverait à Skogskyrkogården avant vingt-deux heures. C'était beaucoup trop tôt, il ne pouvait pas se rendre directement à la Musseronvägen. Trop risqué avant minuit. Quelqu'un pouvait l'apercevoir, le reconnaître plus tard. Le cambriolage ne devait pas avoir lieu avant une heure du matin. Ou même bien après, si Jakob et Kristina se couchaient tard. Une heure après l'extinction des lumières, avait-il décidé. Il devait s'en tenir à son plan, éviter les décisions hâtives et les fautes d'inattention.

Il lui restait donc au moins deux heures à tuer. Une éternité. Il aurait pu continuer à faire des allers et retours sur les lignes de métro, mais il y régnait une sensation de peur et d'hostilité qui ne lui était pas familière.

Il y avait dans l'air quelque chose d'explosif. Une bande de jeunes braillards faisait du raffut un peu plus loin dans le wagon et le type en face était de toute évidence drogué – un géant au crâne rasé qui louchait et mâchonnait sa lèvre inférieure en se grattant les pognes. Il devait peser près de cent cinquante kilos. Si soudain, pour une raison obscure, il ne trouvait pas Kristoffer à son goût, il n'hésiterait pas à lui coller une trempe. Sous prétexte qu'il le regardait de travers, par exemple. Ou qu'il était du Norrland.

Dans ce cas, je le descends, le salaud, se dit Kristoffer. Un rire désespéré faillit s'échapper de son gosier.

Il décida de faire semblant de dormir. Au moins, ça, personne ne pourrait le lui reprocher. Il ferma les yeux et pencha la tête contre la vitre. Le train freina. Une voix métallique annonça la station Skanstull. Encore cinq, se dit Kristoffer, qui les avait apprises par cœur. Gullmarsplan, Skärmarbrink, Blåsut, Sandsborg et Skogskyrkogården, où se trouvait d'ailleurs le plus grand cimetière de Stockholm. Il pourrait s'y promener entre les tombes – parfait pour se mettre dans l'ambiance – et peut-être même y effectuer des essais de tir.

Non, il ne fallait pas exagérer. On ne tire pas à balles réelles dans un cimetière ! On pouvait en revanche y faire un tour pour rassembler ses esprits… Fumer quelques cigarettes. Un peu plus tard, il achèterait un hot-dog et un soda quelque part. Il lui restait assez d'argent. Mais, surtout, il devait rester concentré. Et tenter de conserver sa chaleur corporelle.

Il traverserait la Nynäsvägen à minuit, pénétrerait dans le Vieil Enskede et se dirigerait vers la Musseronvägen. Qu'est-ce que tu penses de mon plan, Henrik ? demanda-t-il à son for intérieur.

Alors que le train freinait avec un grincement retentissant, Henrik lui répondit qu'il le trouvait d'enfer.

Il n'y avait pas d'horaires fixes pour l'accueil des proches à la maison de repos de Vassroga. Les visites étaient déconseillées. On estimait contre-productives les irruptions du monde extérieur dans la vie des patients. Cependant, en ce vendredi soir, on fit une exception. Benita Ormson était non seulement une vieille amie d'Ebba Hermansson Grundt, mais également psychiatre. Peut-être un peu trop cognitiviste sur les bords… Enfin, on jugea qu'une visite d'une heure ne perturberait pas beaucoup la patiente. Et puis on était vendredi, jour où en temps normal, selon son protocole, Mme Hermansson Grundt quittait la maison de repos pour passer le week-end en famille.

On les laissa en tête à tête dans la chambre d'Ebba. Benita sortit les deux cadeaux qu'elle avait apportés pour son ancienne camarade de fac : un sachet de bonbons Marianne et une bible.

– Je ne suis pas pratiquante, dit Ebba.

– Moi non plus, répliqua Benita. Jamais de la vie. Mais la Bible, vois-tu, c'est autre chose.

– Hmmm…

– Comment vas-tu ? Je veux dire vraiment.

– Comment ça, « vraiment » ?

– Je vois que tu te plais ici et tu es assez intelligente pour te trouver des excuses pour rester.

Ebba réfléchit.

– Une grande intelligence n'est pas toujours un compagnon de route très réconfortant.

– Tout à fait d'accord, renchérit Benita. Le cœur a ses raisons que la raison ignore.

– À ce qu'il paraît. Mon problème, c'est que je ne vois plus aucune raison de vivre.

– Alors pourquoi tu continues ?

– À vivre ?

– Oui.

– Je n'en sais rien. Peut-être par devoir. Comme si, une fois qu'on avait reçu la vie, on devait obligatoirement la mener jusqu'au bout.

– Tu l'as compris après la disparition de ton fils ?

– Oui. Je suppose que tout le monde en prend conscience, tôt ou tard… Et que c'est plus ou moins violent selon les cas. La plupart des gens arrivent à passer le cap. Pas moi. La chute a été… trop brutale, je crois.

– Tu présumes qu'Henrik est mort ?

– Oui, manifestement.

– Pourquoi Henrik était-il tout pour toi ?

– C'est comme ça, je n'y peux rien. Je peux prendre un Marianne ?

– Je t'en prie.

– La dernière fois que j'en ai mangé, c'était quand on bûchait nos examens.

– Moi non plus, je n'en ai pas mangé depuis. Mais pourquoi Henrik ? Quand on a des enfants, on sait qu'ils peuvent mourir avant nous, ça fait partie du contrat.

– Je… je crois que je l'avais oublié.

Benita Ormson s'esclaffa.

– Ma petite Ebba… Tu en as oublié, des choses. Enfin, nous sommes tous pareils. C'est comme ça jusqu'à la quarantaine. Regarde autour de toi, tu es en bonne compagnie.

– Je n'ai pas envie de ce genre de compagnie.

– Je sais. Tu n'es pas quelqu'un de très sociable, mais parfois on ne s'en sort pas seul. C'est pour ça que je t'ai apporté cette bible.

– Mais enfin, Benita, tu sais bien que…

– Il te faut de la compagnie, Ebba. Tu as besoin de te confier à quelqu'un. Pendant quarante ans, tu n'as eu que toi-même, mais tu t'en es lassée. Il faut choisir : soit les autres, soit le Seigneur.

– Je me passerais bien de ce genre de…

Benita Ormson fit un geste pour l'interrompre, reprit un bonbon et la scruta d'un air profondément sceptique. Quelques secondes passèrent.

– Je comprends, tu préfères garder toutes les portes fermées. Tu ne me laisses pas entrer non plus. À toi de voir, Ebba. Il s'agit de toi. Je suis loin d'être pratiquante, comme tu le sais. Je ne suis peut-être même pas croyante. Mais ce livre contient dix mille ans d'expérience humaine. Ce n'est pas de la propagande, c'est de la sagesse. Tu as besoin de consolation. D'amour. Et d'une bonne dose de compassion. Rien d'autre ne t'aidera à t'en sortir. Le reste n'est que futilité, tu le sais bien. Mais tu manques de sagesse, Ebba. En t'enfermant dans une pièce obscure de ton esprit avec Henrik, tu t'amoindris. Essaye au moins de te ménager un peu plus d'espace. Laisse entrer un rayon de lumière. Enfin, c'est à toi de voir. Quant à moi…

– Quant à toi ?

– Je ne suis que le messager, Ebba. Inutile de m'en vouloir.

– Je l'avais compris.

– Tant mieux.

– Ils sont bons, ces Marianne. Dire qu'après tout ce temps, ils existent encore.

– Bien sûr qu'ils existent encore.

Long silence. Un infirmier entrouvre la porte et la referme en apercevant les deux femmes, face à face sur le rebord du lit.

– À quoi tu penses, Ebba ?

– Je pense… Je pense à Kristoffer. Pardonne-moi, Benita, mais je dois passer un coup de fil à mon mari.

– Fais ce que tu as à faire. Toujours.

– Merci d'être venue. Maintenant, il faut que je règle ce problème.

– Bien sûr, Ebba. Je te laisse la bible et les Marianne. Je repasserai.

Bizarrement, elle tenait bon.

Sa propre force l'étonnait. Elle résistait à toutes les attaques de Jakob, plus ou moins ciblées, plus ou moins diffuses. Elle était sobre, cela devait l'aider. Au fur et à mesure qu'il enchaînait les whiskies, sa voix s'éclaircissait, mais il ne s'emportait pas. Son calme guettait Kristina comme un cobra guette sa proie au soleil. Voilà son plus grand problème, se dit-elle. Il accumule les émotions sans les extérioriser jusqu'à ce qu'elles explosent.

Dans des détonations froides. Calculées. Il ne perdait jamais son *self-control*. Même au moment de tuer Henrik, il avait gardé son calme.

C'était bien le plus effrayant.

Ce calme inhumain.

– Qu'est-ce que tu as pensé de lui ? dit-il.

– De qui ?

– Du flic. Quand il est venu en janvier.

Il était vingt-trois heures quinze. Ils étaient assis dans les fauteuils au coin du feu. Kelvin dormait depuis deux heures à l'étage. Jakob alluma un cigare long et étroit de la marque Barrinque, la seule qu'il fumait. Importée spécialement pour lui par une boutique de la Hornsgatan.

– Je m'en souviens à peine, Jakob. On ne peut pas parler d'autre chose ?

– De quoi, par exemple ?

– De la Thaïlande. Il faudrait passer en ville acheter un ou deux guides touristiques, non ?

– C'est déjà fait. J'en ai trouvé trois à Hedengrens. Qu'est-ce que tu as pensé de lui ?

– Puisque je te dis que je ne m'en souviens pas. Qu'est-ce que tu soupçonnes, au juste ?

– Qu'est-ce que je soupçonne ?

– Oui.

– J'aurais des raisons de soupçonner quoi que ce soit ?

– Non, mais à t'entendre, j'ai l'impression que c'est le cas.

– J'ai un peu de mal à croire au hasard, c'est tout. Dans certaines circonstances.

– Qu'est-ce que tu veux dire ?

– Tu le sais très bien.

– Non, Jakob. Qu'est-ce que tu veux me faire dire ? Je n'ai rien à cacher.

Il prit une gorgée et tira sur son cigare, aiguisant ses arguments.

– Écoute… Il appelle en début de semaine et demande à te parler. Il habite à Kymlinge, à quatre cents kilomètres d'ici. Trois jours plus tard, je le vois sortir du Royal Viking, à l'heure exacte où tu es censée y être, en compagnie d'une amie dont je n'ai jamais entendu parler…

– Combien de mes amies tu connais, Jakob ?

– Quelques-unes.

– Faux. On ne pourrait pas aller se coucher ? Je suis fatiguée.

– J'aimerais bien qu'on discute encore un peu. Mais d'accord, je lâche l'affaire. Éteins la lumière, on va s'asseoir dans le canapé. Tu mets un peu de Coltrane ?

Il bande, se dit-elle. Sa voix était toujours claire. Tant mieux. Elle poussa un soupir silencieux. Plus que deux jours.

Grelottant, l'inspecteur Barbarotti rentra à l'hôtel à vingt-trois heures. Deux verres de vin rouge et un cognac n'étaient pas parvenus à le réchauffer. Il faisait un froid de gueux à Stockholm, le vent du nord s'engouffrait dans les rues, soulevant la neige que les câbles chauffants n'avaient pas encore fondue. Quelle horreur, se dit Barbarotti. Heureusement que je n'habite pas ici. Comment font les sans-abri ? Ils doivent crever de froid toutes les nuits.

Il appela Marianne. Le temps n'était pas plus réconfortant à Helsingborg. Trois degrés, pluie et fort vent d'ouest.

Elle aurait eu besoin d'un homme et d'un verre de vin rouge pour la réchauffer, ajouta-t-elle.

Barbarotti lui demanda s'il n'y avait pas un train de nuit pour Stockholm dans la demi-heure. Il l'accueillerait volontiers à la gare centrale le lendemain matin. Sa chambre d'hôtel était réservée pour une nuit de plus.

– Je croyais que tu travaillais.

– Pas vingt-quatre heures sur vingt-quatre.

– Malheureusement, mes enfants ont besoin de moi tout le week-end. Si on prévoyait un peu à l'avance, la prochaine fois ?

Barbarotti lui promit de faire un effort. Après avoir échangé quelques roucoulements, ils raccrochèrent.

Travailler ? se dit-il en contemplant la zone d'aiguillage de la gare centrale par la fenêtre. Ah oui, c'est vrai. C'est ce qui était prévu. Résultat : nul.

Il n'avait donc rien accompli pendant son séjour dans la capitale ? Ou sa déprime vespérale lui jouait-elle des tours ? Qu'attendait-il au juste de son entretien avec Kristina Hermansson ? Qu'elle craque et avoue Dieu-sait-quoi ?

Pas vraiment. Au fond, se dit-il avec un sursaut d'optimisme, en dévissant la capsule de la petite bouteille de vin rouge du minibar, au fond, elle avait apporté de l'eau à son moulin. Car elle lui avait caché pas mal de choses, c'était évident.

N'était-ce pas ce qu'il souhaitait ? Qu'elle lui confirme ses soupçons ? Que ça clochait dans l'idylle des

Hermansson-Willnius ? En tout cas, il refusait d'avoir fait tout ce chemin en vain.

Il but une gorgée au goulot de la bouteille en plastique et déversa le reste dans le lavabo. Quel tord-boyaux… Dire qu'en partant je vais devoir payer soixante-cinq couronnes pour cette cochonnerie.

Et Jakob Willnius ? N'était-ce pas le moment de prendre le taureau par les cornes ?

Il se dévêtit et se mit sous la douche. En ouvrant le robinet d'eau chaude, il décida d'y rester jusqu'à ce qu'il ait pris une décision.

Il se mit au lit vingt minutes plus tard, doutant fort de la décision en question. Mais au moins, elle était prise. Il se sentait un peu plus serein que lorsqu'il luttait désespérément contre le vent fouettant les rues et les places de la ville.

42

Kristoffer Grundt avait froid.

Minuit vingt. Enfin. Il longea lentement le 5, Musseronvägen. Pour la deuxième fois. Un quart d'heure plus tôt, il l'avait passé dans l'autre sens, sur le trottoir d'en face. Seule une petite lanterne orange brûlait au-dessus de la porte d'entrée. À part cela, les lumières étaient éteintes. Même chose un quart d'heure plus tôt. Tout indiquait que Kristina et Jakob dormaient. Décidément, ce n'était pas un quartier où l'on faisait la fête jusqu'à l'aube. Un peu comme chez Kristoffer, à Sundsvall. Si, un soir, on avait le malheur de rentrer après minuit, c'était le black-out complet. Pas un chat.

Il avait craint de ne pas retrouver la maison dans la Musseronvägen, mais dès qu'il l'avait aperçue ses doutes s'étaient dissipés. Dans l'obscurité, son imagination lui jouait des tours. Il y avait aussi le froid et la solitude. Se tromper de victime… Quelle idée !

Plusieurs détails lui avaient permis de reconnaître la maison. L'allée qui menait au perron où Henrik et lui s'étaient amusés avec une balle, deux ans et demi plus tôt. Le petit pavillon sur la pelouse, maintenant couverte de neige. La terrasse où ils avaient bu du sirop et mangé des pains au lait. C'était bien là qu'habitait l'homme qu'il allait tuer. Il se sentit envahi par une étrange chaleur.

À l'idée de tuer. Le sang circulait plus vite dans les veines quand on pensait à certaines choses – pas seulement à des filles.

Pourtant, il avait froid. Il s'était acheté un hot-dog et un café dans un kiosque une heure avant. C'est tout ce qu'il avait avalé. Bouger, ça ne réchauffait pas éternellement.

Il était encore un peu tôt pour passer à l'action. Il décida de refaire le tour du quartier. Si, à son retour, tout était calme, il attaquerait.

D'accord, frangin ?

D'accord, répondit Henrik.

Une heure moins cinq. Il n'avait pas croisé âme qui vive. La maison était toujours plongée dans le noir. Bizarrement, il n'avait plus aussi froid. L'excitation, sans doute.

C'est parti, se dit-il. *It's now or never*. Il regarda à droite, à gauche, puis se faufila dans le jardin à travers la haie. Il avait décidé d'entrer par les portes vitrées de la terrasse. Pourquoi se hisser sur le rebord d'une fenêtre si l'on pouvait entrer tranquillement en marchant ? Il espérait les ouvrir en les poussant un peu de l'épaule. Chez lui, à la Stockrosvägen, ça marchait.

Dans la rue, la neige était déjà quasiment toute fondue ou déblayée, mais ici elle atteignait parfois cinquante centimètres de hauteur. Une double porte vitrée donnait effectivement sur la terrasse couverte. Il avançait avec lenteur. À l'abri de la neige, le sol en bois nu grinça un peu, mais rien d'alarmant. Il plissa les paupières pour scruter l'intérieur de la maison. Il y faisait un noir d'encre. Les portes semblaient s'ouvrir vers l'intérieur. Kristoffer resta immobile pendant cinq secondes. Puis il appliqua l'épaule contre l'une d'entre elles et poussa.

Rien. Il mit ses mains en visière et tenta de distinguer les poignées de l'autre côté de la vitre. Des becs-de-cane ordinaires. En exerçant une pression un peu plus forte de l'épaule, il eut l'impression que la porte ployait très légèrement. Mais il faudrait sans doute un coup fort pour qu'elle cède.

Cela ferait du bruit. Autre solution : ouvrir une brèche dans la vitre à l'aide de la crosse de son arme et ôter assez de verre pour pouvoir y passer le bras. Il l'avait vu faire dans un film deux mois auparavant. Cela paraissait facile. L'essentiel était de ne pas faire tomber de morceaux de verre, qui se briseraient contre le sol avec un fracas de tous les diables.

En revanche, un crissement sec ne réveillerait personne. Pas si les occupants dormaient au premier étage. Et s'ils se réveillaient malgré tout, ils attribueraient le bruit à un chat de passage et se rendormiraient aussitôt. Il faudrait donc attendre un peu avant d'ôter le verre pour élargir le trou. Et travailler en silence.

Il sortit le pistolet de sa poche, compta jusqu'à cinq et frappa. Le verre se brisa avec un tintement. Il s'agenouilla au ras du mur pour ne pas être vu de l'intérieur, prêt à tirer. Si Jakob Willnius ouvrait les portes, il l'abattrait immédiatement.

Mais pas un bruit. Tout resta sombre. Il attendit deux minutes avant de se relever. Le trou était assez grand pour y passer la main, mais, manque de chance, la porte était équipée d'un double vitrage. Il lui faudrait donc asséner un deuxième coup à la vitre.

Comment puis-je être aussi débile ? se dit-il. Bien sûr qu'ils ont du double vitrage. Le film qu'il avait vu devait se dérouler dans un pays chaud.

À l'intérieur, un silence sépulcral. Il ôta toute la vitre extérieure sans en perdre un seul morceau. Il était temps de frapper de nouveau. Il leva son arme et l'abattit.

À l'instant où le verre s'effondrait sur le sol, la lumière s'alluma. Jakob Willnius se tenait dans l'entrée, nu comme un ver, le dévisageant. Après une seconde d'hésitation, Kristoffer dirigea son épaule gauche contre la vitre brisée et s'élança. Le bois se rompit avec un craquement, un nuage de verre virevolta autour de lui. À l'intérieur, il s'arrêta net ; Jakob Willnius, parfaitement immobile, tenait un objet dans la main : un tisonnier. Un sentiment de triomphe bouillonna dans les veines de Kristoffer. Puis il vit Kristina s'approcher par-derrière, une serviette de bain rouge enroulée autour du corps.

Un tisonnier contre un pistolet ! Ridicule ! Kristoffer leva son arme et visa. Kristina poussa un cri et Jakob Willnius sortit enfin de son immobilité ; il leva les bras, agrippant toujours solidement le tisonnier, dans un geste imbécile qui… Oui, qui devait signifier qu'il se rendait. Kristoffer s'esclaffa, visa la poitrine et appuya sur la détente.

Clic.

Il appuya encore.

Clic. Jakob Willnius baissa les bras et fit un pas vers lui.

Troisième tentative. Même pas de clic. Le mécanisme s'était enrayé. Les yeux écarquillés, Kristoffer regarda son arme, sa main qui tenait l'arme, sa tante Kristina et son gros ventre enroulé dans une serviette rouge. L'air épouvantée, elle tenait un objet dans la main, elle aussi. Soudain, quelqu'un poussa un hurlement inhumain.

C'était Kristoffer. Jakob Willnius n'était plus qu'à un mètre de lui.

43

Son portable sonna en plein petit déjeuner.

– Tu es parti à Stockholm, finalement ? lui demanda Backman.

Il hésita un instant, puis il le lui avoua.

– Tant mieux. Tu avais peut-être raison, tu sais.

– Comment ça ?

– J'ai parlé à Morose ce matin. Il a essayé de te joindre, mais tu n'as pas répondu.

En effet, son écran affichait « nouveau message ».

– Je devais être sous la douche.

– Bref, un certain Olle Rimborg a téléphoné au commissariat il y a… à peu près une heure.

Il regarda sa montre. Dix heures moins le quart.

– Olle Rimborg ?

– Oui. Tu ne saurais pas qui c'est, par hasard ?

– Aucune idée.

Eva Backman se racla la gorge.

– Il est… entre autres… gardien de nuit au Kymlinge Hotell. Ça faisait un moment qu'il pensait nous appeler. D'ailleurs, il a déjà essayé, mais on ne nous a pas transféré l'appel. C'est lamentable. Enfin, on verra ça plus tard.

– Qu'est-ce qu'il voulait ? Mon œuf est en train de refroidir.

– Dur ?

– Oui, dur. Venons-en au fait, madame Backman.

– Les œufs durs doivent être mangés froids. Enfin, on verra ça plus tard aussi. Olle Rimborg travaillait la nuit de la disparition d'Henrik Grundt. Entre le 20 et le 21 décembre…

– Je sais de quelle nuit il s'agit.

– Bien. Il était à la réception et déclare que Jakob Willnius est revenu à l'hôtel à trois heures.

– Quoi ?

– Je répète. Olle Rimborg, gardien de nuit au Kymlinge Hotell, a déclaré ce matin au cours d'un entretien téléphonique avec l'inspecteur Gerald Morson que Jakob Willnius, après avoir quitté l'hôtel peu avant minuit, est revenu environ trois heures plus tard… Cette nuit-là.

– Mais qu'est-ce que tu racontes ?

– Exactement. Qu'est-ce que je raconte ? Ou plutôt : que raconte cet Olle Rimborg ?

Barbarotti resta silencieux pendant cinq secondes.

– Ce n'est pas nécessairement significatif, dit-il enfin.

– J'en suis tout à fait consciente, riposta Backman. Mais si… *si* ça l'est, qu'est-ce que ça peut bien vouloir dire ? Voilà la question que je me pose.

– Merci, j'avais compris. Et après, ils sont repartis à Stockholm tous les deux au petit matin ?

– Tous les trois. Vous oubliez le petit Kelvin, monsieur l'inspecteur. En effet, ils ont quitté l'hôtel vers huit heures moins le quart.

Barbarotti regardait son œuf. J'aimerais avoir vingt centilitres de vin rouge en moins dans le sang, se dit-il. Où tout cela nous mène-t-il, en fin de compte ?

– Où tout cela nous mène-t-il ? Combien de temps tu as eu pour y réfléchir ?

– Un quart d'heure. Mon analyse est encore incomplète.

– Il a dit autre chose, le fameux Olle Rimborg ?

– Apparemment pas.

– Mais tu ne lui as pas parlé directement ?

– Non, il a eu Morose au téléphone.

– Qu'est-ce qui l'a incité à nous appeler ? Jakob Willnius a eu un comportement bizarre, cette nuit-là ?

Après un instant de réflexion, Backman répondit :

– Je ne crois pas.

– Tu ne *crois* pas ?

– Non, mais le simple fait qu'il soit parti à minuit, revenu à trois heures et reparti avant huit heures… La nuit où le fils de sa belle-sœur a disparu… Eh bien, je crois que je l'aurais signalé, moi aussi. De préférence un peu plus tôt. En tout cas, ça tombe bien, puisque tu es à Stockholm… Mais peut-être t'es-tu déjà entretenu avec monsieur le producteur de télévision ?

– Seulement avec sa femme.

– Il faut songer à interroger son mari, alors. Peut-être que son ex-femme disait vrai.

– Je me charge de lui cet après-midi. Tu as le numéro de Rimborg ?

Étrange, se dit Barbarotti en décapitant son œuf tiède. J'avais déjà décidé de le faire. Et puis surtout : qu'est-ce que tout cela signifie ?

Leif Grundt était furieux.

– Comment ça, tu ne sais pas où il est ? cria-t-il dans le combiné.

– Il est sûrement dans le train, répondit Berit Spaak. Calme-toi. Ou alors il dort encore chez son copain. Il n'est même pas dix heures.

– Tu as le numéro du copain ?

– Non, mais c'est un collègue du supermarché. Il s'appelle Oskar, je crois.

– Tu *crois* ? Mais tu es complètement folle, Berit ! Il faut quand même se renseigner un minimum sur les personnes chez lesquelles il passe la nuit ! Ça fait une heure que j'essaye de l'appeler sur son portable et…

– Peut-être qu'il n'a plus de batterie. Qu'est-ce qui te prend, Leif ? Si tu t'inquiètes à ce point pour lui, tu aurais dû le garder à Sundsvall. Kristoffer a quinze ans et m'a demandé s'il pouvait passer sa dernière nuit à Uppsala chez un copain. Ce n'est pas une raison pour s'énerver comme ça !

– Il ne m'a rien dit.

– Ah bon ? Eh bien, c'est ton problème, pas le mien.

– Merci. Tu ne comprends pas que je m'inquiète ? Tout ce que je… Tout ce que je veux savoir, c'est à quelle heure il arrivera cet après-midi pour aller le chercher à la gare.

– Il est peut-être déjà dans le train. Dans ce cas, il arrive qu'on n'ait pas de réseau, tu le sais bien. Comment va Ebba ?

Rien de neuf de ce côté-là, répondit Leif. Après avoir raccroché, il se leva de sa chaise et resta figé devant son bureau. Vraiment ? se demanda-t-il. Rien de neuf ?

Disons plutôt que tout avait changé.

C'était Ebba qui l'avait incité à passer ce coup de fil à Berit et, au fond, il était davantage en colère contre lui-même que contre sa cousine.

En plus, il ne lui avait pas dit toute la vérité. Il ne s'était *pas* inquiété pour Kristoffer, voilà tout le problème. Il n'avait plus la force de se soucier de quoi que ce soit. Son prétendu devoir de supporter les épreuves le laissait de plus en plus indifférent. Tout glissait sur son plumage imperméable. Le monde s'effondrait autour de lui, il avait l'impression de se désagréger, il n'arrivait plus à contrôler ses pensées, à accomplir ses tâches quotidiennes… Sa normalité de façade lui tordait désormais les tripes. Après la disparition de son fils et la lente chute d'Ebba, il était au bout du rouleau.

Puis, brusquement, la veille au soir, cette même Ebba était sortie de sa nuit psychique et avait demandé à parler à Kristoffer. Apprenant qu'il faisait sa semaine de stage à Uppsala, elle avait exigé qu'il rentre immédiatement. Non sans tergiverser, Leif s'était engagé à demi-mot à… Eh bien, il ne savait pas trop à quoi. Au moins à l'appeler pour voir s'il allait bien.

C'est ce qu'il avait essayé de faire pendant toute la soirée. En vain. Il avait également appelé le fixe et le portable de sa cousine Berit, également en vain.

Pourquoi ? Parce qu'elle se trouvait à une fête chez des voisins avec Ingegerd. Elles étaient rentrées bien après minuit.

Son portable ? Pourquoi aurait-elle emporté son portable chez les voisins ? Ingegerd était avec elle.

Leif avait mal dormi. Immobile dans son bureau, les yeux rivés sur son reflet dans la glace, il eut tout le loisir de le constater. J'ai quarante-deux ans, se dit-il. Ce type bedonnant au teint grisâtre semble en avoir au moins dix de plus.

Il composa le numéro de portable de Kristoffer.

Pas de réponse.

Gunnar Barbarotti allait si possible éviter de se servir du téléphone.

Et ne pas prévenir ses collègues de la circonscription de Stockholm. D'ailleurs, ils étaient sûrement débordés. Jouer le nigaud de province qui n'arrive pas en s'en sortir seul dans la capitale n'avait rien de spécialement réjouissant.

Il prévint néanmoins Backman.

Il allait se rendre au Vieil Enskede. Retrouver la Musseronvägen, sonner au numéro cinq et poser quelques questions complémentaires à l'un des occupants dans le cadre de l'affaire. Tout simplement.

En espérant qu'en ce samedi, l'intéressé soit chez lui.

– Formidable, ton plan, dit Backman. Tu es sûr qu'elle ne lui a pas parlé de votre rendez-vous ?

– Assez sûr. Tu peux rester joignable au cas où j'aurais besoin de tes lumières ?

Promis, dit Backman. De toute manière, elle n'avait rien d'autre à faire ce samedi-là. Elle avait décidé de s'épargner les trois matchs de floorball prévus au programme. D'ailleurs, les quatre hommes de la famille piétinaient d'ores et déjà dans l'entrée.

– Bien, dit Barbarotti. Je sens qu'on approche du but.

– Sois prudent.

Il prit le métro jusqu'à Skogskyrkogården, traversa la Nynäsvägen par le tunnel et parvint au 5, Musseronvägen juste avant midi et demi. Il contempla depuis le trottoir la magnifique villa et son toit de tuiles, tentant de calmer sa nervosité grandissante. Le temps s'était adouci. On pataugeait dans la neige fondue, mais, dans le jardin de la villa, un épais manteau blanc recouvrait encore le sol et les branches des arbres. Aucun signe de vie dans la maison. Pas de voiture dans l'allée. Étaient-ils sortis faire les courses ? Acheter du vin et quelques mets raffinés pour la soirée… Peut-être aux halles du quartier huppé d'Östermalm. Lors de sa première visite, il s'était senti en décalage social avec ce milieu favorisé – tout comme Kristina Hermansson elle-même.

Il franchit la grille, monta les trois marches du perron et sonna.

Après trente secondes, il sonna de nouveau.

Toujours rien. Quel idiot ! Ils ne sont pas là, c'est évident. À midi et demi le samedi, tout le monde fait ses courses.

Plan B, se dit-il. Déjeuner, puis nouvelle tentative.

Et si le plan B échouait, il avait un plan C. Le téléphone. Malgré ses réticences. Il avait noté tous les numéros nécessaires : fixe de la maison, fixe professionnel et portable de Jakob Willnius, portable de sa femme.

Mais il préférait tout de même arriver à l'improviste. Car l'essentiel de son travail consisterait à observer les réactions de Jakob Willnius à ses questions. Sans lui donner la possibilité de se préparer.

Cela représenterait un avantage incontestable. Le téléphone avait son intérêt, mais aussi ses défauts. On ne voyait pas son interlocuteur. Du moins les avancées technologiques qui le permettaient n'étaient-elles pas encore entrées dans les mœurs, Dieu merci. D'ailleurs, la plupart des conversations n'avaient rien à voir avec celle qui l'attendait. Qu'il espérait. Le sourcil froncé, l'air fataliste, il se mit en marche pour la petite place attenante à la Nynäsvägen où, selon toutes les normes urbanistes en vigueur, il devrait tomber sur un petit restaurant de quartier.

Le restaurant s'appelait La Lanterne rouge. Il y passa une petite demi-heure attablé devant un *pyttipanna*, un sauté de pommes de terre et de viande accompagné de betteraves rouges et d'une bière légère. Suivi d'un café et d'un macaron au chocolat. Backman l'appela pour lui demander où il en était. Ce n'était qu'une question d'heures, répondit-il.

À treize heures cinquante-cinq, il revint pour la deuxième fois au 5, Musseronvägen. La troisième fois, il était quinze heures trente. Le jour commençait à décliner. À sa traîne, une pluie diagonale cinglait les rues.

Qu'est-ce que je fabrique ? se demanda l'inspecteur en rebroussant chemin, la mort dans l'âme. Je n'ai même pas pris de parapluie !

Quarante-cinq minutes plus tard, il était de retour à l'Hotell Terminus, où il mit en œuvre son plan C.

– Mince… dit Eva Backman. C'est mauvais signe.

Sept heures et demie du soir. Affalé dans le fauteuil de sa chambre, les yeux hagards rivés sur les deux taches de betterave rouge qui ornaient chacune une jambe de son pantalon, Barbarotti se dit qu'il avait sous le nez le résultat de sa journée.

– Oui, c'est mauvais signe.
– Tu m'as l'air fatigué.
– Sans doute parce que je le suis.
– *Stay cool*. Ils doivent être partis faire un tour en bateau à voile.
– En décembre ? Tu es folle !
– J'essayais de te réconforter, mais, à ce que je vois, tu n'es pas réceptif. On s'occupera de ce type quand il réapparaîtra. D'ailleurs, ne pas répondre au téléphone, jusqu'à nouvel ordre, ce n'est pas une infraction… Ni s'absenter de chez soi.
– Merci, je suis au courant. Quelle poisse ! D'habitude, les gens répondent quand même sur leur portable. En tout cas ceux que j'appelle.
– Tu as laissé un message ?
– Bien sûr que non. Je ne veux pas qu'il ait toutes les cartes en main.
– Tu m'as l'air assez sûr qu'il est mêlé à l'affaire.
– Ah bon ?
– Oui.
– Non, je n'en suis pas sûr. En revanche, j'ai une furieuse envie de lui parler. Enfin, après un an, il n'y a peut-être pas le feu.
– C'est ce que j'essayais de te dire. Calme-toi. Sors prendre une bière, appelle Maria ou je ne sais pas, moi…
– Marianne.
– Quoi ?
– Marianne. Elle s'appelle Marianne.
– Eh bien, passe-lui un coup de fil et laisse tomber notre sombre producteur pour l'instant. Il ne mérite pas tant d'attention. On reprendra le travail à ton retour lundi.

Barbarotti soupira.

– Vous savez soulager les âmes tourmentées, madame Backman.
– C'est ce que me dit toujours mon mari. Dans ses bons moments. Je t'embrasse. Prends soin de toi.

Je n'ai pas le courage de sortir par ce temps de chien, se dit Barbarotti. Dehors, on n'y voyait goutte. La pluie s'abattait en rafales contre la fenêtre, on aurait dit une tempête dans un aquarium. La gare centrale était sans doute toujours là. L'hôtel de ville aussi. Il s'en fichait, mais enfin… Le cafard le guettait comme une vieille aigreur d'estomac. Il avait la gorge serrée. Qu'est-ce que je croyais ? se dit-il. Qu'est-ce que je fiche ici, en fin de compte ?

Encore une chance qu'il n'ait pas mis la police de Stockholm sur le coup. Ils se seraient tordus de rire.

Se fiant à ses voix intérieures et aux dieux du temps, il feuilleta un moment la brochure d'information posée sur le bureau minimal de sa chambre. Puis il appela le room service et commanda une salade Cæsar et une bière brune.

Il avait déjà vu le journal télévisé et les deux tiers d'un vieux film américain lorsque son téléphone sonna.

Marianne ? se dit-il, plein d'espoir, coupant le son du téléviseur.

Mais ce n'était pas elle. C'était Leif Grundt qui l'appelait de Sundsvall.

44

Elle éteignit la lumière et ferma les yeux.

Double obscurité, se dit-elle. Exactement ce qu'il me faut. Ce que je mérite.

Elle eut la sensation que la chambre inconnue la prenait tendrement dans son giron, devenant un cocon sécurisant, un utérus où elle pouvait se réfugier, hors d'atteinte. Cachée. Sauvée. Tendant l'oreille, elle ne perçut que le souffle ténu de la ventilation – et la respiration encore plus légère de Kelvin.

Mon pauvre enfant endormi… se dit-elle. Caressant son ventre tendu, elle rectifia : Mes pauvres enfants endormis.

Que va-t-il advenir de vous ?

Dans la capsule anonyme de l'hôtel, elle eut la certitude qu'ils étaient tout l'enjeu. Son propre destin lui importait moins. Il fallait les mettre à l'abri. Les innocents.

À l'abri ? Mais de quoi ? Quelles sont ces issues illusoires que concocte ma conscience ? Pourquoi toutes ces chimères psychiques ?

Les innocents. Cette pensée s'imposait pourtant par sa justesse. Elle devait les protéger. Sinon, pourquoi continuer à vivre ? Pourquoi lutter une seconde de plus ?

Mais où vais-je trouver la force ?

Si seulement elle pouvait arrêter la machinerie. Débrancher. En finir. Peut-être serait-ce la meilleure solution, pour elle et pour les innocents. Le néant définitif. Si l'univers doit s'effondrer, se dit-elle, qu'il s'effondre maintenant. Vite.

Mais il ne se passa rien. Elle ouvrit les yeux. Les chiffres rouges au bas du téléviseur passèrent de « 23.59 » à « 00.00 ». Minuit.

Et pourtant… Pourtant, elle était arrivée jusque-là. Avec eux. *Ici. Maintenant.* Étant donné les événements de ces dernières vingt-quatre heures, c'était inconcevable. Étendue avec ses deux enfants dans l'utérus illusoire de la nuit, elle avait encore les cartes en main. N'est-ce pas ?

Oui. Tout était possible. Les valises attendaient devant la porte. Elle ne les avait pas défaites. Son sac à main contenait des sous-vêtements propres pour elle et pour Kelvin, les billets, les passeports et l'argent.

Un nécessaire de toilette et le livre de Robert. Voilà tout ce qu'il lui fallait. Et le courage d'avancer, pas à pas. Faites que ce moment s'éternise, pensa-t-elle. Faites que ces heures passent lentement, laissez-moi le temps de rassembler mes forces pour affronter le lendemain. J'ai besoin de sommeil, d'un sommeil long et profond.

Ce souhait n'allait sans doute pas être exaucé. Elle sentait son corps sur le point d'exploser, une véritable bombe à retardement. Comment dormir dans cet état ?

Elle se leva et alluma la lampe de bureau. Kelvin ne réagit pas, comme d'habitude. Pour une fois, elle s'en réjouit.

Elle sortit le manuscrit de Robert. Robert, mon frère, je voudrais… Je voudrais que nous soyons de nouveau des enfants. Les choses auraient pu être si différentes… auraient *dû*… Nous n'aurions pas dû en arriver là.

Je veux dire, dans la vie. Tu as perdu la tienne – un châtiment bien sévère pour l'abandon d'une fille dans ta jeunesse. Pour un instant d'inattention… De longues années plus tard, elle est revenue te tuer.

Actes et conséquences. Causes et effets. Elle n'en est pas morte, elle. Cependant, nous ne saurons jamais ce qu'auraient été les conséquences de son acte. Enfin, son avenir paraissait sombre, très sombre.

Tiens-moi compagnie, ce soir, Robert. Aide-moi à traverser ces heures, prête-moi tes mots en chemin. Robert, mon frère.

Elle marmonnait inconsciemment, les mains jointes. Cela ne lui ressemblait pas.

Personne ne lui répondit, ni à l'intérieur d'elle-même, ni dans la nuit. Elle se pencha sur l'étroit faisceau de lumière, ouvrit le manuscrit au hasard et lut :

Car il en est de la vie comme de notre palais. Dans l'enfance, nous adorons le sucré, mais c'est l'amertume que nous devons apprendre à aimer. Sans cela, nos papilles gustatives n'atteignent pas la maturité et nous ne devenons jamais des êtres humains dignes de ce nom.

Des mots bien étranges… Elle ne l'avait jamais entendu parler ainsi. Et ce titre : *Homme sans chien*. Pourquoi ? Dans les cent pages qu'elle avait lues, elle n'avait rencontré aucun chien. Mais peut-être était-ce le but du jeu. Qu'il n'y en ait pas. Elle tourna la page :

Maria et John (les personnages principaux, en quelque sorte) décidèrent de ne pas se parler pendant une année entière. Ils brisèrent ainsi la coquille de leur désespoir. La parole humaine est le plus imparfait des instruments de l'âme. C'est une pute, un usurier, un bouffon de village, et lorsque John, muet, contemplait sa femme de derrière, elle reconnaissait ce regard. Elle ne mit que quelques mois à le comprendre.

De plus en plus bizarre. Robert, mon pauvre frère, quelles épreuves as-tu subies ? Si, cette nuit, nous redevenions enfants, trouverions-nous d'autres voies ?

Kristina secoua la tête. Ses propres mots lui semblaient soudain étrangers. Des putes ? Des bouffons de village ? Peut-être. Les pensées serpentaient en elle comme des couleuvres perdues. L'enfant donna un coup.

Je vais devoir les abandonner, se dit-elle. Voilà ce qui va arriver. On va m'enlever mes enfants.

Sauf si je les emmène dans un pays lointain.

La panique surgit en elle, ondulante, dansante. Comment vais-je arriver au bout de cette nuit ? Dois-je veiller ici jusqu'à l'aube ? Pourquoi n'ai-je pas mis un somnifère dans mon nécessaire ?

L'aube ? Il n'y aurait pas d'aube. L'avion décollait à sept heures et demie. Il traverserait la nuit hivernale avant de s'élever au-dessus des nuages. Enregistrement à six heures du matin. Elle reprit sa lecture :

Quand John était enfant, il crut longtemps qu'il y avait eu une erreur, qu'on l'avait échangé contre un autre, que ses parents n'étaient pas ses parents. Qu'un jour, on découvrirait le méfait et qu'il serait rendu au monde auquel il appartenait : un lieu sombre et humide peuplé de créatures aux visages presque humains, couvertes d'une épaisse fourrure et munies de cornes. Elles parlaient le langage des hommes. John rêvait souvent d'elles. Il les aimait. Un jour, il demanda à sa mère quand elles viendraient le chercher. Son père était présent. Ce fut lui qui se chargea de le gifler. Adulte, de temps à autre, il en sentait les réminiscences sur sa joue, surtout les jours sombres et humides.

Elle repoussa le tas de feuilles, mal à l'aise. Les mots de Robert ne la réconfortaient pas. Au contraire, elle avait l'impression d'étouffer, de devenir claustrophobe, comme si elle était enfermée dans un… Oui, un utérus dans l'utérus. Une obscurité dans l'obscurité.

Elle jeta un coup d'œil au téléviseur, dont l'affichage digital indiquait que le temps réel avait atteint « 00.32 ». Ses yeux lui brûlaient un peu, c'était bon signe. Elle vérifia qu'elle avait bien mis le réveil de son portable à sonner à cinq heures, puis elle éteignit la lampe et, après avoir passé affectueusement la main sur la poitrine de Kelvin, se remit au lit.

Mon Dieu, je voudrais dormir un peu. Dans mon cocon, avec mes enfants, je voudrais rêver de mon frère, Robert, pendant cent ans. Mais pas de ce qu'il a écrit.

Et d'Henrik aussi. Un beau rêve.

Elle avait peu d'espoir que sa prière soit entendue. Pourtant, dix minutes plus tard, elle dormait.

Barbarotti avala une énième gorgée de café tiède en dévisageant son collègue.

Un certain Hellgren, ou peut-être Hellberg ; quoi qu'il en soit, il avait un œil bleu et un œil brun, ce qui permettrait à Barbarotti de l'identifier parmi cinquante mille policiers. Si, pour une raison obscure, cela se révélait nécessaire.

Mais, pour l'instant, rien de tel. Il était trois heures moins cinq du matin, au siège de la police de Stockholm, à Kungsholmen, et Barbarotti s'efforçait de séparer le bon grain de l'ivraie.

– Mais qu'est-ce que vous racontez ? dit-il.

– Ce que je vous ai dit, répondit Hellgrenberg. Elle a un billet pour Bangkok demain.

– Bangkok ? Merde alors… Vous voulez dire que…

– À votre avis ? dit Hellgrenberg avec un bâillement.

– Elle et l'enfant ?

– Non. Elle et le mari.

– Ah bon… À quelle heure ?

– Onze heures du soir.

– D'Årlanda ?

– Ben oui, qu'est-ce que vous croyez ? Vous sortez d'où ?

– Désolé, j'ai grandi à Manhattan et à Rio de Janeiro. Vous disiez que vous habitiez à Hökarängen ?

Hellgrenberg ne répondit pas. Il se gratta la nuque et lui lança un regard torve.

– Eh bien, je crois qu'il faut considérer ça comme une piste brûlante, reprit Barbarotti.

– C'est ce que je vous dis ! Il n'y a qu'à la coincer là-bas.

– L'enfant… Elle emmènera forcément l'enfant.

– Il peut sûrement voyager avec le billet du mari, parce que lui, il ne risque pas de partir avec eux.

– C'est peu probable, en effet. Mais est-ce si facile de changer de billet ?

Le collègue se frotta l'œil brun du poing.

– Je n'en sais rien, avoua-t-il. Pour un petit enfant, ça doit marcher.

– On va se renseigner là-dessus.

– Qui, « on » ?

– C'est bon, je m'en occupe. Vous avez le numéro du vol et les autres détails ?

Le collègue lui tendit une feuille.

– Thai Air. Vingt-trois heures dix. Bon, je peux peut-être aller me pieuter, maintenant ?

– Faites. Si possible après m'avoir dégoté une voiture pour me ramener à l'hôtel.

– Puisqu'il le faut… conclut Hellgrenberg.

À quatre heures et demie, il eut une conversation avec l'aéroport d'Årlanda. L'épuisement lui donnait la nausée, ses tempes palpitaient et huit tasses de mauvais café lui brûlaient l'estomac et le gosier, mais à l'instant où il posa la tête sur son oreiller une idée s'infiltra dans le cours de ses pensées.

Elle ne pesait pas plus lourd que l'aile d'un papillon, mais dans son esprit surchauffé son tourbillonnement l'empêcha tout de même de dormir.

Merde ! marmonna-t-il en s'asseyant. Je n'aurais jamais fait ça. Jamais de la vie.

Il reprit le combiné. Il avait encore le numéro en tête.

45

Lorsqu'elle pénétra dans le hall des départs, une image lui traversa l'esprit.

Si la chambre d'hôtel avait été un utérus, elle se trouvait désormais en plein élevage de poulets, comme un poussin tout juste sorti de l'œuf.

Poussant la voiture de Kelvin d'une main et tirant la valise de l'autre, elle se frayait péniblement un chemin dans la masse compacte des passagers et des bagages. Tous les avions de la journée décollaient-ils donc à six heures du matin ?

Elle mit dix minutes à s'orienter dans le hall et à trouver son comptoir. Une douzaine de voyageurs attendaient leur tour. Elle se mit dans la file. Kelvin était sagement assis dans sa poussette, silencieux. Dans son ventre, l'enfant semblait dormir. Nous y sommes presque, se dit-elle. Bientôt, je serai partie.

Elle eut soudain peur d'être punie pour sa confiance excessive. Péché d'orgueil. Il ne faut pas vendre la peau de l'ours avant de l'avoir tué.

À la vitesse d'un escargot, elle avançait vers les jeunes femmes impeccables en uniforme. Pourtant, elle se sentait rassurée. Que pouvait-il encore lui arriver ? Qui aurait pu découvrir ce qui s'était passé ?

Aucune raison de s'inquiéter. Objectivement. Personne ne trouverait bizarre qu'elle ne donne pas de nouvelles pendant deux semaines puisqu'ils avaient prévenu tout leur entourage qu'ils partaient en Thaïlande. Elle était sur le point de prendre un vol pour Málaga douze heures plus tôt, mais qui le saurait ? La conversation tant redoutée avec la nourrice s'était bien passée : finalement, ils avaient décidé de prendre Kelvin avec eux. À la dernière minute, en effet.

Cela lui laissait deux semaines de répit assuré. Ensuite… Eh bien, puisqu'elle s'en était sortie jusqu'ici, elle se débrouillerait certainement.

Les jours se suivent et ne se ressemblent pas.

Mais fallait-il vraiment rester en vie ? Sa première mission était de mettre les enfants à l'abri – ses pensées nocturnes bruissaient encore au fond de son esprit. Elle devait donner naissance à son deuxième enfant un mois et demi plus tard. Deux semaines de répit ne suffiraient donc pas… Pourquoi n'y avait-elle pas pensé plus tôt ? De temps en temps, elle oubliait la créature dans son ventre. Comment était-ce possible ?

Ce départ précipité… Elle n'avait pas eu le temps de prévoir grand-chose. Elle fut de nouveau saisie par la crainte du retour de balancier. Elle avait fait preuve de tant de suffisance… Une flamme à l'entrée du tunnel ne signifie pas qu'il est éclairé jusqu'au bout. Ne pas vendre la peau de l'ours…

Je ne ferai plus aucun projet avant d'avoir décollé, se dit-elle. Après non plus, d'ailleurs. Je n'anticiperai que de quelques heures, d'une journée au maximum. C'est déjà beaucoup.

Devant elle, un vieux couple arborait un joli bronzage malgré le mois de décembre. Sûrement des expatriés qui venaient de passer une semaine au pays pour rendre visite à la famille, et s'en retournaient dans leur paradis de la Costa del Sol. L'homme était vêtu d'un costume en lin blanc cassé légèrement froissé et la femme d'une tunique vert bouteille et d'un pantalon. Ils se tenaient la main. Kristina ressentit une morsure d'envie. Bientôt quatre-vingts ans et encore amoureux, main dans la main à l'aéroport. Je n'aurai pas ce privilège. D'ailleurs, je ne peux pas les regarder sans les jalouser. Je n'ai même pas la sagesse d'apprécier le spectacle.

Les serpents remuaient de nouveau. Elle avait souhaité que Robert lui apparaisse en rêve, mais Henrik l'avait remplacé dans une vision cauchemardesque. Il s'agissait de cette nuit-là, des premières heures… Non, de la toute première heure, alors qu'ils étaient encore unis avant l'anéantissement.

Elle avait rêvé de sa timidité, de sa maladresse et de son corps juvénile immaculé dans la chambre d'hôtel, mais celle qui rêvait, qui voyait, n'était pas Kristina. Voilà ce qui clochait. Elle était un autre, dehors, les épiant par la fenêtre en train de faire l'amour. Après ce qui lui parut une éternité, elle comprit qu'elle était Jakob, les yeux rivés sur son propre corps et celui d'Henrik. Poussant un hurlement, elle s'était jetée à travers la vitre pour arracher les amants à leur étreinte, mais, avant d'atteindre le lit, elle s'était réveillée.

Elle avait immédiatement oublié son rêve, qui ne lui était donc revenu qu'une heure et demie plus tard, à l'aéroport. Remarquable. Un rêve refoulé pouvait-il réapparaître ainsi ? Qu'est-ce que cela signifiait ? Une goutte de sueur glissa le long de son aisselle et de sa hanche. Au même instant, un bruit résonna dans sa tête, à peine audible – une simple vibration. Que m'arrive-t-il ? se demanda-t-elle, affolée. Je perds la tête, ou quoi ?

Ce fut au tour du vieux couple. Elle avança jusqu'à la ligne jaune, inspira profondément et serra les poings.

Dix minutes plus tard, poussette et valise étaient enregistrées. Elle avait passé l'épreuve. Il ne lui restait plus que le contrôle de sécurité, suivi d'une heure d'attente en porte quinze. Elle prit Kelvin sur le bras et se dirigea vers l'accès à la zone réservée aux passagers. Elle montra ses cartes d'embarquement à un jeune homme aux cheveux courts vêtu d'une chemise blanche et d'une cravate sombre. Il lui fit un sourire aimable, mais ne lui rendit pas ses documents.

– Un instant, dit-il en faisant un signe de tête à quelqu'un.

L'un de ses collègues sortit de l'ombre et, après avoir scruté les cartes d'embarquement de Kristina et de Kelvin, les pria cordialement de le suivre en leur signalant une porte.

– Pourquoi ? demanda-t-elle.

– À cause de votre grossesse, lui répondit-il poliment.

Le box dans lequel il la fit entrer était meublé de deux petites tables flanquées de deux chaises chacune.

– Comme vous le savez sûrement, la grossesse présente certains risques en vol. Vous voudriez bien nous remplir quelques papiers ? Simple formalité. Asseyez-vous, je vous prie.

Elle s'installa à l'une des tables, Kelvin sur les genoux.

– Ils auraient pu me prévenir à l'enregistrement… Ou quand j'ai acheté mon billet.

L'homme ne répondit pas. Une autre porte s'ouvrit.

Durant quelques fragments de seconde qui lui parurent très longs, elle eut du mal à comprendre ce qu'il faisait là.

Puis, d'un coup, tout s'éclaircit.

Il se racla la gorge.

– Kristina Hermansson, dit-il, votre mari a été retrouvé mort hier soir à votre domicile de la Musseronvägen dans le Vieil Enskede. Vous êtes en état d'arrestation, soupçonnée de son meurtre.

Elle ferma les yeux et les rouvrit.

– Vous avez tout compris. Je suis désolée d'avoir dû vous mentir.

– Ne vous excusez pas, dit-il.

46

L'air grave, Ebba Hermansson Grundt s'appuya sur la table de la cuisine, scrutant tour à tour son fils et son mari.

– J'ai compris une chose, ces derniers jours.

– Ça a été difficile, dit Leif Grundt. Pour nous tous.

– Ce que j'ai compris, c'est que nous devons considérer Henrik comme mort. *Il est mort*. Nous ne pourrons pas continuer à vivre si nous pensons le contraire.

– Moi aussi, j'y ai réfléchi, dit Leif. Je crois que tu as raison.

– Moi aussi, dit Kristoffer.

Ebba Hermansson Grundt posa les mains autour de sa tasse de thé, releva la tête et planta les yeux dans ceux de son mari et de son fils.

– Cette année a été terrible, mais désormais il faut essayer de cultiver les bons souvenirs d'Henrik.

– D'accord, dit Leif Grundt. Et toi, Kristoffer ?

– D'accord, dit Kristoffer, en écartant sa frange pour voir ses parents.

Quelques secondes passèrent. Leif poussa un profond soupir.

– Marché conclu, dit Ebba. Kristoffer, il faut que tu te fasses couper les cheveux. Ta semaine de stage à Uppsala s'est bien passée ?

Kristoffer jeta un coup d'œil en coin à son père.

– Oui, merci. Mais je suis content d'être rentré.

– Moi aussi, dit Ebba. Il va falloir aller de l'avant, maintenant.

– Ça ne nous ferait pas de mal, dit Leif.

– Un peu plus de détails, ce ne serait pas du luxe, suggéra Backman.

– Je comprends ta curiosité, mais je n'ai pas dormi depuis plus de vingt-quatre heures, alors si tu n'as rien contre…

– Un couteau ?

– Oui, un couteau. Neuf coups dans le dos, les six derniers post mortem.

– Et elle a avoué tout de suite ?

– Je n'ai même pas eu besoin de l'interroger.

– Et lui…

– Il avait tué Henrik Grundt, oui.

– Elle a dit pourquoi ?

– Il faut que je réfléchisse un peu avant de te répondre.

– Comment ça ?

– J'ai dit qu'il fallait que j'y réfléchisse un peu.

– J'ai entendu. Mais qu'est-ce que tu veux dire par là ? Merde ! Tu dois réfléchir pour savoir s'il a… ?

– C'est un peu délicat. J'ai assez d'éléments sur la mort d'Henrik Grundt et sur celle de Jakob Willnius. Je détiens aussi des informations a priori superflues. Des choses qu'on ne gagne rien à divulguer. Ni à inclure dans le rapport final… Je dois y réfléchir.

– Je ne comprends pas.

– C'est normal. Mais laisse-moi te dire : parfois, la pierre précieuse qu'on appelle « vérité » est un peu surestimée.

– Tu as lu ça dans *Le Journal de Mickey* ou une autre de tes productions littéraires préférées ?

– Merde, Backman… Arrête ! Félicite-moi plutôt d'avoir résolu l'affaire !

– Comme si tu avais besoin d'applaudissements.

Il médita un moment avant de s'endormir.

Il suffit de si peu… une minute – il ne lui avait pas fallu plus de temps pour découvrir la vérité.

Vous devez vous en rendre compte, avait-il insisté, je ne peux pas me contenter de ça. Si vous ne m'expliquez pas pourquoi votre mari a tué Henrik Grundt, je serai dans l'obligation de vous soupçonner. De complicité, par exemple. Vous devez me donner un mobile.

Elle avait hésité un instant, puis :

J'étais le mobile.

Il avait mis peu de temps à comprendre. Moins d'une minute, en réalité.

Comment avez-vous sorti le corps ?

Il y avait un balcon de secours. Et un escalier. Ça n'avait pas posé de problème.

Barbarotti avait décidé d'attendre pour lui demander où ils avaient enterré le corps. Ce n'était pas essentiel.

D'abord, il devait décider quoi faire des fameuses informations superflues : la sombre découverte du fond ténébreux de l'histoire. Kristina et Henrik, tante et neveu, avaient pénétré dans le royaume interdit.

Pour le dire poétiquement. Dans un langage plus prosaïque : ivresse, concupiscence et inceste. Leurs agissements avaient eu des conséquences dévastatrices. Était-ce une raison pour anéantir le peu qui en avait réchappé ?

Pour l'heure, le secret était partagé par quatre personnes : Kristina, Kristoffer, Leif Grundt et lui-même. Pouvait-on en rester là ? Le devoir de Barbarotti en tant qu'inspecteur de police et, au-delà, en tant qu'être humain, consistait-il à dévoiler impitoyablement la vérité au public ?

Une question capitale, sans nul doute. D'ailleurs, il n'avait pas l'intention de ruminer là-dessus dans son état. Allongé sur le dos dans son lit d'hôtel douillet, les rideaux tirés et l'affaire conclue, il lui sembla en revanche urgent de reprendre contact avec le Dieu qui existait peut-être.

Pour vérifier son crédit et autres broutilles. Cependant, il n'en eut pas le temps, car il fut aspiré par le sommeil comme par une journée d'été chaude et indolente.

Rosemarie Wunderlich Hermansson était assise à un bar de l'aéroport de Málaga.

Deux heures s'étaient écoulées depuis l'atterrissage du vol de Kristina et Kelvin. Elle avait bu trois verres de vin doux et passé une demi-douzaine de coups de fil pour se renseigner. Personne ne répondait. Qu'avait-il bien pu leur arriver ? Quelle enfant gâtée ! se dit-elle. Elle aurait quand même pu me prévenir qu'elle arrivait avec le prochain vol. Était-ce trop demander ?

D'abord, de but en blanc, elle lui avait annoncé avoir quitté son mari et vouloir passer un moment chez eux. Ensuite, elle ne débarquait même pas en temps et en heure. Elle avait sûrement changé d'avis. Renoué. Et complètement oublié sa mère qui s'inquiétait pour elle à l'aéroport.

Rosemarie aurait bien essayé de se procurer la liste des passagers auprès du personnel au sol, si leur anglais n'avait pas été aussi mauvais. Les difficultés de communication étaient propices aux malentendus. Et puis ça la mettait un peu mal à l'aise, allez savoir pourquoi. Sa propre fille qui n'arrivait pas à l'heure convenue. On trouverait certainement louche cette vieille femme avec sa prétendue fille. Rosemarie était lasse du regard d'autrui.

Un autre vol de Suède était attendu une heure et demie plus tard. Avec un transit par Copenhague, mais enfin… Karl-Erik était au golf. L'aéroport se trouvait à environ une heure de route de leur *urbanización* – plus ou moins un quart d'heure, cela dépendait de la circulation. Elle n'avait rien de prévu. Autant attendre. D'ailleurs, si Kristina était à bord du prochain vol, elle avait dû éteindre son téléphone.

Elle prit son mal en patience. Quoi qu'il en soit, elle n'avait jamais spécialement apprécié Jakob. Ce type n'était pas net. Il ne lui inspirait pas confiance. En raccrochant, la veille, elle s'était sentie exaltée à l'idée que sa fille et son petit-fils viennent passer un moment chez eux.

Rosemarie soupira et commanda un énième verre de vin. Ainsi, elle faisait malgré tout usage du peu d'espagnol qu'elle avait appris.

RÉALISATION : IGS-CP À L'ISLE-D'ESPAGNAC
IMPRESSION : CPI BRODARD ET TAUPIN À LA FLÈCHE
DÉPÔT LÉGAL : OCTOBRE 2014. N° 121060 (3006398)
IMPRIMÉ EN FRANCE